UNE FILLE
DE LA FAIM

DU MÊME AUTEUR

AUX MÊMES ÉDITIONS

L'Été des trahisons
roman, 1995

HONG YING

UNE FILLE DE LA FAIM

TRADUIT DU CHINOIS
PAR NATHALIE LOUISGRAND

ÉDITIONS DU SEUIL
*27, rue Jacob, Paris VIe*

Ce livre est édité par Vincent Bardet
et Anne Freyer-Mauthner

Titre original : *Ji'e de Nü'er*
Éditeur original : Éditions Erya, T'ai-pei, Taïwan, 1997

ISBN original : 957-639-228-4

ISBN 2-02-033598-0

www.seuil.com

Partie I

Chapitre I

Je n'ai jamais évoqué mon anniversaire avec quiconque, pas même avec ma famille ni mes meilleurs amis. D'abord, je l'ai volontairement omis, puis je l'ai tout bonnement oublié. Durant les dix-huit premières années de ma vie, personne ne s'en est souvenu. Ensuite, c'est moi qui n'ai plus voulu qu'on me le souhaite.

La raison en est simple : c'est l'année de mes dix-huit ans que ma vie bascula.

La rue bosselée, défoncée, qui longeait l'entrée principale de l'école penchait sur le côté. Ce jour-là, en la traversant, j'ai senti, une fois de plus, que quelqu'un m'observait : un frisson glacé m'a parcouru le dos.

Je n'ai pas osé me retourner. Je me suis contentée de jeter un coup d'œil de part et d'autre de la rue, mais je n'ai rien vu d'anormal. J'ai continué à marcher et, une fois arrivée devant la vieille femme qui vendait des glaces, j'ai brusquement tourné la tête. A cet instant, un camion de marque « Libération » est passé en faisant gicler de la boue sur son passage. Deux jeunes garçons qui achetaient des glaces se mirent à trépigner et à proférer des injures en direction du camion : la boue avait giclé sur leur short et leurs jambes nues. La vieille femme tira rapidement sa petite voiture à glaces contre le mur en maugréant :

– Espèce de chauffard ! Même au crématorium on ne voudrait pas d'un pestiféré comme toi !

Une fois l'agitation passée, la ruelle retrouva son calme. Avais-je trop parlé aujourd'hui ? Étais-je trop énervée ?

Depuis mon enfance, à partir d'un certain âge, mon dos se glaçait de la sorte de temps à autre. J'avais alors la sensation que l'on me regardait intensément. A plusieurs reprises, j'avais failli apercevoir la personne qui me suivait, mais chaque fois elle disparaissait aussitôt.

C'était un homme aux cheveux ébouriffés dont je ne conservais que des traits flous. Il ne s'approchait jamais assez de moi, sans doute à dessein, pour que je ne puisse pas le reconnaître. Il n'apparaissait qu'à l'entrée ou à la sortie des cours, aux alentours de l'école. Il ne me suivait jamais, comme s'il connaissait d'avance le chemin que j'allais emprunter, ou il se cachait dans un endroit sombre.

On nous racontait toutes sortes d'histoires terrifiantes à propos de viols, mais j'étais sûre que tel n'était pas le but de cet homme. Je n'avais jamais parlé de lui ni à mon père ni à ma mère, car je ne savais pas comment le leur dire, ni quoi leur dire. Ils auraient sans doute pensé que j'avais commis quelque acte honteux et m'auraient certainement grondée. J'ai donc porté seule ce secret pendant de nombreuses années, et peu à peu toute frayeur et tout mystère ont disparu. Chaque fois qu'un regard se fixait sur moi – toutes les deux semaines, ou tous les dix jours –, je ressentais un frisson dans mon dos. Mais cela n'avait plus rien d'effrayant, peut-être était-ce quelque chose de normal qui pouvait arriver à tout le monde. Dans la vie, on risque toujours de rencontrer un regard inopportun et je pouvais faire semblant de l'ignorer. Et, pour dire la vérité, en général, les gens qui s'intéressaient à moi étaient en fait trop rares.

Chaque fois que je tentais de saisir ce regard, il m'échappait. Pour me prouver qu'il existait réellement, je marchais aussi précautionneusement que si j'avais tenté de capturer une libellule. Peut-être vaut-il mieux ne pas serrer de trop près les choses les plus évanescentes, car, dès qu'on les voit en plein jour, ne risquent-elles pas d'entraîner un grand malheur ?

Je n'ose plus penser à cela depuis cette année où soudain tout est devenu confus, où tout s'est embrouillé, formant des nœuds inextricables comme la mousse poussant sur les murs de pierre, le long du sentier où je marchais.

Tellement de choses me sont arrivées. J'ai été emprisonnée dans l'étreinte serrée d'un piège, comme une mouche dans une toile d'araignée.

Chapitre II

Ma maison se trouve sur la rive sud du fleuve Yangzi.

La rive sud du Yangzi à Chongqing est un endroit vallonné, formé de collines peu élevées alternant avec de petites vallées. En cas de crue exceptionnelle, la ville de Chongqing serait entièrement submergée, mais le coteau où habite ma famille résisterait obstinément, et constituerait un îlot qui serait le dernier à être englouti par les eaux. Cette idée m'a toujours quelque peu réconfortée depuis mon enfance.

Quand on prend le bac sur la rive opposée, sur le quai de Chaotianmen, on atteint l'un des deux embarcadères les plus proches de chez moi : celui du ruisseau du Chat sauvage ou celui de la Boulette du Lance-pierres. De là, il faut monter sur la berge et marcher pendant une vingtaine de minutes sur un chemin caillouteux avant d'atteindre ma maison située à mi-flanc de la colline.

Depuis le rocher devant chez moi, on peut distinguer au loin le quai de la Porte du Ciel, juste à l'entrée de la ville, point de rencontre du Yangzi et du Jialing. Ces deux fleuves entourent le cœur de la ville de Chongqing nichée sur la presqu'île. Sur les collines avoisinantes, les maisons s'accrochent les unes aux autres, comme les pièces d'un jeu de construction. Les rives du fleuve sont parsemées de pontons auxquels sont amarrés des bateaux à vapeur, et les cabines des téléphériques, tachetées de rouille, montent et descendent lentement des collines. A l'aube, des nuages sombres traînent à la surface de l'eau qui lance des éclats rouges fluorescents tandis qu'à la tombée de la nuit les derniers rayons du soleil s'inclinent sur les flots avant de disparaître derrière les coteaux, au nord, comme des faisceaux lumineux surgissant de la brume opaque. Puis, c'est au tour des lumières qui éclairent les collines de se refléter à la surface de l'eau, mettant en fuite l'obscurité. Quand un rideau de pluie fine recouvre les flots, on peut entendre monter la longue plainte rauque des bateaux à vapeur semblable à celle des pleureuses. La ville, encerclée jour et nuit par ces deux fleuves impétueux, avec ses paysages changeants, est nimbée d'une atmosphère triste et mystérieuse.

Sur les collines de la rive sud s'amoncellent des cabanes de fortune construites en carton goudronné, recouvertes de tôle d'amiante ondulée et de planches de bois. Avec le temps, elles sont devenues noires et délabrées. Une impression sinistre s'en dégage. Des millions de personnes travaillant comme « coolies » s'y entassent, si bien que, lorsqu'on pénètre dans ce dédale de ruelles et de cours sombres et biscornues, on ne peut plus en trouver la sortie. Dans ces quartiers de la rive sud, il n'y a aucun équipement d'évacuation des eaux usées, qui s'écoulent dans de petites rigoles au bord des rues en suivant la pente de la colline. Le sol est en permanence jonché de détritus qui rejoignent le fleuve à la première pluie violente, ou bien qui se putréfient et se transforment en boue sous l'effet de la chaleur torride.

Les immondices s'entassent, couche après couche, les ordures fraîches et pourries exhalent toutes sortes de puanteurs bizarres. Lorsque l'on marche ne serait-ce que dix minutes dans une de ces rues en pente, on peut sentir des centaines de relents différents. C'est un univers de créations olfactives. Par la suite, j'ai arpenté les rues de nombreuses autres villes et je suis passée à proximité de multiples tas d'ordures, mais je n'ai jamais été assaillie par autant de remugles. Je me demande parfois si les gens de cette rive, condamnés à vivre au milieu de cette putréfaction et à marcher parmi de telles immondices, ne sont pas en plus punis de posséder un nez, source de tant de souffrances olfactives.

On raconte que des bombes japonaises encore intactes, datant de la guerre de Résistance contre le Japon, seraient enfouies parmi les canaux d'irrigation. Avant d'abandonner la ville à la fin de 1949, les partisans du Guomindang auraient enterré des centaines de tonnes d'explosifs. Ils auraient aussi laissé plus d'une centaine de milliers d'agents secrets, ce qui signifie qu'en fait chaque adulte pouvait être un espion. D'ailleurs, même après la répression menée par le Parti communiste au début des années 50, les grands mouvements de purification et les exécutions de masse, de nombreux espions ont sans doute glissé entre les mailles du filet. Certains ont même adhéré au Parti après la Libération. La nuit venue, ils sortent se livrer à leur sale besogne : tuer, mettre le feu, violer et piller. Ils n'agissent jamais le long des grands buildings, ni sur les larges avenues du centre-ville situé sur la rive opposée, car ils préfèrent opérer discrètement au milieu de l'indéracinable puanteur de la rive sud. Cet endroit, si contraire à l'idéal socialiste, est parfait pour les opposants qui peuvent s'y cacher.

Si on sort de la cour, que l'on s'appuie sur le mur humide en écoutant attentivement, on peut alors deviner dans le noir les mouvements de ces hommes de la nuit. Parfois, dans l'encadrement d'une porte couverte de toiles d'araignées, on peut voir surgir de vieilles chaussures brodées à l'ancienne en velours côtelé rouge. Cet homme, un feutre baissé sur le front qui s'évanouit furtivement au coin de la rue, a un couteau probablement dissimulé dans la jambe de son pantalon. Les jours sombres et pluvieux, n'importe quelle personne marchant sur la pente étroite où s'écoule l'eau sale prend l'apparence d'un agent secret. De plus, si l'on creuse de quelques centimètres seulement, où que ce soit, on peut découvrir une bombe encore intacte, des explosifs cachés ou un livre de codes secrets couvert d'étranges signes ou de mots bizarres sur le « changement de régime » écrits au pinceau par des propriétaires fonciers.

Les deux rives du fleuve sont aussi différentes que la nuit l'est du jour. Quand on est dans le centre-ville, sur la presqu'île, avec ses drapeaux rouges et ses chants politiques enthousiastes qui retentissent de toutes parts, on a l'impression de se trouver sur une autre planète. Jour après jour, les gens sont en « progrès constant », les adolescents lisent des livres révolutionnaires et se préparent à devenir des cadres de la révolution.

La rive sud, au contraire, constitue l'arrière-cour de la ville où s'entassent toutes sortes d'immondices, un quartier pauvre impossible à réhabiliter. Mais le rideau de brume au-dessus du fleuve masque à la vue ce coin malsain, cet appendice pourri de la ville.

Après être descendu du bac en empruntant sa passerelle vacillante, et marché environ dix minutes entre les cailloux et les détritus, on apercevait, en relevant les yeux, des rangées de maisons délabrées sur pilotis, des cabanes en bois, un dédale d'habitations d'une laideur indescriptible. Moi seule pouvais repérer une maison particulière en briques grises avec un toit en tuiles noires, face à un rocher escarpé à flanc de colline. Les gens du quartier désignaient ce coin situé dans une rue annexe du ruisseau du Chat sauvage du nom de « cour des Huit-Becs ». Cette rue annexe n'était qu'un chemin escarpé et accidenté, grossièrement pavé de pierres et bordé des deux côtés par des arbres à chapelets, des banians, ainsi que par des arbustes dont certains sentaient mauvais et d'autres exhalaient une bonne odeur. Il y avait aussi quelques bicoques branlantes et délabrées au bord de l'écroulement. Les murs et le portail de la cour des Huit-Becs étaient tout noirs, mais l'un des murs latéraux alternait briques rouges et briques noires, ce qui donnait un peu de couleur. Ces dernières avaient été ajoutées à la suite d'un orage au cours duquel la foudre avait abattu la moitié d'un mur. Lors des réparations, les briques noires faisant défaut, on avait complété avec des briques rouges ramassées un peu partout.

Mais ma maison n'était pas là. Pour la voir, le regard devait se porter encore plus loin, par-delà une étendue uniforme de toits gris. J'habitais en amont, la cour numéro six, parallèle aux numéros huit et sept. Les murs et le toit étaient depuis longtemps piqués de mousse et de rouille. Au centre se trouvait un minuscule espace intérieur bordé de deux cuisines, une grande et une petite, et de quatre mansardes. De la grande cuisine partait un corridor menant à une arrière-cour, d'où un escalier sombre et humide conduisait à trois autres pièces et, à l'arrière, s'ouvraient deux portes.

Cette description pourrait faire croire qu'il s'agissait d'une maison bourgeoise. A vrai dire, j'ignore quelle famille vivait ici autrefois. Cependant, quand les communistes arrivèrent durant l'hiver 1950, les propriétaires furent suffisamment intelligents pour partir sans laisser d'adresse. Leurs meubles, ainsi que quelques métiers à tisser de fabrication artisanale, furent confisqués. Les lieux furent rapidement occupés, grâce à une autorisation officielle ou selon une initiative personnelle, par des familles de marins vivant jusqu'alors dans des cabanes le long de la rive sud. Les appellations de pièce principale, corridor, arrière-cour, chambres et greniers furent alors conservées par souci de commodité.

Treize familles avaient donc emménagé dans ce lieu qui, à l'origine, n'en contenait qu'une seule. Chaque pièce était occupée par une famille pouvant comprendre jusqu'à trois générations. Avec les parents et les voisins qui se rendaient régulièrement visite, je n'ai jamais su précisément combien de personnes vivaient là, mais je pense qu'il y en avait au minimum une centaine.

Chapitre III

Notre pièce principale mesurait environ dix mètres carrés. Elle possédait une petite fenêtre en bois orientée plein sud et garnie de six barreaux, pareille à celle d'une prison. En fait, on ne la fermait que lorsqu'il pleuvait et pendant les nuits d'hiver. Il était évident que les voleurs n'auraient jamais honoré d'une visite une famille comme la mienne. Le mur en terre de nos voisins, situé simplement à quelques centimètres du nôtre, s'imposait telle une haute et écrasante muraille. Même quand on ouvrait la fenêtre, l'intérieur de la maison demeurait obscur et il fallait éclairer dans la journée. Si je penchais ma tête à l'extérieur et que je levais les yeux pour voir au-dessus du mur, je n'apercevais que quelques branches d'un banian. Le petit ruisseau qui coulait depuis l'aire de jeu de la rue du Lycée dévalait le long de la pente abrupte et se déversait dans le Yangzi. Dans le silence de la nuit son murmure résonnait, s'amplifiait et grondait comme un tonnerre assourdissant. Par chance, nous possédions aussi un grenier de moins de dix mètres carrés, dans lequel on ne pouvait pas se tenir debout à l'endroit le plus bas. La nuit, si on se levait un peu vite et sans prendre garde, on se cognait la tête, ce qui faisait résonner les tuiles. Une lucarne orientée vers le sud s'ouvrait sur le ciel sombre.

Mes parents, mes trois grandes sœurs, mes deux grands frères et moi, nous nous entassions dans ces deux pièces. L'espace était si restreint pour tant de personnes que les six enfants devaient dormir au grenier dans deux lits en bois construits par mon père. Lui et ma mère couchaient dans la pièce du bas sur une paillasse, et il restait juste assez de place pour un bureau à cinq tiroirs, une vieille chaise en osier, une table et des tabourets.

Quand les enfants grandirent, on dut enlever chaque soir la table de la chambre de mes parents afin d'y installer un lit de paille pour mes frères. Le matin, on supprimait le lit, et la table retrouvait sa place initiale pour que nous puissions manger. Au moment de se laver, on escamotait à nouveau table et tabourets. Cela peut paraître bien compliqué, mais on en prit vite l'habitude.

En 1980, ma famille habitait dans cette cour depuis vingt-neuf ans déjà. Le 1er février 1951, lorsque mes parents qui venaient du nord du fleuve avaient emménagé là, ils n'avaient que deux filles. Puis Mao Zedong, dans les années 50, encouragea le peuple à faire beaucoup d'enfants. Selon lui, plus on en avait, plus les choses iraient en s'améliorant, et si une guerre nucléaire venait à exterminer la moitié de la planète, la Chine dominerait alors le monde. Ainsi, en quelques années, la population chinoise augmenta de cent cinquante pour cent, et franchit le cap du milliard dans les années 80.

A ma naissance nous étions huit dans ma famille. Au début, on ne se sentait pas trop à l'étroit, car mes frères et sœurs, envoyés à la campagne, revenaient rarement à la maison. Mais une fois la révolution culturelle achevée, lorsque les jeunes instruits eurent regagné la ville, mes frères et sœurs réintégrèrent le foyer, si bien qu'en 1980 notre petit deux-pièces était bourré à craquer et ressemblait à une porcherie. On ne savait pas où poser les pieds. Inutile de dire que cet été-là nous étions tellement serrés les uns contre les autres que l'on s'enflammait pour un rien.

C'est à cette époque que ma mère m'avertit un jour qu'elle venait de recevoir une lettre de ma sœur aînée la prévenant de son retour à la maison le surlendemain.

Ma sœur aînée avait fait partie du premier groupe de jeunes à être envoyés à la campagne dans une équipe de production. C'est d'ailleurs pour cette raison qu'elle avait les plus grandes difficultés à revenir en ville. Elle avait déjà divorcé trois fois, mis au monde trois enfants, dont l'aîné n'avait que six ans de moins que moi. Ses bébés étaient à peine nés qu'elle les amenait chez mes parents pour qu'ils s'en occupent. Elle pouvait ainsi retourner de nouveau divorcer et se marier.

– Quelle emmerdeuse !

La moindre allusion à ma sœur aînée faisait jurer ma mère, puis elle ajoutait :

– Mais comment ai-je donc pu réchauffer un serpent pareil dans mon sein ?

Chaque fois que ma sœur arrivait, elle et ma mère se disputaient. Toutes les deux se mettaient à frapper sur la table en s'insultant. Ce qu'elles se disaient était hallucinant. Ma mère finissait par éclater en sanglots et ma sœur s'en allait alors, triomphante.

C'est pourquoi je ne comprenais pas pourquoi en son absence ma mère parlait si souvent d'elle. Dès qu'elle apprenait que sa fille aînée allait rentrer, elle était sur des charbons ardents, se contenant à peine, comme si elle ne vivait que dans l'attente de ce retour. J'ai toujours eu la sensation que, dans ma famille, ma mère et ma sœur partageaient quelque chose que les autres enfants ignoraient. D'ailleurs, même si nous l'avions appris, ce secret aurait été si personnel qu'il ne nous aurait pas du tout intéressés.

Pourtant, un certain nombre d'événements qui s'étaient produits cet été-là m'avaient donné à penser que ce mystère me concernait plus ou moins directement. Comme ma sœur aînée était le seul membre de la famille auquel je pouvais poser des questions, j'étais cette fois-ci dans le même état que ma mère et attendais aussi impatiemment qu'elle son retour.

Je savais qu'à ses yeux j'étais une enfant particulière. Elle avait été enceinte huit fois et deux de ses enfants étaient morts. Il lui restait deux garçons et quatre filles dont moi, la sixième. J'ai toujours senti que j'occupais une place à part, mais pas seulement parce que j'étais la petite dernière. Je n'arrive pas à trouver les mots pour expliquer son attitude à mon égard. Elle ne m'a jamais gâtée, n'a jamais fermé les yeux devant mes fautes et m'a toujours tenu la bride serrée. On aurait dit que j'étais l'enfant d'une autre dont elle avait la garde et qu'elle ne voulait pas être accusée de négligence.

Mon père me traitait différemment des autres lui aussi, mais son attitude était à l'opposé de celle de ma mère. C'était un homme très réservé qui éprouvait d'énormes difficultés à communiquer avec moi. Son mutisme était intimidant. Mais quand il se mettait en colère, il saisissait un bâton ou un morceau de bambou et frappait impitoyablement l'enfant désobéissant. Ma mère était toujours prompte à passer sur les fautes de mes frères et sœurs tandis que mon père pardonnait moins facilement. Toutefois, il ne s'est jamais emporté contre moi et ne m'a jamais corrigée.

Lorsque je rencontrais son regard fixé sur moi, j'y devinais une profonde angoisse. Or, dans celui de ma mère, je ne lisais que dureté. Je sentais que j'étais la cause d'un profond désespoir pour tous les deux, un problème insoluble arrivé sur terre par accident.

Chapitre IV

Mon père était assis sur un tabouret en bois dans la pièce principale et enroulait des feuilles de tabac étalées sur un autre tabouret à la peinture rouge tout écaillée. La surface du siège était décorée d'une fleur rouge entourée de quatre morceaux de faïence incrustés. Personne ne savait d'où venait ce si joli petit meuble. Mon père, malgré la faible lumière, travaillait habilement car il connaissait les gestes par cœur. Ses sourcils, plutôt clairs, étaient en revanche très fournis. Il avait des pommettes saillantes et un regard lumineux en dépit de ses problèmes de vue. Dès que le soleil se couchait, il ne distinguait plus rien. Il souriait rarement, et je ne me souviens pas de l'avoir entendu rire, ni pleurer d'ailleurs. Plus tard, j'ai compris que cet homme avait une force de caractère extraordinaire due à sa grande expérience de la vie et qu'il savait garder les secrets. Il était pourtant le membre de ma famille que je comprenais le moins.

De retour de l'école, je trouvai la porte de la pièce principale fermée, mais j'entendis quelqu'un se laver à l'intérieur.

– Ta mère est rentrée, me dit mon père avec son fort accent du Zhejiang. As-tu faim ? me demanda-t-il en tournant la tête.

– Non, répondis-je.

J'ai accroché mon cartable au clou planté dans le mur.

– Si jamais tu as faim, mange un petit quelque chose, me dit-il.

– J'attends le retour de mon quatrième frère et de ma cinquième sœur, ai-je répliqué.

Le bruit de l'eau qui provenait de la pièce principale me mit soudain mal à l'aise.

Ma mère était payée à l'heure. Elle luttait quotidiennement, de toutes ses forces, afin de gagner suffisamment d'argent pour nourrir sa famille. Elle s'était battue pour obtenir un travail qui nécessitait la force de deux personnes. Il consistait à transporter dans deux paniers accrochés aux extrémités d'une tige de bois tout ce qu'on lui donnait. Un jour qu'elle soulevait une bouteille d'oxygène, son pied glissa alors qu'elle traversait la passerelle. Elle tomba dans le fleuve, mais s'accrocha à la bouteille et put être sauvée. Sitôt sur la rive, elle s'écria :

– Je peux reprendre mon travail !

Elle n'avait pas l'intention de devenir une « travailleuse modèle », elle craignait plutôt de perdre son emploi. En effet, elle pouvait être renvoyée à n'importe quel moment. Elle portait donc aussi du sable, des tuiles et du ciment. A cette époque, la grande famine débutait à peine et pourtant elle n'avait déjà que la peau sur les os. Avant ma naissance, juste après l'achèvement de l'usine pharmaceutique locale, elle proposa ses services pour la construction d'un fourneau. Il lui fallait placer quatre grosses briques réfractaires dans des paniers accrochés à chaque extrémité de la palanche, et ensuite les transporter des rives du fleuve jusqu'au sommet de la colline. Les mains vides, ce trajet nécessitait déjà cinquante minutes. Et pourtant elle ne gagnait même pas deux yuans la journée. Un jour, deux autres ouvrières qui portaient simplement deux briques dans chaque panier étaient si fatiguées et affamées qu'elles n'arrivaient plus à avancer. Pensant que personne ne les regardait, elles jetèrent leurs briques dans l'étang, sur le bord de la route. Mais quelqu'un les vit, les dénonça, et elles furent renvoyées sur-le-champ.

Peu de temps après, ma mère offensa un responsable du Comité populaire et perdit son autorisation de travail. Elle n'eut d'autre choix que de chercher un nouvel emploi dans une localité voisine.

Là-bas, le responsable était une personne de grand cœur. Il dit à ma mère : « Je peux vous proposer un poste dans un groupe de porteurs constitués d'"éléments sous surveillance", est-ce que cela vous pose un problème ? » Ma mère s'empressa de répondre que cela ne la gênait pas du tout. C'est ainsi qu'elle commença à travailler au milieu d'individus sous « le contrôle des masses », des gens qui avaient eu des problèmes suite aux événements politiques, bref, des travailleurs qui acceptaient les travaux que les autres refusaient.

Ma mère suivit ce groupe de porteurs dans la baie de Sable blanc, un chantier naval assez éloigné, sur lequel elle travailla dur, sua beaucoup et scanda de nombreux slogans, comme les hommes. Elle les imitait en tout, allant même jusqu'à transporter des blocs de pierre et des plaques d'acier nécessaires à la construction des bateaux. Elle tomba de nouveau dans le fleuve, mais cette fois-ci faillit en mourir. On lui fit du bouche-à-bouche jusqu'à ce qu'elle recrache l'eau qui emplissait son estomac et ses poumons.

Dix années de dur labeur de « coolie » avaient rendu son cœur fragile, son anémie se transforma en hypertension, elle eut de l'arthrite ainsi que des lésions aux reins. Son corps tout entier était malade. Mais ce n'est que lorsque je suis entrée au collège qu'elle a essayé de trouver un emploi moins fatigant. On lui proposa de s'occuper de l'entretien des fourneaux au chantier de construction navale. Ce travail était considéré comme facile alors qu'il fallait qu'elle s'occupe du feu toute la journée. Elle ne l'éteignait que tard dans la nuit, pour le rallumer au petit matin, vers quatre heures. Elle enlevait alors les cendres, ajoutait du charbon, faisait un feu vigoureux et, vers cinq heures, quand l'équipe du matin arrivait, l'eau bouillante était prête pour le thé.

Elle logeait au dortoir des ouvrières et ne rentrait à la maison qu'en fin de semaine. Le plus souvent d'ailleurs, elle allait se coucher à la fin du repas. Lorsque j'essayais d'être gentille avec elle et lui apportais de l'eau pour se laver le visage, tout ce que j'obtenais, c'étaient une mine renfrognée et des grommellements.

Il m'arrivait de l'essuyer après son bain. Les lourdes charges de la palanche avaient imprimé leurs marques sur ses épaules calleuses qui évoquaient les deux bosses d'un chameau avec leur creux au milieu. Ses seins, vides et plats comme des galettes, pendaient le long de son ventre, semblables à une peau superflue. Une fois, à peine avais-je essoré la serviette de toilette qu'elle s'allongea sur son lit et s'endormit, la main droite pendante, les deux jambes écartées, dans une position bien peu élégante. Son ronflement s'élevait dans la pièce, pareil au grognement d'un animal, et de la bave coulait de sa bouche. J'ai alors reposé sur le lit la main qui avait glissé, le cœur soulevé de dégoût.

Lorsque ma mère travaillait, mon père, pourtant en incapacité de travail, assumait les tâches ménagères de la famille. Quand la nuit tombait et qu'il n'y voyait plus, il continuait à vaquer à ses occupations en se dirigeant à tâtons. Il m'a d'ailleurs pratiquement élevée tout seul.

Le samedi, ma sœur et moi allions faire la queue chez le boucher. Nous réunissions les tickets de viande de toute la famille afin de pouvoir acheter une demi-livre de porc ou de bœuf. Nous cuisinions ensuite un plat alléchant et odorant que nous nous contentions de regarder avidement jusqu'au retour de ma mère à la tombée de la nuit. Cependant, au lieu de montrer sa reconnaissance, ma mère jouait avec ses baguettes et triturait la viande sans la manger. Un soir, mon père en eut assez. Il frappa du poing sur la table, envoya promener le bol et les baguettes. Nos parents nous demandèrent de sortir, fermèrent la porte et une violente dispute éclata. Plus l'altercation s'envenimait, plus le ton de leurs voix baissait, car ils craignaient que nous n'entendions ce qu'ils se disaient. J'avais l'impression que ma mère vidait sa colère contre mon père, et j'étais furieuse contre elle.

Elle nous sortait très rarement, que ce soit pour rendre visite à de la famille ou pour nous promener. Plus elle vieillissait, plus son caractère devenait étrange, comme nous l'indiquaient les termes horribles qui sortaient de sa bouche. Depuis ma plus tendre enfance, j'avais l'habitude de l'entendre injurier les gens et leurs ancêtres avec des mots grossiers, des jurons obscènes. Il s'agissait de ma mère après tout, et sa vulgarité me mettait très mal à l'aise.

Je critiquais presque tous ses actes. Je lui reprochais de faire trop de bruit lorsqu'elle s'activait dans la maison ; elle avait aussi la fâcheuse habitude de renverser un peu de la saumure des légumes par terre, de claquer la porte si violemment que le grenier vibrait, de parler tellement fort qu'on aurait dit qu'elle engueulait les gens. Je ne pouvais plus la supporter.

Je détestais l'appeler « maman », que ce soit ou non en sa présence, et nous avions toutes les peines du monde à nous sourire.

Souvent, je me demandais quelle sorte de mère elle était dix-huit ans plus tôt, lorsqu'elle m'avait donné le jour.

D'aussi loin que je me souvienne, je n'ai jamais vu ma mère belle, du moins présentable.

J'ai peut-être délibérément effacé d'elle tout souvenir séduisant. Je ne gardais d'elle que l'image de la femme malade qu'elle était devenue, avec ses dents abîmées et plombées, les rares dents qui lui restaient encore. Ses paupières étaient lourdes et bouffies. A travers la fente de ses yeux troubles et sans éclat, elle pouvait à peine reconnaître les gens. L'eût-elle désiré, elle aurait été dans l'incapacité de donner un aspect séduisant à ses cheveux clairsemés qui, jour après jour, blanchissaient et tombaient. Pour les dissimuler, elle portait la plupart du temps un chapeau de paille usé. En outre, elle se tassait de plus en plus, écrasée par une masse invisible. Son dos voûté la faisait paraître sans forme et plus petite encore qu'elle ne l'était réellement. Elle traînait continuellement, comme si elle avait du plomb dans les semelles, ses gros pieds difformes qui lui causaient tant de honte, et qui, si elle marchait sur un fragment de pierre pointu, ne saignaient même plus. Ce travail harassant lui avait fait enfler les jambes, et ses orteils écartés et mangés par les champignons – elle pataugeait dans la boue à longueur d'année – lui causaient d'horribles souffrances.

Une fois cependant, et ce fut la seule, un matin où je m'étais réveillée tôt, j'ai entendu ses sandales en bois claquer sur les marches de pierre. Le son était agréable à entendre. Elle tenait un parapluie en papier huilé et traversait la cour sous la bruine. Soudain, je me suis dit qu'elle aussi avait eu un jour une peau de pêche, un visage jeune, souple et doux.

J'ai peu à peu compris pourquoi ma mère ne voulait pas se regarder dans un miroir. Une fois, elle s'était plainte à mes grandes sœurs que dans cette maison il n'y avait pas une seule glace digne de ce nom. Personne n'avait rien ajouté, mais, de toute évidence, mes sœurs savaient, contrairement à moi, que c'était sa façon à elle de signifier qu'elle détestait se voir telle qu'elle était.

Les années avaient bâti un mur entre ma mère et moi, un mur au-dessus duquel croissaient des herbes sauvages et des arbustes, si haut qu'aucune de nous ne savait comment faire pour renverser la situation. En fait, ce mur était mince et fragile, et nous aurions pu le faire tomber si nous l'avions voulu. Mais nous n'avons jamais eu l'idée, du moins en ce qui me concerne, d'essayer. Malgré tout j'ai lu, une fois ou deux, de la tendresse dans son regard et, à ces moments-là, j'ai eu l'impression que je n'étais pas de trop. J'ai alors senti que si je tendais la main, je pourrais atteindre son cœur. Malheureusement, ce regard s'est éteint avant même que la moindre chance me soit offerte.

Avant l'année de mes dix-huit ans, j'ai été incapable de regarder en arrière et d'avoir une image précise du passé.

Chapitre V

Ma mère venait d'achever sa toilette. Elle ouvrit la porte et me dit :

– Apporte-moi le seau, Liuliu.

Elle portait un chemisier sans manches à col mao qu'elle avait confectionné elle-même, un pantalon court qui lui arrivait aux genoux et une vieille paire de sandales en bois.

Nous avons soulevé ensemble le grand baquet qui servait de baignoire et nous avons versé l'eau sale dans le seau. Ma mère me rappela que ma sœur aînée serait à la maison le soir même, ou, au pire, le lendemain.

– Tu peux l'attendre longtemps, lui dis-je avec une cruauté voulue. Elle t'a raconté des histoires.

– Non, ce n'est pas vrai, me répondit-elle sèchement. Si dans sa lettre elle a écrit qu'elle allait revenir, c'est qu'elle va revenir.

A l'évocation de ma sœur aînée, le visage de ma mère s'était adouci. Alors que je la regardais, je ne pris pas garde à mes gestes, et par mégarde je renversai de l'eau sur le sol en béton.

– Fais donc attention ! maugréa-t-elle. Tu ne peux donc rien faire correctement ?

J'ai délicatement soulevé le seau, et je l'ai emporté.

– Ne le vide pas ! Garde-le pour laver le plancher du grenier ! cria alors ma mère d'un ton plus fort que nécessaire.

L'eau était un bien précieux, non seulement parce qu'elle était chère, mais aussi parce qu'elle pouvait être coupée à n'importe quel moment. Quelques centaines de familles se partageaient une mince canalisation d'eau située derrière la rue du Lycée. On faisait la queue en silence pour n'obtenir au bout du compte qu'un liquide jaunâtre. Si on décidait d'aller en chercher au fleuve – ce qui représentait un trajet pénible et fatigant, surtout au retour –, il fallait ensuite la traiter avec de l'alun ou de l'eau de Javel afin de la rendre limpide et de la désinfecter, si bien que, lorsqu'on s'en servait pour cuisiner, les plats conservaient un arrière-goût de rouille. On utilisait donc les ressources du fleuve uniquement pour faire la lessive ou nettoyer le sol, sauf lorsque l'eau courante était coupée.

Les logements manquaient tellement d'espace que l'on devait stocker l'eau dans de petits bacs entreposés dans la cuisine commune. Mais il n'y en avait jamais assez. Les hommes allaient donc en principe prendre leur bain dans le fleuve. Ceux qui n'avaient pas envie de descendre et de remonter la colline remplissaient une bassine et se lavaient en slip sur les marches en pierre de la cour. N'importe comment, en été, on était habitué à voir les hommes déambuler toute la journée dans cette tenue.

Les hommes les plus pudiques faisaient leur toilette la nuit, mais dans très peu d'eau ; c'est pourquoi la majorité préférait se nettoyer en plein jour. Ils se versaient ensuite l'eau de leur bassine sur la tête, trempant leur slip blanc qui ne cachait alors plus rien de leur anatomie. Voilà pourquoi, depuis que je suis petite, je connais fort bien cette chose hideuse et honteuse que les hommes ont entre les jambes. Quand j'allais chercher quelque chose à la cuisine ou sortais dans la cour pour vider un seau dans le trou prévu à cet usage, je me trouvais alors face à une rangée d'hommes, des jeunes et des vieux, debout, épaule contre épaule, pratiquement nus, qui encombraient le passage. Ils allaient même jusqu'à uriner en public dans la rigole.

Très souvent, l'été, il ne tombait pas une seule goutte pendant plus d'un mois. Lorsque la crue du Yangzi commençait, l'eau arrivait d'abord doucement de l'amont, puis le débit s'intensifiait. A la saison des pluies, des centaines de mètres de rives pouvaient être submergés en une simple nuit. Cette ville était très chaude. Les gens qui n'y avaient jamais vécu ne pouvaient pas comprendre à quel point l'atmosphère vous brûlait, encrassait chaque pore de votre peau, pénétrait en vous et vous cuisait à petit feu. En temps normal, il n'y avait pas un souffle d'air. Quand, par miracle, une brise se levait, elle était brûlante, ce qui attisait la chaleur. On se serait cru à l'intérieur d'une cocotte-minute et on respirait avec difficulté.

A la maison, lorsque les filles se lavaient, les hommes devaient sortir faire un tour jusqu'à ce qu'elles aient fini et revenaient grommelants et maussades. Nous commencions par verser de l'eau froide dans le baquet en bois, puis nous ajoutions un peu d'eau chaude pour la réchauffer. Ensuite, la porte verrouillée, nous nous déshabillions et nous nous lavions rapidement et énergiquement : nous nous passions un peu d'eau sur le corps, nous nous savonnions et nous nous rincions. Voilà comment se déroulaient nos bains.

Comme nous étions cinq filles, nous n'avions pas assez de temps pour nous laver individuellement. Il fallait alors que deux sœurs fassent leur toilette ensemble. Je ne supportais pas qu'on me voie nue, même s'il s'agissait de mes grandes sœurs ou de ma mère. Je me débrouillais donc pour être la dernière. Je prenais alors une cuvette d'eau froide, j'entrais dans la pièce, je verrouillais la porte et je me nettoyais rapidement. Dans ma famille, on trouvait bizarre que je veuille m'enfermer seule et mon attitude ne leur plaisait guère.

Cela, c'était en été. Mais quand la température se rafraîchissait, il devenait encore moins pratique de se laver. L'eau chaude était un bien rare et comme nous n'avions pas de quoi nous offrir les bains publics, nous prenions moins ou plus du tout de bains. Les travailleurs laissaient dans leur sillage une fétide et aigre odeur de transpiration qui s'ajoutait au puissant mélange de toutes les senteurs.

La rigueur de l'hiver était aussi difficile à supporter que la chaleur de l'été. Nos maisons n'étaient pas chauffées et nous n'avions pratiquement pas de combustible. Aussi nous réchauffions-nous les mains en les appliquant autour de bouteilles remplies d'eau bouillante et nous nous blottissions près du poêle pour tenter de lutter contre le froid. Parfois, nous allions simplement nous recroqueviller sous une couverture. La nuit, nous enfilions tous les habits que nous trouvions et nous montions nous coucher. Mais cela ne nous empêchait pas de souffrir, des heures durant, de nos pieds et nos mains gelés. Il ne se passa pas un hiver où je n'eus les mains rougies par les engelures et les doigts raidis comme des carottes.

J'ai posé le balai à franges dans le seau et j'ai bloqué son manche dans l'angle de mon bras droit. Puis j'ai porté avec précaution mon fardeau jusqu'au pied de l'escalier. Je l'ai alors changé de main afin d'agripper la rampe de l'escalier, qui a gémi. Je m'apprêtais à monter au grenier, lorsque ma mère a crié d'un ton maussade :

– Pas la peine de nettoyer le plancher maintenant, il reste encore de l'eau chaude dans la bouilloire à la cuisine ! Commence par te laver. Si tu attends trop, elle sera froide !

Ma mère avait l'habitude de me commander de la sorte. J'ai alors posé mon seau, et suis restée plantée devant l'escalier sans bouger, l'air malheureux.

Ma mère a essuyé l'eau du bain qui avait giclé par terre avec le balai à franges qu'elle a ensuite posé dans un coin sec de la pièce.

Mon père a relevé la tête et m'a fait signe d'agir selon les désirs de ma mère. Il ne me restait plus qu'à obéir. J'ai pris la cuvette et suis allée la remplir dans la cuisine. Puis j'ai fermé la porte et je me suis déshabillée. Lorsque je me suis vue, nue comme un ver, trempée de sueur et sentant la transpiration sous les aisselles, j'ai cru que j'allais vomir.

Partie II

Chapitre I

Cette ville de quatre millions d'habitants comptait environ une dizaine d'établissements d'enseignement secondaire, mais aucune université. Comme au sommet d'une colline de la rive sud se trouvait un lycée, une rue était appelée la « rue du Lycée ». Sans doute l'apparition du premier établissement dans ce quartier pauvre, quelques années auparavant, fut-elle un événement considérable.

Il n'existait aucune relation dans cette région entre les lycées et les universités. D'ailleurs, les jeunes qui, par miracle, avaient réussi le concours d'entrée à l'université pouvaient se compter sur les doigts d'une main. Certains lycées n'avaient présenté aucun candidat pendant plus de dix ans. Manifestement, on n'arriverait à recruter aucun élève dans ce quartier et certains seconds cycles furent fermés. Si des réunions d'anciens élèves du lycée avaient existé, elles auraient réuni un nombre important de marchands ambulants, de bateliers et d'ouvriers du chantier naval.

J'habitais tout près de la rue du Lycée, une large rue pavée de pierres, pas très escarpée. Des deux côtés de la route s'entassaient de frêles cabanes en bois délabrées qui abritaient de petits commerçants. Ces derniers vendaient sur le pas de leur porte de la sauce de soja, du vinaigre, du sel, ou bien des aiguilles et du fil, des lacets et des boutons. Au sommet de la colline se trouvait une bouquiniste chez qui on pouvait aussi acheter des friandises et des cacahuètes. Lorsqu'il pleuvait, la vieille femme rentrait ses livres puis installait de petits tabourets à l'intérieur même de sa maison.

La route était régulièrement inaccessible à cause de la foule qui s'amassait sur la montée pavée de pierres et sur ses bas-côtés. Elle était tellement dense que les gens s'agglutinaient sous les auvents, contre les portes et les fenêtres des maisons, ce qui provoquait parfois des incidents.

– Hé ! toi, le fils de tortue à la langue de vipère, tu penses que tu peux me balancer ton pot de chambre sur la tête comme ça ? Tu ne sais pas qui tu es en train d'emmerder ! Tu croyais que tu pouvais jeter tes détritus sur moi comme ça ? Qui va les enlever maintenant ?

– Pourquoi user sa salive à discuter avec ce fils de pute ? Enlevez-lui sa merde.

– J'encule tes ancêtres ! Pour qui diable me prends-tu ?

– J'encule toute ta famille et tes ancêtres sur huit générations !

Les badauds, qui s'étaient attroupés, prenaient un malin plaisir à mettre de l'huile sur le feu, alléchés à l'idée d'une bonne bagarre.

– Va te faire foutre, couilles molles, si c'est tout ce que tu trouves à dire !

Les gens de Chongqing étaient de nature vive et emportée et ils avaient la langue bien pendue. Lorsqu'ils parlaient, leur débit, rapide et violent, ressemblait à une pétarade. Ils étaient si bruyants qu'on les entendait de loin, même à plusieurs ruelles de distance. Les habitants pauvres de la rive sud étaient beaucoup plus directs que les habitants du centre de Chongqing. Ils détestaient les menaces inutiles et les disputes se soldaient souvent au couteau. Mais ils étaient extrêmement loyaux. S'ils vous appréciaient, ils auraient fait n'importe quoi pour vous. Les habitants du centre-ville, eux, préféraient d'abord voir dans quelle direction soufflait le vent. Ils commençaient par évaluer leur adversaire et ne se battaient que lorsqu'ils étaient sûrs de gagner. Et si d'aventure on leur tournait le dos, on était certain de se prendre un mauvais coup et de passer de vie à trépas.

Dans mon enfance, j'ai assisté à un nombre important de bagarres. Plus tard, après avoir lu des romans de cape et d'épée et vu des films de kung-fu à la télévision, j'ai compris que les gentils, les héros, n'étaient rien d'autre que des tyrans bien habillés dont la langue ne possédait pas la verve de celle de leurs adversaires.

Lorsqu'ils en venaient aux mains, la foule se rapprochait spontanément des combattants. Aujourd'hui, le tyran local devait se battre.

– Eh ! réduis-le en miettes, c'est un homme mort !

De tels cris ne présageaient rien de bon.

– Voilà les flics ! lança-t-on.

Aussitôt, des hommes se précipitèrent pour les séparer. En règle générale, les gens méprisaient la police. Mais quand une bagarre éclatait, on n'hésitait pas à entraîner les combattants au commissariat. Au fond, les hommes respectent l'autorité.

La plus grande maison du quartier était autrefois une maison de thé. Elle se trouvait à côté de l'épicerie qui faisait l'angle de la rue et pouvait contenir une centaine de personnes. Autrefois, le soir, des conteurs fascinaient la clientèle en lui lisant des histoires extraites des *Trois Royaumes*, d'*Au bord de l'eau* ou des *Guerriers de la famille Yang*. La salle était toujours comble. Mais quelque temps avant ma naissance, elle fut transformée en cantine collective, puis, quand j'avais quatre ou cinq ans, elle fut rebaptisée « la cour du Soleil » en signe de fidélité envers le président Mao. Ensuite, cet endroit fut successivement le quartier général des factions « rebelles », le lieu de déroulement des séances de critique des « contre-révolutionnaires » et des « génies malfaisants » locaux. Les victimes partaient de cet endroit pour être exhibées dans les rues un grand chapeau pointu sur la tête. Comme à cette époque je n'étais pas autorisée à entrer, je restais dehors sur les marches de pierre, dressée sur la pointe des pieds, et j'attendais dans l'espoir de voir ce qui se passait à l'intérieur. Par la suite, la pancarte « Groupe d'étude des pensées du président Mao » fut accrochée sur la porte pendant un bon nombre d'années. Les « étudiants » changeaient constamment, mais leur visage renvoyait toujours le même regard éteint et il se dégageait de leur corps une odeur de renfermé. A la fin des années 70, un poste de télévision en noir et blanc succéda aux dernières victimes. Chaque soir, grands et petits jeunes et vieux se regroupaient à l'intérieur de la grande salle. Dans un brouhaha général, ceux de devant s'asseyaient tandis que ceux de derrière montaient sur leurs bancs pour regarder le petit écran.

Je ne pouvais y aller car je devais rester à la maison pour réviser mes cours, et préparer mon examen d'entrée à l'université.

Chapitre II

Le soleil dégageait encore une chaleur accablante, même après la fin des cours. Je marchais donc à l'ombre, mon sac de classe sur le dos. Sur le bord du chemin, des lauriers-roses, d'un rose tendre, fleurissaient. Leurs branches étaient soutenues par un mur de pierre recouvert de mousse humide. Je me suis faufilée à travers une brèche entre deux morceaux de planches noires et j'ai marché sous les arbres. Sous l'épais ombrage, une odeur de moisissure douce et familière montait de la terre humide. J'aurais pourtant préféré marcher sous le soleil de plomb plutôt qu'au milieu de cette pénombre. « Rentre à la maison, me disais-je dans mon for intérieur. N'y va pas aujourd'hui, non, pas cette fois-ci. Et la prochaine fois ? On verra bien, mais pas cette fois. »

Cependant, alors que je passais devant le bâtiment administratif, mes jambes se dirigèrent d'elles-mêmes vers l'entrée. J'ai monté l'escalier et suis arrivée face à cette porte devenue si familière.

– Entre donc ! dit-il comme à son habitude.

Il savait toujours que c'était moi qui frappais à la porte. Une fois à l'intérieur, les folles pensées qui m'avaient traversé l'esprit en chemin s'évanouirent. Je me suis assise sur une vieille chaise en rotin face au bureau du professeur d'histoire.

La pièce, à l'origine une grande salle de cours, se divisait en plusieurs parties. Des papiers rouges pour écrire des slogans ainsi que quelques pinceaux cassés et quasi dépourvus de poils s'entassaient sur la bibliothèque. Chaque enseignant possédait une table de travail, une chaise en rotin usé et quelques tabourets carrés. La lumière entrait par la fenêtre sans rideau orientée plein sud. Une autre, plus petite, derrière la table, était peinte en vert pour faire écran aux rayons du soleil. Des cris, assourdis, provenaient du terrain de sport.

De nombreuses villas de style français ou anglais appartenant à des dignitaires se cachaient au milieu des collines d'un vert luxuriant qui entouraient la ville. A l'origine, de proches ministres de Tchang Kaï-chek ainsi que des conseillers américains les avaient habitées, mais aujourd'hui de hauts cadres du Parti communiste les remplaçaient. Je n'étais jamais allée là-bas, je me contentais d'imaginer ce à quoi elles pouvaient ressembler. Cette partie de la ville était un monde étranger pour moi.

Le plus bel endroit que j'aie connu jusqu'à l'âge de dix-huit ans fut le bâtiment administratif de deux étages du lycée avec son toit en pagode et ses larges fenêtres. Et pourtant les marches gémissaient dès qu'on posait un pied dessus, la porte et son cadre étaient réunis par des morceaux de carton dur qui craquaient et se déchiraient lorsqu'on la poussait un peu trop fortement, ce qui s'était produit à maintes reprises ces dernières années.

La première fois que j'ai pénétré dans le bureau, j'ai dit au professeur d'histoire que ce lieu m'était familier. Il me semblait avoir déjà vu cette fenêtre peinte en vert, cette porte renforcée par du carton ainsi que l'épais mur de brique. Soit j'étais venue ici dans une vie antérieure, soit je l'avais rêvé. En fait, j'avais vu cet homme en songe, ou du moins quelqu'un lui ressemblant, et, un instant, je me suis même demandé s'il n'était pas la personne qui me suivait. Mais avant même que je lui en parle, il m'a regardée curieusement, tandis qu'un léger sourire se dessinait sur son visage. A partir de ce moment-là, il ne s'est plus adressé à moi en tant que professeur.

Ses cheveux coupés ras ne permettaient pas de savoir s'ils étaient épais ou fins, souples ou raides, en tout cas ils lui faisaient de grandes oreilles. Il portait une chemise bleu pâle en coton à rayures sombres qui ne ressemblait pas aux cotonnades légères que mettaient la plupart des professeurs. Sa table de travail était toujours impeccable, la seule dans cette pièce à n'être pas barbouillée de craie. Il ne fumait pas, mais ne pouvait se passer de son verre de thé. Régulièrement, il s'emparait de la bouteille Thermos au bouchon en plastique posée par terre à côté de son bureau. Ses sourcils noirs et épais ainsi que son long nez ne s'harmonisaient pas avec le reste de son visage et lui donnaient un air dur.

Maintenant que j'y repense, il s'agissait d'un homme dénué de toute originalité. Ses cours se déroulaient dans la monotonie, car il était incapable – contrairement à certains de ses collègues – de rendre son enseignement vivant. Il n'était qu'un insignifiant professeur de lycée.

Sur cette terre, le hasard nous permet parfois de rencontrer des gens que l'on est impuissant à décrire avec des mots connus. On ne peut utiliser le langage, mais le sentiment, et l'on est précipité vers la voie étroite qui mène à lui. On avance alors à tâtons comme un aveugle, guidé par la peur et l'excitation.

Voilà précisément ce qui m'est arrivé l'année de mes dix-huit ans. Mes sentiments se sont soudain déchaînés, et je me suis trouvée dans l'incapacité d'expliquer par des mots ce qui se produisait en moi. Au début, j'ai détesté cet homme parce qu'il ne me prêtait aucune attention. Je l'ai profondément haï. Je n'étais pour lui qu'une élève parmi les autres, sans doute la plus insignifiante. J'ai alors décidé de lire un roman pendant son cours dans l'unique espoir qu'il me remarque enfin.

Utilisant le procédé habituel consistant à interroger un élève pour en venir à bout, il m'a donné l'ordre de me lever. Puis il m'a posé une question dont il savait pertinemment que je connaissais la réponse. Je suis restée de marbre, sans desserrer les dents. Alors il est venu en face de moi et je l'ai regardé droit dans les yeux, d'un air provocant. Ma réaction l'a laissé un instant interloqué, et il en a même oublié de sanctionner mon comportement. A ce moment-là, les élèves les plus dissipés ont commencé à s'agiter et à bavarder, occasionnant un certain désordre dans la classe.

– Assieds-toi, m'a-t-il dit doucement, tu viendras me voir dans mon bureau après les cours.

Mon cœur battait la chamade tandis que je m'asseyais, tout excitée. Mon but était atteint : il m'avait remarquée. A partir de ce jour, je me suis rendue de nombreuses fois dans son bureau pour « manquement à la discipline ».

Chapitre III

A la veille de mes dix-huit ans, j'étais maigre et j'avais toujours ce visage pâle et émacié aux lèvres sans couleur. Je portais des vêtements blanchis par les nombreux lavages et rassemblais mes cheveux en deux tresses fines et ternes. Mao Zedong était mort depuis quatre ans. La mode changeait. Les vêtements amples et sans forme, bleus ou verts, que l'on avait vus pendant tant d'années disparaissaient petit à petit. A tous les coins de rue, les gens fredonnaient des chansons des années 30. Après quarante années de révolution et son cortège d'austérité, la ville savourait avec prudence les charmes du passé. Les femmes les plus effrontées portaient de nouveau des robes chinoises fendues qui épousaient si bien leurs formes. A force d'avoir arpenté des terrains montagneux depuis leur enfance, les jeunes femmes de cette ville avaient des jambes particulièrement longues et musclées, une taille fine et élancée que leur démarche mettait en valeur.

Le souvenir des temps passés imprégnait jusqu'aux moindres ruelles et chemins de traverse de la rive sud.

Quant à moi, plus j'assistais aux changements, moins j'aimais mon image. Je ressemblais à quelqu'un qui, ayant manqué son bateau, se retrouve seul sur le quai. Je portais une jupe verte en coton qui descendait en dessous des genoux et une chemise blanche à manches courtes, déjà usée par mes sœurs aînées. Comme l'ensemble était trop grand et distendu, je paraissais encore plus petite que d'habitude. Mes sandales en plastique crème avaient deux pointures de trop et claquaient contre mes talons nus quand je me promenais.

Voilà donc à quoi je ressemblais lorsque je me suis approchée du bureau du professeur d'histoire et me suis assise face à lui. Nous étions seuls, car tous ses collègues étaient déjà rentrés chez eux.

Il m'a dévisagée puis s'est mis soudain à me parler, d'un ton chaleureux :

– Tu m'as mal jugé si tu penses que je méprise les élèves issus de familles très modestes.

Les battements de mon cœur s'accélérèrent. Il avait parfaitement compris, au moins en grande partie, pourquoi je me sentais si mal à l'aise et malheureuse au lycée.

– Je viens moi-même d'une famille pauvre, et maintenant je me trouve encore plus pauvre, je suis un vrai prolétaire, dit-il en se moquant de lui, pas du tout avec l'indifférence qu'il arborait en classe.

Il me raconta que son père avait été jugé comme contre-révolutionnaire, faisant ainsi perdre à son fils tout espoir d'entrer un jour à l'université. Des années plus tard, après que son frère et lui furent devenus grands, ils continuaient encore d'aider leur père à vendre du maïs dans la rue et à distribuer du charbon. Voilà pourquoi les ruelles de la rive sud n'avaient plus aucun secret pour lui.

– A cette époque-là, tu n'étais encore qu'une petite morveuse qui marchait à quatre pattes.

Il laissa échapper un rire amer.

– Vous vous moquez de ma jeunesse, ai-je dit, mécontente, tandis que je me levais.

– J'ai presque vingt ans de plus que toi, m'a-t-il répondu.

Que voulait-il donc insinuer ? Qu'est-ce que l'âge avait à voir dans tout cela ? Était-il en train de me dire que trop de choses nous séparaient ? Dans ce cas, ses mots laissaient supposer qu'il pensait déjà à une éventuelle relation entre nous. Je devins tout d'un coup rouge pivoine, je ne savais plus où regarder. Mon cœur battait comme si j'avais commis un méfait, et soudain des larmes se mirent à couler sur mon visage.

– Hé, mais pourquoi pleures-tu ? m'a-t-il demandé.

– Vous m'avez humiliée, ai-je répondu d'un air buté.

– Je t'ai humiliée ?

Il répéta lentement mes mots. Ensuite, il se leva, sortit un mouchoir de la poche de son pantalon, vint près de moi, puis me le tendit.

Je ne le pris pas. Mes larmes avaient dégouliné le long de mon nez qui s'était mis à couler à son tour, ce qui était très désagréable. Mais je ne voulais pas du mouchoir.

« Je vais bien voir comment il va réagir », me disais-je en moi-même. Je sentais qu'il s'approchait de moi, mais ne relevais toujours pas la tête.

Je persistais à refuser le morceau de tissu qu'il me tendait. Mon audace m'effrayait tellement que je n'osais plus respirer. « Une seconde de plus, pensais-je, une seconde de plus, et il va me toucher. » J'avais l'impression que j'allais m'évanouir.

Et il le fit. Il posa une main ferme sur ma tête, comme si j'étais un bébé, m'essuya énergiquement les yeux et le visage avant de me pincer fortement le nez. Je me suis instinctivement mouchée, contre mon gré, dans son mouchoir.

J'ai alors bondi et me suis placée à une trentaine de centimètres du bureau. Ce salaud m'avait traitée comme une gamine !

Il a regardé son mouchoir avec satisfaction et l'a remis dans la poche de son pantalon. Puis il est retourné s'asseoir à son bureau. Mon embarras et mon irritation le faisaient légèrement sourire. Il avait réussi à prouver qu'il existait un réel écart d'âge entre nous. Une certaine distance nous séparait de nouveau. Nous étions redevenus le professeur et l'élève et je rougis de colère.

Il me parla calmement et m'expliqua que bien que j'eusse encore le temps de préparer l'examen d'entrée à l'université, je devais fournir un gros effort de mémoire afin d'acquérir les connaissances essentielles. Pour se donner une contenance, il faisait semblant de chercher mes copies parmi les feuilles étalées sur son bureau. Il ajouta ensuite que mon niveau n'était pas aussi bon qu'il pourrait l'être et qu'il fallait que je mette les bouchées doubles. Puis il m'a répété qu'il était issu de la « génération sacrifiée » et qu'il n'avait jamais eu aucun espoir, lui, d'entrer un jour à l'université. Il ne fallait donc pas que je rate la chance de ma vie.

Ses paroles étaient sincères et son raisonnement pertinent. Il savait que mon point faible était de ne pas apprendre mes leçons par cœur. Nous nous sommes regardés. Cet instant fut agréable pour tous les deux. En une seconde, mon moral fut au beau fixe.

Chapitre IV

Chaque fois que nous quittions ensemble le bâtiment administratif et que nous nous séparions près du terrain de sport après des au revoir chaleureux, je n'avais qu'une idée en tête : le retrouver le lendemain, ne serait-ce qu'en cours. Seule une partie du mur d'enceinte de l'école tenait encore debout, l'autre s'étant effondrée dans l'indifférence générale. Au-delà, on pouvait voir un champ cultivé, le terrain de sport ainsi que des sentiers sinueux qui s'étendaient à l'infini. Un peu plus loin, la cheminée de l'usine pharmaceutique crachait de la fumée et déversait ses eaux usagées dans les champs avoisinants. Des nuages sombres cachaient le soleil et l'atmosphère était des plus suffocantes. Il n'y avait plus qu'à espérer le retour de la pluie pour faire baisser un peu la température.

Or la pluie n'était pas non plus la solution idéale : en effet, notre toit prenait l'eau. On devait donc mettre tous les seaux et les bassines que nous possédions sur les lits et le plancher, et nous réfugier dans les endroits secs. Quand une bassine était pleine, je la prenais précautionneusement, descendais l'escalier et allais la jeter dehors dans la cour.

Notre cour aurait dû être condamnée des années plus tôt : il y avait des trous béants dans les planches, les murs s'effritaient par endroits, les poutres du toit s'affaissaient et la statue de pierre du génie du foyer, placée au-dessus du fourneau, était tellement recouverte de suie qu'on ne parvenait plus à distinguer ses traits. Il fallait frotter fort pour que réapparaisse enfin son visage rayonnant de bonheur.

Le pied des murs et les angles en pierre qui entouraient la petite cour étaient couverts de mousse toute l'année. De vert noirâtre au printemps et en été, elle virait au jaune en automne avec des nuances bleu-vert. Aux endroits secs, on aurait dit du velours, et aux endroits humides elle semblait polie.

Er Wa et les quatre autres membres de sa famille vivaient à l'autre bout de la cour, dans deux pièces construites avec des fragments de briques. Sa mère, qui n'avait que la peau sur les os, sortait régulièrement pour balayer le pas de sa porte et insultait systématiquement tous les gens qu'elle voyait, sans aucune raison. Ma mère l'avait offensée quelques années auparavant à cause de je ne sais plus quelle broutille et, au lieu de passer l'éponge, elle faisait tout ce qu'elle pouvait pour nous compliquer la vie et nous prouver son pouvoir politique au sein du Comité de voisinage. Habituellement, elle vomissait un charabia de mots pleins de sous-entendus grossiers que je ne comprenais pas.

Un jour, son mari, qui rentrait chez lui après sa journée de travail sur son bateau, la découvrit en train de flirter en compagnie d'un homme du voisinage. Elle l'aguichait ostensiblement, sans aucune pudeur. Il lui donna alors la raclée de sa vie, déchira ses habits avec des ciseaux et brisa même des bols à coups de marteau sur elle. Elle fut si épouvantée qu'elle resta un mois sans parler, durant lequel ma famille n'eut pas à subir ses attaques.

Ce répit fut de courte durée : ses insanités ne tardèrent pas à retentirent de nouveau dans la cour, comme si c'était plus fort qu'elle. Mes parents écoutaient ses insultes en silence, le visage impassible.

Au collège, même le garçon le plus insignifiant de la classe ne me manifestait pas la moindre attention. Les filles, en revanche, avaient tendance à décharger leur colère sur moi. Un jour que j'étais accroupie dans les toilettes, l'une d'entre elles, une très grande fille, fit violemment irruption et faillit me faire tomber dans le trou. Avant que je pusse retrouver mon équilibre, elle s'enfuit en courant vers la sortie. Elle s'arrêta devant la porte, tourna la tête et me lança d'un ton provocant : « Eh bien ! tu ne réagis pas, tu n'es même pas capable de crier ? » Au lieu de hurler, j'ai remonté mon pantalon et je me suis glissée dehors en passant tout près d'elle avant de m'enfuir en courant. Je ne me suis même pas sentie humiliée.

J'ai toujours eu de la peine à montrer mes sentiments car personne ne se souciait de mes états d'âme. Les membres de ma famille pensaient que je n'avais rien d'important à dire. La seule personne au monde qui était intéressée par mes idées et qui avait gagné mon entière confiance était le professeur d'histoire. J'avais enfin rencontré quelqu'un qui me comprenait. Il portait sur le monde un regard différent des autres. Son attitude, lorsqu'il m'écoutait, m'encourageait à poser toutes les questions, des plus banales aux plus complexes, enfouies au fond de moi depuis mon enfance.

J'appréciais vraiment qu'il m'écoute parler, j'en avais besoin. Il savait que ces petits riens avaient de l'importance pour moi. J'oubliais tout quand j'étais avec lui et, parfois, j'avais très envie de pousser mon bureau tout près du sien.

Un jour, il sortit de son tiroir une planche à dessin sur laquelle il fixa une feuille de papier.

– Assieds-toi confortablement, je vais faire ton portrait.

Je m'exécutai sans interrompre mon flot de paroles.

De temps en temps, il levait les yeux de son dessin pour m'examiner rapidement. Puis il cessa de dessiner.

– Tu ferais mieux d'arrêter de te poser toutes ces questions. Pourquoi, alors qu'il te faut rassembler toutes tes forces pour préparer le concours d'entrée à l'université, t'intéresses-tu à ces détails ? me demanda-t-il en me regardant droit dans les yeux.

Je lui ai répondu que je n'en savais rien et qu'il était la seule personne au monde à qui je me confiais totalement.

J'attrapai la feuille qu'il me tendit. Il s'agissait d'un croquis. La tête sur le papier était bien la mienne. Quelques traits esquissaient les contours de mon visage. Seuls les yeux étaient trop brillants et remplis de ferveur. Le cou et les épaules étaient nus : peut-être jugeait-il mes vêtements trop laids. La feuille était presque vierge, mon visage en occupait la partie supérieure.

– Alors, le trouves-tu ressemblant ? me demanda-t-il.

– On dirait un petit chat, répondis-je, ce ne sont pas mes yeux.

Il se leva et s'empara du croquis.

– Tu n'y connais rien, tu es encore trop jeune.

Il laissa échapper un profond soupir – un peu trop profond, m'apparut-il –, et rangea le dessin dans le tiroir sans me demander mon avis. Puis il ajouta qu'il me le donnerait quand il serait fini.

Partie III

Chapitre I

Quand ma mère rentrait à la maison, nous préparions un plat de plus qu'à l'ordinaire : outre la soupe aux choux aigres, nous faisions cuire un mélange de haricots cuits fermentés.

J'étais à l'étage en train de nettoyer le sol, ou plutôt de mouiller cet espace pas plus grand qu'un mouchoir de poche afin de le rafraîchir. Les deux lits en planches et la minuscule table occupaient presque toute la place. Lorsque j'étudiais, je devais relever une étagère pour y poser la lampe. Très souvent, j'oubliais de la rabattre et il fallait alors se baisser pour passer. Le plancher se constituait de deux fines couches de contreplaqué entre lesquelles se déroulait un incessant ballet de souris. Aussi devais-je essorer le balai à franges de toutes mes forces pour éviter que l'eau ne traverse le sol et ne suinte dans la pièce du dessous. La lucarne, qui pourtant était grande ouverte, n'apportait pas le moindre souffle d'air. Je venais de me laver et pourtant j'étais de nouveau trempée de sueur.

Ma quatrième sœur, qui se trouvait dans la pièce principale, m'appela :

– Liuliu, viens manger.

Je sortis sur le palier munie du seau et du balai à franges. Je vis d'en haut la nourriture vert tendre dans son bol, qui exhalait une odeur délicieuse. Le visage de ma sœur avait maigri, sans doute à cause de son travail : elle était ouvrière en bâtiment et devait quotidiennement affronter les intempéries. Ses activités en plein air lui avaient donné des joues rouges comme celles des filles de la campagne. Svelte, mesurant un mètre soixante-deux, soit trois bons centimètres de plus que moi, elle était la plus jolie de nous deux. Cependant, ses dents, qui se chevauchaient, étaient aussi abîmées que celles de nous toutes. « Lorsque vos dents définitives ont poussé, je vous ai dit de ne pas vous gaver de navets au vinaigre, mais vous n'avez pas voulu m'écouter », nous reprochait régulièrement notre mère.

Je m'étais installée à table avec mes parents et je venais juste de prendre un bol de riz lorsque mon cinquième frère entra silencieusement dans la pièce et alla se laver les mains dans la cuvette près de la porte. Sa silhouette aux épaules étroites rappelait celle d'une fille. Ses cheveux étaient fins, ses traits délicats, en dépit d'une cicatrice proéminente sur la lèvre supérieure. Il était né avec un bec-de-lièvre et il était effrayant de le voir manger. A sa naissance, ma mère avait eu le cœur brisé en constatant cette difformité. Elle avait accusé mon père d'avoir coupé du petit bois sur le seuil de la maison alors qu'elle était enceinte et de ne pas s'être arrêté lorsqu'elle le lui avait demandé. Transgresser ce tabou leur avait attiré le mauvais œil !

A six mois, on opéra mon frère pour lui recoudre la lèvre ; le résultat fut catastrophique. Non seulement le médecin local utilisa une aiguille et un fil trop gros, mais il retira ensuite les points de suture sans aucun soin. L'infection qui s'ensuivit lui laissa une horrible cicatrice au milieu de la lèvre supérieure. Mon frère avait à ce jour vingt-deux ans, soit quatre ans de plus que moi, mais au premier regard il pouvait passer pour mon cadet. Il était encore plus avare de paroles que mon père et ne parlait que lorsqu'il y était contraint, sans doute parce qu'il craignait que les gens ne le dévisagent et ne remarquent alors sa disgrâce. Il travaillait au chantier naval comme soudeur. Pour rentrer à la maison, il prenait si possible un bateau afin d'éviter une longue marche de deux heures et demie sur des routes de montagne.

Nous mangions tous les cinq autour de la table, à peine éclairés par la lumière de la lampe.

La plupart de nos voisins préféraient prendre leur repas hors de la cour, à même le sol ou sur les marches. La nourriture était mise en commun et chacun piochait dans le bol désiré. Mais, à la moindre provocation, les baguettes se tendaient, menaçantes, et les jurons fusaient. Si l'affaire s'envenimait, les bols de nourriture voltigeaient et allaient s'écraser sur les têtes ennemies.

De la bouillie mêlée de sang coulait alors sur les visages. En un instant, la rue était envahie par des badauds qui assistaient au spectacle tout en dégustant leur repas.

Nous avions tellement peu à nous mettre sous la dent que nous aurions pu nous passer de nous asseoir autour de la table. Mais si nos parents ne voulaient pas nous voir courir dans la rue à l'heure des repas avec un bol de riz entre les mains, ce n'était pas tant par sévérité de leur part que pour nous tenir le plus éloignés possible de nos voisins. Comme ces derniers nous méprisaient, mes parents préféraient demeurer à la maison. Nous avions le droit de rester dans la pièce principale ou dans la petite cour, alors que les autres enfants partaient plus loin. Ils s'accroupissaient sur les marches de pierre, se baladaient dans les rues ou, parfois même, allaient manger au bord du fleuve.

Mon cinquième frère remplit son bol de riz et vint s'asseoir sur un tabouret en rotin près de la porte. Ma mère me jeta un regard de ressentiment avant de parler. Elle nous expliqua que le service du personnel du chantier lui avait demandé de prendre sa retraite à cinquante-trois ans, soit deux ans plus tôt que prévu, en raison de sa mauvaise santé. Si elle acceptait leur proposition et restait chez elle, elle ne toucherait qu'une misérable pension.

Dans la pièce, les baguettes s'abaissèrent. On s'était tous arrêtés de manger. J'ai alors demandé à ma mère combien elle allait percevoir.

– Moins de vingt-huit yuans par mois.

Voyant que personne ne disait rien, elle continua :

– Il y a quelque temps, vingt-huit yuans mensuels auraient suffi pour nous faire vivre, mais ce n'est plus le cas aujourd'hui. D'autre part, travailler jusqu'à ce que j'obtienne une retraite décente, ce serait comme attendre la semaine des quatre jeudis. Écoute-moi, Liuliu, les cours que tu prends pour préparer le concours d'entrée à l'université coûtent vingt yuans par mois. Peux-tu me dire à quoi ça sert d'étudier ? Nous n'avons ni argent ni relations, il faut donc que tu arrêtes tes études.

Le dimanche précédent, ma mère avait une première fois abordé ce problème de retraite insuffisante et déjà évoqué l'arrêt de mes études. Cette fois, je voyais qu'elle était fermement déterminée. Elle espérait que j'allais sur-le-champ chercher un travail et rapporter un salaire à la maison. Les études supérieures représentaient un gouffre financier pour mes parents, qui n'avaient pas les moyens de m'entretenir quatre années de plus. En outre, comme nous n'avions aucun piston, ils craignaient qu'une fois diplômée je n'aie plus qu'à « me soumettre aux exigences du Parti », c'est-à-dire que je sois envoyée Dieu sait où. Notre famille se composait uniquement d'ouvriers. Le plus drôle est que, alors que nous nous trouvions dans un pays où la classe ouvrière était censée diriger la patrie, nous n'avions jamais partagé la moindre miette du « pouvoir ». A cette époque, les enfants de notre famille, à part moi, travaillaient de leurs mains sans pourtant aller jusqu'à drainer du sable sur les berges du fleuve et le vendre pour quelques sous. Notre niveau de vie ne s'était guère amélioré depuis ma naissance. Les jours se succédaient, identiques, et nous restions là tandis que des voisins plus fortunés avaient déjà quitté la cour.

Ma mère me dit que je n'avais aucune idée de la difficulté d'être parents : il fallait se sacrifier sa vie durant pour ses enfants. D'ailleurs, ajouta-t-elle, s'ils avaient eu un peu plus d'argent, les yeux de mon père ne seraient pas dans un état aussi pitoyable. En effet, poursuivit-elle, devant l'incapacité des médecins de Chongqing à le soigner, mon père aurait pu se faire traiter dans le service d'ophtalmologie d'un hôpital de Shanghai ou de Pékin. En même temps qu'elle maugréait contre nous, elle saisissait, avec ses baguettes, des haricots verts qu'elle déposait dans le bol de son mari.

Toute petite, je m'étais promis qu'une fois grande je ferais tout mon possible, au prix de n'importe quel sacrifice, pour permettre à mon père de retrouver ses yeux. Mais, à cet instant précis, je demeurai sans voix.

Pendant que ma mère ne me regardait pas, mes pensées s'agitaient, confuses. Il ne restait maintenant, sur la table, que quelques morceaux de chou au vinaigre qu'elle saisissait pour les mettre dans le bol de mon père.

– Ne me donne plus rien, je n'ai plus faim, dit-il rapidement avec l'accent du Zhejiang.

Les gens d'ici avaient de la difficulté à le comprendre, mais pas moi.

– Si Liuliu veut faire des études, alors il faut lui en donner la possibilité, ajouta-t-il. C'est pourtant bien toi qui disais qu'elle s'en tirerait plus facilement si elle avait des diplômes.

Mon père parlait rarement, mais quand cela lui arrivait, il disait l'essentiel en quelques mots.

– Ne t'occupe pas de ça, répliqua ma mère qui n'avait pas l'intention de céder.

Furieuse, je me suis levée de table, j'ai rangé mon bol et je suis montée au grenier.

Chapitre II

Je n'ai jamais supporté les injustices, à plus forte raison lorsque je me trouvais impuissante face à elles. A force de toujours céder, ma mauvaise humeur devenait d'une intensité redoutable. Je pouvais alors rester très longtemps sans dire un mot, assise face à un mur ou m'en aller dans un endroit où personne ne pouvait me découvrir et où je m'imaginais que j'étais seule au monde. Ensuite, mon attendrissement sur moi-même pouvait se transformer en une violente colère et je concevais alors toutes sortes de représailles : meurtre, incendie criminel, violence gratuite et même suicide. En bref, je voulais que mes parents passent le restant de leur vie rongés par le remords, sans leur donner aucune circonstance atténuante. Je m'imaginais que, une fois que j'aurais quitté ce monde, leur vie ne serait qu'un désert aride, et j'arrivais même à ressentir l'intensité de leur peine.

Au bout d'un moment, ces pensées me conduisaient à m'interroger sur la notion de souffrance et j'avais alors l'impression que mon foie et mon cœur explosaient d'un coup, qu'un sang bouillonnant se répandait d'abord dans mon estomac, puis remontait le long de l'œsophage jusqu'à ma gorge où il m'étouffait presque, ensuite débordait sur mes lèvres en bulles mousseuses. Parfois je ressentais une douleur atroce à l'estomac, lequel me semblait se tordre en nœuds qu'aucun médecin au monde n'aurait pu desserrer. Puis une saveur acide et putride envahissait ma bouche. Je me précipitais alors vers la petite boîte à pharmacie de mon père où se trouvaient des produits miraculeux tels que de l'élixir d'or à l'écorce de cannelle, des gouttes anti-infectieuses et de l'essence de forsythia.

Mon père me demandait ce qui n'allait pas et je lui expliquais que mon ventre me faisait terriblement souffrir. Il me regardait alors d'un air préoccupé, puis m'aidait à choisir le médicament le plus adapté à mon mal. Il me fallait celui qui éteindrait ce feu intérieur, qui dissiperait ce courant de chaleur, qui me désintoxiquerait. Sitôt qu'il m'avait donné les médicaments, je m'en allais car je ne voulais pas lui expliquer pourquoi mon estomac se mettait soudain à me faire souffrir de nouveau.

Puis mon père montait au grenier pour voir si je me sentais mieux.

– Ce n'est pas grave, me disait-il souvent, tu es née avec ce problème à l'estomac. Tu as quand même eu beaucoup de chance de voir le jour après ces trois années de famine, même s'il t'en reste quelques séquelles. Ton estomac a eu des difficultés à se développer normalement car tu as souffert de la faim dans le ventre de ta mère. Tu ne peux pas t'imaginer comme nous avons dû nous battre pour qu'elle et toi ne mourriez pas de faim. Nous nous sommes fait beaucoup de mauvais sang.

Si je calcule bien, ma mère était enceinte de moi fin 1961, le dernier hiver de ces trois années de famine. Même dans notre province du Sichuan, pourtant la plus riche province agricole de Chine, souvent nommée « le grenier de la Chine », pas moins de sept millions de personnes sont mortes de faim, ce qui représente un quart du nombre total des décès en Chine à cette époque. La majeure partie des gens a péri durant les rigoureux hivers de 1959, 1960 et 1961 ainsi qu'au printemps 1962, au moment de la période de « soudure entre les deux récoltes ».

J'ai toujours porté un intérêt tout particulier à cette grande famine comme si elle et moi étions liées par quelque lien secret qui me rendait différente des autres. J'avais l'intime conviction que mes problèmes de santé, que mon âme tourmentée avaient un rapport direct avec elle. Cela ne concernait pas ma vie actuelle ou celle qui avait précédé ma naissance. Il s'agissait plutôt d'un fil reliant deux mondes. Je me tenais sur ce fil, secouée par un vent violent ; il me semblait que je n'avais plus rien d'humain, suspendue hors du temps.

Un jour, j'ai interrogé mon professeur d'histoire sur ces

années précédant ma naissance. Son visage a blêmi et il a détourné le regard. Inquiète, je lui ai demandé ce qui se passait. Il ne m'a pas répondu, s'est levé brusquement et s'est dirigé vers la fenêtre en se grattant nerveusement la tête. Il est resté planté là, puis il s'est mis à parler :

– Ne fais confiance à rien, ni à personne, pas même à toi. Doute de tes paroles et de tes actes. Fais tout ce qui est en ton pouvoir pour te sauver des griffes de ce prétendu paradis.

J'étais abasourdie, bien plus touchée par cette diatribe enflammée que s'il avait évoqué les dizaines de millions de morts.

Après un long moment, il retrouva enfin son calme. J'ai alors compris que c'était durant cette période de grande détresse qu'il était devenu un ennemi public du Parti communiste. Son histoire avait commencé par une lettre qu'il avait adressée au Gouvernement central et dans laquelle il dénonçait les pertes humaines dues à la famine dans la province du Sichuan. A cette époque, il n'avait pas encore vingt ans et je n'étais même pas née. Cette lettre fut ensuite envoyée au ministère de la Sécurité publique locale : il fut aussitôt taxé d'opportuniste de droite, contrôlé et arrêté. Il s'était pourtant contenté d'écrire que cette famine était due à des cadres politiques plus préoccupés de plaire à leurs supérieurs, de faire avancer leur propre carrière, que soucieux de la vie du peuple. Des années durant, ces cadres peu scrupuleux s'étaient obstinés à inventer des quotas records de récoltes, mais ensuite aucun n'avait assumé la responsabilité d'une seule de ces morts.

La plupart des gens ne parlaient pas de ces choses-là par peur ou par amnésie de circonstance. Ils se contentaient d'être silencieusement complaisants.

Seule la fine couche de peau du ventre maternel m'avait séparée de la famine. Les deux années précédant ma naissance, ma mère s'était sacrifiée afin de nourrir ses cinq enfants. La ration mensuelle par adulte était alors de vingt-six livres, sur laquelle on prélevait une contribution « volontaire » de deux livres pour le Gouvernement central, deux pour la province, deux autres pour la ville et deux dernières pour l'unité de travail, ce qui revenait à dix-huit livres par personne dont six seulement de riz – le reste étant composé d'un mélange de céréales de mauvaise qualité : maïs, soja, vulgaire farine de blé. Très peu de Sichuanais avaient déjà connu les tiraillements de la faim. Jusqu'alors les disettes se produisaient seulement au nord du fleuve Jaune et de la rivière Huai, dans les endroits où l'eau avait sérieusement érodé la terre de lœss, et non pas dans les régions fertiles que traversaient le Yangzi et Jialing, alors réputées pour l'abondance et la qualité de leurs céréales.

Les cinq enfants de la famille, en pleine croissance, avaient toujours faim. Bien sûr, la solution aurait été de leur acheter une galette. Mais elle coûtait le prix exorbitant de deux yuans, ce qui représentait le salaire de deux jours de travail pour un ouvrier. Même si mes parents avaient rassemblé chaque centime de ce qui leur restait de l'argent du mois pour en acheter, ils n'en auraient pas obtenu plus d'une demie par enfant. Ils nous offraient cependant une galette pour chaque fête, afin de marquer le coup. Après l'avoir achetée, ils la rapportaient discrètement à la maison et en donnaient un petit morceau à chacun.

Tous les deux ou trois jours, la police venait passer les menottes à quelqu'un du voisinage et l'embarquait pour avoir volé dans les entrepôts de grains de l'État. Il en prenait au minimum pour dix ans. Les gens pouvaient bien mourir, il fallait que les entrepôts de l'État soient pleins dans le cas où une guerre éclaterait avec les révisionnistes soviétiques ou les impérialistes américains. Je n'exagère pas en disant que, dans la ruelle du Chat sauvage, entre soixante-dix et quatre-vingts pour cent des familles s'étaient rendues coupables de petits larcins ou d'actes répréhensibles. Dans le combat quotidien qu'il fallait mener pour manger à sa faim, seules quelques rares personnes pouvaient bomber le torse en disant : « Ma famille est blanche comme neige. » Par exemple, dans notre cour, il y avait une famille dont trois des quatre enfants avaient fait de la prison pour avoir voulu sortir les leurs de la famine.

Les légumes eux-mêmes étaient rationnés. On n'avait droit qu'à une cinquantaine de grammes par jour et par personne. En fait, il s'agissait bien souvent de côtes de chou. Le résidu du filtrage du fromage de soja était lui aussi rationné. Si l'on avait des relations, on pouvait se procurer la délicieuse galette compacte que l'on obtenait après avoir pressé les cacahuètes pour en faire de l'huile. Les jeunes pousses d'orme restaient l'unique produit comestible que tout le monde pouvait obtenir facilement. On arrachait aussi l'écorce des arbres pour en récupérer l'aubier et le réduire en purée sur une grosse pierre, ce qui causa la mort d'un nombre phénoménal d'arbres du Sichuan. Sur les collines, on voyait des petits enfants, munis d'un panier en bambou ou d'un sac à dos, ramasser des herbes sauvages et des champignons. Ils furent si nombreux à s'empoisonner alors avec des champignons vénéneux que les hôpitaux ne purent pas tous les soigner.

Ma sœur aînée emmenait les plus jeunes dans la campagne environnante cueillir des oignons sauvages qui se distinguaient difficilement des autres plantes. Elle leur disait de bien chercher parmi les herbes tandis qu'elle allait voler des légumes dans les champs voisins. Mais les paysans veillaient jalousement sur leurs maigres potagers et, quand ils l'apercevaient, ils la chassaient à grands coups de bâton. Elle parvenait donc rarement à rapporter quelques-unes de ces racines filandreuses à la maison. Mon troisième grand frère ne voulait ni glaner parmi les herbes sauvages ni s'abaisser à faire comme les autres enfants qui recherchaient désespérément de quoi manger sur les collines ou dans les champs. Il n'allait pas non plus sur les berges se joindre à ceux qui tentaient leur chance en pêchant à la ligne. Il avait une autre méthode : dès qu'il apercevait quelque chose dans le fleuve qui semblait comestible, il se jetait à l'eau, même si elle était glaciale. Écorces ou jeunes pousses de légumes, peaux de pastèque, tout était bon à prendre. Il pouvait nager longtemps et il n'abandonnait pas avant d'avoir atteint son objectif. Une fois qu'il s'était emparé de l'aliment qu'il convoitait, il nageait jusqu'au rivage et rapportait son butin à la maison, où notre mère le lavait, enlevait les parties abîmées et le mettait à cuire. Quelquefois, il revenait avec une paire de sandales en plastique complètement usée qu'il revendait pour quelques sous au centre de stockage.

La fortune ne souriait cependant pas tous les jours à mon troisième frère. La plupart du temps, le fleuve n'offrait que de l'eau boueuse. Il rentrait alors à la maison les mains vides, et devait de surcroît supporter les railleries de ma sœur aînée. Néanmoins, il avait plus de chance que ces enfants qui ne revenaient jamais de leur quête désespérée. En effet, le fleuve qui descendait des montagnes enneigées de Qinghai était glacial une grande partie de l'année. Si par malheur ces enfants affamés et sans force avaient une crampe, il leur était alors presque impossible de regagner la rive et les eaux tourbillonnantes du fleuve les emportaient comme des fétus de paille.

Naturellement, une large portion du plat récompensait celui qui parvenait à rapporter de la nourriture. Le jour où mon troisième frère revint du fleuve avec des fanes de navets, il se sentait si fier de lui qu'il parada dans toute la maison et clama sa victoire à l'heure du repas.

Nous redoutions tant d'avoir moins à manger que les autres que nous fixions des yeux la nourriture, tels des faucons leur proie. Parfois, quand l'un d'entre nous essayait de chiper un petit morceau à l'autre, une violente dispute éclatait, qui dégénérait vite en bagarre. Ma sœur aînée, la plus forte d'entre nous, était naturellement celle qui s'en tirait le mieux.

Parfois, mon père revenait juste à temps du bateau pour interrompre une rixe entre ses enfants à l'aide de sa canne en bambou. C'était lui qui mangeait le moins, ce qui lui conférait de l'autorité.

Chapitre III

Le zoo municipal possédait un tigre de la Chine méridionale d'une espèce extrêmement rare et coûteuse, en voie de disparition. Le gardien du zoo avait pour consigne de le nourrir avec des proies vivantes. Tout autour des gens mouraient de faim, mais étant le seul tigre de son espèce dans toute la province, il avait priorité sur les hommes, un peu comme les hauts cadres sur les petits cadres et ainsi de suite jusqu'au bas de l'échelle sociale. Le gardien du tigre, un homme trapu, s'était pris d'affection pour cet animal féroce qui d'ailleurs ne tolérait personne d'autre à ses côtés. Quand l'homme était malade et qu'on devait temporairement le remplacer, il fallait jeter la nourriture du fauve par-dessus une haute clôture pour éviter de se faire attaquer. Parfois, lorsque le gardien s'approchait de l'animal, les gens étaient effrayés par ce qu'ils qualifiaient de comportement suicidaire, mais l'homme savait que son tigre faisait le beau pour lui, parce qu'il l'aimait. C'était un employé modèle.

Puis vint la famine et le gardien du zoo souffrit de la faim comme tout le monde. Il résista tant bien que mal pendant un an, mais avant la fin de la seconde année, il dissimulait chaque semaine un des lapins vivants réservés au tigre, le tuait et s'en faisait un ragoût. Les gens dirent que ce ne furent pas tant les tiraillements de la faim qui encouragèrent le fauve à mettre en pièces son gardien que l'odeur de lapin qui émanait de celui-ci. Cependant, nul ne parvint à expliquer pourquoi l'animal l'avait tout entier dévoré à l'exception d'un pied. Après une enquête qui dura plusieurs jours, la police en vint à la conclusion suivante : le tigre avait laissé là un signe d'avertissement au prochain gardien pour que ce dernier ne lui vole pas sa nourriture.

Cette histoire circula pendant quelque temps puis on n'en entendit plus parler. Je pense personnellement qu'il s'agissait d'un conte moral à message politique. En fait, le tigre mourut de faim et si le gardien n'avait pas déjà été dévoré, il aurait partagé le sort de l'animal.

Les gens qui n'avaient aucune relation devaient se débrouiller comme ils le pouvaient. Sur le bateau où travaillait mon père, chaque homme d'équipage recevait cinquante grammes de riz pour la bouillie du petit déjeuner ainsi que cent grammes pour le déjeuner et le dîner. Chacun utilisait une balance pour peser sa part puis la faisait cuire sur le feu. Juste avant la fin de la cuisson, ils remplissaient la casserole d'eau afin que le riz gonfle davantage et ils trompaient ainsi leur estomac. Les marins ne s'éloignaient jamais de la cuisine du bateau lorsque le repas cuisait. Ils surveillaient leur nourriture de crainte de se la faire voler. Ils étaient tous à l'affût. On aurait dit des rapaces.

Comme leur travail les contraignait à se déplacer, ils possédaient un très large réseau de contacts. Dès qu'ils amarraient leur bateau quelque part, ils partaient à la recherche des rares produits locaux qu'ils pouvaient encore trouver, puis les revendaient dans le port suivant, se faisant ainsi de l'argent au noir. Invariablement, des disputes éclataient entre les riches et les pauvres, ceux-ci dénonçant ceux-là. Le châtiment était rapide et rigoureux : les coupables étaient virés sur-le-champ, ce qui signifiait un peu plus de riz dans le bol des collègues au repas suivant.

Mon père avait trop de scrupules en ce qui concernait sa nourriture. Même les plantes à peine comestibles comme les cactus épineux étaient hors de sa portée. Quand les palmiers étaient en fleur, c'était un jeu d'enfants d'attraper ces larges fleurs en forme de maïs, mais il n'en restait plus quand il arrivait. Avec un peu de chance, il trouvait des racines d'arbres qu'il faisait bouillir pour atténuer leur goût amer puis les coupait en rondelles. Ce n'était pas bon, et pourtant meilleur que la plupart des choses dont les gens se nourrissaient. La pensée de ma mère traînant sa marmaille sur la montagne à la recherche d'herbes comestibles ne faisait que renforcer la détermination de mon père : il se serrait encore plus la ceinture, mangeait tout juste de quoi rester en vie et rapportait le reste à la maison.

Un jour où il sortait de sa cabine, il trébucha et tomba la tête la première sur le pont principal. Quand il tenta de se redresser, il passa par-dessus bord. Il se fit une large entaille à la tête d'où le sang coula à flots, mais le bateau effectua le trajet de Yibin à Luzhou avant que mon père fût enfin admis dans un hôpital. L'examen de ses yeux révéla que ceux-ci étaient sérieusement atteints.

Durant cet hiver de famine, ma mère, qui était enceinte, dut travailler comme docker dans une usine de sandales en plastique. La difficulté du travail et la nécessité de garder l'enfant vivant auraient dû lui donner le droit de manger plus que les autres.

Or mes frères et sœurs n'étaient pas prêts à lui accorder ce privilège, car il s'agissait de se priver pour quelqu'un qui n'était pas encore né. Au cours de cette terrible période, ils furent contraints de faire pour moi des sacrifices dont ils ne voyaient pas la nécessité. Avec le temps, cette idée est sortie de leur esprit mais pas de leur cœur. J'ai toujours senti, sans savoir exactement pourquoi, qu'ils éprouvaient de la rancune à mon égard.

J'étais tellement sous-alimentée dans le ventre de ma mère que je ne bougeais pas, ce qui la troublait au plus haut point. Je suis née au dispensaire de la Protection de la Santé maternelle, en plein cœur de Chongqing. Ma mère me raconta que sur le chemin de l'hôpital elle perdit les eaux devant un cinéma qui projetait le film *Le Détachement rouge du lac Hong*, une sorte d'hymne à la gloire d'une femme chef de guérillas communistes. Elle voulut poursuivre son chemin, mais les contractions la forcèrent à s'asseoir sur une marche. Quelques passants compatissants, voyant cette femme enceinte dans cet état de souffrance, l'accompagnèrent à l'hôpital.

De tous les enfants, je fus la première à naître dans un dispensaire. Ma mère avait accouché seule de ses autres bébés : elle avait coupé elle-même le cordon ombilical, les avait nettoyés et emmitouflés. Mais pour moi, quand elle eut calculé les jours et qu'elle se fut rendu compte qu'elle avait du retard, elle redouta que je fusse mort-née. Aussi décida-t-elle d'aller accoucher en ville.

Il se passa plusieurs minutes avant que ne sorte le moindre cri de ma bouche. Le médecin m'attrapa par les pieds et me tapa dans le dos, me faisant ainsi régurgiter un liquide amer, auquel succéda enfin mon premier vagissement.

Chapitre IV

Tout le monde me disait que j'avais de la chance d'être née entre l'été et l'automne 1962. Les très bonnes récoltes de cet été-là mirent un terme à une famine qui avait duré trois ans, pris la vie de dizaines de millions de personnes et en avait réduit d'autres au cannibalisme. Au cours des trente années de pouvoir de Mao Zedong, les chants à la gloire du communisme ne s'atténuèrent que durant cette période.

Le temps que je commence à comprendre ce qui s'était passé, que les gens aient de nouveau de quoi vivre et manger, Mao Zedong se lançait à corps perdu dans l'expérience politique connue sous le nom de « révolution culturelle ». On me disait que j'étais née au bon moment parce que la famine avait fait prendre conscience à Mao Zedong que, même si son pouvoir était sans limites et qu'il pouvait conduire son pays au chaos le plus total, il ne fallait pas qu'il touche à la nourriture. Durant la révolution culturelle, les usines interrompirent leur production, les écoles fermèrent leurs portes, mais les paysans ne cessèrent pas de cultiver les champs. Il est vrai qu'on ne mangeait pas entièrement à sa faim, que chaque produit était rationné, que les cas de malnutrition chez les enfants et les adultes étaient courants. Néanmoins, on ne pouvait pas comparer cette situation à celle de la grande famine. Si la faim avait tiraillé les gens lors de la révolution culturelle, ils auraient occupé leurs journées à chercher quelque chose à se mettre sous la dent, comestible ou non, et après avoir ingurgité de telles horreurs, comment auraient-ils trouvé la force nécessaire pour nuire à leurs compatriotes ?

Dès avant ma naissance, je connus la faim. Son spectre marque mon esprit au fer rouge, même si ma mère et moi étions sorties indemnes de cette épreuve. Quel prix avait-elle dû payer pour que je survive ? Je n'osais pas l'imaginer.

J'étais en apparence une enfant calme, or ce n'était qu'une apparence. Au plus profond de moi, je me sentais en permanence tourmentée par l'idée que j'étais en trop, mais sans pouvoir m'en expliquer la raison.

J'espérais parfois sincèrement que cet inconnu, cet homme qui me suivait à longueur de temps, ne m'abandonnerait pas. J'imaginais qu'il devenait méchant, sauvage, qu'il me violentait. Mon histoire faisait ensuite frissonner tout le monde, on parlait alors de moi et je devenais une héroïne. Une telle fin n'était-elle pas fantastique ? Ces pensées m'enthousiasmaient.

Toutes les nuits, je me débattais d'un cauchemar à un autre jusqu'au moment où mes cris me réveillaient. Je me retrouvais alors couverte de sueur comme si j'étais atteinte d'une maladie. Dans mes rêves j'avais toujours faim sans parvenir à trouver un bol de riz dont pourtant je devinais l'odeur. Je me mettais alors à sangloter en silence, en espérant que personne ne m'entendrait. Je mourais d'envie de m'agenouiller et de tenir dans mes mains ce bol de riz avant les autres. Pour obtenir une petite portion d'un odorant ragoût de porc, je me serais prosternée aux pieds de quiconque, m'eût-il insultée, voire humiliée. Une fois réveillée, quand je me remémorais mes rêves, je me maudissais et éprouvais un profond mépris pour moi-même. Je ne comprenais pas d'où venaient de si violentes exigences.

« Tu n'es pas née comme ça, ne cessais-je de me dire intérieurement, un fœtus n'a pas de souvenirs, tu ne peux pas avoir de séquelles de ce que tu n'as pas vécu. » Mais alors comment expliquer un tel comportement ? Par exemple, mon odorat et mes papilles gustatives étaient très développés. Même en grandissant, j'ai continué d'être obsédée par la nourriture, d'avoir faim en permanence. D'ailleurs, je pouvais manger autant que je le voulais, je restais maigre comme un clou. J'étais particulièrement sensible au goût des aliments et la simple odeur d'œufs sautés au riz provenant d'une cuisine voisine me faisait saliver. Je n'ai jamais aimé les friandises et je méprisais mes camarades de classe aux dents cariées qui dépensaient tout leur argent de poche pour s'en acheter. En revanche, j'étais très gourmande de viande grasse, et je m'étais promis qu'une fois adulte j'en mangerais tous les jours.

J'étais aussi incroyablement sensible aux injustices. Le plus léger passe-droit que les autres ne relevaient même pas me révoltait. Dès que l'on heurtait mes sentiments, je ne me contrôlais plus.

J'étais consciente de n'être ni grande ni forte, et en plus j'étais réservée. Que ce soit à l'école, à la maison ou dans un groupe de filles j'étais toujours la plus maigre, celle au visage le plus décharné et dont les cheveux ressemblaient le plus à des baguettes. C'est pourquoi je restais toujours dans un coin discret, aussi loin que possible du regard des autres pour éviter qu'ils ne me remarquent. Je savais en effet qu'ils aimaient bien faire de moi leur « tête de Turc ».

Les séquelles de la famine pouvaient-elles subsister au bout de dix-huit années ? Les gens un peu plus âgés que moi avaient certes souffert de la faim, mais ceux de ma génération avaient vécu cette famine dans le ventre de leur mère. Comment pouvaient-ils donc être si heureux ? Comment faisaient-ils pour avoir tout oublié et profiter au maximum de leur jeunesse ? Ils mordaient la vie à pleines dents tandis que j'étais triste et mélancolique.

Avais-je vécu une expérience différente de celle des autres ? Quand j'interrogeais ma mère à ce sujet, elle me répondait simplement :

– Les années de famine ? Rien d'autre que trois années de mauvaises récoltes, le révisionnisme soviétique et l'impérialisme américain. Le « chœur anti-Chine ». Quoi d'autre ? Mais nous vous avons tirés de tout cela, bande d'ingrats, n'est-ce pas ? Pourquoi continuer à ressasser le passé ?

La froide indifférence de ma mère ne faisait que renforcer ma curiosité. Comment une femme portefaix, ce que les gens de Chongqing appelaient un « coolie », avait-elle pu traverser cette période si difficile ? N'avait-elle compté que sur ses propres forces ou bien quelqu'un l'avait-il remarquée ? Peut-être l'homme en charge de la distribution du riz à la cantine populaire s'était-il intéressé à elle. Il lui aurait alors donné le riz gluant, plus épais, celui du fond de la marmite. Ou alors peut-être avait-elle flirté avec l'homme responsable de la distribution des légumes qui, discrètement, lui en aurait ajouté quelques-uns. Au cœur de la famine, il fallait faire preuve d'une grande prudence car chacun avait le regard fort aiguisé et des bagarres pouvaient éclater à n'importe quel moment. La cantine populaire de la commune était l'endroit où se préparait la nourriture, alors pourquoi ne pas tenter par tous les moyens d'assouvir sa faim, surtout quand on attendait un enfant ? Le seul problème était que la personne responsable de la cantine populaire de la commune était systématiquement un membre rébarbatif et irréprochable du Parti. Alors quelle chance une famille telle que la nôtre, sans aucune relation, aurait-elle eu d'obtenir une miette du gâteau ?

Plus d'une fois, ma sœur aînée avait constaté que, lorsqu'elle allait à la cantine, on lui donnait toujours la plus petite part de gruau de riz liquide qui, en fait, ressemblait plus à de l'eau qu'à du riz. Or il n'était pas bien vu de faire des remarques. Sur le chemin de la maison, elle en buvait la moitié, ce qui contraignait ses frères et sœurs à y retourner et y provoquer un tel scandale que le responsable de la cantine populaire n'avait plus qu'à rajouter un peu de riz dans le pot pour ne pas s'attirer les plaintes de la foule.

– C'est ta faute si les gens nous traitaient de la sorte ! Nous étions presque devenus une bande de zombies affamés.

Ma sœur aînée n'avait jamais su tenir sa langue, mais pour quelle raison traitait-elle ma mère aussi durement ? Celle-ci, le visage rouge de colère, se contenait avec peine, et, curieusement, ne lui répondait pas. Pourquoi, lorsque quelqu'un évoquait les années de famine, ma mère ne disait-elle plus un mot, même si cette personne passait sa colère sur elle ?

Avait-elle fait quelque chose qu'elle ne pouvait dire ?

Chapitre V

Le lendemain matin, en classe, je ne pensais qu'à ce que ma mère nous avait annoncé : elle allait arrêter son travail et toucher une retraite misérable.

Et moi alors ? Devais-je écouter ses conseils ? Si je cessais de préparer mon examen d'entrée à l'université, je n'irais plus en cours et je ne reverrais jamais plus mon professeur d'histoire. Voilà ce qui me tracassait le plus. Mais si je décidais, malgré tout, d'assister aux cours, comment allais-je faire pour me procurer les livres et les cahiers d'exercices pour ce semestre et le semestre prochain ? Il était hors de question de demander de l'argent à ma mère. Je pourrais à la rigueur emprunter les livres, mais comment faire pour les cahiers d'exercices ? Tandis que je m'apitoyais sur mon triste sort, je pensai soudain à la petite somme d'argent que mon père recevait pour son infirmité. Il était devenu aveugle à la suite d'un accident du travail : comment se faisait-il qu'il ne touche qu'une partie de son salaire ? Il fallait que, d'une façon ou d'une autre, je trouve le moyen de rectifier cette erreur, afin que mon père perçoive rétroactivement plusieurs années d'indemnités. Je devais impérativement l'aider. J'ai alors rassemblé tout mon courage pour me rendre en ville par le bac.

– Nous ne pouvons ni atteindre le ciel ni laisser nos pieds sur ce sol. Le diable lui-même ne vivrait pas dans un endroit aussi dégoûtant.

Notre voisin se plaignait continuellement d'avoir à vivre sur la rive sud. On se trouvait à des kilomètres de tout, que ce soit des hôpitaux, des magasins de charbon, des marchés, des cinémas ou des bureaux de poste. Pour se rendre quelque part, il fallait monter et descendre des centaines de mètres. Le moindre déplacement demandait du temps, et le trajet était une véritable expédition. Ce n'était donc pas une mince affaire pour moi de traverser le fleuve et d'aller en ville.

A Chongqing, on acheva le pont sur le Yangzi en 1980. Ce dernier créait enfin un lien entre la ville et la rive sud. Les habitants firent une grande fête et crièrent à la victoire du socialisme. A partir de ce moment-là, ils pensèrent qu'eux aussi pouvaient être considérés comme d'authentiques habitants de la ville. Mais ils découvrirent rapidement que, pour ceux qui étaient condamnés à vivre dans les taudis des collines de la rive sud, un trajet jusqu'en ville signifiait monter jusqu'au sommet de la colline, là où il y avait des routes, puis prendre un bus qui effectuait un trajet long et plein de détours, avant de pouvoir traverser le pont. Non seulement cela prenait un temps infini, mais encore le voyage était onéreux. Ce pont ne nous apporta pas grand-chose. Les rares fois où l'un d'entre nous s'était tassé dans le bus pour le franchir, c'était à cause de la brume ou des inondations qui empêchaient les bacs de circuler. Le bateau était plus rapide et plus économique. En fait, rien ne changea.

Il était à peu près trois heures de l'après-midi quand j'arrivai au siège de la compagnie des bateaux à vapeur de la province. Plusieurs cadres d'échelons différents étaient assis à leurs bureaux à lire le journal ou à boire du thé. L'un d'entre eux bavardait au téléphone.

Personne ne me prêta la moindre attention et mes questions se perdirent dans le vide. Je suis alors entrée dans un bureau. J'ai expliqué que j'étais la fille d'un ancien employé aujourd'hui à la retraite et que je cherchais à comprendre pourquoi mon père ne touchait pas sa pension d'invalidité complète. On continua à m'ignorer. Je posai ma question une seconde fois. L'homme au téléphone raccrocha, s'avança, me jaugea des pieds à la tête avant de me répondre d'un ton exaspéré :

– Qui es-tu ? Une gamine qui vient réclamer les appointements de son père ? Tu ferais mieux de rentrer chez toi. Nous faisons notre travail conformément aux directives du Parti et sous l'autorité du Gouvernement central. Il ne peut pas y avoir d'erreur.

Je sentis mon cœur battre la chamade. J'ai alors fixé mon regard non plus sur l'homme mais sur son bureau, et je lui ai débité le discours que j'avais préparé : non seulement mon père ne recevait pas de salaire complet pour incapacité de travail, mais son ancienneté aussi était mal calculée. Il était inscrit qu'il avait commencé à travailler en 1949, l'année de la Libération, alors qu'en réalité il était entré dans la compagnie en 1945, quand le Front uni contre les Japonais existait encore entre les nationalistes et les communistes. Ces renseignements devraient permettre de calculer son ancienneté.

Avant la fin de mon explication, un homme rasé de près qui buvait du thé à son bureau se leva et dit d'une voix nasillarde :

– Tu es jeune mais tu as du caractère. Je te laisserai regarder, mais une fois que tu auras vu ce que j'ai à te montrer, tu rentreras chez toi et tu cesseras de nous importuner.

Il sortit une clé avec laquelle il ouvrit un meuble, retira un dossier d'une haute pile, fouilla à l'intérieur et en sortit un petit carnet qu'il ouvrit à une page :

– C'est ici, vois par toi-même.

Je regardai l'endroit qu'il m'indiquait. Je fus stupéfaite de lire : « Suite à un traitement réussi de la syphilis, la vue du patient s'est dégradée. » Comment mon père, qui n'aurait pas toléré que ses enfants prononcent le moindre gros mot, pouvait-il avoir eu des relations avec une autre femme ? Non, ce n'était pas vrai, dans son cœur il n'y avait de la place que pour ma mère. Comment pouvait-il avoir un quelconque lien avec cette maladie ?

– C'est impossible ! ai-je hurlé, il n'y a pas au monde de personne plus droite que mon père.

Les cadres, qui se lançaient des regards amusés, éclatèrent alors de rire.

J'étais complètement déconcertée. Mon père avait navigué, nuit et jour, durant des années. C'est là que ses problèmes de vue avaient commencé, quand il était tombé dans le fleuve. Il avait failli mourir, et avait dû se mettre en invalidité totale.

– Son salaire est mal calculé. Pourriez-vous, s'il vous plaît, nous aider à le réajuster ? ai-je demandé d'une petite voix implorante.

– Laquelle de ses enfants est cette gamine effrontée ? demanda l'un des hommes.

– Je pense que c'est la sixième.

– Ah, la sixième.

Une note de dérision perceptible était mélangée à son rire, et j'eus l'impression que son regard me déshabillait des pieds à la tête. Ces hommes avaient traité des dizaines de milliers de dossiers et ils en savaient apparemment plus au sujet de mon père que moi-même. Ce meuble avec ses dossiers contenait le destin d'un nombre incalculable d'ouvriers.

Je me sentais terrassée par l'injustice. Il fallut que je rassemble tout le courage que j'avais en moi pour ne pas crier. Je fondis en larmes tandis que je quittais le bureau. Comment les gens pouvaient-ils connaître autant de secrets ? Des secrets qui, découverts accidentellement, allaient me secouer jusqu'au plus profond de mon être.

Partie IV

Chapitre I

Après le repas du soir, je restais assise à table, plongée dans de sombres pensées, tandis que mes frères et sœurs allaient et venaient dans la pièce.

– Liuliu, me dit ma mère, je n'aime pas te voir ce visage. Tu devrais t'estimer heureuse d'être en vie, surtout quand on sait que tu reviens de très loin. Alors contente-toi de l'accepter.

Elle était assise sur le lit et réparait un oreiller déchiré tout en parlant.

Je n'avais pas vu ma mère depuis plusieurs jours. Mais le problème concernant la poursuite de mes études nous tourmentait toutes les deux : elle considérait que passer le concours d'entrée à l'université n'était pas une voie destinée à quelqu'un de mon rang social.

– Je sais très bien que tu ne veux pas que je continue mes études, alors n'en parlons plus, lui répondis-je en boudant. A quoi bon vivre et mourir ?

– Parce ce que la vie est ce qu'il y a de plus important, me répondit ma mère. Ta troisième tante, une cousine à laquelle je tenais plus qu'à ma propre sœur, n'a plus, elle, la chance de faire partie de ce monde.

Ma mère me raconta que la dernière fois qu'elle avait apporté des herbes médicinales chez ma troisième tante au Versant pierreux, c'était au début du printemps 1961. Celle-ci était alitée avec une hydropisie consécutive à une trop grande malnutrition. Sa peau était presque transparente, et son visage bouffi avait l'apparence d'une lanterne en papier huilé. Ma mère avait jeté dans l'eau bouillante les herbes médicinales pour lui faire sa toilette.

Son mari avait, à une époque, été propriétaire d'une petite boucherie. Il employait alors un apprenti et sa vie s'écoulait, sereine. Malheureusement, au début des années 50, son magasin fut étatisé et il dut se séparer de son employé. En 1957, on l'arrêta et on le mit en prison pour avoir dit un jour, dans une maison de thé, que depuis que les communistes étaient au pouvoir les choses s'étaient améliorées à l'exception de son existence, qui était bien meilleure avant la Libération. On l'avait dénoncé et, lors de l'enquête qui s'ensuivit, on avait découvert qu'il avait autrefois appartenu à une société secrète. Il fut alors étiqueté comme « mauvais élément » et envoyé dans un camp de rééducation par le travail.

Afin de pouvoir survivre et nourrir ses deux fils, la troisième tante se fit tireuse de charrette à bras. Son dévouement n'empêcha cependant pas ses deux enfants de mourir successivement. Comme elle n'avait plus assez de force pour continuer son travail, elle dut ramasser des restes de légumes sur les marchés et laver les habits des gens qui le voulaient bien.

Dès que ma mère apprit qu'elle était gravement malade, elle traversa le fleuve et se précipita chez elle.

A sa vue, la troisième tante fondit en larmes et, se redressant péniblement sur son lit, elle lui agrippa la main :

– Cousine, regarde dans quel état je suis ! Je ne tiendrai pas jusqu'au retour de mon mari.

Ma mère commença par lui préparer une épaisse soupe de soja car on disait alors que le soja était particulièrement nourrissant et qu'il pouvait vous sauver la vie. Mais la malade ne voulut pas la manger, prétextant que ma mère avait de nombreuses bouches à nourrir et qu'elle devait garder la soupe pour ses enfants. Ma mère lui laissa quand même la nourriture et retourna chez elle sans se douter que c'était la dernière fois qu'elle la voyait.

Un dimanche de l'hiver 1961, ma mère se trouvait dans la pièce principale quand un homme maigre au visage jaunâtre, qu'elle ne reconnut pas sur-le-champ, apparut à la porte d'entrée et s'avança sans y être invité. Ce n'est que lorsqu'il fut près d'elle et qu'il l'appela « seconde cousine » qu'elle reconnut le mari de la troisième tante. Elle ne s'attendait pas à le voir étant donné que, quatre ans auparavant, il avait été condamné à sept années de camp de rééducation par le travail. Encore sous le choc, elle lui demanda comment il avait réussi à être libéré trois années plus tôt.

Au lieu d'utiliser le tabouret que ma mère lui présentait, il s'assit sur le seuil de la porte. Cet homme, jadis capable de plaisanter et de garder son sérieux alors que tout le monde se tordait de rire, maniaque de l'ordre et de la propreté, aux cheveux toujours impeccablement peignés, était aujourd'hui vêtu de haillons et pouvait à peine ouvrir les yeux. De nombreuses cicatrices marquaient sa peau blafarde. Il avait l'air d'un naufragé qui s'accrochait à une épave. Jamais il ne se serait assis sur le seuil autrefois.

Il expliqua à ma mère qu'il n'y avait plus rien à manger dans les camps de rééducation, pas même des mauvaises herbes. Le dernier petit moineau, l'ultime petit rat avaient disparu depuis longtemps. Les habitants du coin étaient d'ailleurs bien plus prompts à les attraper que les détenus. Les malades et les plus âgés furent les premiers à mourir ; quant à ceux qui restaient, ils n'avaient même plus la force de les enterrer. On l'avait donc laissé partir plus tôt que prévu, après lui avoir dit de retourner à Chongqing où il serait « placé sous surveillance » par les autorités locales.

– Elle est morte, souffla-t-il. Si seulement elle avait pu attendre quelques mois de plus !

Ma mère, angoissée à l'idée de lui annoncer que la troisième tante était morte de faim, fut soulagée d'apprendre qu'il le savait déjà.

Il n'avait plus d'endroit où aller, ajouta l'homme. Lorsque la maison s'était retrouvée vide, les responsables locaux pour le logement avaient attribué le trois-pièces à une autre famille et lui avaient confisqué ses meubles. Bien évidemment, les nouveaux occupants avaient refusé de le laisser entrer.

Ma mère n'avait pas fini d'écouter son histoire qu'un voisin lui demanda de le suivre dans la grande cuisine. D'autres voisins s'étaient regroupés là, animés par la même conscience politique. Ils parlèrent à ma mère sans détour :

– Tu ne peux pas permettre à cet ancien détenu de rester dans notre cour ! Si tu l'hébergés, on refusera à cet ennemi du peuple le droit de s'enregistrer ici et il n'obtiendra pas ses tickets de nourriture. Comment alors trouveras-tu à manger pour quelqu'un qui de toute façon devrait déjà être mort ? Tu ferais mieux de le renvoyer sur-le-champ. Nous ne voulons pas qu'il traîne dans les environs.

On ne laissa à ma mère aucune chance de prendre la défense de son cousin. Les femmes parlaient intentionnellement fort afin que ce dernier, toujours assis sur le seuil de la pièce, entende ce qui se disait.

D'un autre côté, on peut aussi supposer que les voisins voulurent ménager le troisième oncle en ne le chassant pas directement. Lorsque ma mère sortit en hésitant de la grande cuisine, elle constata que son cousin était parti. Elle bouscula les personnes qui l'entouraient et lui courut après.

L'homme était si malade qu'il se déplaçait lentement, aussi ma mère le rattrapa-t-elle facilement. Les arbres de la colline n'avaient pas encore de bourgeons cette année-là, et les tendres feuilles n'étaient pas comestibles. Ma mère lui tendit un billet de deux yuans qu'il refusa. Elle lui dit que dans ce cas elle le ramenait chez elle, en dépit de ce que pourraient penser les voisins.

Finalement, il accepta l'argent en disant :

– Je suis un homme perdu et tu prends quand même pitié de moi.

Puis il se mit à pleurer. Ma mère l'imita mais ses larmes à elle étaient dues à la frustration de ne pas pouvoir lui offrir l'hospitalité.

Deux semaines passèrent et ma mère, toujours inquiète, prit le bateau pour se rendre au Versant pierreux, là où son cousin avait vécu. Elle demanda de ses nouvelles à plusieurs personnes, mais n'obtint aucune information.

Conformément à ce qu'il lui avait dit, une famille de six personnes vivait bien dans son ancienne maison. Là, une femme lui apprit que le troisième oncle avait erré pendant des jours et des jours dans les environs sans savoir où aller, et bien évidemment sans trouver qui que ce soit capable de lui fournir les papiers nécessaires pour se procurer de la nourriture. Survivre en mendiant était à l'époque pratiquement impossible car, d'une part, les miséreux pullulaient partout et, d'autre part, qui aurait possédé assez de nourriture pour se permettre d'en offrir ? Il passait ses nuits dans les toilettes publiques en bas de la colline sans rien manger ni boire, sans aucune guenille pour se protéger du froid. Son visage et son corps étaient boursouflés par la faim, et il finit par mourir, les yeux grands ouverts. La femme qui habitait maintenant dans la maison de la troisième tante faisait d'amples gestes pour montrer combien ses yeux étaient ouverts.

Et son cadavre ? Ma mère fut tellement ébranlée à cette idée qu'elle faillit s'évanouir et dut se retenir au chambranle de la porte.

– On l'a fait partir, dit brusquement la femme.

Puis elle ajouta :

– Je ne sais pas ce qu'il représentait pour vous mais si je peux vous donner un conseil, oubliez-le. Un détenu d'un camp de rééducation par le travail ne peut que causer des problèmes.

Sur ce, la femme claqua les deux battants de la porte en bois au nez de ma mère, et ferma le verrou.

– Pourquoi ne lui ai-je donné que deux yuans alors que j'en avais encore cinq sur moi ? Et dire qu'il était venu chercher refuge chez nous. A cette époque-là, j'étais déjà enceinte de toi. C'est pour toi que j'ai agi de la sorte. Il est mort de faim et de froid alors que dans le passé il s'était montré généreux envers nous chaque fois que nous avions eu besoin de lui.

Ma mère cassa le fil avec ses dents, rangea le nécessaire à couture, et me regarda du coin de l'œil. Les mots qu'elle avait prononcés un peu plus tôt résonnaient encore à mes oreilles : « Tu devrais t'estimer heureuse d'être en vie. »

Ces toilettes publiques où il était mort ressemblaient à toutes les autres : un endroit sale, puant, putride, où, si l'on ne faisait pas attention, on pouvait s'enfoncer dans les excréments. Mourir dans un tel endroit était pire que de mourir sur le bord d'un chemin. Mais j'ai pensé que les remords de ma mère n'étaient rien d'autre qu'une excuse pour tenter de se justifier. Elle aurait pu, en effet, résister à la pression et permettre au mari de la troisième tante, affamé et malade, de rester avec eux, au moins pour quelques jours. Résister à la pression aurait rendu ma mère meilleure. Or elle n'était pas une personne généreuse, mais égoïste et peureuse. A l'époque, il n'y avait plus de riz dans les tonneaux ni d'huile dans les pots, et le couperet des répressions politiques suspendu au-dessus des têtes représentait une menace permanente pour chacun. C'était donc pour mes frères et sœurs, mais aussi pour moi, que ma mère s'était comportée en lâche. C'était pour moi que ma mère s'était montrée si peu charitable, qu'elle avait permis que le mari de la troisième tante mourût de faim. Pas question donc pour le moment de la tourmenter davantage avec le problème de mes études. Il fallait que je la laisse tranquille, du moins pour aujourd'hui.

Cette histoire signifiait-elle que j'étais née coupable ?

Chapitre II

Après avoir nettoyé la table, je suis allée dans la cuisine pour laver la vaisselle. Une lampe électrique de cinquante watts pendait au milieu de la pièce, projetant une faible lumière. La vaisselle sale trempait dans le wok qu'on utilisait habituellement pour cuisiner les plats frits. L'eau était froide et le fourneau déjà éteint. Utiliser du charbon uniquement pour faire chauffer l'eau aurait été du gaspillage. Heureusement, la vaisselle n'était pas trop grasse. Mon père disait que, bien que nous fussions pauvres, nous devions être propres. Aussi, toutes les deux ou trois semaines, nous décapions les bols et les baguettes, le couvercle en bois du wok ainsi que la table en bambou devant la cuisinière.

Soudain, on entendit des pleurs de femme s'échapper de la maison de maman Wang, qui se trouvait juste en face de la cuisine. Un moment après, sa porte, qui était ouverte, claqua violemment. « Tu passes tes journées à te battre. Tu vas me conduire droit au cimetière », disait maman Wang pour chercher à calmer une querelle, tout en lançant des jurons sans la moindre gêne. Son plus jeune fils et sa femme, qui avaient trois enfants, se donnaient en spectacle tous les deux ou trois jours. Les disputes étaient telles que, lorsque les filles de maman Wang lui rendaient visite, elles ne restaient que très peu de temps.

Son second fils avait rejoint l'Armée populaire de Libération en 1956, lors de la rébellion des Tibétains du Khampa, et avait été envoyé à la frontière entre le Sichuan et le Tibet afin de combattre les rebelles. Ces derniers, cavaliers braves et agiles, allaient et venaient tel le vent dans la steppe. La nuit, ils s'avançaient à pattes de velours près des campements, attaquaient par surprise les forces armées et tranchaient les têtes de leurs prisonniers. Le gouvernement décida de réagir. Il envoya des parachutistes qui, à l'aide de lance-flammes, devançaient les attaques en brûlant tout. Ce n'est qu'à ce prix qu'ils firent cesser la rébellion. Le fils de maman Wang, tout comme les autres soldats fraîchement recrutés, était purement et simplement envoyé au « casse-pipes » comme chair à canon.

Du jour au lendemain, maman Wang acquit le statut de parente d'un martyr et, chaque année, pour la fête de la Fondation de l'Armée populaire de Libération, le 1er août, et pour la fête du Printemps, le Comité de voisinage se déplaçait dans notre cour, avec gongs et tambours, afin d'afficher sur sa porte des lettres de condoléances sur lesquelles apparaissaient les sceaux rouges officiels. Une année, on lui avait même décerné une petite plaque commémorative en bois sur laquelle était gravé en lettres rouges : « Glorieuse famille de martyr », qu'elle s'était empressée d'accrocher au-dessus de sa porte pour que tout le monde puisse la voir. Maman Wang respirait la fierté des pieds à la tête, elle crevait d'orgueil. Chaque fois qu'elle se querellait avec quelqu'un, même pour une broutille, elle prononçait presque immédiatement la phrase fatidique : « Je suis la mère d'un martyr. »

– Votre fils est mort et vous n'avez jamais versé la moindre larme pour lui, lui reprochait la plus jeune de ses belles-filles quand elles se disputaient.

– Pourquoi devrais-je être triste ? répondait-elle avec arrogance. Il a donné sa vie pour la Révolution, comment pourrais-je ne pas en être heureuse ?

Ce fils mort était le plus beau et le plus obéissant de ses quatre enfants. Il était très bon élève et serait entré à l'université si, à l'âge de dix-neuf ans, il n'avait pas trouvé plus glorieux de s'engager dans l'Armée populaire de Libération. « Quand un fils est trop bon, les démons viennent le chercher », grommelait pour lui-même oncle Wang lorsqu'il ne travaillait pas. Chaque fois qu'il revenait à la maison, il en était malade et invariablement il regagnait son bateau avant la fin de ses congés. Dans un cadre en verre, une photo 15 x 18 cm en noir et blanc représentant un portrait de son fils alors jeune lycéen au sourire timide était accrochée au mur entre l'armoire et le lit. Toutes les fois que je regardais cette photo, je ne pouvais m'empêcher d'imaginer sa tête roulant sur le sol.

Quand les enfants du quartier entraient à la maternelle, à l'âge de trois ou quatre ans, on les emmenait visiter le Musée local de la Lutte des classes. Mais depuis qu'il fallait payer quelques yuans pour les frais de scolarité, je devais rester de l'autre côté du mur à écouter avec envie, au son de l'accordéon, l'air de *N'oublie jamais la souffrance des classes*. Ce n'est qu'une fois en primaire, à l'âge de sept ans, que j'ai enfin eu le bonheur de connaître ce musée. J'ai pu voir les instruments de supplice que les réactionnaires utilisaient quand ils torturaient les masses révolutionnaires, ainsi qu'un étalage de photographies sanglantes représentant des soldats morts pour la révolution. Il y avait aussi d'horribles photos de contre-révolutionnaires exécutés après la grande victoire du peuple.

– Vous devez vous méfier et toujours être sur vos gardes car, sous de trompeuses apparences, de nombreux rebuts du pouvoir Guomindang subsistent encore aujourd'hui. Les romans révolutionnaires nous apprennent à déjouer les plans des agents du Guomindang qui sont là pour détruire notre ville de montagne et briser nos vies heureuses dans la nouvelle Chine. N'oubliez jamais la lutte des classes, dénoncez rapidement à la police et à la cellule du Parti tous les intrigants sournois qui rôdent dans les coins sombres de la société !

Ces avertissements incessants rendaient les enfants que nous étions anxieux et peureux. Nous avions sans cesse l'impression d'être entourés d'agents secrets. Les jours de pluie ou les jours sombres, lorsque les gens portaient des chapeaux de bambou tressés qui dissimulaient leur visage, tout le monde nous faisait peur.

Je me rendais très rarement chez maman Wang car son sourire orgueilleux de mère de martyr me rappelait trop le musée de la Lutte des classes. Et si je pensais à ce musée durant la journée, j'étais sûre, la nuit, de faire des cauchemars.

Après avoir vidé l'eau sale du wok, je l'ai suspendu au clou sur le mur. J'ai ensuite ramassé la cuillère, les baguettes, rangé la pile de bols, puis j'ai rapidement quitté la cuisine. Je savais qu'en fait maman Wang craignait son plus jeune fils et que ses hurlements n'étaient qu'une échappatoire pour donner libre cours à sa colère. Une fois qu'elle avait crié, elle cherchait systématiquement une nouvelle cible. Et, effectivement, alors que je me trouvais dans l'escalier à gauche de la pièce commune et allais franchir la porte d'entrée de notre maison, j'ai entendu ses reproches :

– Pourquoi cette lampe est-elle déjà allumée à cette heure-ci ? Il fait encore jour. Es-tu aveugle ? Le gouvernement nous a demandé d'économiser chaque kilowatt d'électricité ainsi que chaque goutte d'eau. Ce bien-être, nous l'avons payé de notre sang. Je suis sûre que la facture d'électricité de la cuisine de ce mois-ci va me donner une attaque !

Elle semblait à la fois angoissée et convaincue de ses paroles.

Je voulais réviser mon cours de maths mais ses interminables jérémiades m'agaçaient tellement que j'ai dû sortir. La nuit était tombée d'un coup, et dire qu'elle affirmait qu'il faisait encore grand jour ! « Tu n'es pas la seule à payer la facture d'électricité, chacun paie sa part », grommelai-je intérieurement. Puis, soudain, je me suis mise à penser au mur couvert de photographies des révolutionnaires et contre-révolutionnaires fusillés. Je me demandais pourquoi tous les contre-révolutionnaires exécutés avaient leurs pantalons baissés jusqu'aux genoux. On voyait leur tête éclatée et plus bas un truc noirâtre que je ne connaissais pas. Quelqu'un avait expliqué que, pour éviter que les condamnés ne se suicident ou prennent la fuite sur le chemin qui les menait au terrain d'exécution, on enlevait la ceinture qui retenait leur pantalon bouffant. Mais ce machin entre leurs jambes, pourquoi était-il si laid ? Et était-ce seulement les méchants, parmi ceux qui allaient être exécutés, dont on exposait cette horrible chose ?

Chapitre III

Les gens qui prenaient le frais ou qui bavardaient dehors avec des amis étaient tous rentrés chez eux. Je me suis alors assise sous le réverbère et j'ai révisé mes cours en silence. Je luttais pour garder mes yeux ouverts mais les mots sur les pages devinrent flous et se mirent à tournoyer. Je surveillais par intermittence la porte de la cour, craignant que quelqu'un ne la ferme, car il aurait fallu que je crie un bon moment avant qu'on vienne m'ouvrir.

Finalement, incapable de tenir plus longtemps, j'ai ramassé mon livre et mon tabouret et je suis rentrée. J'ai fermé le lourd portail, puis j'ai verrouillé le gros loquet. Il régnait un silence de mort dans la cour qui contrastait étrangement avec le bruit et la fureur de la journée, créant une sensation d'irréalité.

La porte du grenier était entrouverte. Je l'ai refermée derrière moi. L'été indien passé, les nuits étaient beaucoup moins chaudes que les jours. La brise qui entrait par la lucarne rafraîchissait un peu la pièce, mais il faisait tout de même trop chaud pour supporter une couverture. J'ai ôté mes vêtements, enfilé ma chemise de nuit en coton, puis je me suis étendue sur la natte et j'ai tiré le drap sur moi. J'ai soudain entendu ma quatrième sœur et Dehua, son petit ami, se retourner dans leur lit de l'autre côté du rideau. Mon envie de dormir s'envola instantanément…

Ma quatrième sœur dormait en face de la porte du grenier, dans le lit où toutes les filles s'entassaient naguère, alors que mes deux frères occupaient l'autre lit légèrement plus étroit, tout à côté de la porte, qui aujourd'hui était le mien. Le toit s'inclinait du mur de gauche à celui de droite, juste au-dessus de ma tête. Le rideau ajouté lorsque nous avions grandi avait tellement été lavé que les couleurs s'étaient estompées. Un deuxième, en lin, reliait les deux murs et un troisième servait à dissimuler le pot de chambre et son couvercle.

Un voilage bruissa. C'était Dehua, qui allait soulager un besoin naturel. Lorsqu'il sortit, ma quatrième sœur se leva à son tour et prit sa place.

Couchée, les yeux fermés, j'écoutai le bruit de l'urine qui jaillissait de l'autre côté. Une odeur âcre emplit ensuite mes narines. Ce n'est qu'une fois qu'ils se furent tous les deux recouchés et rendormis que je me suis tournée sur le côté et ai regardé fixement la lucarne.

A la maison, depuis que nous étions petits, on ne faisait pas de distinction entre les garçons et les filles. La pudeur, la dignité, la courtoisie étaient des concepts qui n'existaient que dans nos têtes. Nous y étions tous habitués. Cependant, devoir vivre sous le même toit que le compagnon de ma quatrième sœur, c'est-à-dire de quelqu'un qui n'était pas du même sang que nous, me gênait.

Le clair de lune légèrement bleuté qui passait à travers la lucarne répandait dans le grenier obscur une lueur d'une étrangeté surnaturelle. Des chats sauvages rôdaient sur les tuiles cassées de l'auvent. Leurs pas lourds donnaient l'impression qu'un étranger marchait sur notre toit dans la nuit pour espionner les faits et gestes des habitants de la maison. Dans cette cour, on pouvait entendre toutes sortes de bruits inquiétants au milieu de la nuit. Je me suis soudain remémoré la silhouette qui me suivait dans la journée. Pourquoi était-ce toujours moi qu'il filait et non pas une autre fille ? Un frisson me parcourut. Pourquoi, me demandai-je, étais-je née dans un monde où le bonheur n'existait pas ? Pourquoi avais-je déjà dû subir tant d'affronts, d'humiliations et de douleur ?

Je relevai légèrement ma chemise de nuit. Ce corps qui respirait s'était transformé en un corps de femme qui m'embarrassait. Certaines parties blanches comme le marbre saillaient sans grâce dans le noir de la nuit. J'avais presque dix-huit ans, il était donc temps que je profite un peu des joies de la vie. Or je n'en voyais aucune se profiler à l'horizon. « J'ai impérativement besoin de rêves », pensais-je avec tristesse. Or, à ce jour, je n'en avais aucun et les années à venir ne s'annonçaient pas meilleures. Mes études semblaient se trouver dans une impasse. D'ailleurs, plus j'étudiais, plus j'avais de difficultés à retenir toutes les formules et les théories socialistes. Personne, dans le quartier du ruisseau du Chat sauvage, n'avait jamais réussi le concours d'entrée à l'université. Qu'est-ce qui me permettait de penser qu'une fille comme moi, à laquelle personne ne prêtait la moindre attention, serait une exception ? Mes résultats n'étaient pas meilleurs que ceux des autres. Mon avenir s'annonçait semblable à celui de n'importe quel habitant de ce coteau : une vie passée à transporter du sable, à vider des pots de chambre et à élever des enfants.

Je me suis alors dit que je devais absolument avoir un but, quel qu'il soit. Un idéal irréalisable était préférable à une vie sans espoir. Sans ce rêve, j'étais perdue, condamnée, toute ma vie durant, à travailler dur comme les femmes de la rive sud.

Chapitre IV

Je me levai de bonne heure le lendemain matin et trouvai, comme toujours, mon père assis sur son banc près de l'escalier dans la pièce commune. Il fumait sa pipe en bambou bourrée d'un tabac bon marché qui me faisait tousser. Je penchai la tête sur le côté afin d'éviter le nuage de fumée. Je n'ai jamais vu mon père avaler quoi que ce soit au petit déjeuner. Il se contentait de fumer sa pipe. Lorsque j'étais enfant, je le croyais quand il me disait qu'il n'avait pas faim. Mais, avec le temps, j'ai compris qu'il avait perdu l'habitude de déjeuner durant la grande famine : plus il se privait, plus il y avait de quoi nourrir ses enfants. Quand il y eut de nouveau assez de nourriture pour tout le monde, c'était trop tard, le pli était pris. Désormais le moindre aliment matinal dérangeait son estomac.

Mon père posa sa pipe et sortit de sa poche un billet de banque d'un demi-yuan flambant neuf et soigneusement plié. Il jeta un bref coup d'œil dans la pièce avant de me le glisser rapidement dans la main. Je restai sans réaction. Pourquoi me donnait-il de l'argent en cachette ?

Je suis montée au grenier, le billet dans la main. Le soleil qui illuminait la pièce conférait au lieu une certaine étrangeté. Le rideau entre les deux lits était à moitié tiré. Ma quatrième sœur et Dehua n'étaient plus là. Leur lit complètement défait découvrait des lattes de bambou fendues. Je me suis assise sur le bord du mien et j'ai laissé mon cahier d'exercices tomber sur le sol. Une fois que l'ombre des nuages eut glissé sur la colline, le grenier sombra aussitôt dans l'obscurité.

La voix de ma mère s'éleva de l'étage inférieur. Elle expliquait à mon père qu'il fallait qu'elle retourne au fleuve car le panier de linge sale était déjà plein, bien qu'elle eût fait la lessive quelques jours auparavant.

Je regardai dans ma main le billet d'un demi-yuan flambant neuf tandis que les pas de ma mère se dirigeaient vers le portail. Puis soudain je me fis la réflexion que nous étions le 21 septembre. N'était-ce pas justement le jour de mon dix-huitième anniversaire ? Pas étonnant alors que mon père m'ait donné furtivement cet argent.

Ma mère aurait dû se souvenir de mon anniversaire. Or, même la veille, elle ne l'avait pas évoqué. De toute évidence, c'était le cadet de ses soucis alors qu'elle prenait la direction du fleuve.

Ma mère ne m'avait jamais souhaité mon anniversaire, mais aujourd'hui le cas était différent. Il s'agissait de mes dix-huit ans, et elle savait aussi bien que moi l'importance de cet âge pour une fille. Essayait-elle à dessein de m'éviter ? Non, elle l'avait oublié, tout simplement. D'ailleurs, quelle différence y aurait-il eu si elle s'en était souvenue ? C'était mon problème et elle ne se faisait jamais de souci pour moi.

Je suis descendue, je n'ai intentionnellement rien dit à mon père, et je suis sortie faire un tour.

Tandis que je montais la rue du Lycée, je suis passée devant le dortoir de l'école maternelle. Des professeurs à la retraite tenaient leurs petits-enfants dans leurs bras et regardaient circuler les gens. Une vieille femme aux cheveux blancs m'interpella pour me dire qu'elle avait vu ma sœur aînée. Elle me précisa que cette dernière n'était pas seule, qu'elle portait un sac de voyage sur l'épaule et qu'une petite femme potelée l'accompagnait. Cependant, comme la foule était très dense, elle n'avait pas pu l'appeler.

Ainsi, après tout ce temps, ma sœur aînée s'est finalement décidée à rentrer, me dis-je alors que je reprenais ma marche. Puis j'ai pensé qu'elle avait dû reprendre la route qui menait à Chongqing. Dans ce cas, comment se faisait-il qu'elle ne fût pas passée à la maison ? Elle n'était vraiment pas d'une nature cachottière, la vieille femme s'était sûrement trompée.

Je me suis dirigée vers le Pont de pierre, où s'agglutinaient toutes sortes de gens. C'était un beau dimanche, sans pluie et pas trop chaud, et on aurait dit que tous les habitants des environs étaient venus faire leur marché. Les paysans transportaient des légumes avec une palanche, et on trouvait tout ce qu'on voulait dans les deux rues marchandes autorisées par le gouvernement. La cacophonie était totale : cris des échanges et incessant bourdonnement des mouches. La plupart des clients souhaitaient que les animaux soient tués sous leurs yeux pour s'assurer qu'ils achetaient de la nourriture fraîche. Un vendeur, assis sur un long banc, sortait justement une grenouille vivante de son panier en bambou. Il lui trancha la gorge, puis la dépouilla et la vida prestement tandis que les quatre membres blancs du batracien se convulsaient encore. Les mains et le tablier en caoutchouc de l'homme étaient tout éclaboussés de sang. Un monceau d'intestins, de foies, d'estomacs et de poumons rouges et noirs gisait à ses pieds. Des peaux verdâtres jonchaient le sol. Dans une cuvette s'entassaient des grenouilles mortes, membres entremêlés. De petits ruisseaux sanglants s'écoulaient le long du mur en pierres irrégulières.

J'ai descendu une volée de marches et j'ai contourné l'endroit de la rue le plus noir de monde. Malgré cette précaution, je n'ai pu éviter la multitude. A cette heure du jour, elle était partout, au bureau de poste, au cinéma ou à la maison de thé. De nombreux adultes promenaient leurs enfants, discutaient, ou riaient chaleureusement.

Qu'allais-je m'acheter pour mon anniversaire ? Tandis que je me faufilais à travers la foule, je passai devant un studio de photographe. Pour mon père et moi, un demi-yuan représentait beaucoup d'argent, mais ce n'était pas une somme suffisante pour m'offrir un portrait, fût-ce le moins cher. Dans les vitrines, les top-modèles en jupe, aux cheveux permanentés, souriantes, avaient désormais remplacé les photos du président Mao entouré d'hommes et de femmes, son célèbre « petit livre rouge » à la main. Un grand magasin se trouvait de l'autre côté de la rue, à côté de la pharmacie. En quelques pas, je fus à l'intérieur.

J'allais de comptoir en comptoir sans rien apercevoir qui me fît envie ou que je puisse m'offrir. Il y avait beaucoup de produits de maquillage : des rouges à lèvres, du fard à joues, des crayons pour les yeux, mais je n'en voulais pas. En effet, ces produits étaient associés au mot « beauté » dont le sens m'échappait alors totalement.

Je suis montée au dernier étage. De là, la vue portait très loin : la rive opposée du Yangzi et sa digue aux herbes vertes, le chantier de construction navale sur la rive nord et l'ancienne tour ; vers l'est, on pouvait voir la place du Pont de pierre qui semblait beaucoup moins vaste que lorsque l'on y entrait. Elle était bordée d'un côté par un marché aux légumes et de l'autre par des champs cultivés. Les deux côtés restants étaient occupés par des bâtiments informes et sales : une usine de traitement de l'acier et la prison numéro deux de la province où les détenus politiques et les grands criminels purgeaient de lourdes peines.

A l'origine, la place du Pont de pierre était une simple étendue de terre qui ne pouvait pas être cultivée car on y avait accumulé trop de détritus et de fragments de briques. Durant mes deux dernières années de collège, on nous laissait sortir deux jours par semaine afin d'accomplir du « travail volontaire ». Nous devions transporter du sable depuis les berges du fleuve pour combler les trous en vue de transformer l'endroit en une place digne de ce nom. Nous, les enfants, peinions à côté des adultes pour les aider à atteindre leur quota de travail. Cette besogne s'avérait exténuante et pénible, mais j'accomplissais chaque fois les tâches assignées

La place du Pont de pierre connaissait ses heures de gloire lorsque s'y déroulaient d'immenses procès en plein air. Les haut-parleurs, assourdissants, étaient installés sur des podiums temporaires construits en bois. Des bannières et des banderoles flottaient tout autour de la place. Après le procès, les gardes armés entassaient les criminels au crâne rasé dans des camions où ils devaient rester debout, tête baissée. Autour de leur cou pendaient de lourdes plaques de bois sur lesquelles on pouvait lire leurs crimes : « meurtrier », « violeur », « contre-révolutionnaire », « corrompu », « voleur » et sur l'un d'eux s'inscrivait même le mot « sodomite », terme que je ne comprenais pas. Au-dessous, leurs noms étaient barrés d'un large X rouge. Ensuite, les camions parcouraient lentement les principales rues de la rive sud, à titre d'exemple. Quelques années auparavant, des exécutions se tenaient au pied du tertre qui dominait la place. Elles provoquaient une telle excitation et un tel chaos que plusieurs fois les choses tournèrent mal pour les soldats du peloton d'exécution ou pour les prisonniers. Des coups de feu furent tirés dans toutes les directions, les détenus criaient et hurlaient des insultes au Grand Timonier et au Parti. Une fois, un prisonnier la tête en bouillie s'échappa et fendit la foule sur un long trajet ; nombre d'assistants s'évanouirent de frayeur. Il arriva même que des hommes parvinssent à se libérer de leurs liens et à s'enfuir pour tenter de sauver leur vie. Après ces événements, les exécutions, acte final du drame, eurent lieu dans un ravin d'où il n'y avait aucune chance de fuite pour les condamnés.

Sur cette place, j'ai même failli mourir. L'année où j'obtins mon diplôme du collège, un procès public s'ouvrit contre des voyous qui avaient pris trop de bon temps pendant la révolution culturelle. Ces jeunes gens étaient accusés d'avoir « frappé, cassé, massacré ». Durant les batailles entre factions, ils avaient tué leurs adversaires. Et les dettes de sang devaient être payées dans le sang. Les professeurs emmenèrent leurs élèves au procès dans un but éducatif. Ce jour-là, au moins dix mille personnes étaient rassemblées sur la place publique sans compter celles qui se perchaient sur le haut des murs. Subitement, le soleil disparut, le tonnerre gronda et les éclairs fendirent le ciel. Un déluge s'abattit en quelques secondes, juste au moment où l'exécution allait avoir lieu. La police empêcha les gens de se disperser, et personne n'osa bouger bien que tous fussent trempés jusqu'aux os. Soudain, un des murs s'effondra et une douzaine de personnes vinrent s'écraser sur le sol. Un vent de folie s'empara alors de la foule, et ceux dont les nerfs étaient déjà bien éprouvés se mirent à fuir à travers la place, courant vers le mur effondré, foulant les malheureux qui étaient tombés avec lui et piétinant tout sur leur passage. Tremblante de peur, je m'accroupis et ne bougeais plus. Les messages des haut-parleurs qui tentaient de calmer la foule furent sans effet. Les voitures de police et les ambulances arrivées sur les lieux ne firent qu'augmenter la panique générale.

– On a coupé, fracassé des têtes innocentes, d'autres ont été fusillés sans raison. Le ciel ne l'a pas admis et il se venge !

L'homme qui professait ces paroles était un mendiant qui vivait dans un tas d'ordures derrière les restaurants. Il fut dénoncé le jour même et la police l'arrêta.

Tandis que je reprenais le chemin de la maison couverte de boue et terrorisée, j'ai vu à côté du mur un groupe composé de quelques personnes échanger des clins d'œil et comploter furtivement.

Chapitre V

Le travail de restauration de la place n'était pas encore achevé qu'on apprit la mort de Mao Zedong. Nous étions en septembre. « Le neuvième jour du neuvième mois, l'empereur s'en est allé. » Seuls ceux qui avaient participé à la construction de la place eurent l'honneur d'assister au service commémoratif officiel. Les autres devaient se contenter de petites cérémonies organisées par leurs unités de travail.

Ce jour-là, on orna la place du Pont de pierre de fleurs blanches et de crêpe noir. La garnison de toute la zone était là, au grand complet, armée de fusils, dans une ambiance sévère de grande solennité. La voix saugrenue de Hua Guofeng que le président Mao avait choisi comme successeur retentit dans les haut-parleurs, avec son curieux accent campagnard du Shanxi. Les sanglots se transformèrent en hurlements et tout autour de moi je ne voyais que des visages en larmes. Rien n'est plus contagieux que les pleurs. J'avais à l'époque quatorze ans et un profond désespoir me saisit tandis que mes yeux commençaient à me piquer. En un instant, je perdis tout contrôle et éclatai en sanglots.

Après la cérémonie, comme les professeurs nous ramenaient à l'école, chacun vérifiait les yeux des autres.

Étaient-ils assez rouges ? assez gonflés ? assez bouffis ? Il s'agissait de montrer notre loyauté éternelle envers le Grand Timonier. Mes larmes séchèrent aussi rapidement qu'elles étaient venues, et mes yeux n'étaient ni assez rouges ni assez gonflés. Cependant, je conservais mon habituelle mine déconfite. Pour une fois, cet air abattu, qui d'ordinaire mettait les gens mal à l'aise, joua en ma faveur.

Chapitre VI

Une année, des pluies incessantes inondèrent la place du Pont de pierre, transformant en rivières les routes et les ruelles avoisinantes. Les pluies torrentielles et les inondations emportèrent au loin tout un bric-à-brac, et nettoyèrent si bien les marches de pierre qu'on put alors s'y étendre et y faire la sieste. Quant au fleuve, il s'était métamorphosé : il charriait des cabanes en chaume, des bacs en bois, des arbres entiers et même des corps dont il était impossible de dire s'il s'agissait de cadavres humains, canins ou porcins. Les gens sortaient sur des radeaux de fortune pour récupérer les choses encore utilisables. On enviait ceux qui osaient retirer les montres des cadavres, non tant parce que c'étaient des objets de valeur que parce que cela ne constituait pas vraiment un délit, vu que les morts n'avaient plus guère besoin de savoir l'heure.

Un artisan obèse, qui vivait dans la rue principale près de l'embarcadère du ruisseau du Chat sauvage, sortit un jour en arborant fièrement cinq montres qu'il avait récupérées. La police l'arrêta aussitôt. Sur le chemin du commissariat, le pauvre bougre criait et tentait de se justifier en expliquant qu'il n'était pas de ces assassins qui, après avoir frappé leurs victimes et dérobé leurs biens, les jetaient à l'eau.

L'orage balaya des maisons peu solides, meubles et ordures confondus. Miraculeusement, le restaurant de raviolis, la « Maison sur pilotis », ne bougea pas. Trois jours après que l'eau fut redescendue, laissant des traces de rouille sur les murs, le commerce reprit. Maintenant que l'orage était passé, l'odeur captivante des boulettes de viande ainsi que celle des raviolis frits se dégageaient de l'échoppe et embaumaient les ruelles environnantes. On racontait que son propriétaire devait son succès à son père qui avait étudié la magie taoïste au mont Emei, et qui exerçait ses pouvoirs sur la farce des petits pains. J'avais simplement remarqué combien la viande en était délicieuse, copieuse, et les oignons ainsi que l'ail frais succulents.

Après avoir quitté la « Maison sur pilotis », j'ai gravi la côte jusqu'au cinéma, serrant mon demi-yuan dans la main. Voir un film, voilà ce que je préférais, du moment qu'il y avait des images, le reste m'importait peu, même s'il n'y avait ni couleur ni son. Tous les genres me convenaient : un documentaire sur les miracles de la Chine, sur des dirigeants chinois accueillant des personnalités étrangères ou bien sur la pulvérisation aérienne des cultures. De temps en temps, mon père me donnait cinq maos pour me permettre d'assister à une projection avec l'école. Mais ce serait la première fois que je choisirais un film toute seule, et cette idée me transportait de joie. Si les murs du cinéma, plongés dans l'obscurité, avaient été en verre, j'aurais vu une jeune fille coiffée de deux petites nattes, aux cheveux bruns, le visage pâle, le corps maigre : cette jeune fille, ce serait moi. A ce moment-là, une féroce bataille intérieure s'engagea entre les nourritures spirituelles et matérielles.

Je décidai finalement de m'acheter à manger. Je rebroussai chemin, traversai la rue, et allai directement au comptoir de la « Maison sur pilotis » où une douzaine de personnes faisaient la queue, attendant qu'une nouvelle fournée de petits pains farcis à la viande sorte du four.

Le menu était inscrit sur un tableau : petits pains farcis à la viande, raviolis, galettes au sésame, nouilles, petits pains à la vapeur, gâteaux de riz triangulaires et lait de soja. Le prix de chaque article ainsi que le nombre de tickets de céréales nécessaires étaient gribouillés avec des encres de différentes couleurs. Je fis la queue malgré la modique somme que je possédais. Mon regard était fixé sur des petits pains blancs à la vapeur farcis de viande et de légumes. Les tabourets autour des quatre tables de l'échoppe étaient occupés par des clients qui buvaient bruyamment leur lait de soja ou leur soupe sur laquelle flottaient des lamelles d'oignons.

Quand ce fut mon tour, le jeune vendeur aux cheveux en

brosse attendait impatiemment que je passe ma commande. Je lui ai tendu mon billet d'un demi-yuan et lui ai dit avec une timidité feinte :

– Deux petits pains à la viande.

– Et vos tickets de céréales ? me demanda-t-il comme je le craignais.

– Je les ai oubliés, expliquai-je avec anxiété tout en retenant mon souffle. Les petits pains valent deux maos pièce, soit quatre maos les deux. Oubliez les tickets et gardez la monnaie, d'accord ?

Je devais être rouge de la tête aux pieds. Comment aurais-je pensé aux tickets de céréales puisqu'on ne m'en avait jamais donné dans ma famille et que je n'avais jamais acheté ce type de nourriture ?

Le jeune vendeur se retourna et appela quelqu'un dans la réserve. Une vieille femme toute ridée qui portait une chemise et un tablier blancs froissés, tachés de farine et d'huile de soja, en sortit. Elle demanda ce qui se passait puis donna son accord. Se tournant vers les paniers, elle saisit à l'aide d'une pince deux petits pains à la vapeur qu'elle déposa ensuite dans une assiette.

– C'est pour emporter, dis-je.

Elle prit une feuille de papier jauni sur une pile dans la vitrine et posa les petits pains dessus. Puis elle reposa sa pince et ajouta deux autres feuilles de papier sur les aliments.

– Attention, m'avertit-elle, ils sont très chauds !

J'ai humé la merveilleuse odeur des petits pains fumants que je tenais entre mes mains. Pour la première fois de ma vie, je comprenais ce que l'expression « être heureux » voulait dire. C'était mon anniversaire et je le fêtais.

Au lieu de prendre la même route pour le retour, j'ai descendu la ruelle étroite qui passait derrière la « Maison sur pilotis ». Le chemin était très accidenté mais plus court. Mon estomac commençait à réclamer. « Dépêche-toi de les manger pendant qu'ils sont encore chauds », me disais-je. Ma gorge se serra : je voulais rentrer chez moi et fêter l'événement avec mes parents. J'ai grimpé les marches qui n'étaient pas particulièrement abruptes, pourtant, lorsque j'ai atteint le sommet, j'étais à bout de souffle.

Trois chemins partaient du haut de la colline. Un vieux vendeur de thé avait installé son échoppe sous un banian encerclé de pierres aux formes étranges. Tandis que je m'en approchais, un frisson me parcourut le dos. Je regardai autour de moi. Un homme très bien habillé se tenait sous l'auvent de la boutique d'un serrurier avec lequel il discutait. Il ne pouvait donc pas me voir.

Peut-être avait-il une clé à se faire faire ? Je me suis sentie un peu rassurée, mais lorsque je me suis retournée, impossible de me débarrasser de l'impression que quelqu'un m'avait observée. Mes oreilles bourdonnaient. J'étais tellement secouée que j'en ai fait tomber un petit pain. Je me suis agenouillée pour le ramasser. Il avait roulé dans des feuilles sales, sous un étal. Je soufflai dessus, mais la saleté y resta collée, aussi l'essuyai-je délicatement.

Lorsque je me suis relevée, l'homme était parti. Était-il possible que ce soit celui qui avait l'habitude de me suivre ? Peut-être m'avait-il filée toute la journée ? Nous étions dimanche. Jusqu'à présent, il s'était contenté de me suivre jusqu'à l'école ou de m'attendre à la sortie des cours. Changeait-il ses habitudes ?

Était-ce parce que je venais de monter les marches trop rapidement que j'étais prise d'étourdissements ? Non, j'avais confiance en mes impressions, et j'étais sûre que la cause en était cet homme. Pourquoi s'était-il caché de moi pendant plus de dix ans pour réapparaître soudain sans aucune précaution ? Les viols étaient assez fréquents dans cette région. Comme il y avait toutes sortes de coins cachés et de failles dans les collines ou sur les berges, ils pouvaient se produire à l'abri des regards indiscrets. Quand on arrêtait et condamnait un violeur, ses actes étaient publiés dans les moindres détails. La plupart du temps, les victimes étaient assassinées, leur corps livré à la pourriture ou bien jeté dans le fleuve. Toutes les filles avaient peur des hommes.

Un jour, on arrêta le père d'une de mes camarades de classe. Cette dernière, accompagnée de sa petite sœur, le suivait en pleurant tout le long du chemin. « Je n'ai plus de femme et il n'y a pas de bordels, alors qu'est-ce que je dois faire ? » hurlait le docker veuf. On disait qu'il avait séduit la fille adolescente de son voisin.

J'ai essayé de concentrer mon esprit sur autre chose car ces pensées me terrorisaient. J'ai fait demi-tour et j'ai couru jusqu'au terrain de jeu, rue du Lycée. Comme nous étions dimanche, il n'y avait pas le moindre bruit, ni le moindre cri ; personne ne jouait au ballon, aucun enfant n'attrapait des sauterelles ou des papillons. Le soleil s'étendait bien au-delà du terrain. J'ai alors ralenti mon allure et j'ai emprunté un petit sentier herbeux, tandis que je luttais de toutes mes forces pour tenter de retrouver mon calme.

Partie V

Chapitre I

J'ai sorti un bol en terre du placard pour y poser les deux petits pains farcis, après avoir précautionneusement enlevé le papier graisseux qui les recouvrait. Une coupelle de bouillie claire de riz se trouvait sur le meuble. Affamée et assoiffée, je l'ai bue d'un trait. Mon père est entré et a éclairé. La pièce est demeurée sombre mais les contours du lit, de la table et du placard sont devenus légèrement plus clairs.

Je lui ai tendu le bol en lui disant :

– Tiens, il y en a un pour toi et un pour maman.

– Et toi ? a-t-il répondu sans les prendre.

– J'en ai déjà mangé un, ces deux-là sont pour vous.

– Tu n'avais pas assez d'argent, dit-il, où aurais-tu pu acheter trois énormes petits pains à la vapeur, farcis de viande, pour un demi-yuan ? Je sais que tu en raffoles, c'est donc toi qui les mangeras.

Ma mère est entrée à son tour, avec les bols et les baguettes ; elle a posé celles-ci dans un pot en bambou contre le mur.

– Liuliu, m'a-t-elle dit, où es-tu allée si tôt ce matin ? Tu aurais pu m'aider à descendre le linge sale ! Maintenant que tu as grandi, tu n'en fais qu'à ta tête. Si on ne peut pas compter sur un bambou, comment peut-on compter sur une pousse de bambou ? Parmi tous mes enfants, il n'y en a pas un pour racheter l'autre.

Sa colère montait au fur et à mesure qu'elle parlait.

Je lui ai dit d'arrêter de se plaindre car j'avais acheté un de ses plats préférés. Comme prévu, ce qu'elle vit illumina son visage. Elle oublia même de me demander où j'avais trouvé l'argent.

– Que fêtons-nous donc ? D'où viennent-ils ?

Je lui ai expliqué que j'étais allée au Pont de pierre.

Elle m'a demandé dans quel restaurant je les avais achetés.

– A la « Maison sur pilotis », bien sûr, lui ai-je répondu. Ce sont les meilleurs de la ville. Les gens font la queue pour acheter des petits pains à la vapeur farcis et des raviolis.

Je n'avais pas fini de parler que ma mère avait rejeté la nourriture dans le bol, s'était agrippée à la tête du lit, soudain prise de haut-le-cœur.

– Des petits pains farcis de la « Maison sur pilotis » !

Elle a secoué la tête d'un air de dégoût et a pris la serviette humide que je lui ai tendue.

– Tu exagères, a dit mon père, mécontent.

– J'exagère ? Tu as donc oublié ce qui s'est passé durant toutes ces années ?

Au milieu des remarques hachées qui suivirent, j'ai eu une vague idée de ce qui l'avait mise dans cet état. On racontait que, durant la famine, la farce des petits pains de cette échoppe était fabriquée à partir de cadavres d'enfants. La rumeur ajoutait que les gens qui en avaient mangé revenaient comme drogués, de la même façon que reviennent les clients dans les restaurants où l'on ajoute du cannabis ou des graines de pavot dans la soupe. Or, un jour, quelqu'un avait trouvé un ongle dans la farce et avait prévenu les autorités. Le couple qui tenait le magasin fut arrêté et la boutique fermée. Elle ne rouvrit pas avant plusieurs années, et cette fois sous forme de coopérative.

– Cette voisine passait son temps à colporter des ragots, dit mon père.

– A une époque où la viande était si difficile à obtenir, peux-tu me dire comment faisaient les patrons de la « Maison sur pilotis » pour se la procurer ? demanda ma mère. Une viande délicieuse, en plus. Bien meilleure que si on y avait ajouté du glutamate.

D'ailleurs, elle avait des preuves. Elle raconta que le fils âgé de trois ans de l'une des femmes qui avait transporté le sable avec elle pendant un ou deux ans avait mystérieusement disparu sans laisser de traces. Au début, cette femme pleurait chaque fois que l'on parlait de son fils, puis, avec le temps, ses larmes se tarirent mais non sa peine. Elle finit par se jeter dans un vieux puits près du terrain de jeu sur la rue du Lycée. On avait retrouvé son corps à cause de l'odeur nauséabonde qui se dégageait du puits, lequel fut immédiatement bouché. Ma mère expliqua qu'il s'agissait de la meilleure collègue qu'elle ait jamais eue, que toutes les deux portaient équitablement la palanche, et qu'elle ne déplaçait jamais la corde pour que ma mère porte le plus lourd.

– Tu ne pourrais donc pas la fermer un peu ? dit mon père. Libre à toi de vouloir ou non des petits pains farcis que Liuliu a achetés, mais à présent, à cause de toutes ces rumeurs sans fondement, elle ne va plus oser les manger.

Mon père fit demi-tour et entra dans la pièce commune.

– Que je la ferme un peu ? dit ma mère qui, au contraire, éleva le ton. Tu veux que je la ferme un peu ? Et pourquoi donc ? Maintenant je suis vieille et je n'ai plus peur de rien !

Mais dès que mon père fut hors de portée, elle baissa la voix.

Je regardais fixement le récipient contenant les petits pains. Toutes ces rumeurs concernant la période de la famine s'étaient produites avant ma naissance, il n'y avait donc pas vraiment de quoi s'effrayer. Pourtant, cette histoire m'avait gâché la joie de mon anniversaire. Je frôlais ma mère alors que je me dirigeais vers le bureau où j'ouvris le premier tiroir sur la gauche.

– Que cherches-tu ? me demanda-t-elle lorsqu'elle me vit fouiller sans soin à l'intérieur du meuble.

– Une lettre.

Le tiroir contenait un nécessaire à couture, des ciseaux, des boutons, des peignes et bien d'autres choses encore. C'est pourquoi, avant de le sortir et de le renverser sur le sol, j'ai demandé à ma mère :

– Où est la lettre de ma sœur aînée ?

– Pas là-dedans, répondit-elle tandis qu'elle farfouillait sous son oreiller.

Un petit harmonica glissa de la taie. Alors que j'étendais le bras pour le prendre, elle me saisit la main au vol, sans méchanceté. Son geste me surprit. Pourquoi gardait-elle cet objet ? Elle agissait comme si c'était son trésor, quelque chose que je n'étais pas autorisée à toucher. Je n'avais jamais eu d'instrument de musique, je ne savais donc pas en jouer. Mon seul et unique jouet avait été une poupée en chiffon fabriquée par ma mère.

– Ah, je m'en souviens maintenant ! Elle a dû se mélanger au linge que je suis allée nettoyer.

J'étais sûre qu'elle me cachait quelque chose. Elle ne voulait pas que je lise la lettre de ma sœur aînée. D'ailleurs, je la soupçonnais de l'avoir déchirée de rage.

– Je ne te crois pas, lui ai-je dit.

– Qu'est-ce qu'il t'arrive aujourd'hui ? Tu n'arrêtes pas de répliquer.

– Quelqu'un a vu la sœur aînée ce matin, elle est de retour.

– Et alors ? Elle a bien le droit d'aller où bon lui semble. Tant qu'elle ne met pas les pieds dans cette maison, tout va bien.

Cependant, j'avais vu son visage se décomposer en même temps qu'elle apprenait la nouvelle. La lueur d'espoir qui allumait son regard avait disparu pour faire place aux éternelles et identiques jérémiades : sa fille aînée était une semeuse de troubles, une mauvaise graine, une bonne à rien qui n'écoutait pas ses conseils. Elle avait cessé d'aller à l'école, s'était mariée, avait toujours agi selon ses désirs sans jamais lui demander son avis. C'est d'ailleurs la raison pour laquelle les choses avaient si mal tourné pour elle.

– Liuliu ! me dit ma mère en me regardant, pourquoi ne m'écoutes-tu jamais, malgré ton jeune âge ?

– Quand t'ai-je désobéi ? De toute façon, je ne suis plus une enfant. Je suis désormais suffisamment grande pour voter ou pour être élue.

Elle ne saisit pas l'allusion à mon anniversaire. En fait, mes observations la rendirent encore plus mécontente.

– Ah bon, et qu'est-ce que tu connais à propos des élections ? dit-elle, sarcastique. C'est de bon cœur que je donnerais mon droit de vote à qui le voudrait. De toute manière, qu'est-ce que voter sinon cocher des cases selon les désirs des autorités ? On nous dit à tous : « Vous ne savez même pas lire et vous voulez la démocratie ! »

« C'est mon anniversaire aujourd'hui, maman, comment peux-tu l'oublier ! » ai-je failli crier.

Inconsciemment, j'avais la sensation que cet anniversaire ne représentait pas simplement une année de plus mais qu'il avait une signification particulière que je ne comprendrais que plus tard. Une fois qu'il serait passé, toutes sortes de tabous, jusqu'alors inconnus, seraient dévoilés. Instinctivement, j'ai commencé à trembler et j'ai souhaité désespérément que ma mère me serre contre elle. Sans le savoir, j'étais en route vers mon avenir. Le fil qui me reliait à mon destin était une bombe à retardement qui lançait des étincelles. Le moment était venu où les choses allaient changer, que je sois prête ou non. Ce jour-là, à cette minute précise, je sentis que je devais parler librement avec ma mère.

Je me suis appuyée contre la porte qui a grincé sous le poids de mon corps. Je l'ai rapidement fermée, essayant de contrôler mon trouble, puis je me suis lancée :

– Tu ne verserais pas la moindre larme si quelqu'un me battait ou me défigurait, pas plus que si j'étais violée ou tuée.

– Qu'est-ce que tu veux dire ?

– Un homme me suit.

Elle se leva d'un bond, se dirigea vers moi et je sentis la sueur perler sur mon front.

– En es-tu sûre ? dit-elle en me regardant fixement.

J'ai détourné les yeux.

– Ne me crois pas si tu ne le veux pas !

– Je te connais trop bien. Si tu n'arrives pas à me mettre mal à l'aise, tu t'arranges pour te mettre dans le même état.

Ses yeux restèrent posés sur moi un long moment, puis soudain elle me poussa et sortit de la pièce.

A peu près dix minutes plus tard, elle revint, à bout de souffle.

– Je savais que tu mentais, dit-elle. Il n'y a personne par ici.

Elle reprit son souffle avant de continuer :

– A quoi ressemble-t-il ? Depuis combien de temps cela duret-il ? Pourquoi ne m'en as-tu pas parlé plus tôt ?

La voir si inquiète m'effraya :

– Depuis très longtemps. C'est loin d'être la première fois.

Je lui ai expliqué qu'il ne s'agissait ni d'un jeune ni d'un vieil homme bizarre, mais d'un homme d'âge moyen, ce qui me paraissait bien plus dangereux.

– Je ne l'ai jamais très bien vu et même si cela avait été le cas, je ne te l'aurais pas dit.

Cette dernière remarque parut la peiner.

Elle éteignit la lumière.

– Sors, sors d'ici et monte dans ta chambre.

J'ai quitté la pièce comme un ouragan en claquant la porte derrière moi.

Après être restée dans la pièce commune un bon moment, suffoquant d'amertume, j'ai grimpé l'escalier jusqu'au grenier.

Chapitre II

J'ai saisi un livre, mais je ne parvenais pas à lire le moindre mot. Je me demandais à quoi ma mère pensait tandis qu'elle était assise en bas, seule dans le noir. Impossible de me concentrer. J'ai donc mis en route le magnétophone, un vieux truc bon marché qui ressemblait à une planche à laver le linge. Ma quatrième sœur et Dehua avaient, pendant des mois, fait des économies de bouts de chandelle pour se l'offrir. Depuis, nous contournions précautionneusement la table afin de ne pas casser ce précieux trésor.

Dans une vie combien de fois a-t-on l'occasion d'être saoul ?
Si on n'en profite pas maintenant, quand le ferons-nous ?
Viens, viens, viens, finis ce verre et nous verrons.
Les belles fleurs fleurissent une fois seulement,
Les bonnes occasions se présentent rarement.
Après ton départ ce soir, quand reviendras-tu ?

Cet air populaire qui, un demi-siècle plus tôt, était sur toutes les lèvres des habitants de cette ville avait ensuite été interdit durant plus de trente ans car on l'avait jugé « obscène ». Malgré cela, il avait survécu au poids des chants révolutionnaires de ces dernières années et son charme bizarre m'avait envoûtée. Mais en ce début d'après-midi, au lieu de me changer les idées, il me rendait de plus en plus nerveuse. C'était la première fois de ma vie que je me faisais du souci pour ma mère. J'ai donc éteint le magnétophone et je suis descendue.

Elle ne se trouvait plus là. Comme c'était étrange, où avait-elle bien pu aller ?

Mon père, les mains noires et poisseuses, était accroupi dans la cour en train de faire des briquettes avec de la poussière de charbon. S'il ne demandait pas clairement à être aidé, il n'appréciait pas qu'on lui propose un coup de main. Avec ma mère, c'était le contraire : au lieu de demander de l'aide, elle attendait les volontaires pour voir qui, parmi ses enfants, l'aimait le plus. Elle n'était ni dans la cour ni dans le voisinage. Comme je ne la trouvais pas, je suis rentrée pour l'attendre dans l'encadrement de la porte lorsque quelqu'un derrière moi m'a appelée :

– Liuliu.

Je me suis retournée. Ma sœur aînée était appuyée contre la porte de la pièce principale.

La vieille femme de ce matin avait donc raison. Ma grande sœur était de retour à Chongqing. Mon manque de réaction l'agaça :

– Eh bien ! Tu es sourde, Liuliu ?

Chapitre III

Après s'être lavé les mains et la figure, ma sœur aînée me demanda :

– Comment se fait-il qu'il n'y ait personne ici ?

Puis elle ouvrit un des tiroirs du bureau, en sortit un peigne auquel il manquait de nombreuses dents, ainsi que le petit miroir de ma quatrième sœur. Elle souffla dessus pour enlever la poussière, puis elle peigna ses cheveux fraîchement et exagérément permanentés.

Cela faisait un peu plus de six mois que je ne l'avais pas vue, mais elle n'avait pas beaucoup changé. Son visage était peut-être un peu plus rond, son corps un peu plus plein, ses yeux encore plus effilés et tranchants que jamais.

– N'y a-t-il pas papa et moi à la maison ? Alors pourquoi dis-tu qu'il n'y a personne ?

– Je ne peux plus rien dire ? demanda-t-elle en souriant. Tu es trop intelligente pour moi.

J'avais complètement oublié la lettre que ma mère ne voulait pas que je lise. Mes pensées étaient ailleurs.

– Les choses ne vont jamais comme je le voudrais, reprit alors ma sœur aînée.

Je me doutais qu'elle allait se lancer dans un long monologue sur son nouveau divorce.

– Je savais que tu étais de retour, dis-je pour changer de conversation. Pourquoi donc fais-tu tous ces mystères ?

Elle rit et m'expliqua qu'elle n'avait pas voulu revenir directement à la maison car elle souhaitait voir combien notre mère en serait déçue. C'est pourquoi sa première visite en ville avait été pour un ami envoyé à la campagne en même temps qu'elle.

– A propos, dit-elle, comme si cette pensée lui traversait brusquement l'esprit, où est maman ?

Voilà précisément ce que moi aussi j'aurais aimé savoir. Je lui ai répondu qu'elle se trouvait ici à midi, mais que lorsque j'étais descendue, elle était partie je ne sais où.

– Et puis qu'est-ce que ça peut bien faire ? dit-elle d'un ton acerbe, elle est certainement allée voir notre seconde sœur de l'autre côté du fleuve. C'est elle sa préférée, nous, on ne compte pas. D'ailleurs, notre seconde sœur a eu beaucoup plus de chance que nous. En 1969, contrairement à la majorité des jeunes, elle n'a été envoyée ni dans les montagnes ni à la campagne. Comme elle passait un examen pour être institutrice, elle n'a pas été sacrifiée, elle. Et puis, au moment de son affectation, deux pistonnées se sont disputées le même poste dans une école primaire de la ville. Aucune des deux n'a voulu céder, et notre sœur, qui à l'origine aurait dû être envoyée dans une école de campagne, a profité de la situation : c'est elle qui a obtenu le poste. Du jour au lendemain, elle est devenue une citadine. Et puis elle a eu deux fils et, bien entendu, un mari qui l'adore… Je suis affamée, complètement affamée ! dit-elle dans un accès de colère évident.

Elle finit par trouver le bol avec les petits pains farcis et s'en empara. Elle en prit un dans chaque main, les goûta.

– Très bon, absolument délicieux même !

Une minute plus tard, elle les avait engloutis tous les deux et s'essuyait les mains à son mouchoir.

– Petite sœur, dit-elle en changeant de ton, comment se fait-il que ton visage soit blanc comme un linge ? Tu as très mauvaise mine.

Qui aurait bonne mine sous le faible halo de cette lampe ? Mais elle était ma sœur et bien qu'elle ne m'eût pas vue depuis longtemps, elle sentait que quelque chose n'allait pas.

– Est-ce que c'est parce que j'ai mangé les petits pains ? Je pensais qu'ils étaient en surplus.

– Tu as toujours la langue aussi bien pendue ! répliquai-je. Peux-tu me dire depuis quand des petits pains farcis seraient en surplus dans cette maison ?

J'aurais pu en dire davantage mais je me suis tue. Ni mon

père ni moi ne pouvions nous résoudre à les manger et j'avais eu une dispute avec ma mère à cause d'eux. Ma sœur avait beau être l'aînée, elle se comportait comme une enfant. Ma mère disait qu'elle était la plus grande semeuse de troubles de toute la famille et qu'elle se conduisait mal envers les autres.

Peut-être avait-elle vu juste en pensant que notre mère était allée voir notre seconde sœur. Cette dernière était d'un caractère doux, une personne absolument digne de confiance, consciencieuse aussi bien à la maison que dans son travail. De surcroît, c'était une gentille fille. Même quand elle était fâchée contre ma mère, elle ne lui disait rien, et, contrairement à ses trois sœurs, ne se disputait jamais avec elle.

– C'est mon anniversaire aujourd'hui, ai-je laissé échapper. (Ces mots étaient ceux que j'aurais voulu dire à ma mère.) Maman l'a intentionnellement oublié, comme d'habitude.

– Mon Dieu, pourquoi ne disais-tu rien ?

Ma sœur aînée savait toujours comment réagir.

– Tu aurais dû me le dire plus tôt, petite sœur. Ces deux petits pains devaient certainement être ton cadeau d'anniversaire !

Elle savait y faire. Elle essaya même de rattraper la faute de ma mère :

– Maman n'a pas oublié, comment peux-tu penser une chose pareille ? Elle a probablement mélangé les dates. Je ne serais pas surprise si elle calculait avec le vieux calendrier lunaire.

– Nouveau ou vieux calendrier, c'est la même chose, elle l'a intentionnellement oublié, insistai-je. Ils me traitent tous de la même façon, qu'ils se souviennent de mon anniversaire ou non. Quelle différence est-ce que cela fait pour eux ? Maman me rappelle toujours la chance que j'ai d'avoir pu survivre.

– Laisse donc ta grande sœur prendre soin de toi, dit-elle. Viens par ici et laisse-moi te faire une nouvelle coiffure. Tu as vu ma nouvelle permanente ? Pas mal, hein ? Bien mieux que celle de ces filles aux cheveux crêpés que l'on croise dans la rue, tu ne trouves pas ? Ou alors de ces péquenaudes branchées que l'on voit partout. Je l'ai faite moi-même, si tu veux le savoir.

Sans attendre mon accord, elle éclaira, m'entraîna dans la pièce commune où elle m'installa sur un tabouret. La lumière y était bien meilleure. La vieille mère de Cheng le Chauve était assise sur le seuil de sa porte, adossée au mur, ses yeux ne formant qu'un trait.

– Tu es une jeune fille, maintenant, il faut que tu te fasses belle. Baisse ta tête en arrière, je vais te faire une jolie tresse et retenir les petites mèches sur les côtés afin de dégager ton cou et tes oreilles, et ainsi mettre en valeur le grain de beauté que tu as sur la joue gauche. Il signifie que ta bonne étoile veille sur toi et éloigne le mauvais sort. Tu n'auras pas mon misérable destin.

Elle vint se placer en face de moi, m'examina, me demandant de ne plus bouger.

Environ une minute plus tard, elle revint avec une paire de ciseaux afin d'égaliser ma frange. Puis elle me tendit le miroir. Je me suis levée et me suis regardée. Une seule natte remplaçait les deux anciennes, le changement était remarquable. J'ai noté combien mes joues, mon cou paraissaient minces, et, pour la première fois de ma vie, j'ai aimé mon image. J'éprouvais une joie immense mais je ne voulais pas le montrer à ma sœur aînée pour qu'elle n'en tirât pas une trop grande fierté.

– Eh bien, qu'en penses-tu ? Tu aimes ? Pourquoi ne dis-tu rien ?

Je ne l'avais jamais vue comme cela. On aurait dit que plus je l'ignorais, plus elle voulait me faire plaisir.

– J'ai toujours le même visage maigre, au teint cireux, aussi laid que d'habitude et tes efforts n'y peuvent rien changer. N'importe qui pourrait penser qu'on me maltraite, lui dis-je en lui rendant le miroir.

– D'accord, petite sœur, mais aujourd'hui c'est ton anniversaire. Quel âge as-tu ?

– Je suis née en 1962, donc à ton avis, cela fait combien ?

– Mon Dieu, tu as dix-huit ans ? Je pensais que tu en avais simplement quinze ou seize. Ta sœur aînée ne savait même pas que c'était ton anniversaire. Si je l'avais su, je t'aurais acheté quelque chose !

Méprisante, j'ai pincé les lèvres, bien que ces mots me fissent chaud au cœur. Elle ne m'avait jamais rien acheté, mais au moins elle m'avait dit qu'elle l'aurait fait, à la différence de tous les autres.

– Dix-huit ans, c'est un anniversaire important. Alors dis-moi ce que tu voudrais que je fasse pour toi, demande-moi ce que tu veux.

Elle semblait relativement sincère.

– Tu es sérieuse ?

– Absolument ! Il y a toutes sortes de personnes que je pourrais duper si je le voulais. Mais pourquoi tromper un membre de ma propre famille ?

Après avoir réfléchi un moment, je lui ai dit :

– J'aimerais que tu viennes faire une promenade le long du fleuve avec moi.

– C'est tout ? dit-elle en riant. Je m'attendais à quelque chose de plus compliqué que cela. C'est d'accord, j'accepte.

Chapitre IV

Nous sommes sorties de la cour pour descendre l'escalier de pierre en direction de la berge.

Je devais éclaircir les énigmes et dissiper les mystères qui assombrissaient ma vie, ou obtenir du moins quelques explications. Ils savaient tous quelque chose, mais aucun n'était disposé à parler. Ils avaient ourdi une conspiration et m'avaient enfermée dans un silence angoissant. Peut-être étaient-ils prisonniers de non-dits et la vérité que je recherchais si désespérément résidait-elle dans ce qu'ils me taisaient. Mais j'avais décidé de faire table rase du passé, de laisser tomber mes révisions pour le concours d'entrée à l'université qui pourtant était si important pour moi, afin de découvrir la clé du mystère. Si je n'y parvenais pas, j'aurais vécu toutes ces années pour rien.

Je me suis félicitée de ma capacité à juger les gens. Ma sœur aînée, la personne dont j'avais précisément besoin en ce moment, était venue le jour de mon anniversaire. Elle avait seize ans de plus que moi, ce qui lui donnait des devoirs à mon égard. J'étais sûre qu'elle était au courant de la plupart des choses qui me tracassaient. Le destin l'avait envoyée aujourd'hui à la maison pour qu'elle répondît à mes questions.

Tous mes frères et sœurs étaient rentrés dans le rang, sauf ma sœur aînée. Elle se disputait sans cesse avec ma mère. Le ressentiment qui l'animait s'appuyait sur des arguments sans réplique. Elle avait été la préférée de la famille, ce qui expliquait sans doute pourquoi elle se comportait comme une enfant gâtée. Lorsqu'en 1969 Mao Zedong avait dissous les Gardes rouges, après les grands ravages qu'ils avaient faits dans tout le pays, il les avait envoyés dans « les vastes régions de liberté », c'est-à-dire les régions frontalières. Mais ma sœur avait devancé l'appel pour partir à la campagne dès 1964. Elle avait fait partie du premier contingent national de « jeunes instruits » à se rendre dans les villages, menant cette vie pénible un plus grand nombre d'années que les autres. Elle avait passé neuf ans dans la ferme d'un village avant d'être mutée, comme mineur, dans une mine de charbon d'une région montagneuse en bordure de la frontière du Sichuan. Elle était revenue à vingt-huit ans, juste avant d'obtenir son diplôme d'aide-soignante. Mais on l'avait vue se promener en compagnie d'un étudiant, et la secrétaire de la Ligue de la Jeunesse communiste de sa classe l'avait vertement réprimandée : la discipline de l'école ne permettait pas de tels écarts de conduite. « J'ai un petit ami, et alors ? » lui avait répondu ma sœur avec entêtement ; elles en étaient venues aux mains. Elle seule fut punie pour cet incident : on lui interdit d'assister aux festivités du Nouvel An. Elle jura qu'elle allait se tuer, ce qu'elle tenta de faire en sautant par la fenêtre du deuxième étage. Elle se cassa une jambe, fut envoyée à l'hôpital et reçut un blâme, qui fut inscrit pour toujours dans son dossier. Quand on lui ordonna d'écrire son autocritique, elle se rendit directement chez le principal pour lui demander d'intercéder en sa faveur. Devant son refus, elle lui jeta sa carte d'étudiante à la figure et quitta l'école pour revenir à la maison. Les cadres du Comité de voisinage vinrent chez nous à l'occasion d'une campagne de mobilisation.

– Les Trois Gorges sont un lieu paradisiaque. Dans la rivière des monts Wu, les poissons sont gros comme des citrouilles. Là-bas, on peut envelopper du charbon dans son mouchoir sans y laisser de traces. C'est un endroit merveilleux, expliquèrent-ils à ma sœur aînée.

Et elle les crut. Elle fit modifier son lieu de résidence sur sa carte. Elle voulait ainsi prouver à ses camarades de classe et aux professeurs qui l'avaient punie que c'était elle la plus révolutionnaire de tous.

Mon père dit qu'il avait déjà navigué jusqu'aux monts Wu et que le paradis décrit par les cadres n'existait pas. Cet endroit était en fait pauvre et misérable ; il lui interdit de s'y rendre. Il lui demanda de récupérer immédiatement sa carte de résidente au poste de police. Ma sœur l'accusa de répandre des rumeurs contre-révolutionnaires, ce qui fit fondre mon père en larmes. Ma mère aussi pleura, puis elle se rendit au Comité de voisinage afin de plaider la cause de sa fille. Elle fut sévèrement réprimandée. En tentant d'empêcher son enfant d'aller dans un village de montagne, disaient-ils, elle sabotait le mouvement de « peuplement des campagnes et des régions montagneuses ». Se rendait-elle compte de la gravité de son crime ? Elle pouvait être envoyée n'importe où dans le pays, personne n'oserait ensuite l'aider à réintégrer sa ville d'origine. Désespérée par ces critiques, ma mère fut contrainte de regarder sa fille s'en aller, toute souriante.

Ses camarades de classe se moquèrent d'elle en la traitant d'idiote ; ma mère lui reprocha son indiscipline et sa désobéissance. Mais j'ai toujours pensé que ma grande sœur avait une raison précise de vouloir quitter cette famille, qu'elle savait que cet endroit n'était pas le sien.

Elle m'avait toujours beaucoup parlé. D'aussi loin que je me souvienne, ses discours mélangeaient habilement vérités et mensonges comme si elle cherchait à me taquiner, à me provoquer. Son visage était très expressif et elle savait en jouer. Si elle n'avait pas eu cette personnalité, aujourd'hui elle ferait sans doute la lessive sur la berge du fleuve. Elle coiffait en hauteur son abondante chevelure noire. On lui faisait souvent remarquer que sa bouche et ses sourcils étaient les mêmes que ceux de ma mère lorsqu'elle était jeune. Ses traits, sa taille, son visage rond ne ressemblaient pas à ceux de mes autres frères et sœurs. Les femmes de Chongqing avaient tendance à être petites et délicates, et d'une nature mélancolique ; l'atmosphère pluvieuse et brumeuse de la ville paraissait en être la cause. Ma sœur aînée, au contraire, avait le tempérament d'un homme. Elle était solide, avait un fort caractère, n'hésitait pas à se battre, physiquement ou verbalement.

Elle n'avait pas craint de tenir un couteau sous la gorge de son premier mari pour l'obliger à signer les papiers du divorce.

Elle agissait sans réfléchir, puis laissait le destin se charger du reste. Elle semait le désordre, puis elle partait et les autres devaient se débrouiller. Quand elle était à la campagne, près des morts Wu, un diseur de bonne aventure avait affirmé que son destin, imprégné de l'odeur de sang, était épouvantable, et que si, par miracle, elle parvenait à dépasser l'âge de quarante ans, elle arriverait peut-être à stabiliser son « énergie vitale » et à vivre normalement.

– Je crois ce qu'il m'a dit, même si je ne le veux pas. Un malheur va s'abattre sur moi lorsque j'aurai quarante ans, je le sais. Aussi vais-je essayer de bien me conduire.

Tel était le leitmotiv de ma sœur depuis des années.

Mais aujourd'hui il y avait quelque chose de différent dans la façon dont elle parlait. Elle était à quelques pas derrière moi, se plaignant à voix haute :

– J'ai trente-quatre ans bientôt et si ces satanées prédictions se réalisent, il ne me reste que peu d'années devant moi. Pourquoi dois-je traverser ma vie en redoutant l'avenir ? Je ne peux tout de même pas me contenter d'attendre de voir ce que le ciel va m'envoyer.

Je me suis retournée, l'ai regardée fixement :

– Vous me cachez tous quelque chose, ai-je laissé échapper, et tu dois me dire de quoi il s'agit.

Elle continua à descendre les marches, feignant de n'avoir rien entendu. Je la suivis, d'aussi près que je le pouvais. Comme il n'y avait ni arbre ni maison dérobant la vue, je pouvais voir quelques baigneurs dans le fleuve Jialing. Ce dernier était plus clair que le boueux Yangzi. On distinguait une ligne en zigzag à l'endroit où les deux fleuves fusionnaient, au pont du Ciel. En bas de la colline où nous vivions coulait le Yangzi, avec ses eaux fangeuses et tourbillonnantes. Je lui reposai ma question.

– Que veux-tu que je te dise ? me demanda nonchalamment ma grande sœur.

– N'oublie pas que tu viens de me faire une promesse. Tu m'as dit qu'étant donné que c'était mon anniversaire, tu ferais tout ce que je voudrais.

Elle me donna un coup dans le dos :

– Qu'est-ce que tu as donc aujourd'hui ?

Elle m'avait frappée fort mais j'ignorai la douleur et je serrai les mâchoires en attendant qu'elle continue. Au début, elle se contenta de rire :

– Une promesse est une promesse. Mais nous passerions un meilleur moment si nous étions un peu plus détendues. Nous pourrions nous promener toutes les deux tranquillement à regarder les bateaux et apprécier le paysage, tu ne crois pas ? Si tu le veux, nous pouvons aller sur l'autre rive pour voir un film ou faire un tour en ville.

– Je veux savoir, tu dois me le dire !

Je feignis d'ignorer son petit stratagème bien qu'en même temps je fusse désespérée. Les sirènes des bateaux s'élevèrent de plus en plus fort dans le ciel. J'aimais ces sons mais cet après-midi-là ils me troublèrent tout particulièrement. J'arrivais à distinguer la tonalité spécifique de chaque sirène ; il me semblait que c'était la voix d'un esprit qui, là-haut, se plaignait de son propre destin. Je frissonnai de peur.

– Tu sais quelque chose, n'est-ce pas ? vociférai-je. Aucun de vous ne veut que je le sache. Vous voulez tous me tromper mais il faut impérativement que je sois mise au courant, s'il te plaît.

Elle souriait, imperturbable ; mes cris se transformèrent en questions plaintives que seules elle et moi pouvions entendre.

– Très bien, dit-elle, en cessant de sourire. Que veux-tu savoir ?

– Qu'est-il arrivé aux yeux de papa pour qu'il ait dû prendre sa retraite si tôt avant même ma naissance ? Je ne crois pas à l'histoire qui m'a été racontée.

Elle me demanda de quelle histoire il s'agissait.

Je lui dis que le dossier du service du personnel à la compagnie des bateaux spécifiait que sa maladie était due à la syphilis, et que dans le bureau on avait fait des allusions désobligeantes à ce propos.

– Quel espèce d'enfoiré, quel fils de pute a dit ça ? hurla ma sœur.

J'ai mis ma main sur sa bouche. Nous étions suffisamment proches des maisons du bord de la rive pour que les gens pussent entendre ses cris. Elle se retourna et descendit en courant l'escalier de pierre glissant au milieu de la puanteur des détritus en putréfaction. Puis elle pénétra dans une grotte sombre, sous la corniche, tomba à genoux, et commença à se prosterner devant le mur de pierre.

– Viens ici et prosterne-toi trois fois devant le bodhisattva, m'ordonna-t-elle.

– Quel bodhisattva es-tu donc en train d'implorer ? lui demandai-je tandis que j'avançais timidement dans la sombre cavité.

– La protectrice de la berge, dit-elle. Sa statue a été détruite durant la révolution culturelle, c'est pourquoi tu ne l'as jamais vue. Mais les dévots bouddhistes locaux l'ont restaurée récemment. Viens ici et demande-lui de protéger ta famille.

C'était si rare d'entendre parler ma grande sœur du bien-être de la famille que je me laissai tomber sur les genoux et me prosternai trois fois devant le mur humide le long duquel coulait de l'eau que ma sœur puisait et buvait. Puis elle m'ordonna de faire la même chose. J'ai alors pensé au filet d'eau sale qui ruisselait au pied du mur de notre cour et lui dis que je ne le pouvais pas. Elle se courba, puisa de nouveau de l'eau dans sa main, la porta à ma bouche.

– C'est celle du Bouddha, me dit-elle tandis que le liquide s'échappait à travers ses doigts. Elle est fraîche et guérit tout, ajouta-t-elle obstinément.

Alors j'ouvris docilement ma bouche et je la bus. Elle avait le goût des sources fraîches de montagne.

– Très bien, je t'ai obéi, dis-je. Maintenant, tu as assez fait durer les choses. Je pense que le moment est venu de parler.

– Parler de quoi ? me demanda-t-elle.

Bonne question. Que voulais-je qu'elle m'explique au juste ? Tout, bien évidemment, mais comment pouvais-je être au courant de ce que ma sœur aînée savait ou ne savait pas ?

Après un bref silence, elle dit :

– D'accord, je te dirai certaines choses à mon propos. Je ne sais que ce qui concerne ma propre existence, et tu dois me promettre que ce sera notre secret à toutes les deux.

Nous nous sommes assises sur un gros bloc de pierre et avons regardé les spirales tourbillonnantes du fleuve agité.

Partie VI

Chapitre I

Ma sœur aînée m'apprit que ma mère, originaire d'une autre province, avait atteint Chongqing par bateau afin d'échapper à un mariage arrangé. Elle s'était cachée dans cette immense métropole où sa famille ne pourrait jamais la trouver. Le jour de son arrivée, la ville était plongée dans le brouillard, comme recouverte de coton. « Voilà Chongqing ! » cria quelqu'un depuis la balustrade du bateau.

Ma mère sortit précipitamment de la cabine nauséabonde et encombrée du pont inférieur pour se diriger vers le pont principal. Elle remplit ses poumons de l'air frais du fleuve, puis jeta un coup d'œil aux étranges maisons alignées en bas de la colline ainsi qu'aux rangées de marches de pierre qui montaient jusqu'aux murs de l'ancienne cité. Comme le bateau s'arrêtait à quai, elle vit une multitude de personnes sur la jetée : des hommes habillés de costumes occidentaux et coiffés de chapeaux melons, des femmes en robes fendues sur les côtés et portant des chaussures à talons hauts, des coolies transportant sur leurs épaules des palanches ou des chaises à porteurs, des colporteurs avec leurs marchandises et des policiers armés. Tout était si nouveau et si étrange que, durant un moment, elle oublia pourquoi elle était venue ici.

C'était en 1943, à la fin d'un rude hiver. La densité du brouillard assurait la sécurité de la population de la ville puisque les avions japonais devaient attendre le mois de mai où la visibilité était meilleure, avant de recommencer à lancer leurs bombes. Comme Chongqing était le siège provisoire du Gouvernement nationaliste et la grande base arrière de la guerre de Résistance contre le Japon, des hôpitaux, des collèges, des usines, des entreprises et même des troupeaux avaient été transférés ici. Cette ville sale, chaude, humide fut promue centre culturel et politique de la Chine car elle avait la chance d'être desservie par le Yangzi et protégée par les collines environnantes.

Ma mère s'était enfuie de chez elle quelques jours auparavant en sautant par la fenêtre ; malgré la douleur aux reins dont elle souffrait, elle profitait du brouillard qui était relativement bas pour marcher sans oser s'arrêter, ne serait-ce qu'une minute. Mais personne ne la retrouva. A l'aube, quand les coqs se mirent à chanter, elle se mélangea à un groupe de personnes qui se rendaient en ville pour vendre des nattes en bambou. Son unique bien était une moustiquaire en chanvre blanc ornée d'oiseaux bleu nuit.

Le soir, ma mère, en compagnie d'une dizaine de filles en provenance de la petite ville portuaire du district de Zhong, monta à bord d'un bateau à vapeur. On leur avait proposé en effet de les emmener travailler dans une usine de textile. Elles dormirent dans un espace ouvert du pont inférieur, juste au-dessus de la coque. Les deux recruteurs sommeillèrent à côté de la porte pour s'assurer que rien n'arriverait aux filles avant leur arrivée à l'usine. Ces dernières furent effrayées par le claquement de l'eau contre la coque du navire, et par les coups stridents de la sirène lorsque le bateau s'arrêta à quai. Ma mère, elle, dormit comme un bébé, roulée en boule, oubliant tout ce qui s'était passé. C'était peut-être le premier sommeil heureux de son existence.

Chapitre II

La ville que découvrit ma mère à la sortie de son travail n'avait rien d'attrayant. Le printemps arrivait, mais il restait encore quelques jours tranquilles avant la fin de la saison des brumes. Le brouillard qui évoluait lentement, au-dessus de l'agglomération, encapuchonnait de nuages épais les crêtes des collines. Le nord était enveloppé d'un léger voile gris, tandis que les quartiers sud se devinaient confusément avec leurs ruelles irrégulières, étroites, sinueuses, montant et descendant à travers les bidonvilles. Des maisons surélevées bordaient le fleuve, d'autres se perdaient dans la colline. L'ensemble évoquait un nœud de serpents.

Ma sœur aînée me décrivait des événements qui s'étaient produits trente-sept ans auparavant, mais pourtant de nombreux détails m'étaient familiers. Je pouvais en effet constater qu'il n'y avait pas eu de grands changements dans les quartiers pauvres des environs, en presque un demi-siècle, si ce n'est qu'ils étaient beaucoup plus peuplés aujourd'hui.

La ville était effrayante avec ses mystères insondables, ses dangers cachés, ses secrets enfouis. Dans la rue, il était impossible de savoir à quelle catégorie appartenaient les hommes de Chongqing, quelle que fût la manière dont ils étaient habillés. Ils pouvaient aussi bien faire partie de la racaille locale qu'être des hommes du monde, des agents secrets, des citoyens respectueux de la loi, des instigateurs d'émeutes, des membres de la police secrète ou de la Triade, des étudiants, des joueurs, des fonctionnaires, des acteurs, des pêcheurs ou même des pickpockets. Il en était de même pour les femmes de Chongqing : impossible de se faire une idée de leur statut social uniquement d'après leur apparence. Il était en effet difficile de dire si elles étaient des mères au foyer, des femmes du monde ou des filles de joie. Mais il émanait de tous ces gens une sorte de violence moite en même temps qu'une impression de lassitude.

Les années passèrent rapidement. Nous arrivions au début de 1945. Les sirènes si familières annonçant les raids aériens avaient pratiquement toutes disparu, de même que les cris horribles et perçants des gens fuyant pour tenter de sauver leur vie. Les habitants perdirent rapidement l'habitude de regarder avec anxiété les effrayants points noirs des bombardiers japonais grossir dans le ciel. Les abris contre les attaques aériennes restaient désormais vides. Lentement mais sûrement, la ville se laissait envahir par l'atmosphère grisante née des victoires militaires. Mais les grands tournants historiques n'avaient que peu d'effet sur une ouvrière en textile de dix-huit ans. Le destin avait déjà décidé qu'elle serait le témoin de choses que ses parents, ses frères, ses sœurs ou n'importe quelle fille de son âge travaillant encore dans les champs ne pouvaient même pas imaginer.

J'étais assise à côté de ma sœur aînée sur le bloc de pierre rongé. J'avais l'impression que ce qu'elle me racontait s'était produit des siècles auparavant. Un paquebot au long cours, rempli de passagers, s'approchait de la digue du pont du Ciel. Sa sirène ressemblait à une musique funèbre exécutée par une fanfare recrutée à bas prix. Le soleil déclinait : les collines étaient nimbées d'un halo rouge. Quelques hommes regagnaient le rivage à la nage, tout en maintenant leurs habits secs sur leur tête. Cette ville avait eu une histoire tellement mouvementée que les mots prononcés par ma sœur résonnaient en moi, me touchant jusqu'au tréfonds de l'âme.

Ce matin-là, l'homme au chapeau melon qui pénétra dans l'usine de textile 601, située dans le district de Shaping, n'avait aucune intention de s'arrêter au dortoir des ouvrières. Mais, devant la porte, il entendit d'étranges bruits à l'intérieur et il passa la tête afin de voir ce qui arrivait. Ses deux hommes de main qui le suivaient s'arrêtèrent derrière lui. L'intérieur du hangar, dans lequel s'entassaient des rangées de paillasses, puait la transpiration.

Une jeune femme était ligotée à un pilier, ses nattes défaites masquant une partie de son visage. La lumière du soleil qui filtrait dans la pièce semblait n'éclairer que son corps, donnant à sa peau un reflet velouté. Ses cils étaient longs et noirs, ses lèvres serrées, humides et rouges de rage. Le fouet du contremaître claquait dans l'air tandis que, avec une expression de défi, elle se débattait de toutes ses forces.

Ma sœur m'expliqua qu'au moment où cet homme passa la tête par la porte l'histoire de notre famille allait être bouleversée. Il fut subjugué par la beauté de ma mère et intrigué par son obstination. Il était étonné que cette ravissante jeune fille de la campagne refusât d'être humiliée et de céder, même sous le fouet. Le fait qu'elle ne demandât pas grâce faisait perdre la face au contremaître. Ce dernier, irrité, se retourna pour voir qui venait d'entrer. Son visage s'éclaira immédiatement d'un humble sourire. La hiérarchie était extrêmement importante dans la Triade : l'homme au chapeau melon appartenait de toute évidence à un grade supérieur à celui du contremaître dans cette importante société secrète. Il demanda ce qui se passait et entra.

L'homme avait le soleil dans le dos, ce qui ne permettait pas de distinguer ses traits ; ma mère nota simplement qu'il portait un chapeau melon, qu'il était grand et qu'il se tenait très droit. Soudain, elle redouta les ennuis qui risquaient de lui arriver. Elle lui lança un regard de désespoir, le visage ravagé de peur, le souffle court, la rage au cœur.

Au moment où l'homme ordonna de la libérer, ma mère se sentit envahie d'une immense gratitude. La sollicitude qu'elle lisait dans ses yeux la toucha profondément.

Romantique par nature, ma sœur aînée tombait régulièrement amoureuse. Il était impossible de l'arrêter dans son récit et je n'ai pas le talent nécessaire pour retracer fidèlement ce qu'elle m'a raconté. Je peux simplement résumer les grandes lignes de cette histoire d'amour qui débuta par un coup de foudre. Ma mère était une fille de la campagne, fort jolie au demeurant, qui s'était battue pour préserver sa chasteté. Peut-être étaient-ce justement ces qualités, y compris celle de bonne ménagère, que recherchait ce membre de la Triade chez sa future épouse. Car, petit chef d'une société secrète qui s'était battu pour grimper les échelons, il se méfiait instinctivement des femmes aguicheuses qui se pressaient dans son lit.

Ma mère lui fit bonne impression. Il échangea quelques mots avec le contremaître puis sortit précipitamment.

Après avoir frôlé le désastre, ma mère retourna travailler normalement. Avec le temps, elle oublia l'incident, comme elle avait oublié les dangers qu'elle avait rencontrés dans sa jeunesse. Elle menait une vie sobre, épargnant son argent pour l'envoyer à sa famille. Puis, deux mois plus tard, après une journée de travail, alors qu'elle se mettait en rang avec les autres ouvrières pour la fouille traditionnelle qui visait à empêcher le vol de bobines de fil ou de morceaux de tissu, le contremaître, tout sourire, s'approcha d'elle pour lui dire de se rendre immédiatement à l'entrée de l'usine. Elle sortit, mais la vue d'un superbe pousse-pousse brillant comme un sou neuf et d'un conducteur en livrée, qui l'attendait respectueusement, l'arrêta net.

Chapitre III

À cette époque-là, dans les restaurants chic, les hommes portaient des costumes occidentaux, des chaussures en cuir, et entretenaient soigneusement leurs cheveux et leur barbe. Les femmes avaient des chaussures à talons hauts et permanentaient leurs cheveux à l'image des stars de Hollywood. Leurs boucles d'oreilles, leurs colliers, leurs broches cliquetaient, leurs gants bruissaient, ce qui attirait les regards. La fente de leur robe chinoise montait aussi haut le long de leurs cuisses que la mode le permettait.

Ma sœur aînée possédait un don inné pour raconter les histoires. La génération précédente avait été bercée de récits contant les aventures de héros courtois, mais, à l'époque de ma sœur, on s'intéressait plutôt à des films et à des romans. En ce temps-là, je n'étais encore qu'une petite fille, et je me blottissais dans un coin pour écouter avec un vif intérêt ce que disaient ces jeunes envoyés à la campagne et provisoirement de retour pour rendre visite à leur famille. Nous étions tous entassés dans un espace exigu. Ils s'asseyaient sur les lits ou sur le sol, mangeaient des graines de pastèque et racontaient des histoires terrifiantes de fantômes errant dans les montagnes, d'espions du Guomindang ou de héros amoureux. Parfois, ils évoquaient des anecdotes qui leur étaient arrivées. Il pouvait aussi bien s'agir de bagarres avec des paysans que de combats au couteau avec des cadres locaux qui les avaient malmenés, ainsi que de l'exécution ultérieure de ceux-ci par la police. Certaines histoires déclenchaient des crises de fous rires, tandis que d'autres nous faisaient frémir ou sangloter.

Ma mère, qui se plaignait toujours que je ne l'aide pas, criait systématiquement : « Liuliu, descends, j'ai besoin de toi ! » Ma sœur aînée, mécontente, me chassait sans ménagement. Mais dès que j'avais fini ma tâche, je revenais me tapir dans le grenier pour écouter de nouveaux récits.

Je ne sais pas exactement quelle est la part de la vérité et celle de la fiction concernant l'histoire de notre mère racontée par ma sœur. Tout ce que je peux affirmer est qu'elle était bien plus douée que moi pour être écrivain. Malheureusement, au lieu d'étudier, elle a gaspillé les plus belles années de sa vie pour la cause de la révolution. Des années perdues à jamais. Durant une des soirées semblables à celles évoquées plus haut, elle a manifesté son regret en maudissant le destin qui l'avait empêchée de devenir écrivain. Elle aurait très bien su raconter ce qu'elle avait vécu dans des livres merveilleux. Quand je l'entendais se plaindre ainsi, j'étais tellement triste pour elle que j'avais envie de la serrer dans mes bras.

Ce jour-là, tandis que ma sœur parlait, il m'était difficile de me représenter notre mère autrement que sous l'aspect de celle que je connaissais : peu féminine, les traits accusés, les membres lourds, et affligée d'un mauvais caractère. J'essayais de l'imaginer dans une superbe robe chinoise, très moulante, d'un bleu indigo chatoyant, chaussée de sandales en toile, sans aucun bijou. Ses cheveux, d'un noir lustré, coiffés vers l'arrière en deux lourdes tresses, lui dégageaient le front. Elle aurait été jolie aussi avec des cheveux courts. L'éclat pudique de ses yeux noirs illuminait son visage, et, quand elle souriait, un charme fou se dégageait d'elle. Oui, elle avait dû être très belle. Ma sœur aînée avait raison, pourquoi ma mère n'aurait-elle pas profité de sa beauté et de sa jeunesse ?

L'homme assis en face de ma mère était magnifique. Vêtu de son costume de lin blanc et les cheveux fraîchement coupés, il avait plus d'allure que les stars de cinéma que l'on pouvait admirer sur les affiches. Sa coupe à la dernière mode était apprêtée par de la gomina, ses yeux et son front élevé révélaient franchise et loyauté. Il n'était pas du genre de ces éphèbes que l'on voyait dans les films des années 30, ni de ces acteurs de théâtre efféminés de l'époque. Une lampe sur la table octogonale envoyait une douce lumière. La porcelaine bleue du service paraissait si fine qu'elle en était presque transparente. La lune et les étoiles brillaient dans le ciel, et les lumières de la ville miroitaient à travers la vitre. Ma mère gardait la tête baissée, les mains sur les genoux, elle ne mangeait pas.

De quoi ont-ils parlé ? Ma mère, tout en dominant sa gêne de porter de si beaux vêtements et de dîner pour la première fois de son existence dans un restaurant chic, l'écoutait attentivement raconter sa vie. C'est l'histoire de cet homme que ma mère révéla plus tard à ma sœur aînée et que cette dernière me raconta à son tour cet après-midi-là.

L'homme lui dit qu'il venait d'un endroit appelé Anyue, dans le Sichuan. Sa famille était si pauvre que sa mère devait travailler comme blanchisseuse et couturière. Son père, un homme vigoureux, était conducteur de chaise à porteurs. Sur les onze enfants que sa mère avait mis au monde, deux seulement, le huitième et le dernier, avaient survécu. Elle lui avait donné le prénom de « Longévité », dans l'espoir qu'il aurait une longue et heureuse vie. Son jeune frère se prénommait « Bois à brûler » afin d'éloigner les démons de l'élément « eau » de son destin, comme le lui avait suggéré une diseuse de bonne aventure.

En 1938, une épidémie ravagea la région d'Anyue. Puis la sécheresse lui succéda, et, en moins d'une semaine, ses deux parents moururent. A quatorze ans, accompagné de son frère âgé de cinq ans, il fut contraint de mendier. Un jour, au milieu d'une troupe de soldats qui recrutaient de nouveaux éléments, il reconnut un oncle qui avait quitté la petite ville des années auparavant. Cuisinier du régiment, ce dernier embaucha son neveu en qualité d'aide. L'armée des Seigneurs de la guerre manquait d'hommes, c'est pourquoi on lui permit de rester, mais jamais il ne toucha le moindre salaire. En 1942, lorsque les troupes firent halte à Chongqing, il était devenu petit chef dans la police militaire. A la veille de la guerre de Résistance contre le Japon, la Triade de Chongqing pouvait se vanter de compter 60 000 à 70 000 membres, ainsi que la quasi-totalité des troupes des Seigneurs de la guerre. Il avait grimpé jusqu'au cinquième échelon, appelé « Rituel », c'est pourquoi le contremaître était si obséquieux devant lui. Ce grade lui donnait un grand pouvoir dans cette société, dont certains membres collaboraient avec les dirigeants des villes riches et puissantes. Ainsi tiraient-ils profit de la prostitution, du jeu, du trafic et des maisons d'opium.

Ma mère avait du mal à croire que cet homme courtois et plein de dignité qui était assis en face d'elle avait été un mendiant sale et déguenillé. Elle ne savait plus où elle en était. C'était la première fois de sa courte existence qu'elle se trouvait réellement en compagnie d'un homme. Elle n'avait, en effet, jamais rencontré d'autres garçons, pas même celui auquel elle avait été promise pour quelques bols de riz.

Sa nature entêtée lui avait permis de fuir pour échapper à ce mariage arrangé. Pendant que le jeune homme poursuivait son récit, ses yeux se remplirent de larmes, peut-être parce qu'elle commençait à comprendre sa propre histoire et à se rendre compte que ses futurs enfants étaient voués à une vie sans espoir.

Le son des tambours et des gongs, ceux des feux d'artifice et des parades de l'armée tinrent la ville éveillée durant des semaines pour célébrer enfin, après huit années de guerre, la victoire. Les Japonais s'étaient rendus et le Gouvernement nationaliste se préparait à retourner à Nankin. Le pouvoir vacant qu'il laissait à Chongqing fut pris par les sociétés secrètes qui resserrèrent, dans le même temps, leurs liens avec le gouvernement, lequel savait qu'il devait compter sur les pouvoirs locaux pour contrôler les régions éloignées.

Ma mère et cet homme se marièrent. Pour le repas de noces, dix-sept tables furent dressées, et les invités portèrent des toasts en l'honneur de ma mère jusqu'à ce que la tête lui en tournât. Dans sa chambre nuptiale, elle n'eut pas simplement les deux bougies traditionnelles, mais deux rangées qui restèrent allumées toute la nuit.

Ma mère tomba rapidement enceinte, et, un an après la fin de la guerre, une petite fille naquit.

– L'enfant, c'était moi, dit ma sœur aînée, le fruit d'un gangster et d'une jeune fille qui s'était enfuie pour échapper à un mariage arrangé : en d'autres termes, l'enfant d'un contre-révolutionnaire.

Chapitre IV

Ainsi ma sœur aînée avait un père différent du nôtre et elle en paraissait relativement fière. Un chef de gangsters était quelqu'un que l'on pouvait respecter, tandis que notre père à nous était simplement un honnête et laborieux travailleur. Je dois admettre que je trouvais son orgueil agaçant.

Comme tous les enfants, j'ai dû remplir un nombre incalculable de fiches signalétiques durant ma scolarité. Dans la case où l'on nous demandait le « lieu d'origine de la famille », une rubrique que les communistes avaient mise à la place de l'ancien « lieu de naissance », j'écrivais : Tiantai, province du Zhejiang. Ce lieu se trouve à des milliers de kilomètres d'ici, à l'endroit où le fleuve Yangzi se jette dans la mer. Mais je n'y suis jamais allée et je n'en parle pas le dialecte. Mon père était né un 1er juin, jour de la fête des Enfants en Chine, une date facile à retenir. Il avait un accent du Zhejiang tellement prononcé que personne ne parvenait à le comprendre. Quand il parlait un peu moins vite, je le comprenais alors suffisamment pour pouvoir traduire ses propos. Si je n'aimais pas la personne à laquelle il était en train de parler, je traduisais intentionnellement de travers, mais mon père me lançait un regard furieux et expliquait que j'avais mal entendu donc mal interprété, et que sa plus jeune fille était désolée.

Lors des hivers froids et humides, comme nous n'avions pas de bois pour réchauffer la pièce, la bronchite de mon père s'enflammait. Il prenait alors de nombreux médicaments mais il refusait systématiquement d'aller à l'hôpital, quel que fût son état. Cet homme chétif, petit de constitution, était à présent rongé et tout ratatiné par la maladie. Même cloué au lit avec une forte fièvre, il insistait avec obstination en affirmant qu'il n'était pas malade. « Je veux retourner dans mon village natal » était son leitmotiv.

Nous, les enfants, disions alors en chœur :

– Laisse-le rentrer au Zhejiang !

– Non ! répliquait ma mère, il ne veut pas simplement retourner chez lui, il veut que la mort vienne le chercher.

Mon père arriva à Chongqing durant la guerre de Résistance contre le Japon, comme la plupart des gens qui avaient émigré depuis le cours inférieur du Yangzi jusque dans la province du Sichuan. A l'âge de quinze ans, il avait été engagé en tant que garçon à tout faire pour vider et nettoyer les pots de chambre et effectuer les basses besognes. Comme il apprenait vite, il maîtrisa rapidement l'art de filer et de travailler le coton. En 1938, l'année de ses vingt et un ans, le Guomindang vint à Tiantai à la recherche de conscrits. Le chef du village accepta de mettre le nom de mon père à la place de celui d'un autre en échange d'un pot-de-vin. Mon père quitta alors sa famille et partit pour Chongqing en tant que soldat. Les troupes établirent leur camp dans les montagnes au sud du fleuve. Sa mission fut d'envoyer des signaux pour avertir les combattants des raids aériens.

Au printemps 1943, peu de temps avant que ma mère ne quitte le district de Zhong pour fuir son mariage arrangé et ne vienne se réfugier à Chongqing, l'unité de mon père fut transférée dans une autre ville. Lors de l'évacuation, ses intestins le trahirent. Il souffrait tellement qu'il dut se glisser dans un bosquet pour se soulager. Quand il en ressortit et revint sur la route, ses compagnons n'étaient déjà plus que de minuscules points escaladant au loin un chemin de montagne. Les mouvements de leurs torches indiquaient le rythme de leur marche nocturne. Mon père décida alors de prendre la direction opposée et de devenir déserteur, risquant de ce fait la peine de mort. Heureusement pour lui, personne ne remarqua son absence, à moins qu'on le pensât mort en chemin. En période de guerre, qui s'inquiète en effet du sort d'un simple soldat ? C'est ainsi qu'il retourna à Chongqing et se fit embaucher comme marin dans une compagnie de bateaux à vapeur.

Selon ma sœur aînée, le seul moment de sa vie où mon père montra sagesse et courage fut au printemps 1947, lorsqu'il s'unit à ma mère. Cette dernière avait dû s'enfuir une seconde fois de chez elle, quitter sa famille, et elle se retrouva seule. Ce fut après avoir emprunté bien des voies sinueuses qu'elle rencontra mon père. Durant quatre ans, celui-ci, qu'elle ne connaissait toujours pas, semblait résolu à passer le reste de sa vie comme marin, à naviguer de ville en ville. Or il était destiné à lier son destin à celui d'une fille du Sichuan qui avait, de son propre gré traversé des périodes bien difficiles. Le sort en avait décidé ainsi.

Ma sœur aînée se leva. Je l'imitai. Le pâle clair de lune transformait les rives du fleuve. Les lumières blanches d'un bateau faisaient miroiter le sommet des vagues sombres. Le reflet des lampes provenant de la colline scintillait doucement dans la nuit, tantôt proche, tantôt lointain. Quelqu'un jouait de l'harmonica, et, pour la première fois de ma vie, cette musique m'envoûta.

– Maman était vraiment folle ! s'écria ma sœur aînée d'un ton moqueur. En partant, elle voulait montrer sa force de caractère. Je pense que je lui ressemble.

Puis elle continua :

– Mon vrai père, quel salaud ! Non seulement il s'est mis à passer ses nuits dehors, mais par la suite il a même amené des filles à la maison. Et quand ma mère pleurait dans son coin, il la battait. « Comment une femme qui ne peut même pas mettre de garçon au monde ose-t-elle pleurer ? hurlait-il. Je vais devoir prendre une concubine ! »

Finalement, incapable de rester plus longtemps avec lui, ma mère avait pris sa fille, empaqueté quelques affaires, et était retournée dans sa ville natale. Or, là-bas, les coutumes ancestrales voulaient qu'une femme mariée qui quittait son mari fût noyée. Aussi, après s'être cachée durant trois jours, elle était repartie à Chongqing où son mari avait distribué des avis de recherche et envoyé ses acolytes sur ses traces. Mais il ne la retrouva jamais.

Chapitre V

Mon père se trouvait en haut d'un escalier de pierre dominant le fleuve Jialing quand il aperçut une jeune femme portant un bébé de quelques mois sur son dos, en train de laver un gros tas de linge. Il s'agissait en fait de vêtements de travail, imprégnés de la transpiration des marins. Elle travaillait rapidement et consciencieusement. Elle se comportait différemment des autres laveuses qui passaient leur temps à bavarder, à rire et à jaser. Si elle les avait imitées, elle n'aurait pas lavé suffisamment de linge pour gagner sa vie. Quand elle se redressa, même le bébé qu'elle portait sur son dos ne cacha pas sa belle silhouette à la vue de mon père. Elle se retourna et leva les yeux. Mon père la regarda fixement, fasciné. Il pensa qu'elle l'avait aperçu, mais il se trompait. Elle se contentait de s'étirer un peu avant de s'accroupir de nouveau pour reprendre sa corvée de lessive. L'eau de ce début de printemps, claire comme du cristal mais glaciale, rendait ses mains écarlates. Elle avait remonté ses manches, et ses cheveux étaient soigneusement relevés en un chignon. Aucune mèche ne retombait sur son visage. Elle ne portait ni boucles d'oreilles, ni collier, ni bracelets. Cette femme était si pure, si belle que si elle n'avait pas porté son bébé sur le dos, il aurait pu penser qu'elle n'était pas réelle, qu'elle venait d'un autre monde, un monde qu'il ignorait.

Les habitants de la plupart des maisons surélevées qui longeaient les berges devaient leur gagne-pain au fleuve. Il y avait des marins, des porteurs, des colporteurs, des prostituées ainsi que quelques criminels en fuite. Les gens allaient et venaient, et les loyers étaient bien moins chers qu'en ville. Ma mère habitait l'une de ces maisons, vivant de ses lessives, et aussi parfois de travaux de couture. Son physique mis à part, la façon dont elle assumait ses tâches, travaillant dur et dépensant peu, aurait dû attirer une foule de marins. Or ils la laissaient tranquille, ce qu'elle semblait apprécier, satisfaite de vivre cette vie modeste et retirée.

Pourquoi ces hommes, qui avaient une fille dans chaque port, n'approchaient-ils pas cette jeune femme ? Mon père eut la réponse à sa question par une personne qui connaissait son passé :

– Tu n'es pas le seul à être attiré par cette femme. Mais attention, elle est l'épouse d'un chef de la Triade et elle s'est enfuie. Si je peux te donner un conseil, garde tes distances. Évite de perdre la tête pour elle.

Le début du printemps 1947 marqua un tournant décisif dans la vie de mon père. Comme il était passionné par les machines, doué d'une curiosité naturelle et d'une grande intelligence, il maîtrisa rapidement les techniques de navigation et fut promu pilote de bateau. Pourtant, qu'il naviguât sur le Yangzi ou sur l'un de ses affluents, en amont ou en aval, l'image de cette femme portant son bébé sur le dos et agenouillée devant le fleuve pour laver le linge ne le quittait jamais. Lorsqu'il l'avait vue se lever pour s'étirer et regarder dans sa direction, il avait tout deviné : sa bonté, sa solitude, son fort tempérament, tout était là, sous ses yeux.

Il commença à lui apporter son linge à laver. Il la payait toujours plus que les autres. Puis, sans attendre un signe de sa part, il partait, évitant même de croiser son regard. Un jour, elle lui dit doucement : « Ces habits sont propres, ils n'ont pas besoin d'être lavés. » Il s'arrêta alors sur le seuil, rouge de honte, trop embarrassé pour bouger. Il se rendait bien compte qu'il lui apportait ses vêtements trop souvent. Le bébé dormait dans son lit. Elle approcha un tabouret et l'invita à s'asseoir sur le pas de sa porte.

Chapitre VI

L'homme de la Triade tenta tout ce qui était en son pouvoir pour retrouver ma mère. Il alla même jusqu'à placarder des avis de recherche dans sa ville natale. Sans résultat. Furieux, il retourna dans la région d'Anyue et prit pour nouvelle épouse une jeune fille encore lycéenne. Après une brève cérémonie de mariage, il l'installa en ville et retourna seul à Chongqing. Lui, le despote local, fort de son réseau de relations, n'avait pas pu retrouver sa femme. Il supposait donc qu'elle s'était enfuie au loin. Il ne s'est jamais douté que la belle entraîneuse dont il s'occupait avait soudoyé ses hommes pour qu'ils ne révèlent pas où était ma mère. En effet, un jour, superbement vêtue comme à son habitude, elle l'avait aperçue en train de laver des vêtements dans le fleuve, mais elle avait décidé de se taire.

Au printemps 1947, les grondements d'une nouvelle guerre succédèrent à la période d'allégresse consécutive à la victoire sur le Japon. Il s'agissait de la guerre civile entre le Guomindang et les communistes. Les Seigneurs de la guerre locaux, les sociétés secrètes et les organisations religieuses en saisirent l'opportunité pour étendre leur sphère d'influence. Toutes sortes de rumeurs se propagèrent alors, terrorisant les citadins qui préférèrent se replier sur eux-mêmes. L'homme de la Triade n'avait plus le temps de s'occuper de sa femme qui s'était enfuie avec leur fille. Si elle avait eu un fils, les choses auraient été, bien entendu, différentes.

Mon père, cet être taciturne, savait qu'il pouvait gagner le cœur de ma mère par ses seuls actes. A la différence des autres hommes fascinés par la beauté de cette femme, mon père n'éprouvait pas la moindre peur à l'idée du sanguinaire petit chef de la Triade. Peut-être que, n'étant pas de la région, il sous-estimait la puissance des bas-fonds du Sichuan. Peu importe la façon dont se sont vraiment déroulés les événements, ils marquèrent en tout cas la naissance de notre famille.

Ma sœur glissa sur cette partie de son histoire, qu'elle résuma en quelques phrases. Chaque fois que j'essayais d'obtenir des éclaircissements, elle se comportait de la même façon en éludant mes questions. Je savais que l'union de nos parents ne l'avait pas rendue malheureuse, puisqu'elle lui avait permis de survivre, mais le mariage d'un homme et d'une femme pauvres était trop commun pour satisfaire ses goûts romanesques.

J'ai trouvé un jour une photo de ma mère coiffée à la dernière mode et habillée d'une robe chinoise en satin blanc achetée en solde. En effet, après la défaite japonaise, les riches et les puissants s'étaient repliés sur Nankin et Shanghai, liquidant pour une bouchée de pain les biens qu'ils ne pouvaient emporter. Mon père n'était pas sur la photo. Ma mère, assise sur une terrasse fleurie, tenait son bébé dans les bras. Des années plus tard, ma sœur aînée avait colorié les fleurs du cliché noir et blanc pour lui donner un peu de vie. La femme à l'intérieur du cadre regardait au loin, d'un air calme et mélancolique qui semblait masquer ses sentiments, fussent-ils de joie ou de peine. C'est la plus belle photo de ma mère dont je me souvienne.

Chapitre VII

J'essayais de retrouver dans le visage de ma sœur aînée une ressemblance avec l'homme qu'elle appelait son vrai père. Il ne pouvait pas être petit, ni maigre comme la plupart des hommes de Chongqing. Il devait avoir l'habitude de porter une longue robe chinoise avec un chapeau. Je l'imaginais, play-boy hautain et ombrageux, certainement loyal : il devait tout partager, le bon et le mauvais, avec ses « frères » de la Triade. Cet homme, que je n'avais jamais vu et dont la vie avait pourtant été si intimement liée à celle de ma mère, était pour moi une ombre, quel que fût le degré de réalité qu'il pouvait représenter pour les autres.

Il avait été envoyé dans un arsenal sur la rive nord du fleuve pour contrecarrer les activités d'une bande de communistes qui fabriquaient de la poudre à canon sans en faire grand mystère. Mais sa tentative échoua et il rentra, couvert de sang, ce qui terrorisa ma mère. Cet échec cuisant l'empêcha de grimper dans la hiérarchie de la Triade, ce qui le mit dans une rage folle. Il déchira et piétina toutes les lettres de félicitations qu'on leur avait offertes pour leur mariage et s'arracha littéralement les cheveux. Ce fut à ce moment-là que ma mère comprit que la vie n'était pas un long fleuve tranquille. Dans les rues, le nombre de patrouilles militaires et de membres de la police secrète augmentait de jour en jour car la situation politique se dégradait. Tard dans la nuit, on frappait aux portes pour des contrôles d'identité inopinés. L'homme de la Triade revenait rarement à la maison, et lorsque, contre toute attente, il se montrait enfin, c'était pour repartir presque aussitôt. Je doute que cette vie ait manqué à ma mère une fois qu'elle fut partie.

Ma sœur aînée me dit que cet homme ne prenait jamais le moindre sou sur lui lorsqu'il sortait. Quand il désirait s'offrir quelque chose, ses hommes de main, qui le suivaient partout, payaient pour lui.

– Qu'y a-t-il de si glorieux à être chef de la pègre ? demandai-je avec ironie. Tu as eu de la chance que maman te sorte de ce milieu. Si elle ne l'avait pas fait, imagine une seconde ce qu'aurait été ta vie après la Libération.

Je voulais lui rabattre son caquet, mais je comprenais maintenant pourquoi elle se plaignait tout le temps de sa pauvreté.

– Je sais. – Elle s'éclaircit la voix. – Quoi qu'il en soit, la vie aura été dure pour moi.

Peu de temps avant que les communistes ne s'emparent de Chongqing, un immense incendie ravagea la ville. Le feu, attisé par les vents d'été du fleuve, dévasta aussi les collines. Les baraques partirent en fumée dans l'air surchauffé, les barques et les pontons s'embrasèrent. Les gens, cernés de toutes parts par les flammes, tentèrent de sauver leur vie.

Ma mère, qui portait ma seconde sœur dans ses bras et tirait derrière elle sa fille aînée alors âgée de trois ans, était affolée. Elle descendit vers le fleuve à la recherche du bateau de mon père, tout en évitant de trop s'approcher des maisons en flammes. Partout s'étendait le triste spectacle des blessés gémissants, des cadavres brûlés et des personnes qui cherchaient un refuge. On entendait les lamentations de ces gens qui s'étaient regroupés, complètement hébétés, le visage sale, les cheveux roussis ou brûlés, les vêtements en lambeaux. Certaines personnes récupéraient des ustensiles qui avaient échappé au feu, tandis que d'autres versaient des seaux d'eau sur les maisons qui n'étaient pas encore complètement calcinées. D'autres encore couraient comme des fous à travers les ruelles, appelant des proches : les adultes essayaient de retrouver leurs enfants, les enfants leurs parents.

Une fois que le feu fut maîtrisé, on retira un nombre impressionnant de cadavres du Yangzi. On les porta ensuite sur la rive où ils furent enterrés dans la fosse commune en aval du fleuve, sur un banc de sable. Quant à ceux qui étaient morts en ville, ils furent incinérés dans une clairière près du port, à la Porte du Ciel. On arrosa le bois d'essence, afin de faire prendre le feu, pendant que des officiers de police vêtus de noir montaient la garde. Des jours durant, la ville fut imprégnée d'une insoutenable odeur de corps brûlés et envahie par une épaisse fumée.

Ma mère entendit des coups de feu près de l'hôtel Chongqing. Des gens racontèrent qu'on avait attrapé un pyromane et qu'il avait été exécuté sur-le-champ. Des rumeurs disaient que c'étaient les pompiers du Guomindang qui avaient attisé les flammes en mélangeant de l'essence à l'eau ou bien que c'étaient les communistes clandestins qui avaient mis le feu pour retourner la population contre le gouvernement. Quelle était la part de vérité et celle de mensonge ? Si l'on comparait cette situation aux milliers de personnes qui mouraient chaque jour en temps de guerre, cet événement ne fut qu'une tragédie mineure.

Cet incendie sans précédent eut lieu le 2 septembre 1949. Deux mois plus tard, vers la fin novembre, la ville tomba aux mains des communistes. Les marins du Yangzi abandonnèrent leurs navires, sachant que lors des batailles qui faisaient rage le fleuve était un enjeu capital. Tous les bateaux restèrent donc à quai.

Mon père non plus n'avait plus le cœur à partir, bien qu'il ne fût pas propriétaire du bateau. Mais un jour, une dizaine de soldats du Guomindang chargèrent des caisses d'explosifs à bord de son embarcation, dissimulèrent mon père sous une couverture et le forcèrent à naviguer en amont, sous la menace de leurs baïonnettes. Il fit appel à toute sa dextérité pour zigzaguer entre les écueils des deux rives. Soudain, un officier qui se trouvait sur le pont reçut une balle dans la cuisse et s'effondra sur le poste de timonerie, éclaboussant de sang la vitre et souillant la couverture de mon père. Les soldats poussèrent alors des hurlements de frayeur : les explosifs pouvaient sauter à tout moment. Certains se jetèrent à l'eau, d'autres se tapirent derrière la timonerie. Par miracle, mon père fut capable de mener le navire à destination. L'officier en chef lui remit alors deux dollars en argent pour avoir sauvé l'embarcation. Puis il visa mon père avec son pistolet et lui dit : « Saborde le bateau ! », avant de sauter à terre.

Mon père avait fait preuve de courage et avait traversé tous ces dangers dans l'unique espoir de sauver le bateau. Il fit donc comme s'il n'avait rien entendu et reprit le chemin en sens inverse. A moins de cinq cents mètres de la Porte du Ciel, les feux de l'artillerie devinrent si intenses qu'il eut peur de se faire toucher. Il se dirigea alors vers la rive du Sable d'or, un endroit plus protégé, afin de mettre l'embarcation à l'abri.

Ce jour-là, un froid glacial saisit cette ville étrange, touchée par le malheur, dont les habitants se battaient pour survivre ou fuyaient les combats. Ma mère, qui était à nouveau enceinte, montait l'escalier de pierre, portant un sac de haricots secs dans un bras, ma seconde sœur dans l'autre. Ma sœur aînée la suivait. Périodiquement, des coups de feu éclataient. Un vent violent couchait les arbres et envoyait la fumée des fusils très haut dans le brouillard bleu. Lorsque ma mère arriva chez elle, un sang glacé coulait le long de ses jambes. Elle faisait une fausse couche.

La propriétaire lui dit que si le fœtus mort était en un seul morceau, il s'agissait d'un garçon, et que s'il était en deux morceaux, c'était une fille. Elle se courba et piqua dans la masse de chair avec la balayette :

– C'était un garçon ! cria-t-elle, c'était un garçon !

Lorsqu'elle entendit les pas de la propriétaire s'éloigner, ma mère s'allongea sur son lit, désespérée, persuadée que mon père était mort alors qu'il transportait les explosifs, et que son corps flottait sur le fleuve au milieu des débris de son bateau. En réalité, il était parvenu à échapper au carnage. Quand il rentra chez lui, seuls ses yeux étaient visibles au milieu de la suie qui recouvrait son visage, ce qui effraya ses deux filles. Ma mère, elle, tendit les bras vers son mari qui avait échappé aux griffes de la mort.

Trois jours plus tard, l'Armée populaire de Libération cerna la troupe qui avait obligé mon père à transporter les explosifs et la força à se rendre. Leur officier raconta à ses ravisseurs l'histoire du bateau et expliqua combien l'attitude du capitaine bravant la mort en obéissant aux ordres l'avait impressionné. Cependant, il ne mentionna pas les deux dollars en argent.

Des années plus tard, lors du mouvement de purification qui entraîna la liquidation des contre-révolutionnaires, on obligea mon père à écrire un rapport détaillé à propos de cet incident, mais il omit, lui aussi, de parler des deux dollars en argent. Son excellente technique de navigation ainsi que sa parfaite connaissance du Yangzi l'avaient sauvé, et le nouveau régime communiste comprit qu'il pouvait leur être fort utile. Aussi l'envoya-t-on en amont, dans un prolongement du fleuve appelé Sable d'or. Là-bas, les rapides étaient particulièrement dangereux et le courant recouvrait de nombreux rochers. En l'absence totale de bouées lumineuses, la moindre faute d'inattention pouvait condamner le bateau et son équipage. Mon père savait pourtant qu'avoir obtenu ce poste était pour lui un traitement de faveur. Mais déjà, de trop nombreuses et exténuantes nuits de navigation avaient considérablement altéré sa vue.

Petite fille, je savais qu'il y avait deux dollars en argent au fond d'un coffre. Mon père et ma mère parlaient à voix basse, contrairement aux autres habitants de la cour dont on entendait toutes les querelles domestiques. En fait, ils ne voulaient pas qu'on les écoute, mais j'étais trop menue pour qu'ils me remarquent, blottie dans l'encoignure.

– Porte ces dollars en argent à la banque et change-les, disait ma mère. Ensuite, emprunte le reste pour pouvoir te faire soigner les yeux dans un hôpital correct.

– Il est trop tard, maintenant, soupirait mon père. De plus, changer cet argent ne fera qu'augmenter la suspicion.

A l'époque, je n'avais aucune idée de quelle « suspicion » il pouvait s'agir, mais, rétrospectivement, je sais que leur prudence était justifiée.

Chapitre VIII

Ma sœur aînée bâilla et, voyant une faible lumière briller dans la nuit, au sommet de la montagne, elle me dit qu'il était temps de retourner à la maison et d'aller se coucher.

– C'est tout ? C'est ça, tes révélations ? Tu n'as pas répondu à mes questions, lui dis-je. Et cette histoire de syphilis ?

– C'est très simple, répondit-elle. L'homme de la Triade fréquentait les prostituées, il a attrapé la syphilis, l'a transmise à notre mère qui l'a transmise à notre père.

– Quand est-ce qu'on l'a découvert ? Est-ce que notre père le savait avant qu'il se marie ? Sa vue n'a-t-elle pas été abîmée par toutes ces nuits de navigation ?

– C'était guéri depuis longtemps. Tu es une vraie casse-pieds ! dit ma sœur aînée en criant presque.

Peut-être ne trouvait-elle pas l'histoire suffisamment intéressante pour me la raconter, ou alors éprouvait-elle un certain regret. En effet, il était impossible de romancer la triste vie des habitants des cités les plus pauvres de Chine. Dans notre ville, on voyait souvent sur les murs sales, couverts de mousse, des affiches annonçant « Traitement des maladies vénériennes, succès garanti » :

Eczéma aigu et purulent
des parties génitales
Crêtes de coq,
Herpès génital
Démangeaisons et pertes vaginales.

Je ne savais pas s'il fallait lire ces panneaux de haut en bas, en commençant par la gauche ou par la droite, horizontalement ou verticalement. Tous ces signes confus et effrayants nommaient sans équivoque possible des choses redoutées et honteuses. Même quand le Soleil rouge brilla de son plus vif éclat, quand la société chinoise, à son apogée révolutionnaire, se vanta d'être le seul pays au monde où les maladies vénériennes avaient été éradiquées, ces panneaux ne disparurent jamais complètement. Au début des années 80, on en trouvait partout. Je n'ai jamais osé regarder de près, j'ignorais qui pouvait ainsi se faire soigner dans ces hôpitaux. Aussi, quand je sentis poindre l'irritation dans le ton de ma sœur aînée, je fus trop gênée pour approfondir le sujet.

Partie VII

Chapitre I

Ce soir-là, à la fin des cours, je remarquai que le bureau du professeur d'histoire était éclairé. Je montai donc l'escalier du bâtiment au toit en pagode. Le professeur lisait un livre, mais on aurait dit qu'il m'attendait. Il me sourit et me demanda si j'avais soif. Puis il me montra sa tasse de thé en me disant que je pouvais boire après lui ; il jura sur la tête du président Mao qu'il n'avait pas de maladies.

Je préférais rester debout devant son bureau, immobile. Dehors, il tombait un léger crachin. La lumière de la pièce était tamisée, une sensation d'intimité s'en dégageait. Il semblait de meilleure humeur que la dernière fois. En effet, ce jour-là, son regard pétillait.

Il habitait dans une petite maison basse en bois, qui avait appartenu à ses parents. Elle se composait d'une seule pièce divisée en deux, avec une porte à l'arrière. Je n'ai jamais connu précisément l'histoire de ses parents si ce n'est que, un an après la Libération, lors d'un des innombrables mouvements politiques, son père fut mis sous surveillance comme « élément antisocialiste », et qu'il perdit son travail. Même le professeur d'histoire ne savait pas précisément pourquoi on lui avait lancé une telle accusation. Sa mère, qui travaillait dans une banque, se retrouva à son tour sans emploi et fut contrainte de faire des travaux de couture à domicile. Tous deux étaient morts depuis longtemps. La maison se situait sur la colline, et un petit escalier conduisait à la porte de derrière. Un solide banian étendait ses branches jusque dans la cour voisine.

Une vigne à l'abandon poussait derrière le logement. Le professeur avait un frère qui fut tué dans une unité combattante pendant la révolution culturelle. Peu de temps après cette mort, la vigne avait connu un soudain regain de croissance, poussant dans toutes les directions, s'enroulant autour du banian et grimpant même le long du mur et des tuiles. Ses feuilles étaient épaisses et brillantes, ses fruits violets, juteux et sucrés. Les chenilles vertes qui en tombaient brillaient comme du cristal tandis que leurs corps dodus se contorsionnaient sur le sol. Cette vigne attirait un grand nombre de gourmands.

Le professeur d'histoire m'apprit qu'il se réunissait souvent avec quelques amis. « Viens avec nous, me proposa-t-il, on parlera de littérature et je te prêterai des livres. » Je compris, au ton de sa voix, qu'il voulait que j'accepte son invitation. C'était la première fois qu'il me traitait d'égale à égal. Ce groupe d'amis avec lequel il partageait des expériences et des souvenirs communs aimait se réunir pour lire, parler littérature et refaire le monde. Ils écoutaient aussi une radio qu'ils avaient trafiquée pour capter les chaînes étrangères. Contrairement à la plupart des habitants de la région, qui n'étaient intéressés que par les chaînes diffusant de la musique pop en provenance de Hong-Kong, ils préféraient les programmes en chinois sur les ondes courtes de la BBC ou de la Voix de l'Amérique, ce que je n'aurais jamais imaginé. En effet, pendant trente ans environ, « écouter les émissions des ennemis » était un crime puni par de longues peines d'emprisonnement. Bien qu'en 1980 l'application de cette loi se fût relâchée et que les tentatives de brouillage des ondes eussent diminué, la simple évocation des « émissions ennemies » faisait encore trembler.

Dans la région de Chongqing, les orages peuvent être terribles. De la colline, on peut voir les lourds nuages noirs s'amonceler au-dessus du fleuve avant de crever en pluies torrentielles. Mais elles durent rarement plus de dix minutes, et elles s'arrêtent aussi brusquement qu'elles ont commencé. Le crachin permanent est épuisant, la rouille s'étend partout et des nuées d'insectes dévorent toutes les boiseries.

Ce crachin recouvre partout les rues d'une boue gluante et glissante. Il est à désespérer de voir jamais la fin de cette pluie.

C'est en hiver qu'il pleut le plus. Les gens qui n'ont pas les moyens de s'acheter des bottes doivent se déplacer en sandales de plastique. L'eau glacée qui s'infiltre entre les doigts de pied les fait grelotter.

Parfois, le crachin est si fin qu'il se transforme en une sorte de brume opaque flottant dans les airs. La visibilité est nulle, on ne peut même pas voir la rive opposée. Les sirènes des bateaux lancent alors des avertissements stridents.

Ce jour-là, une pluie fine tombait tandis que je grimpais la colline en prenant garde à ne pas choir sur les cailloux inégaux et glissants. Je portais un vieux chapeau en bambou tressé, de forme conique, dont les tiges cassées dépassaient de tous côtés. Je devais me pencher en avant pour permettre à l'eau de s'écouler, et ainsi éviter de mouiller mes vêtements.

La porte du professeur d'histoire n'était jamais fermée. Il disait que les voisins n'entraient pas chez lui. Était-ce une maison hantée ? Plus cette histoire rendait l'endroit terrifiant, plus j'étais attirée. Je me tenais sous l'auvent, angoissée comme je ne l'avais jamais été, espérant qu'il y eût quelqu'un.

Personne ne répondant à mes appels, j'ouvris la porte et entrai. Sur une bibliothèque trônait la photo d'une femme aux cheveux noirs brillants, coupés court comme chez toutes les femmes en Chine à cette époque. Ils étaient tirés en arrière. Elle avait un visage ovale et portait un pull à col roulé sous un pardessus en grosse laine. Mon cœur battait à tout rompre : il s'agissait de sa mère. Je l'avais su dès le premier regard car la ressemblance était frappante. Elle semblait vouloir me dire quelque chose.

Un vase en porcelaine dont on avait réparé les fentes avec de la colle décorait un coin. Il gardait encore des traces d'anciens paysages peints. Un vieux tourne-disques était posé sur un guéridon à côté de la bibliothèque. Derrière la fenêtre, on apercevait les lueurs vert émeraude d'un bosquet de bambous scintillant sous la pluie. Du linge était étendu sur un fil entre deux perches.

Des livres et des journaux s'entassaient un peu partout : sur les chaises, sur le lit, sur le buffet. Ils étaient la raison de vivre de mon professeur et de ses amis. Ces derniers pouvaient s'asseoir toute la nuit sans dire un mot, absorbés par leur lecture, ou bien parler pendant des heures d'un ouvrage ou du sort d'un des personnages.

Je me suis rendue de nombreuses fois dans cette maison, mais en rêve seulement. Je m'asseyais dans un coin avec un livre, comme si je faisais partie du cercle de ses amis, les écoutant raconter ou lire de beaux passages. Peut-être étais-je trop timide ou n'étais-je pas à ma place au milieu d'étrangers, ou peut-être ne voulait-il pas, pour d'obscures raisons, que ses amis me voient. En réalité, je ne suis jamais allée frapper à sa porte. Aller là-bas en rêve me suffisait. Cela me faisait paraître le temps moins long et me rendait la vie plus supportable.

J'avais quatre ans quand la révolution culturelle a commencé et quatorze lorsqu'elle s'est achevée. J'aurais dû passer au moins sept de ces dix années sur les bancs de l'école, mais la plupart du temps il fallait qu'on effectue toutes sortes de corvées volontaires : donner un coup de main pour les travaux des champs, récupérer des morceaux de métal dans une décharge publique, et même se faufiler dans les usines la nuit pour voler des pièces détachées afin de les remettre au centre de stockage.

A la fin de chaque trimestre, les cadres de ma classe, ces experts dans la rédaction de rapports, me reprochaient la nullité de mes résultats. Les observations en noir qui apparaissaient sur le bulletin de classe me désespéraient : « N'aime pas le travail manuel », « Manque de conscience collective », « Ne participe pas activement à la construction nationale » ou « Ne s'implique pas dans les activités politiques ». Mon père lisait mon bulletin à l'endroit le plus lumineux de la pièce, le visage grave, sans dire un mot. Comme ma mère ne déchiffrait pas assez bien pour tout comprendre et qu'elle ne croyait pas ce que lui disait mon père, elle demandait à quelqu'un d'autre de le lire. Mais cela lui faisait perdre la face et lorsqu'elle revenait à la maison, elle était plus irritée que jamais.

Mes bulletins empiraient d'année en année. Une fois, l'un d'eux fut même catastrophique : « Pensées bourgeoises, lit trop de romans de l'ancienne époque, cueille des fleurs en chemin pour les cacher dans son cartable, faible conscience politique, peu disposée à faire sa demande pour devenir membre de la

Ligue de la Jeunesse communiste, prétextant d'un ton suffisant qu'elle n'a pas de temps pour une telle aberration ; refuse de dire ce qu'elle pense à ses professeurs ainsi qu'aux cadres de la classe, n'accepte pas les critiques collectives ; manque de solidarité envers ses camarades de classe, refuse de se mêler à eux durant les récréations. » Il s'agissait de l'opinion de mon groupe, soit quatorze enfants qui passaient au peigne fin les forces et faiblesses de chacun. Pour une raison inconnue, j'étais la cible favorite de leurs critiques. L'opinion du professeur était généralement la suivante : « Je suis d'accord avec les conclusions du groupe ; j'espère que l'élève admettra les critiques, reconnaîtra ses fautes et les corrigera. »

Ce doit être l'année où j'ai vu le professeur d'histoire pour la première fois. Si je me souviens bien, il remplaçait un collègue pendant une semaine ou deux. Je ne l'avais pas spécialement remarqué, et ce fut réciproque. A l'époque, les garçons ne m'intéressaient pas, et je suis sûre qu'il n'avait rien vu en moi qui valût la peine d'être noté. Maintenant encore, il ne me trouvait sans doute pas particulièrement attrayante.

Que se serait-il passé si je ne l'avais vu qu'une seule et unique fois dans ma vie, s'il m'avait traitée avec la même froideur que celle dont il usait à l'égard des professeurs, de ses élèves et de ses voisins ? Il était différent des autres, et je considère son irruption dans ma vie comme un don du ciel.

Au début de cet été-là, mon troisième frère, qui passait son temps à rafistoler des postes de radio, pour lui et pour d'autres, en répara un qu'il avait trouvé dans une poubelle, pour le donner à mon père dont la vue était dans un état critique. Je le lui empruntai et, tard le soir, je cherchai péniblement la station dont le professeur d'histoire m'avait parlé. Pour la première fois de ma vie, j'entendis des passages de la Bible :

Même si je marche dans la vallée de l'ombre de la mort, je ne crains aucun esprit malfaisant car Tu es avec moi ; Ta canne et Ton bâton me réconfortent...
Ta bonté et Ta miséricorde infinies me suivront tous les jours de ma vie ; et je demeurerai dans la maison du Père pour toujours.

Ces mots m'étaient allés droit au cœur ; sinon, comment expliquer que je fusse secouée de la sorte, que les larmes me fussent montées aux yeux ? Je suis tombée amoureuse des *Psaumes* et du *Livre de Salomon* en écoutant en cachette des émissions radio sur les ondes courtes. Peu m'importait d'où sortait ce dieu-là, du moment qu'il était entré dans mon cœur et qu'il me protégeait. Parfois, je faisais inconsciemment le signe de croix sur le front du Bouddha qui se trouvait dans le temple, ou je joignais mes mains devant la croix, au grand amusement de ceux qui me voyaient. Certains m'accusaient de blasphème mais je ne pense pas avoir fait quelque chose de mal.

Chapitre II

J'ai entendu à la radio que le Yangzi avait atteint son plus haut niveau depuis vingt-six ans et que le flux des cours supérieur et moyen du fleuve se dirigeait vers l'aval. Cela m'a rappelé une autre nouvelle qui avait été annoncée à la même date, en septembre 1980 : une loi fixait désormais l'âge minimum du mariage à vingt-deux ans pour les hommes, à vingt ans pour les femmes. Cependant, le Parti recommandait aux couples d'attendre que la somme de leurs deux âges atteignît le chiffre cinquante. Si l'on se mariait à l'âge minimum, on ne risquait pas d'être traîné en justice. Néanmoins l'unité de travail pouvait vous punir pour avoir suivi la lettre et non l'esprit de la loi.

Sans doute parce que j'avais souffert de malnutrition dans mon enfance étais-je lente à me développer : on m'appelait encore « petite fille » à l'âge de dix-huit ans. Je ne me considérais pas moi-même comme une adulte bien que je pusse également me marier dans deux ans. Cette révision sur la loi du mariage avait transporté de joie un grand nombre de personnes ; quant à moi, elle m'avait laissée indifférente. Ce qu'il pouvait se passer entre un homme et une femme était le cadet de mes soucis.

A cette époque, les journaux, composés de quatre pages de papier bon marché, étaient imprimés avec une encre de si mauvaise qualité qu'elle noircissait les mains. Sur la place du Pont de pierre, les grands journaux tels que le *Quotidien du peuple*, le *Quotidien de Chongqing* ou le *Quotidien Clarté* étaient exposés dans des cadres en bois ou sous verre. En fait, la plupart de ces vitres avaient été cassées, non par des voleurs de journaux, mais par des vandales, probablement les mêmes qui avaient brisé les réverbères, plongeant ainsi le quartier, la nuit, dans la plus totale obscurité. La ruelle du Chat sauvage était la seule exception, signe évident que les coupables vivaient là. De toute façon, même si chaque lampadaire était resté allumé, les ruelles de la rive sud, elles, seraient restées plongées dans le noir puisqu'elles ne possédaient aucun réverbère.

Chapitre III

Le professeur d'histoire portait plus d'intérêt à ce qu'il lisait dans les journaux qu'à ce qui se passait autour de lui. Il m'expliqua que les fameux greniers de Shanghai et les célèbres lofts de Paris avaient abrité un nombre incalculable d'écrivains et d'artistes. La vie de bohème faisait leur richesse. Mais il ajouta que l'on avait beau être très puissant, on restait toujours démuni face à certains événements de la vie, et que l'on ne serait jamais capable d'apprécier toutes les richesses de ce monde. Il conclut en disant qu'une cascade se trouvait toujours là, inconnue de nous, jusqu'à ce que la rivière la fasse apparaître.

J'aimais l'entendre parler de la sorte. Ses paroles me paraissaient si profondes que je ne pouvais m'empêcher de l'admirer. Ce devait être le genre de choses qu'ils disaient lors de leurs réunions. Il était totalement différent de l'enseignant que j'avais l'habitude de voir en cours. J'ai pensé qu'il me traitait comme une amie maintenant, quelqu'un capable de comprendre ce qu'il disait.

Alors mon intérêt pour les journaux alla croissant, car ils m'ouvraient de nouveaux horizons sur le monde. Je lisais absolument tout, même les plus petits encarts. La table des matières des revues, située en dernière page, comportait souvent une publicité. Un jour, je remarquai l'une d'elles pour un magazine littéraire de Pékin appelé *Le Contemporain* qui publiait un extrait d'un reportage intitulé *Un conte d'hiver*. L'auteur, Yu Luojin, était la sœur cadette de Yu Luoke, un jeune homme courageux qui avait osé dénoncer le sectarisme politique en déclarant : « Chacun, quelle que soit sa classe sociale, a droit à l'égalité politique. » A cause de ces paroles, il fut reconnu coupable, puis fusillé durant la révolution culturelle. Sa sœur maintenant écrivait à son sujet et était à son tour persécutée pour ses idées.

Après avoir lu cette publicité, j'empruntai au professeur d'histoire le magazine où ce texte avait paru. J'en recopiai, dans mon journal, les passages les plus émouvants. Quand je lui rendis la revue, j'essayai de partager mes pensées avec lui, en lui faisant remarquer que Yu Luoke n'avait que vingt-sept ans quand il avait été tué. Il me rétorqua sèchement de me taire. La brutalité de sa réaction me donna l'impression qu'il était, d'une façon ou d'une autre, impliqué dans cette histoire. Son accès de colère inattendu me mit mal à l'aise, mais il se calma immédiatement et changea de sujet. Il était devenu froid et conservait une certaine distance.

Lorsque j'ai quitté son bureau, cet après-midi-là, je me suis assise sur les marches de pierre devant le mur de l'école et j'ai ressassé mes idées un long moment. Je me suis dit que j'étais la seule fille de l'école qui parlait avec lui en dehors des cours. Il n'était ni plus beau ni plus talentueux que les autres professeurs, alors qu'est-ce qui le rendait si spirituel et si fort ? Il avait dû se rendre compte que j'avais des sentiments particuliers à son égard et devait penser qu'il pouvait me traiter comme bon lui semblait. J'étais furieuse et blessée. Un lâche, voilà ce qu'il était ! Pourquoi devais-je le respecter ou lui prêter une quelconque attention ?

La cloche de l'école sonna. C'était l'heure du cours de soutien durant laquelle nous pouvions poser nos questions au professeur. Parfois, il abordait un thème d'ordre général qu'il nous expliquait. Il ne se comportait pas comme les autres enseignants. Il s'asseyait toujours derrière son bureau, sur l'estrade, demandait qui avait des problèmes, puis il s'approchait de l'élève qui l'interrogeait. Il aimait aussi beaucoup s'installer au fond de la classe avec une revue. Souvent, il s'amusait à poser une question, et laissait les élèves se débrouiller.

Ce soir-là, il nous fit passer un contrôle et les deux heures s'écoulèrent très rapidement. Puis je m'échappai de la classe pendant que les autres rangeaient leurs affaires. Je pris à dessein un chemin désert à travers le campus. Mais il me rattrapa.

– Pourquoi es-tu partie si vite ? me demanda-t-il.
– J'ai peur que des fantômes ne m'attrapent.
– C'est pour moi que tu dis cela ?
– A votre avis ?
– Tu es un véritable petit démon, tu es en colère après moi, n'est-ce pas ? dit-il en poussant un soupir, un journal roulé dans la main. Tu sais bien que je ne me lasse pas de parler avec toi.
Malgré ma ferme volonté de l'ignorer, son attitude m'émut et ma colère disparut. Mais je ne ralentis pas ma cadence. Il me proposa de sortir par la porte d'entrée de l'école.
– D'accord.
Il était tard et tous les autres élèves étaient rentrés chez eux, mieux valait donc que je ne prenne pas le chemin le plus long.
Ce soir-là, nous marchions pour la première fois très près l'un de l'autre. La sensation de promiscuité était accrue par le fait que nous étions seuls. Le clair de lune illuminait les cailloux, les feuilles bruissaient dans le vent. Nous avons marché en silence jusqu'à l'endroit où nos chemins bifurquaient. Je me suis arrêtée et je me suis tournée vers lui pour lui dire au revoir. Il se trouvait dans de si bonnes dispositions qu'il me proposa de me raccompagner un bout de chemin. Il semblait deviner que quelque chose m'effrayait. J'ai rougi et je l'ai regardé à la dérobée. La nuit masquait tout, ma timidité, mes peurs, et cela me réconforta.

Juste avant d'atteindre l'étang de la pépinière, je me suis arrêtée. Je ne souhaitais pas qu'il aille plus avant.
– Tu ne veux pas que je voie ta maison ?
Il se tenait derrière mon épaule droite, lorsque j'ai levé le bras pour ajuster la lanière de mon sac de classe, ma main l'a effleuré. J'ai alors levé les yeux et nos regards se sont croisés. Nos corps étaient si proches l'un de l'autre que mon cœur battait la chamade. J'ai baissé la tête en disant doucement :
– Je suis presque arrivée, partez, s'il vous plaît.
Il acquiesça.
– Reste bien sur la route principale pour rentrer chez toi. Ne t'inquiète pas, ton destin est déjà tracé. Tu peux lui courir après, mais tu ne peux en aucun cas le rattraper.

J'ai ajusté la lanière de mon sac de classe sur mon épaule et j'ai dévalé la colline sans me retourner. Je n'ai cessé ma course qu'une fois sûre que je me trouvais hors de son champ de vision. Quelles étaient ses intentions ?

Si j'avais fait volte-face, j'aurais su s'il me regardait encore descendre la colline. Si j'étais revenue vers lui, j'aurais vu dans ses yeux cette tristesse que moi seule percevais. Il était incapable d'exprimer ses sentiments. S'il s'était montré un peu plus démonstratif, peut-être que nos deux cœurs auraient pu se rapprocher.

Mes désirs me tenaillaient. J'aurais aimé qu'il me prenne dans ses bras et m'embrasse.

Ma mère ne m'avait jamais embrassée, mon père non plus d'ailleurs, ni mes frères et sœurs. Chaque fois que cela se produisait en rêve, je me réveillais en hurlant. Il devait s'agir d'une envie intense qui venait du plus profond de moi. Si quelqu'un m'avait serrée dans ses bras quand j'étais malheureuse, ou m'avait simplement posé la main sur l'épaule ou la tête, j'aurais été apaisée. Mais ma famille n'était pas comme cela : personne ne s'embrassait, ne s'étreignait ou se caressait, sauf au lit, et encore ! Ils ne semblaient pas souffrir de cette absence de contact. Moi, si ! Mes envies secrètes de baisers prouvaient que j'étais différente d'eux.

Le professeur d'histoire n'avait presque jamais touché la moindre parcelle de ma peau. Avait-il aussi peur que moi ?

Chapitre IV

Lorsque la crue du fleuve atteignait son point culminant, ses longues et larges berges, recouvertes d'eau, menaçaient les pontons. Les câbles d'acier rouillés s'enfonçaient dans la boue qui se mélangeait aux cailloux. De gros blocs de pierre érodés par les vagues surgissaient, menaçants. Dès que le niveau de l'eau baissait, ils se transformaient en petites îles en forme de tortues et devenaient la terreur des marins.

Chaque été, les gens venaient de toutes parts pour se baigner dans le fleuve, là où les bancs rocheux étaient le moins dangereux. Nous disions nous baigner et non pas nager. Les baigneurs se mettaient sur le dos et s'ébattaient, laissant apparaître leur ventre plat ou protubérant à la surface de l'eau. De maigres garçons, nus comme des vers, s'amusaient à se battre. Des marins amarraient leur cargo sur la jetée, se déshabillaient, révélant une peau brûlée par le soleil, avant de plonger dans l'eau sombre. Pour des gens de notre condition, qui n'avions jamais vu de salle de bains privée, avoir un fleuve à proximité de chez soi représentait une véritable bénédiction, qu'importent sa couleur ou l'agitation de ses flots.

Le Yangzi ralentissait considérablement sa course lorsqu'il atteignait Chongqing dans le bassin du Sichuan. Et pourtant, chaque année, il emportait de nombreuses vies. Il pouvait aussi bien s'agir de baigneurs imprudents, de naufragés, que de meurtres ou de suicides. Que ces hommes mourussent en héros ou dans de terribles conditions, leur destin était le même : ils étaient pris par le fleuve.

– Dépêchez-vous, il y a un noyé !

Les cris, semblables à un roulement de tambour, retentissaient dans la rue et dans les cours. Quantité de gens en sandales, certains tenant encore un bol de riz dans leurs mains, se précipitaient dans les ruelles qui descendaient vers la berge. Voir un mort constituait un divertissement rare dans la vie monotone des habitants de la rive sud.

L'eau coulait doucement dans la petite crique, derrière un banc rocheux de l'embarcadère de la Boulette du Lance-pierres. De la sciure, provenant d'une scierie toute proche, transformait l'eau du fleuve en une étrange soupe grumeleuse. Les corps qui échouaient ici en étaient couverts et gonflaient jusqu'à ressembler à des sortes de bûches d'une couleur bizarre. Impossible de deviner à quoi ils avaient bien pu ressembler : leurs habits étaient délavés depuis longtemps et, même s'ils étaient nus, il était difficile de dire s'il s'agissait d'un homme ou d'une femme. La légende raconte que si un parent ou un ennemi de la victime se trouve parmi les spectateurs, du sang frais jaillit des orifices du visage violet et gonflé d'eau du cadavre.

Certains corps avaient été récupérés à des dizaines, voire à des centaines de kilomètres en aval ; ils auraient pu descendre encore des centaines ou des milliers de kilomètres. S'ils se trouvaient dans l'eau depuis moins d'une semaine lorsqu'ils atteignaient une berge, ils étaient curieusement allongés : les femmes sur le dos, et les hommes sur le ventre. Une fois que j'en ai su un peu plus sur ce qui se passait entre les hommes et les femmes, l'infortune de ces gens m'a inquiétée davantage : le fleuve qui mangeait leur chair et leurs os devait aussi les embrasser, les toucher tendrement et caresser une dernière fois leurs parties intimes.

J'étais dans le bureau au premier étage de l'immeuble au toit en pagode, lorsque j'ai vu apparaître une lueur bleue dans la nuit pourpre. La chaleur du jour n'avait pas encore complètement disparu. Dans les champs voisins, les grenouilles coassaient et les lucioles tourbillonnaient déjà autour des arbres. La présence du professeur d'histoire me rendait heureuse. Il regardait au loin, en buvant son thé à petites gorgées, tout en m'écoutant parler.

Je devais régulièrement récupérer mon troisième frère, le petit maigre à la peau foncée, lorsqu'il allait se baigner dans le fleuve avec les autres jeunes de son âge. Ma mère passait son temps à le sermonner : « Ça t'est peut-être égal d'être vivant ou mort, mais pas à moi. » Tout ce qu'elle pouvait lui dire lui entrait par une oreille et sortait par l'autre. Il vivait sa vie pleinement, n'ayant aucune notion du danger. D'ailleurs, je ne me souviens pas de l'avoir vu sans égratignures. Il était toujours entouré de deux ou trois morveux aux pieds nus qui le considéraient comme un héros.

La première fille de ma grande sœur n'avait que deux mois lorsque mon troisième frère décida un jour de la mettre dans le fleuve, puis il la laissa se débattre dans l'eau. Ma sœur, qui faisait la sieste, sentit que quelque chose clochait. Elle se réveilla, sauta du lit, et, affolée, chercha sa fille partout. Mon troisième frère entra dans la cour, portant le bébé ruisselant dans ses bras.

– Elle a appris à nager toute seule, lui dit-il, ignorant la fureur de sa sœur.

Ma mère, pâle de colère, était hors d'elle. Mais elle ne le frappa pas et lui resservit même du riz lors du dîner.

– Tôt ou tard, tu vas te noyer, lui prédit ma sœur aînée, avec une profonde rancune qui s'adressait aussi à ma mère.

Mon frère, les narines frémissantes, lui lança un regard furibond. Puis il quitta la table, sortit de la cour et fut bientôt hors de vue. Sans doute s'était-il rendu au fleuve pour s'y baigner.

– Reviens ici ! cria ma mère dans son dos. Tu ne penses vraiment qu'à toi, sale égoïste !

Puis elle regagna la pièce commune avant de m'apostropher durement :

– Liuliu, ne t'avise pas de le suivre !

Elle saisit un sac en toile qu'elle avait cousu et le remplit de vêtements propres et de légumes saumurés pour l'emporter à l'usine. Elle ne venait à la maison qu'une fois par semaine, mais elle ne négligeait jamais de s'en prendre à moi pour une raison ou pour une autre :

– Je t'interdis d'aller te baigner dans le fleuve, surtout si tu es seule. Je ne veux même pas que tu ailles t'amuser sur les berges. Le fleuve pourrait t'attraper et t'emporter. Tu sais bien que son plus grand plaisir est de voler la vie des enfants.

Je n'avais pas encore prononcé mes premiers mots et fait mes premiers pas que ma mère commençait déjà à me raconter des histoires horribles sur le fleuve. Dès lors, elle ne tarit plus sur ce sujet. Voilà pourquoi une fille de marin, qui avait grandi sur les berges du Yangzi, n'apprit jamais à nager. Tous les autres enfants de la rive, eux, nageaient comme des poissons. Moi, qui d'habitude aimais désobéir, avais pris au sérieux les avertissements de ma mère.

Sans savoir pourquoi, je redoutais même de prendre le bac pour traverser le fleuve, plus particulièrement durant les vacances car nous y étions parqués comme des bêtes. Le bac possédait des gilets de sauvetage, mais en cas de naufrage, qui aurait le temps d'en enfiler un ? Un jour, alors que je me trouvais sur la berge, j'ai vu un bateau se retourner. Les crânes noirs, à la surface de l'eau, s'agitaient dans tous les sens. J'ai dû m'asseoir, absolument terrorisée.

Au lieu de m'écouter calmement, comme il avait l'habitude de le faire, le professeur d'histoire se moqua de ma peur de l'eau.

– Nager est très simple, me dit-il, les filles sont merveilleuses quand elles nagent la brasse.

Il se leva de sa chaise et s'avança derrière moi. Ma peau me brûla lorsque ses larges mains, chaudes et puissantes, saisirent les miennes. Il guida mes bras tout en m'expliquant le mouvement de natation. Son attitude était si naturelle que, quand il se colla contre mon dos, je ne bougeai pas.

Puis, soudain, j'ai compris et mon visage s'est empourpré. J'ai repoussé ses mains et j'ai fait quelques pas en avant.

– Si tu ne veux pas apprendre, pas de problème, dit-il, le visage tendu.

Le silence devint tangible dans la pièce. J'avais l'impression que quelque chose allait se produire. Mais plusieurs secondes s'écoulèrent sans que rien ne se passât. Une fois de plus, je m'étais ridiculisée. Je m'apprêtais à partir.

– Tu ne veux pas rester encore un peu ?

– Non.

Je me suis dirigée vers la porte dont j'ai agrippé la poignée.

– Dois-je fermer la porte ?

– Non, ce n'est pas la peine.

J'ai attrapé la sangle de mon sac en me retournant pour lui faire un sourire forcé. Il ne bougea pas. Son regard chercha le mien.

– Tu passes quand tu veux. Désires-tu que je te raccompagne ?

– Non.

Je soupirai pour chasser la mélancolie qui m'envahissait.

Je n'ai pleuré qu'une fois loin du bâtiment. Soit il ne m'aimait pas, soit il s'amusait avec moi, comme ces hommes vils qui, dans les livres, profitaient des femmes puis les abandonnaient. Il correspondait tout à fait à ce genre d'homme.

Sur le chemin du retour, j'ai commencé à le haïr et me suis promise de l'ignorer dorénavant. Mais cette nuit-là, dans mon lit, je n'ai pu m'empêcher de penser à lui. Pourquoi m'étais-je enfuie ? Tout était ma faute. Je me suis alors caressé le visage en m'imaginant que cette main était la sienne, effleurant mes lèvres, mon cou, puis la laissant glisser sous ma chemise de nuit et frôler mes seins. A ce dernier contact, j'ai eu l'impression de recevoir une décharge électrique. Je retirai ma main, brusquement. Puis je fus irrésistiblement attirée de nouveau. J'ai commencé à me caresser, ressentant une sensation inconnue jusqu'alors qui se propagea dans mon corps tout entier. Je fermai les yeux.

Durant la journée, j'avais évité de penser à lui, ne serait-ce qu'une seconde. Mais, enveloppée dans l'épaisseur de la nuit, alors que plus rien d'autre ne me sollicitait, l'image du professeur d'histoire m'emplissait l'esprit.

Comment aurais-je réagi s'il m'avait prise dans ses bras ? Aurais-je résisté ou me serais-je laissé faire ?

Mon visage s'empourpra. J'entendais les rats courir dans l'interstice situé entre les deux étages. Un bébé pleurait quelque part, au-dehors. Puis quelqu'un toussa dans la pièce principale. Je m'assis tranquillement sur mon lit. La toux cessa, mais, alors que je m'allongeais de nouveau, recommença, comme pour m'empêcher de dormir.

Notre repas du Nouvel An était un véritable festin. Nous, les pauvres, qui normalement économisions la nourriture, ne comptions pas en ce jour exceptionnel. Pour la seule et unique fois de l'année, nous préparions des racines de lotus marinées, une soupe riche en viande, des cacahuètes grillées, et même ces délicieux radis froids, à la sauce pimentée, dont la simple évocation vous mettait l'eau à la bouche. Dès que nous devenions trop impatients, notre mère nous chassait dans la cour, en plein vent. Elle restait seule dans la pièce commune à s'affairer à de mystérieuses tâches tout en marmonnant d'étranges incantations. Elle nous expliquait ensuite qu'il s'agissait du seul moyen de satisfaire nos ancêtres et de leur rendre hommage.

– Nos ancêtres ne sont plus là, alors à quoi cela sert-il ? avais-je demandé un jour, lorsque j'étais petite.

Je ne comprenais pas toute la signification de ces cérémonies mais, contrairement à mes frères et sœurs, j'étais incapable de tenir ma langue.

– Ce que tu peux dire comme bêtises ! Nos ancêtres sont près de nous quand nous parlons, m'expliqua ma mère en me fusillant du regard.

Quand nous nous assîmes enfin autour de la table, elle nous montra les baguettes posées de part et d'autre des bols et nous dit :

– Regardez, tout à l'heure, les baguettes étaient pointées vers l'extérieur mais, maintenant, elles le sont vers l'intérieur. Les ancêtres sont donc passés.

– Les ancêtres sont passés, répéta ma quatrième sœur.

– Liuliu, quand apprendras-tu enfin à tenir tes baguettes correctement ? me dit ma mère en les saisissant au vol.

Son attitude me glaça.

– Regarde bien, tu ne dois pas les attraper trop haut ; sinon cela signifie qu'un jour tu partiras très loin de la maison et que tu ne reviendras pas. Tiens-les plus bas. De cette façon, tu resteras toujours près de ton père et de ta mère.

Je fis glisser ma main jusqu'au point indiqué, au milieu.

– Non, ça ne va pas non plus. Tu es sourde ou quoi ? Pourquoi ne m'écoutes-tu jamais ? Ne les croise pas comme ça. Cela veut dire que tu ne seras jamais capable de gagner de l'argent, et tu resteras pauvre toute ta vie. Regarde, maintiens-les serrées entre le pouce et l'index. Continue toute seule et tâche de t'en souvenir désormais !

Mes frères et sœurs mangeaient, feignant de ne rien entendre.

Pour la Pure Clarté, jour de la fête des Morts, mon père allait dans la montagne, parfois seul, parfois accompagné de mon cinquième frère et de moi-même, pour arracher la plante sauvage comestible appelée l'herbe de la Pure Clarté qui poussait sur les tombes. Il prenait garde à bien laisser une partie des racines dans le sol afin qu'il y en ait davantage l'année suivante. Durant la famine, même les racines avaient été mangées, si bien qu'aujourd'hui encore il est difficile de trouver cette plante.

Il s'agissait d'une espèce particulière, puisqu'elle était tendre uniquement durant les quelques jours précédant la fête des Morts. Elle devenait ensuite dure et filandreuse, même au petit matin, lorsque ses feuilles étaient recouvertes de rosée. D'une certaine façon, elle ressemblait aux femmes qui, elles aussi, ne restaient fraîches et belles que très peu de temps. Ses feuilles, ourlées d'un fin duvet blanc, n'étaient ni grandes ni épaisses, et poussaient en petites grappes. Après les avoir passées sous l'eau, nous les coupions en morceaux et les roulions dans la farine. Puis, nous les alignions à côté du wok pour les faire frire. Dès que l'eau de la casserole s'évaporait, nous enlevions le couvercle et faisions tourner le wok au-dessus du foyer afin que le fond soit bien chaud. Cette plante, qui poussait sur les tombes, dégageait une odeur fraîche lors de la cuisson. Une fois cuits, les gâteaux étaient de consistance gluante. J'adorais leur nom : les gâteaux de la Pure Clarté.

Mon père nous avait expliqué qu'il ne fallait pas parler quand nous mangions ces gâteaux. Sa façon de célébrer ses ancêtres différait de celle de ma mère. Son attitude était beaucoup plus grave et possédait quelque chose d'effrayant. Il se comportait de la sorte car il se trouvait loin de sa ville natale du Zhejiang.

En pleine guerre, il avait appris la mort de son père et de sa mère par un camarade de son village, lors d'une marche forcée. Les esprits de ses parents étaient certainement beaucoup trop loin d'ici pour pouvoir venir aux côtés de leur fils, établi près du Yangzi.

Partie VIII

Chapitre I

Je me suis réveillée un peu avant l'aube. Impossible de me rendormir. Ma sœur aînée était allongée à mes côtés, une jambe par-dessus la mienne. Je me suis légèrement écartée, ai remonté la mince couverture sur moi et me suis blottie contre le mur.

Je savais bien que, lorsque nous étions assises sur la berge, ma grande sœur m'avait brossé un portrait vague et imprécis du passé, en occultant à dessein les détails les plus importants, y compris la réponse à ma question la plus insistante : pourquoi avais-je l'impression constante d'être en trop dans cette famille ?

Comme j'étais couchée, une multitude d'interrogations se bousculaient dans mon esprit, et ma respiration devenait difficile. Mes doutes s'intensifiaient de minute en minute. Ce n'est qu'à la fin des années 60 que le Parti communiste s'était enfin rendu compte de son erreur à encourager les familles nombreuses. En effet, le gouvernement s'était aperçu que l'accroissement de la population était tel que les terres ne pourraient pas nourrir tout le monde, même avec un rendement intensif. Cependant, les mesures ne furent pas mises en application avant les années 70 à cause de la révolution culturelle. A partir de ce moment-là, le planning familial exécuta les décisions gouvernementales de manière draconienne. Mais bien trop tard. Désormais, chaque famille n'avait plus droit qu'à un seul enfant. Ensuite, on força les parents à se faire stériliser. Bien plus tard, afin de calmer les vagues de résistance, on autorisa les couples à avoir un second enfant, si le premier était une fille.

Les Chinois étaient donc trop nombreux. Étais-je de trop, moi aussi ?

Comme le jour se levait, une vive douleur dans les intestins m'indiqua que j'étais de nouveau constipée, ce qui, depuis ma petite enfance, se produisait chaque fois que j'étais préoccupée. Ce mal était d'ailleurs fort répandu parmi les femmes de la rive sud.

La maison et la cour ne possédaient pas de WC. On devait se contenter de pots de chambre, misérable substitut dans une famille nombreuse. Pour aller aux toilettes publiques les plus proches, il fallait marcher une dizaine de minutes environ sur un chemin tortueux et boueux. Les toilettes publiques des femmes se composaient de trois trous creusés à même le sol. L'endroit était répugnant. Bien que je n'y fusse jamais allée, je savais que les toilettes des hommes, elles, possédaient au total six trous.

Les mâles du coin étaient très fiers de ce privilège : « Les filles connaissent leur importance à la minute où elles naissent : elles ont deux fois moins de WC que nous ! »

Les gens commençaient à faire la queue de bon matin. De notre côté, il fallait toujours attendre très longtemps. Des femmes aux intestins malades ou de vieilles grand-mères toutes frêles, incapables de se contenir, se dirigeaient derrière les toilettes, ouvraient la fosse d'aisances, puis baissaient sans aucune pudeur leur pantalon avant de s'accroupir. Les hommes, libres d'aller où bon leur semblait, descendaient parfois se soulager près des berges, puis ils recouvraient leurs excréments de sable, comme les chats et les chiens.

Depuis que j'étais petite, j'avais souvent entendu parler du « monstre aux griffes rouges » qui hantait les toilettes des femmes. On racontait que lorsque ces dernières étaient déshabillées et accroupies, il sortait sa patte du trou et égratignait leurs parties intimes de ses griffes rouges et luisantes. Cette rumeur empêchait les plus timides de se rendre seules au petit coin. Par la suite, la police prétendit avoir résolu ce mystère : il s'agissait en fait d'un jeune voyou qui avait enduit ses mains de mercurochrome et qui se dissimulait dans les toilettes des femmes. Cette histoire paraissait peu probable. Une seconde explication semblait plus convaincante : comme les fosses d'aisances n'étaient pas en nombre suffisant, des femmes avaient inventé ces sornettes afin d'effrayer les âmes sensibles, de les éloigner et de pouvoir ainsi faire leurs besoins tranquillement.

Les trois trous étaient tellement répugnants que je ne parvenais pas à trouver un endroit propre où poser mes pieds. Des asticots jaunes, avec une longue queue, se tortillaient un peu partout. Lorsque je décidais de me soulager à la maison, j'attendais d'être seule, ce qui n'était pas chose facile, puis je fermais la porte et m'accroupissais derrière le rideau. Mais il m'arrivait d'entendre des pas à l'extérieur, puis frapper à la porte. Parfois, alors que j'avais oublié de bloquer le verrou, quelqu'un entrait dans la pièce principale.

Je retenais alors mon souffle et attendais, en silence, que la personne partît. La plupart du temps, cette irruption m'ôtait toute envie de faire mes besoins, et je devais patienter une journée supplémentaire.

Chapitre II

Très souvent, les femmes expulsaient des parasites dans les toilettes. Des lombrics intestinaux s'échappaient de leur anus et parfois ils étaient si nombreux qu'ils tombaient en boule luisante et rosâtre. Les vermifuges étaient bon marché, mais très peu de personnes en prenaient car ils se révélaient inefficaces sur le long terme. Tous les intestins anémiés ou souffrant de malnutrition avaient des vers. C'était ce que les Sichuanais appelaient « le profit nul » : on devait les laisser sortir par les voies naturelles et ainsi leur donner une chance de se réincarner.

Elle avait à peu près mon âge, soit une dizaine d'années, un visage rond comme une lune et un long cou fin. Elle habitait dans la rue du marchand de céréales. Je ne sais vraiment pas ce qu'elle faisait dans nos toilettes ce jour-là. Peut-être passait-elle simplement par là, ou peut-être y avait-il trop de monde devant les siennes. Je me trouvais à l'intérieur, en deuxième place dans la file d'attente.

L'été venait d'arriver et la puanteur était suffocante. Elle était accroupie au-dessus du trou de gauche, quand soudain ses yeux devinrent ronds comme des billes, ses narines se mirent à frémir et son visage tout entier exprima la terreur. Elle ouvrit grand sa bouche, et un ver y apparut. Elle poussa alors un cri perçant et s'effondra sur le sol, au milieu des excréments. La femme trapue qui attendait devant moi s'avança pour sortir la fille des toilettes, non sans me lancer au passage l'avertissement suivant :

– C'est mon tour, ne t'avise pas de prendre ma place !

Une fois que la fillette, recouverte d'excréments, fut dehors, les gens dans la queue la regardèrent bouche bée tout en conservant leurs distances. La petite femme la gifla à deux ou trois reprises afin de l'aider à reprendre ses esprits, puis lui dit d'une voix aiguë :

– De quoi as-tu peur ? Que crois-tu donc que nous avons dans le ventre ?

Notre mère avait expliqué à ses filles que, bien que nous n'eussions pas la chance de manger tous les jours des fruits et des légumes frais, il fallait respecter certaines règles d'hygiène intime, tout particulièrement après un accouchement. Chaque soir, avant d'aller nous coucher, nous devions nous laver avec de l'eau propre, différente de celle utilisée pour nous nettoyer les pieds. Neuf femmes sur dix avaient des hémorroïdes, mais pas nous, grâce aux conseils maternels.

Ma mère, cependant, souffrait de constipation, tout comme ses quatre filles. Sur la rive sud, seules quelques rares privilégiées pouvaient se vanter de ne pas être constipées. Ma mère, bien qu'économe de nature, n'hésitait pas à dépenser de l'argent pour acheter du papier hygiénique. Les autres personnes se servaient de journaux, de cahiers, et de papiers d'emballage. Depuis que nous étions enfants, nous avions l'habitude d'aller dans les champs ramasser du chiendent ou de jeunes pousses de bambou que nous faisions bouillir. Cette recette constituait un excellent laxatif. Toutefois, les graines de concombre sauvage produisaient un remède bien plus efficace. Son seul inconvénient était son goût, tellement amer que nous nous pincions le nez pour l'avaler. Il nous fallait ensuite boire un grand verre d'eau froide. Tout comme la rive sud avait un problème d'évacuation des déchets, les femmes y présentaient des problèmes quotidiens de transit intestinal.

Faire ses besoins avec tous ces yeux posés sur vos parties intimes n'était pas une mince affaire. La plupart de celles qui faisaient la queue tenaient leur pantalon, le visage baigné de sueur, en attendant impatiemment leur tour. Les femmes les plus âgées s'accroupissaient avec contentement au-dessus des trous, heureuses de monopoliser les lieux un moment. Certaines personnes regardaient fixement celles qui déféquaient et n'hésitaient pas à échanger des remarques grossières : « Regarde celle-là, elle a connu tellement d'hommes que sa vulve en est toute flétrie ! Et l'autre là-bas, elle a de l'herpès ! Ce doit être une prostituée qui vend ses charmes ! »

Attendre mon tour me rendait nerveuse, de même que faire mes besoins devant tout le monde. J'apportais donc un objet discret pour tenter de me dissimuler. Il pouvait s'agir d'un éventail, d'un livre ou de mon sac de classe. Je prenais garde à ne pas souiller mon pantalon ou mes chaussures, et veillais à ce que des asticot blancs ou roses ne grouillent pas sur mes pieds. Je faisais aussi en sorte que ce que je portais ne touche pas le rebord du trou. Je ne voulais pas que les gens qui patientaient pensent que j'avais intentionnellement apporté de quoi masquer mes parties intimes. Si ces mégères s'en apercevaient, elles se demanderaient ce que j'avais à cacher et iraient colporter partout que j'avais un problème quelconque.

Quand j'ai vu le ver sortir de la bouche de la jeune fille, mon envie pressante s'est instantanément évanouie. J'ai alors fait demi-tour et suis sortie des toilettes sous le regard inquisiteur des commères.

Puis, un jour, la même chose m'arriva. Étant donné que j'avais déjà assisté à cette scène, je ne fus pas aussi effrayée que j'aurais dû l'être. Je n'ai pas perdu connaissance, néanmoins ma réaction ne fut pas très sereine : je tenais dans mes mains un bol de haricots rouges fumants. Quand ils furent un peu moins chauds, je sortis dans la cour et en pris une bouchée. Avant même que je commence à mâcher, un ver sortit soudain de ma bouche. Ce lombric gris d'à peu près un pied de long tomba sur le sol et se mit à se tortiller. Au lieu de crier, je lançai mon bol dans les airs avec une telle force qu'il heurta l'auvent, faisant pleuvoir les haricots rouges sur le sol moussu. Des larmes ont glissé de sous mes paupières, que j'avais instinctivement fermées tandis que j'écrasais le ver de toutes mes forces.

Ma première intention fut de taire cette histoire, tout d'abord parce qu'elle m'avait secouée, mais surtout parce que mon comportement rendait l'événement plus comique qu'effrayant. Je décidai malgré tout d'en informer mon père.

Ce dernier m'emmena à la pharmacie du Pont de pierre où il acheta trois sortes de médicaments. Il disait que la médecine chinoise était la meilleure car elle ne provoquait pas d'effets secondaires. Les remèdes étaient composés de prunes noires, de baies de Chine, de noix d'arec, de racines, de poivre du Sichuan, de gingembre sec, de rhubarbe et d'autres plantes encore aux noms très bizarres. Quand la décoction, après avoir longtemps macéré dans un plat en terre, fut prête, j'en bus plusieurs bols, jusqu'à ne plus pouvoir avaler la moindre gorgée. Si seulement ma mère avait pu se trouver à la maison ! La voir uniquement une fois par semaine ne me gênait pas d'habitude, mais ce jour-là elle me manqua terriblement.

Mon ventre gonflé se mit ensuite à gargouiller bruyamment. Je sortis de la maison en courant.

– Ne va pas aux toilettes ! m'ordonna mon père.

Il se dépêcha alors de verrouiller la porte puis il monta la garde dans la pièce commune afin d'empêcher mes frères et sœurs ou un quelconque voisin de venir me déranger.

Chapitre III

Tous les soirs, lorsque le soleil disparaissait derrière les collines, les paysans des villages voisins, coiffés de leur éternel chapeau de paille, venaient ramasser les excréments, qu'ils utilisaient comme engrais.

– Videz vos seaux ! criaient-ils après avoir installé un gros baquet en bois.

Dès qu'ils entendaient cet appel, les gens se précipitaient derrière les portes, sous les lits, dans les coins camouflés par un rideau, à la recherche de leur pot de chambre. Ils l'emportaient ensuite précautionneusement, comme s'ils transportaient l'urne contenant les tablettes de leurs ancêtres. Je ne me souviens pas à quel âge on m'attribua cette corvée quotidienne. Tout ce que je sais, c'est qu'après avoir versé le contenu du pot de chambre dans le baquet je devais le frotter avec une brosse en bambou, et utiliser l'eau sale des légumes pour le nettoyer. Puis, je le vidais dans le caniveau qui longeait l'escalier de pierre et je rentrais chez moi. Avec un tel fertilisant, les arbres bordant le chemin étaient épais et robustes, et déployaient un feuillage luxuriant.

Si, par malheur, je manquais les ramasseurs d'excréments, je devais porter le pot de chambre jusqu'à la fosse d'aisances, derrière les toilettes publiques. Quand il pleuvait, la route était tellement boueuse que je glissais régulièrement. Il m'arrivait même de tomber, entraînant dans ma chute le pot qui se brisait et dont le contenu m'éclaboussait. Je me relevais alors et courais chez moi chercher de la poussière de charbon. Je la rapportais ensuite dans une pelle et en recouvrais les excréments répandus le long du chemin. Puis je les ramassais et j'allais déverser le tour dans la fosse d'aisances. Comme il était très difficile de nettoyer correctement les marches, je devais souvent demander un supplément de cendre à des voisins pour achever ma corvée. J'étais angoissée à l'idée qu'une connaissance passât à ce moment-là et me vît, car mes parents auraient alors appris ma maladresse et ils m'auraient sévèrement réprimandée.

Chaque fois qu'un tel désastre se produisait, je m'imaginais que ma famille, au grand complet, m'attendait près du portail de notre cour, avec ce même regard de froide indifférence que me lançaient ces inconnus lorsqu'ils me voyaient nettoyer frénétiquement les marches souillées.

Mes parents se seraient peut-être comportés de la sorte pour me rappeler que toute bêtise mérite punition. Mais ce n'était pas si simple pour moi de comprendre leur attitude. Pourquoi ne me tendraient-ils pas la main au lieu de me rappeler continuellement que j'étais de trop ?

Ce sentiment m'obsédait, sans doute à tort, depuis mon plus jeune âge. Je me souviens d'un incident survenu un jour de pluie. Je devais alors avoir douze ans. Ma mère me demanda pourquoi je n'étais pas encore partie pour l'école alors que la cloche avait sonné. Tout en attrapant mon sac de classe par la lanière, je lui ai timidement expliqué que comme je n'avais pas payé mes frais de scolarité, le professeur m'avait déjà réprimandée deux fois après les cours.

– On vient juste de les payer, me répliqua ma mère, assise sur le lit. Pourquoi en demandent-ils plus ?

Elle aurait dû se trouver au travail, et j'ignorais la raison de sa présence à la maison ce jour-là.

– C'était le semestre dernier, dis-je doucement en sentant mon visage devenir écarlate.

Je n'avais jamais été douée pour demander de l'argent, même à mes parents.

Elle se tut un instant avant de laisser échapper :

– Tu as de la chance d'avoir de quoi manger. Mais cela ne te suffit pas, tu veux en plus aller à l'école ! Nous sommes pauvres et nous survivons uniquement grâce à la protection de nos ancêtres. L'argent nous manque. Penses-tu que ce soit simple pour nous de payer trois yuans de frais de scolarité ?

Chaque semestre la même scène se produisait, et je savais qu'elle ne me donnerait pas l'argent tant que je n'aurais pas pleuré. Elle n'agissait pas de la sorte par crainte de dépenser ses sous, mais plutôt pour me donner du fil à retordre, et me montrer ainsi que je lui devais reconnaissance. Mes frères et sœurs ne l'imploraient que deux ou trois fois avant qu'elle cède à leur demande. Mais pas moi. Elle entretenait à mon égard une profonde colère à laquelle se mêlait du dégoût.

– Tu n'aurais jamais dû me laisser naître, lui répliquai-je en tenant fermement mon sac de classe tandis que je m'accroupissais dans l'encadrement de la porte ; en même temps, je serrais les mâchoires de toutes mes forces pour ne pas pleurer.

– Tu as raison, je n'aurais pas dû !

Ce ne sont pas véritablement les paroles qu'elle a prononcées, mais c'est le message que j'ai pu lire dans son regard de marbre. J'ai alors jeté mon sac par terre et me suis précipitée dans la pièce commune qui était plongée dans l'obscurité. A quoi bon vivre ! Mon cœur saignait. Personne dans cette famille ne voulait de moi !

Les marches de l'escalier craquèrent sous mon poids. Je les escaladais deux par deux, sans même effleurer la rampe.

Je suis allée vers le lit, derrière le rideau, prendre le miroir de poche de ma quatrième sœur qui se trouvait sous l'oreiller. Puis je me suis regardée comme je le faisais chaque matin lorsque je me coiffais. Mais ce jour-là, j'avais beau bouger la glace dans tous les sens, je ne parvenais pas à me voir.

Quand ma quatrième sœur est entrée à son tour dans le grenier, je lui ai demandé pourquoi je ne parvenais pas à me voir. Ses yeux s'arrondirent. Puis elle s'est élancée à l'étage inférieur en hurlant de terreur et a appelé ma mère, ma seconde sœur et mon troisième frère. Sa voix aiguë raisonna longtemps dans l'air, tel un chant. Je jetai un autre coup d'œil dans la glace sans parvenir à distinguer mon image. Le miroir m'échappa alors des mains. Il tomba sur le sol sans se briser, montrant, sur son envers, l'image de deux enfants joufflus tenant des épis de blé et de maïs dans leurs bras. Puis je n'ai plus pensé à rien. J'ai simplement senti mes jambes se dérober sous moi et je me suis évanouie.

Des voix m'encerclaient. Un visage s'approcha du mien :

– Elle nous a quittés.

Je les avais quittés ? J'étais morte à l'âge de douze ans ? Ma vie s'achevait de cette manière ? Je me suis sentie légère comme une plume et libre comme le vent. Jamais je n'aurais pensé que quitter ce monde pouvait être si simple et si agréable.

Puis un sentiment étrange m'envahit : un mélange de profond regret et de découragement inexplicable. Je désirais ardemment revenir à la vie, même si le sort qui m'attendait était plus misérable encore que celui que j'avais connu jusqu'à présent. Je n'étais qu'une enfant, il était beaucoup trop tôt pour mourir. Je voulais grandir, et découvrir ce monde.

J'ai cherché ma mère parmi les gens qui m'entouraient pour lui demander de brûler mon journal caché sous mon lit. Mais elle n'était pas là. Alors, dans une langue connue de nous deux seulement, je lui ai dit qu'elle pouvait bien ne conserver aucune image de moi, brûler toutes les photographies me représentant, du moment que je pouvais continuer à vivre.

Il me semblait que l'on soulevait ma tête, douloureuse et lourde comme du plomb. Les pas que j'entendais gravir l'escalier n'étaient pas ceux de ma mère.

Chapitre IV

J'avais attrapé froid le soir où, au bord du fleuve, j'avais écouté ma sœur aînée me raconter l'histoire d'amour de notre mère. J'ai ensuite dû rester alitée pendant plus d'une journée.

Le lendemain, je me suis péniblement assise dans mon lit avant de glisser mes pieds dans ma paire de pantoufles en toile noire. Au bout d'un moment, la chambre a cessé de tourner : le mur est redevenu un mur, la table une table, et le rideau est resté accroché entre les deux lits. J'étais seule. Alors que je sortais du grenier, mon pied droit a heurté quelque chose de charnu. J'ai aussitôt retiré ma jambe et j'ai regardé par terre. Un énorme rat, plus gros que mon pied, gisait là, immobile.

J'ai saisi deux morceaux de bois de sous mon lit et je les ai utilisés pour ramasser l'animal. J'avais l'intention d'aller le jeter dehors. Cependant, tandis que je commençais à descendre précautionneusement les marches, le rat a semblé reprendre vie. Puis il a soudain bondi par terre et a dévalé les marches en direction de la pièce commune ; j'ai poussé un hurlement de terreur.

Seul un barbier ambulant, occupé à raser la nuque d'un homme, se trouvait dans la cour. A l'extérieur, de l'autre côté du portail, deux ou trois enfants nourrissaient des vers à soie sur des feuilles de mûrier tandis que quelqu'un vidait de l'eau sale dans la rigole d'écoulement.

Ma voix, trop faible, portait peu et personne n'interrompit ses activités. Alors que je poussais un second cri, mon père a tendu la tête au bas de l'escalier et m'a demandé :

– Que se passe-t-il, Liuliu ?

J'ai lui ai montré du doigt l'endroit où gisait le rat, à demi mort ; aucun son ne sortait de ma bouche. Avec sa mauvaise vue, mon père ne distinguait rien mais notre voisin d'en face, Cheng Guang, entra en courant muni d'une paire de pinces de cheminée.

– Il est tout ensanglanté, dit-il en le ramassant.

– Ensanglanté ?

Les oreilles de sa vieille mère se dressèrent à ce mot.

– Ensanglanté ! répéta-t-il.

– C'est un bon présage, dit la vieille femme.

– Lui as-tu marché dessus ? me demanda son fils d'une voix forte.

J'acquiesçai.

– Elle lui a marché dessus et l'a tué.

Je ne sais pas comment la vieille femme avait pu voir mon signe de tête étant donné qu'elle était assise sur un tabouret devant chez elle.

– Tu dois l'avoir tué d'un seul coup de pied, sinon il faut l'achever d'une autre façon, observa-t-elle doucement.

– Comment faire ? demanda Cheng Guang qui semblait prendre cette affaire encore plus au sérieux que sa mère.

– S'il ne meurt qu'au second coup de pied, l'esprit du rat survivra et sèmera la panique dans la cour, expliqua la vieille femme, très sûre d'elle.

J'ai inspiré une bouffée d'air frais avant de remonter au grenier.

Ma quatrième sœur et Dehua ne rentrèrent pas à la maison ce soir-là, ni ma sœur aînée. Je ne savais pas où elle était, mais j'étais certaine qu'elle m'évitait à cause de toutes les questions que j'avais à lui poser. Elle savait pertinemment que je ne cédais pas tant que je n'obtenais pas ce que je désirais. Cette nuit-là, je ne parvins pas à trouver le sommeil car un bébé pleurait quelque part. Physiquement, je me sentais mieux et mon front ne me brûlait plus. Je serai suffisamment rétablie le lendemain pour pouvoir me rendre en cours.

Chapitre V

Le lendemain matin, j'ai entendu quelqu'un m'appeler d'en bas. Cette voix m'était familière. Je suis sortie en courant et j'ai dévalé l'escalier. Le professeur d'histoire se trouvait dans la pièce principale. Sous le regard vigilant de mon père, je l'ai invité à monter au grenier.

– Il n'y a pas de place où vous asseoir, ai-je bégayé une fois en haut.

J'étais si troublée que je ne savais plus quoi faire de mes mains. Je suis restée debout, à côté du bureau. La réalité avait rejoint mes rêves. Peut-être avais-je si souvent imaginé la présence de cet homme dans mon grenier sombre et moisi qu'à ma grande surprise ce songe se concrétisait aujourd'hui. Je n'avais jamais caché la pauvreté des miens, mais depuis que mon professeur avait subitement fait irruption dans mon intimité familiale, notre misère m'accablait de honte.

– Vous pouvez vous asseoir sur le lit, si vous voulez, dis-je au bout d'un moment.

Je me tenais toujours debout.

– Tu es malade ? me demanda-t-il tout en s'asseyant, les yeux fixés sur moi. Je me suis inquiété quand j'ai constaté ton absence hier. Ce n'est pas dans tes habitudes de manquer mes cours du soir.

Je n'ai rien répondu. Sa voix, puissante mais plus claire qu'à l'école, résonnait à travers le grenier.

– J'espère que tu n'as rien de grave ?

J'ai simplement hoché la tête.

Face à mon mutisme, le professeur a fait le tour de la pièce du regard. Puis il a admis que mes conditions de vie étaient pires que ce à quoi il s'attendait, mais qu'il appréciait ce grenier dans lequel j'avais passé toute ma vie.

– Tu m'as dit que tu aimais regarder les nuages par la lucarne, tout particulièrement lorsqu'ils s'éloignent des berges du fleuve.

Il se rappelait précisément chacune de mes paroles. Cependant, ce qui me toucha le plus fut qu'il aimât mon petit grenier.

A ce moment-là, il me tendit un paquet enveloppé de papier kraft qu'il tenait dans ses mains depuis son arrivée.

– Tiens, c'est pour toi, me dit-il.

– C'est un livre ?

Le paquet était fermé mais je voulais savoir ce qu'il contenait.

– De quel livre s'agit-il ?

– Attends d'être seule pour l'ouvrir, me répondit-il avec une étrange expression.

Je n'ai même pas pensé à le remercier. J'aurais aimé lui dire une infinité de choses, mais les mots ne venaient pas. Je suis simplement restée là, à le regarder comme une imbécile. Il se leva et me dit qu'il avait des choses à faire dans la ruelle du Chat sauvage et, ma maison se trouvant sur son chemin, il m'avait rendu visite pour savoir comment j'allais.

Il n'était donc pas venu spécialement me voir. Alors qu'un profond sentiment de déception m'envahissait, je sentis sa main se poser sur mon épaule. Je serrai fermement mon paquet, avec une sorte d'agitation nerveuse. Je ne voulais pas qu'il enlève sa main. Pourtant il la retira et s'apprêtait à partir lorsqu'il me demanda :

– Tu veux sortir prendre l'air ?

J'ai bondi sur mes pieds.

– On peut aller faire un tour sur la colline, dit-il comme pour se justifier.

Je ne lui ai rien répondu. Si mes voisins m'avaient vue partir avec lui, tous les habitants de la cour se seraient mis à jaser.

Il dut lire dans mes pensées car avant même que je lui fasse la moindre allusion, il me proposa de sortir le premier et de me retrouver à deux heures trente devant le dispensaire du Peuple numéro cinq.

Je le vis descendre les marches et disparaître lorsqu'il franchit le portail.

– Qui était-ce ?

La voix de maman Shi s'éleva derrière moi.

Ma prudence avait été justifiée. Cette commère s'était probablement cachée sous l'escalier afin de vérifier combien de temps mon professeur restait. C'était la première fois de ma vie qu'un homme venait me voir.

– Je te pose cette question mais je sais très bien qui il est. Son père était un démon, un réactionnaire. Il est le fils aîné de ce vieil homme malfaisant qui vendait du maïs sur la rive sud, n'est-ce pas ? Il est marié et a un enfant. J'aimerais bien savoir pourquoi il est venu te voir.

– Ce n'est pas votre problème, rétorquai-je froidement tandis que je me dirigeais vers la pièce principale.

L'horloge au mur marquait onze heures quarante-cinq. On avait beau la remettre régulièrement à l'heure, elle avançait ou retardait toujours de deux minutes.

De retour dans mon grenier, j'ai pris mon paquet, arraché le papier, et j'ai extrait un gros livre intitulé *L'Anatomie du corps humain*. La couverture indiquait qu'il s'agissait d'un ouvrage médical. J'étais déconcertée. Je l'ai ouvert au hasard. J'ai alors découvert une série d'illustrations représentant un homme et une femme nus, de face et de dos, tous deux entourés de flèches et de mots d'explication tels que : sein, vagin, poils du pubis, testicules, toute une série de termes que je n'avais jamais lus ni entendus auparavant. Les battements de mon cœur s'accélérèrent et mon visage s'empourpra tandis que je feuilletais l'ouvrage. Quelques instants plus tard, j'ai relevé la tête, regardé autour de moi pour m'assurer que j'étais seule. Puis je suis revenue à la page du livre où se trouvaient les schémas représentant les parties génitales. Pour la première fois de ma vie, j'ai senti la partie la plus intime de mon corps s'ouvrir. J'eus alors l'impression qu'un serpent de feu dansait à l'intérieur de mon vagin. C'était insupportable.

Je l'ai maudit : « Que le diable l'emporte ! Mon professeur est un détraqué sexuel ! »

Partie IX

Chapitre I

Lorsque nous scandions en chœur les citations du président Mao dans le dialecte chantant du Sichuan, les sons s'élevaient, rythmés et mélodieux. Même si les phrases n'étaient pas entonnées à l'unisson, la mélodie ondulait, semblable au mouvement des vagues. Au bout d'un moment, cette musique nous plongeait dans une sorte d'état second, proche de l'hypnose.

Au début des années 70 et durant celles qui suivirent, des « slogans réactionnaires » apparurent régulièrement dans les toilettes de l'école, sur les murs ou même sur le sol. La plupart étaient simples et directs : « A bas le Président Mao ! » Pourquoi ceux qui souhaitaient la destitution de Mao persistaient-ils à employer l'appellation respectueuse de « Président » ? Personne n'a jamais osé soulever la question. En effet, comme le slogan était réactionnaire, il nous était interdit de le « répéter » ou de le « reprendre », même au cours d'une enquête. La police et les autorités de l'école traitaient chaque cas avec le plus grand sérieux. On nous confisquait nos cartables à notre insu, puis toutes les écritures étaient analysées jusqu'à ce que le jeune contre-révolutionnaire soit démasqué. On obligeait ensuite ce dernier à dénoncer l'adulte qui l'avait incité à écrire le slogan. L'élève était alors expulsé de l'école et l'adulte incriminé disparaissait une dizaine d'années, parfois plus. Lors de l'enquête, tout le monde était mobilisé et dans la rue les gens ne parlaient que de cet événement.

Il est pratiquement sûr qu'aucune ville en Chine ne pouvait se targuer de posséder des graffitis plus crus et plus grossiers que les nôtres sur les murs de ses toilettes publiques. Nous détenions un superbe vivier de jeunes spécialistes en « slogans réactionnaires ». Or, à l'époque, il n'y avait pas plus grand crime que d'être « contre-révolutionnaire ». Les représailles pour un tel acte étaient terribles. Gribouiller quelques mots pouvait faire basculer votre vie du jour au lendemain. Toutefois, un grand nombre de jeunes, inconscients, étaient incapables de résister à la tentation. Ils s'amusaient alors à écrire les mots fatidiques, animés par un sentiment d'excitation auquel se mêlait une forte peur.

Un jour que je me trouvais seule en train d'effectuer la corvée de nettoyage des toilettes de l'école, j'ai soudain éprouvé un violent besoin d'écrire quelque chose qui choquerait tout le monde. Mais je n'eus pas l'occasion de mettre mon idée à exécution, et ceci préserva sans doute ma famille et moi-même de la dangereuse réputation de « contre-révolutionnaires ». Or, alors que j'allais commencer à écrire, j'ai soudain remarqué un étrange dessin au charbon représentant d'énormes parties génitales. Je suis devenue rouge écarlate et mon pouls s'est accéléré. Cette ébauche avait très certainement été effectuée par ce groupe de garçons qui se glissaient furtivement dans les toilettes des filles durant la nuit.

D'une façon générale, c'étaient les garçons qui inscrivaient des slogans réactionnaires. Mais la police, lors de son enquête, ne faisait aucune distinction entre les sexes.

J'ai d'abord caché *L'Anatomie du corps humain* sous mon oreiller. Puis je l'ai glissé dans mon sac de classe pour qu'aucun membre de ma famille ne le découvre. J'avais déjà vu des dessins représentant les parties intimes de l'homme, mais les schémas de ce livre étaient différents. En effet, si ce dessin du sexe masculin que j'avais eu sous les yeux dans les toilettes ainsi que les hommes presque nus qui se lavaient dans notre cour m'effrayaient et me dégoûtaient, cet ouvrage de médecine abordait le sujet différemment : les parties génitales étaient propres, belles même, et particulièrement excitantes. J'ai appuyé ma main contre ma poitrine : j'étais en nage.

En bas, l'horloge sonna une heure. J'avais rendez-vous avec le professeur à deux heures trente. Si je longeais le fleuve et prenais le raccourci à travers la montagne jusqu'au dispensaire du Peuple numéro cinq, j'avais tout mon temps, même en marchant doucement. Mes jambes étaient en coton et j'éprouvais de la difficulté à me tenir debout.

J'étais fermement décidée à demander au professeur pourquoi il m'avait offert un livre aussi dégoûtant. Quel homme était-il donc ?

Chapitre II

Il y avait une longue queue devant le robinet, mais pas d'eau. Les seaux des cinq ou six personnes qui attendaient là étaient alignés le long du chemin. Le soleil s'était levé tôt ce matin-là, et vers midi il était brûlant. J'étais contente d'avoir mis mon chapeau de paille. A l'ombre des auvents, les gens se plaignaient :

– Si on n'a pas bientôt de l'eau, on va mourir de soif et les seaux vont se fendre.

Je descendis la colline en direction de l'embarcadère du ruisseau du Chat sauvage.

Une femme d'une saleté indescriptible se trouvait là sur le petit pont de pierre, face à la station de recyclage. Je la voyais chaque fois que je venais ici. Le pont qui reliait les deux rives enjambait un ruisseau dans lequel s'écoulait une eau polluée rejetée par les usines locales. De l'huile rouge scintillait au soleil et offrait de temps à autre une lumière bleu-vert. Cette femme était à peine couverte. On disait qu'elle avait une trentaine d'années, mais elle possédait un visage d'enfant et des seins de jeune fille. Le reste de son corps, comme ses cuisses et ses hanches, était plutôt rond. Tous les deux ans environ, son ventre se bombait. Une bosse apparaissait au printemps, atteignait son paroxysme durant l'été et dégonflait à l'automne. Personne ne savait ce qu'elle faisait des enfants qu'elle portait, ni ne connaissait son nom ou son passé. Les gens dans la rue lui crachaient dessus ou la frappaient. Elle se nourrissait des restes des gargotes alentour ou des miettes de gâteaux que des enfants jetaient parfois. La nuit, elle dormait n'importe où.

On racontait qu'elle était nymphomane.

Ce petit pont de pierre était son lieu de prédilection, le seul endroit où personne ne l'ennuyait. Deux hommes d'un certain âge travaillaient à la station : l'un s'occupait du recyclage des vieux journaux, des sandales en plastique, des chiffons, des chaussures et des lunettes cassées ainsi que des objets en métal qu'il récupérait ici ou là, tandis que l'autre tenait la comptabilité sur un grand registre, utilisait son boulier, puis rangeait la monnaie ou les billets de banque froissés dans une petite boîte.

Mes souvenirs concernant cette nymphomane sont anciens. Ses yeux étaient ternes, ses doigts noirs de crasse, et son corps recouvert de taches sombres. Elle portait de répugnantes bottes en caoutchouc en hiver et se promenait nu-pieds en été, au mépris des morceaux de verre qui jonchaient le sol aux alentours de la station. Elle était capable de se déculotter à n'importe quel moment pour soulager un besoin naturel, même en présence de quelqu'un. Cependant, elle au moins souriait tout le temps, à la différence des gens mesquins, dits « normaux », qui passaient leur temps à attaquer les ennemis de classe.

Quatre ans auparavant, le Comité de voisinage avait annoncé, lors d'une de ses réunions, que la Bande des Quatre avait été arrêtée. A la fin de la séance, les gens se réjouirent qu'un groupe d'individus puissants ait été renversé. Armés de bols, de pots et de casseroles en guise de gongs de fortune, ils paradèrent en liesse dans les rues pour célébrer l'événement au milieu des banderoles rouges et des pétards. Les hommes, la poitrine nue, s'époumonaient à crier des slogans. La foule, principalement constituée d'enfants heureux de pouvoir s'amuser, ne cessait d'augmenter. Le cortège se dirigeait vers la place du Pont de pierre.

Je me trouvais aussi au milieu du cortège, en train de monter les marches qui menaient à la place. En fin de compte, dans le monde il pouvait se produire toutes sortes de grands retournements que je ne comprenais pas très bien. Tout ce que je savais, c'était que le président Mao était mort, qu'il fallait que j'en sois affligée mais aussi que je célèbre l'arrestation de la Bande des Quatre, ses acolytes de la révolution culturelle. J'ai alors remarqué que la nymphomane, qui venait en sens inverse, se dirigeait vers moi. Son visage ne semblait plus aussi sale dans la lumière automnale. Quelques fêtards cruels l'avaient sans doute poussée dans le fleuve car ses cheveux dégoulinaient, ses vêtements en lambeaux pendaient et elle était trempée de la tête aux pieds. Son piteux costume, qui lui collait à la peau, révélait alors un ventre plat. Elle tentait de se frayer un chemin à travers la marée humaine.

Je m'écartai alors du cortège et me cachai derrière un poteau pour regarder, fascinée, la progression de cette femme à contre-courant. Elle se moquait complètement de ce qui se passait autour d'elle, et de ce qu'il pourrait arriver dans le futur.

Voilà quatre ans que je ne l'avais pas vue et elle était toujours aussi malpropre et souriante, tandis que ma vie connaissait un nombre croissant d'attentes et de frustrations.

Le Yangzi était beaucoup plus boueux et plus sale que le fleuve Jialing. L'eau en semblait chaude mais si on l'effleurait ou y trempait le pied, on constatait qu'en réalité elle était froide. Nous, les riverains, éprouvions un attachement tout particulier pour ce fleuve.

En revanche, les gens qui venaient ici en simple visite l'appréciaient un temps, puis l'oubliaient dès qu'ils l'avaient quitté. D'ailleurs, ils n'hésitaient pas à se moquer de nous lorsqu'ils nous voyaient faire « bêtement » des ricochets sur l'eau. Un fleuve, disaient-ils, n'a pas d'autre utilité que d'être regardé. Dès qu'on essaie de le traverser, on perd un temps incroyable, et lorsqu'un bateau chavire, ses flots deviennent alors meurtriers.

Mais le Yangzi était dans nos cœurs depuis le jour de notre naissance. Après une sieste sur la colline, nous aimions passer un moment sur ses berges car il nous vivifiait. Nous ne pouvions pas le quitter.

J'avais déjà grimpé la moitié de la colline tout en respirant profondément. Le Dispensaire numéro cinq était au bout de la rue. J'étais en avance et le professeur d'histoire ne se trouvait pas encore là.

Chapitre III

Effrayée à l'idée d'entrer dans la cour du dispensaire ou de rencontrer quelqu'un que je connaissais, j'attendis sous un arbre, à l'extérieur. Il s'agissait de mon premier « rendez-vous », et je me sentais très nerveuse.

En tant que professeur, il aurait dû être à l'heure. Or il avait déjà une bonne vingtaine de minutes de retard. J'ai ôté mon chapeau de paille afin de m'en servir d'éventail, non parce que j'avais chaud mais parce que j'étais anxieuse. C'était un homme d'honneur. Il n'avait jamais failli à sa parole, du moins jusqu'à ce jour. Sans doute éprouvait-il de la honte d'avoir offert à une jeune vierge un livre aussi dégoûtant, et appréhendait-il ma réaction.

Pendant que j'attendais, des patients, accompagnés par des membres de leur famille inquiets, étaient amenés en urgence au dispensaire sur des civières de fortune.

– Gâteaux de riz chauds !

Des paysans, paniers en bambou sur le dos, vendaient de la nourriture devant le portail.

– Faites-vous plaisir ! Achetez ces délicieux gâteaux de riz chauds !

Si seulement j'avais pu me promener sur la colline à ses côtés, marcher jusqu'au sommet de la montagne et écouter les pins se balancer dans le vent comme il me l'avait promis, cette journée aurait été parfaite. Le plus grand fleuve de Chine s'étendait sous mes yeux. Vu d'ici, il ressemblait à une ceinture enlaçant tendrement la ville avant de se fondre à la Porte du Ciel avec le fleuve Jialing, où il s'élargissait de nouveau en direction d'une autre ville. Des bateaux naviguaient, soulevant des vagues dans leur sillage. Ils étaient si loin que l'on entendait à peine leurs sirènes. Une brise légère, en provenance de la montagne, caressait mes vêtements et mes cheveux.

Ce que j'éprouvais en contemplant ce spectacle n'était en fait que le fruit de mes fantasmes.

La lumière du soleil couchant enveloppa le paysage, tandis que les marchands ambulants continuaient à vanter leurs produits. Mon ventre commença à gronder. J'avais faim. Puis ce fut l'heure où les gens rentraient chez eux après leur journée de travail. Me trouvais-je au bon endroit ? Nous étions-nous mal compris ? Pourquoi me faisait-il attendre ? J'avais patienté tout l'après-midi au milieu des odeurs d'hôpital. Je voulais lui dire : « J'ai compris ce que tu as en tête, et si tu es trop gêné pour l'admettre, je l'exprimerai à ta place. Tous les autres peuvent abuser de ma crédulité, mais pas toi. Si tu me brises le cœur, je te montrerai mes blessures. »

Ces pensées m'attristaient profondément et me donnaient envie de pleurer. Contrairement aux autres personnes, le professeur d'histoire avait le pouvoir de me faire monter les larmes aux yeux sans aucune raison. Je perdais tout contrôle de moi-même et devenais d'une extrême fragilité. Je voulais simplement me sentir bien avec un homme, l'aimer. J'avais alors la certitude que ces émotions étaient directement liées à une certaine partie de mon corps et que, lorsque mon cœur vibrait, une liqueur intime s'écoulait de moi.

Chapitre IV

Pendant que j'attendais en vain devant le dispensaire du Peuple numéro cinq, un grave événement s'était produit chez moi. A mon retour, ma seconde sœur, mon troisième frère et même mon père, qui était monté seul, à tâtons, se trouvaient dans le grenier. Ils étaient en train de faire avaler de force des médicaments et du lait de haricots à ma quatrième sœur, et lui faisaient boire plusieurs verres d'eau.

Elle avait absorbé du DDT, mais pas en quantité suffisante pour en mourir. Après avoir repris connaissance, elle avait refusé d'être transportée à l'hôpital, et elle s'agrippait si fermement aux colonnes de son lit que ma famille lui avait cédé. Cependant, elle ne les avait pas lâchées avant que mon troisième frère lui eût promis qu'elle resterait à la maison.

C'est mon père qui avait entendu la bouteille tomber sur le sol puis senti l'âcre odeur de pesticide à travers les fentes du plancher. Peu de temps après mon départ, ma sœur avait dû se rendre dans la pièce commune, s'emparer de la bouteille qu'elle avait cachée là, puis l'avait montée au premier étage. Elle avait alors dû s'asseoir sur son lit pour réfléchir. Quand elle avait constaté que ses problèmes n'avaient aucune issue, elle avait bu le liquide afin d'en finir une fois pour toutes.

Ma quatrième sœur était la plus jolie de la famille. Ses cils étaient si épais qu'elle n'avait pas besoin de les maquiller. Ses grands yeux noirs et profonds vous envoûtaient. Elle possédait une belle poitrine, et portait ses cheveux coupés au carré à la hauteur des oreilles. A l'époque, même la plus méchante commère de la cour avait dit à mon père que sa quatrième fille était, en peu de temps, devenue une véritable beauté.

Mais ma mère ne se lassait pas de répéter que le physique attrayant de sa fille ne la protégerait malheureusement pas des épreuves de la vie. Mieux que quiconque, elle savait que la beauté, pour une fille d'une famille pauvre, attirait la misère. Cependant, elle fut profondément choquée de voir à quelle vitesse ses prédictions s'étaient réalisées.

Ma quatrième sœur et Dehua s'aimaient depuis plusieurs années. Ils s'étaient rencontrés dans la ferme d'un village où ils travaillaient et avaient différé la date de leur mariage par crainte de ne jamais pouvoir revenir en ville. Les citadins qui se mariaient à la campagne perdaient en effet le droit de regagner leur ville d'origine. Ma sœur et Dehua s'étaient alors solennellement juré fidélité pour la vie et avaient décidé de ne pas se marier avant de retourner vivre en ville. Après la révolution culturelle, en 1976, ceux qui avaient des relations se débrouillèrent pour regagner les cités et de moins en moins de citadins d'origine restèrent dans les campagnes. Dehua revint en 1978. Il analysa alors minutieusement la situation : ma quatrième sœur allait peut-être passer le restant de sa vie dans ce village et deviendrait très certainement l'épouse d'un paysan. S'il devenait ce paysan, leur lot à tous les deux serait une vie de pauvreté et de privations. Aussi porta-t-il son attention sur une de ses anciennes camarades de classe, la fille d'un secrétaire du Parti, qui travaillait dans une usine. Il pensait que cette union changerait son existence, le conduirait peut-être à une carrière de cadre politique.

Tout le monde approuvait le choix de Dehua, sauf, bien sûr, les membres de ma famille. Comparé à un permis de résidence, l'amour était une bagatelle. Ma quatrième sœur écrivait de longues lettres à la maison, demandant à ma mère d'intervenir pour qu'elle revienne à Chongqing et l'empêche ainsi de devenir la femme d'un paysan.

Bien évidemment, ma mère ne lui fut d'aucune utilité. Sans relations ni argent, on ne pouvait rien faire. Aussi, quand ma quatrième sœur revint chez nous en permission et qu'elle eut vent des changements qui s'étaient produits dans le cœur de Dehua, elle paniqua. Elle refusa même de quitter Chongqing et de retourner à la campagne jusqu'à ce que Dehua lui promît de ne plus voir cette autre femme. Juste avant son départ, une voisine avec laquelle nous nous entendions bien nous rendit visite. Lorsque ma quatrième sœur s'effondra en lui contant ses malheurs, la brave femme eut pitié d'elle. Elle lui demanda si elle accepterait de travailler comme coolie pour une société de construction en banlieue. Ma sœur accepta sans la moindre hésitation.

Voici comment ma quatrième sœur suivit les traces de notre mère et devint à son tour porteuse de sable et de briques, à cela près que notre mère avait un travail temporaire alors qu'elle-même possédait un contrat de travail. Elle partait tôt le matin et rentrait tard le soir. Il lui fallait, en effet, traverser le fleuve et prendre deux bus à l'aller comme au retour. Elle revenait chaque soir, exténuée, sentant la transpiration, et ne nous parlait pas beaucoup.

L'usine de Dehua était située près de l'embarcadère de la Boulette du Lance-pierres, pas très loin de chez nous. Dehua était un beau jeune homme, doux, et la première fois que je l'ai vu, j'ai trouvé qu'il ressemblait à un jeune mandarin tout droit sorti d'une bande dessinée.

Chaque fois qu'il venait à la maison, il effectuait les tâches quotidiennes : il transportait l'eau, préparait puis cuisinait les légumes, et il faisait même la vaisselle. Il était de surcroît poli avec tout le monde. Cependant, ma mère ne lui pardonnait pas son infidélité envers ma sœur. Mon père, taciturne comme à son habitude, ne se montrait pas très chaleureux à son égard. De plus, il le trouvait trop efféminé, ce qui n'augurait rien de bon à son goût. A la tombée de la nuit, mon père haussait le ton en direction du grenier pour dire que le chemin du retour était sombre et dangereux. Il se comportait évidemment de la sorte pour le faire partir. Mais ni les allusions perfides ni les techniques de dissuasion n'obtinrent de résultat concluant, et ma quatrième sœur insista pour que Dehua emménage avec nous. C'était pour elle le seul moyen de le contraindre à tenir sa promesse de mariage.

C'est ainsi que j'ai dû partager le grenier avec ma quatrième sœur et son petit ami. Pour leur laisser un peu d'intimité, j'allais lire dehors jusque tard dans la nuit, sous le réverbère dont la lumière tamisée aggravait ma myopie. La pièce était si exiguë que, la plupart du temps, ils me réveillaient lorsqu'ils faisaient l'amour. Je retenais alors mon souffle, gardais les yeux fermés et faisais semblant de dormir. Parfois, je descendais l'escalier à tâtons et allais m'asseoir quelque part, dans le noir. Je détestais entendre leurs ébats amoureux. Leur comportement m'écœurait et me gênait.

Un simple rideau séparait nos deux lits, aussi ne pouvaient-ils pas vraiment m'éviter. Lorsque d'autres personnes se trouvaient dans la maison et si aucune pièce n'était libre pour leur permettre de faire l'amour, ils auraient pu descendre vers le fleuve ou se rendre sur la colline. Cependant, puisqu'ils ne possédaient pas de certificat de mariage, le danger de se faire appréhender par la police ou la milice planait au-dessus d'eux. Dans ce cas, non seulement ils auraient été humiliés, mais on aurait prévenu leurs unités de travail et ils auraient été contraints de rédiger leur autocritique. Le seul endroit dans cette ville immense où ils pouvaient disposer d'un peu d'intimité, pour une heure ou deux, était le dernier rang d'un vieux cinéma délabré situé au sommet de la colline.

– Avez-vous vraiment besoin d'astiquer vos chaussures pour aller travailler ? avait un jour demandé mon père à Dehua.

– Je change de paire à l'usine, lui avait répondu ce dernier.

– Et cela ne vous pose pas de problème ?

– Non, aucun.

Ce jour-là, Dehua quitta la maison avant le petit déjeuner. Lorsque ma mère arriva un moment plus tard, mon père lui affirma qu'il s'agissait là d'un signe évident que Dehua n'avait pas complètement rompu avec son ancienne camarade de classe. Mon père craignait que Dehua, poussé par l'autre fille, n'ait planifié de quitter sous peu ma quatrième sœur. Les êtres avaient besoin de s'élever socialement, et Dehua ne pouvait certainement pas être heureux de vivre dans notre minuscule grenier.

Chapitre V

À l'usine, on prévint Dehua de ce qui s'était passé. Lorsqu'il vit ma quatrième sœur, ses cheveux étaient en désordre, ses joues d'une pâleur mortelle et ses yeux sans vie. L'odeur immonde provenant du crachoir posé à côté du lit lui donna presque un haut-le-cœur. Tous les regards étaient posés sur lui, à l'exception de celui de ma quatrième sœur. La famille entière semblait prête à le réduire en miettes. Ma seconde sœur l'injuria, mon troisième frère serrait et desserrait ses poings nerveusement, et Dehua comprit qu'il devait rester tranquille.

Sa tentative de suicide permit donc à ma quatrième sœur d'obtenir son certificat de mariage.

Ma mère lui offrit une couverture neuve juste avant que le couple emménage chez les parents de Dehua, à la baie de Sable blanc. Notre voisin, Cheng le Chauve, qui se trouvait dans la pièce commune, leur dit :

– Hé, vous deux, ne savez-vous donc pas que montrer une couverture de mariage porte malheur ?

Personne ne répondit. Si l'un d'entre nous avait répliqué : « Malheur pour une couverture, bonheur pour les gens », ou « Le vent souffle, le soleil brille, les départs portent malheur », ces paroles se seraient sans doute révélées utiles. Le meilleur moyen pour conjurer le mauvais sort aurait été de prendre par exemple un bol, un pot à eau, une tuile ou un verre, et de le briser. Lorsqu'on faisait tomber une baguette, on disait bien : « Une baguette tombe, la chance arrive », avant de se baisser pour la ramasser. Eh bien ! dans ce cas précis, il s'agissait de la même chose.

Mais ma quatrième sœur et Dehua étaient si pressés qu'ils

en oublièrent les coutumes ancestrales. Nul ne dit rien, ne brisa rien pour conjurer le mauvais sort et c'est certainement à cet instant précis qu'un esprit maléfique, invisible aux humains, les enveloppa.

Après la mort de sa mère, Cheng le Chauve cessa de pratiquer le tai-chi-chuan et de jouer du violon chinois à deux cordes. Il s'acheta un *Dictionnaire pour les enfants* pour commencer à étudier les huit trigrammes, les cinq éléments ainsi que le Yin et le Yang. Il expliqua à mon père que la mort soudaine de sa mère provenait du mauvais emplacement de leur fourneau. En effet, comme ce dernier ne se trouvait pas face au sud, il se révélait en désaccord avec la Souche céleste et la Branche terrestre.

Il pratiquait aussi l'acupuncture et enfonçait des aiguilles dans chaque point vital de son corps. Très rapidement son cou, ses bras et ses jambes furent couverts de petites cicatrices. Il essaya de modifier la circulation de son énergie vitale afin de prolonger son espérance de vie. Si seulement il « attrapait » le *Qi*, il pourrait rester quinze jours sans manger. L'état parfait du corps s'appelait « contrecarrer le besoin de manger ». Comme le gouvernement avait établi une loi stricte stipulant que tout le monde devait être incinéré, sa mère n'avait pas pu profiter du magnifique cercueil qu'il avait fabriqué à son intention, une dizaine d'années auparavant. Il l'avait alors réduit en petites pièces pour ensuite les arranger selon tel ou tel schéma de combat des immortels, conformément aux lois stipulées par les huit trigrammes. Il passait la plupart de son temps assis dedans, afin de maintenir éloignés les mauvais esprits et d'accueillir le bon vent.

Cette ville de montagne est enveloppée d'une atmosphère maligne. Des siècles auparavant, les parties centrale et supérieure du Yangzi avaient abrité le berceau du chamanisme, et, aujourd'hui encore, toutes sortes d'adeptes de ces actes de sorcellerie pratiquent au moins sur eux-mêmes. Je ne parvenais pas à me convaincre de la magie du *Qi*, mais je crois que Cheng le Chauve avait acquis un certain pouvoir dans ce domaine. Sinon, comment aurait-il pu jeûner pendant quinze jours ? D'un autre côté, durant les années de famine, mon père aussi passait certaines journées sans manger. Vue sous cet angle, la pratique du *Qi* est très utile.

Partie X

Chapitre I

Le calme régnait lors de mon retour chez moi ce soir-là. Dehua était rentré chez lui pour organiser les préparatifs du mariage. Ma seconde sœur, elle, passerait la nuit ici et partagerait mon lit tandis que ma sœur aînée dormirait avec ma quatrième sœur.

Ma seconde sœur et ma sœur aînée ne se supportaient que difficilement et se trouvaient toujours en désaccord sur tel ou tel point. Avec son tempérament explosif, ma sœur aînée ne pouvait pas tenir sa langue et disait ce qu'elle pensait. Ma seconde sœur, au contraire, réfléchissait minutieusement, ne perdant jamais de vue le meilleur parti qu'elle pouvait tirer de chaque situation. Mais elle était fragile et plus d'une fois elle faillit mourir d'une mauvaise fièvre. Ma mère disait qu'elle avait deux vies, qu'elle était une « revenante ». C'était très certainement grâce à quelque protection céleste qu'elle avait réussi l'examen d'entrée à l'école d'instituteurs. D'un tempérament réservé, elle préférait marcher plusieurs heures et effectuer à pied le trajet aller-retour à l'école plutôt que de demander à mon père ou à ma mère de lui donner de l'argent pour le bus. A son arrivée à la maison, son pantalon et ses chaussures étaient couverts de boue et elle se nettoyait les pieds sans un mot. Puis elle s'emparait des ciseaux afin de percer les ampoules sanguinolentes qui lui recouvraient les pieds, avec des gestes fermes et précis. Elle reçut son diplôme d'institutrice l'année de mon entrée en primaire. Un jour, elle et l'un de ses camarades d'études vinrent me chercher à la sortie de l'école pour prendre quelques photos. Le jeune homme, qui portait des lunettes et possédait un appareil photo de la taille d'une demi-brique, me demanda de poser. « Regarde le ciel ! » disait-il. Au lieu de « Souris ! », il disait : « Regarde le ciel ! »

Alors que nous rentrions à la maison, mon père prit ma seconde sœur à part pour lui indiquer que son camarade de classe était un beau parleur au regard fuyant. Il n'était pas le genre de garçon sur lequel elle pourrait compter le reste de sa vie. Un quart d'heure plus tard, elle mit son camarade à la porte. On ne le revit jamais. Lorsque la pellicule fut retirée de l'appareil photo, elle fut malencontreusement exposée à la lumière.

– Tout est perdu, dit tristement ma seconde sœur. Quel dommage !

Plus tard, une amie de ma mère, qui appréciait tout particulièrement ma seconde sœur, souhaita la présenter à son neveu, un bel et intelligent chef d'une faction rebelle qui travaillait dans une usine de munitions. Lorsque ma seconde sœur alla le voir, il était « occupé » dans l'« étable » au rez-de-chaussée de l'usine. Les fenêtres étaient obscures et aucune lumière ne pénétrait à l'intérieur ; mais cela ne l'empêchait pas d'entendre les hurlements qui s'échappaient de ce lieu. Des membres prisonniers d'une faction opposée, torturés, scandaient les citations du président Mao.

Ma seconde sœur, trop effrayée pour assister à la scène, prit ses jambes à son cou. Elle fit le bon choix. Si elle avait épousé ce rebelle, elle l'aurait amèrement regretté. En effet, il fut envoyé en prison pour vingt ans avant même la fin de la révolution culturelle.

Ma seconde sœur fut le seul enfant de la famille qui laissa nos parents lui choisir un mari. Sa vie fut la plus stable et la plus heureuse. Nous l'enviions tous.

Ce soir-là, dans la chambre, on éteignit très tôt la lumière.

– Liuliu, m'appela ma sœur aînée de l'autre lit, où es-tu allée aujourd'hui ? Papa m'a dit que tu étais partie aux alentours de midi.

– A l'école.

Mes yeux étaient grands ouverts.

« Toi, tu essayais de m'éviter », pensais-je tout en me retournant vers elle.

– Ne me prends pas pour une imbécile, m'a-t-elle dit, je sais parfaitement que tu n'es pas allée en cours.

– Alors pourquoi tu me poses la question ? ai-je grommelé doucement.

Chapitre II

Mon troisième frère était le fils aîné, véritable tyran à la maison, gâté à la fois par mon père et par ma mère. A l'âge de quinze ans, lui et ses camarades du voisinage revêtirent le brassard des Gardes rouges, mais lui seul eut le courage de monter dans le train pour Pékin, où il vit le président Mao. La nuit où il revint de la capitale, tel un magicien il sortit de ses poches des poignées de bonbons, ce qui nous subjugua, ma quatrième sœur, mon cinquième frère et moi. Nous étions très jeunes à l'époque.

Ses problèmes avec mon père et ma mère commencèrent au cours de l'été 1980. A cet instant précis, il se trouvait en bas et avait une discussion houleuse avec ma mère à propos de l'incident qui était arrivé à ma quatrième sœur. Elle lui reprochait de ne jamais prendre soin de la famille et se plaignait de l'avoir élevé en pure perte.

Afin de quitter la famille et de ne plus avoir à dormir dans la pièce du bas, déjà surchargée par la présence de nos parents et du cinquième frère, il s'était marié à la hâte à une fille du coin sans en toucher un mot ni à mon père ni ma mère. Il avait emménagé chez sa belle-famille en qualité de « gendre à domicile ».

– Ta femme, se plaignit plus tard ma mère, ne m'a jamais appelée « mère ».

– C'est son problème, dit-il en entrant dans la pièce principale. Après tout, nous avons grandi sans aucune aide de votre part.

Sur ce, il sortit.

En haut, dans le grenier, mes sœurs et moi avions entendu ce qu'il venait de dire mais nous avons gardé le silence.

Le troisième frère n'avait jamais évoqué ses expériences à la campagne avec aucun membre de la famille, pas plus qu'il n'avait parlé de cette année où il avait travaillé en tant que docker pour la compagnie des bateaux à vapeur de Yibin, une fois revenu en ville. Il avait pourtant de bonnes raisons de se plaindre, comme sa femme nous l'expliqua plus tard.

Du milieu à la fin des années 70, lorsque les jeunes envoyés à la campagne regagnèrent la ville, on leur assigna un travail. Mais les cadres de tous niveaux, endurcis par la révolution culturelle, n'hésitaient pas à s'engager dans des tractations douteuses et répartissaient ensuite les emplois à leur convenance. Les jeunes qui avaient la chance d'avoir des relations obtenaient des emplois tranquilles dans les bureaux, ceux qui pouvaient trouver un peu d'argent étaient affectés à des travaux techniques à bord des bateaux, et ceux qui ne possédaient rien devenaient dockers. Mon troisième frère et ses compagnons dockers, furieux de leur sort, organisèrent rapidement une grève, un droit autorisé par la « Constitution de la République populaire de Chine ». Or, si les travailleurs constituaient la classe dirigeante du pays, c'était uniquement sous le « contrôle » du Parti. Aussi, chaque fois que de tels « troubles » se produisaient, un simple coup de téléphone à la police permettait de faire arrêter les « meneurs contre-révolutionnaires ». Ces derniers étaient ensuite condamnés à de sévères sanctions, parfois même à la peine de mort. Il s'agissait de la méthode utilisée par le Parti pour réprimer les grèves. Cependant, cette fois-ci, les grévistes possédaient des preuves irréfutables de la corruption des cadres. Ceux-ci, dont les manigances impitoyables avaient prévalu durant les dernières années de la révolution culturelle, se rendirent compte que leur propre sort allait se jouer et décidèrent en conséquence d'adopter des « mesures pacifiques » pour enrayer la grève. Chaque docker reçut une nouvelle affectation de travail. Mon troisième frère fut envoyé comme batelier sur la rive supérieure du Yangzi. Il se trouvait là même où mon père avait été exilé, et il prit cette nouvelle fonction pour ce qu'elle était : une punition du Parti. Il resta là-bas six ans, jusqu'à ce qu'il parvînt à échanger sa place avec quelqu'un de Yibin qui voulait rentrer chez lui. Cela lui coûta tout ce qu'il avait économisé en six ans. En 1980, enfin, il obtint un travail sur un bateau appartenant à une compagnie locale de bateaux à vapeur.

Ma sœur aînée, la première à avoir été envoyée à la campagne, suivie de près par mon troisième frère, ainsi que ma quatrième sœur qui travaillait comme coolie, tous avaient de bonnes raisons d'en vouloir à nos parents. En effet, ils n'avaient jamais rien tenté pour venir en aide à leurs enfants et c'est certainement pour cela que nous avions plus souffert que la plupart des jeunes. Aussi ma mère pouvait bien pleurer toutes les larmes de son corps et crier de douleur chaque fois qu'elle voyait l'un de ses enfants partir, cela ne changeait rien. En grandissant, nous avions tous compris qu'un sinistre avenir s'ouvrait devant nous et qu'en dépit de nos efforts pour tenter de l'améliorer, nous aurions certainement le même destin que nos parents.

Chapitre III

Les célèbres fondues épicées du Sichuan, réputées depuis des siècles à travers tout le pays, redevinrent la fierté des habitants de Chongqing après la période difficile des années 60-70. Le principe consiste à mettre tout ce qui est comestible dans la fondue en fonction de la période de l'année, que ce soit durant l'été moite, le printemps bruineux, l'hiver glacial ou l'automne vif et frais. Le matin, à midi, et même au milieu de la nuit, dès que l'on éprouve le désir de manger, on trouve des fondues partout, aussi bien dans les gargotes humides et tristes que dans les ruelles reculées ou les restaurants huppés.

Mais les gens de notre cour estimaient que si les fondues que l'on mangeait dans les petits restaurants du coin avaient le même aspect qu'autrefois, elles étaient cependant bien moins épicées.

Je me souviens d'un réveillon de Nouvel An de je ne sais plus quelle année où il faisait si froid que je devais taper des pieds sur le sol pour qu'ils ne gèlent pas, en dépit des deux paires de chaussettes que je portais. Ma sœur aînée était revenue de son village près des monts Wu, et nous étions tous assis autour du petit réchaud en fer en train de manger une fondue. Le peu de viande qui avait été ajoutée aux navets et aux choux avait depuis longtemps disparu, laissant quelques traces de graisse flotter à la surface de l'eau bouillante.

Mon père demanda à ma quatrième sœur de laver une poignée de feuilles d'épinards et de les ajouter dans la fondue. Celle-ci me pria à son tour d'effectuer la tâche et ma mère surenchérit en m'ordonnant de ne pas gaspiller trop d'eau. J'ai donc pris les épinards afin de les laver dans l'évier de la cuisine commune.

Ma sœur aînée, après avoir plongé une feuille dans l'eau bouillante et l'avoir portée à sa bouche, la recracha en se plaignant qu'elle était encore pleine de sable.

Mon troisième frère se leva :

– Va les relaver, m'ordonna-t-il.

– Tu disais quelque chose ? m'a demandé ma sœur aînée.

J'ai répondu non de la tête.

– Ne le nie pas me dit ma quatrième sœur, la bouche pleine. Tu passes ton temps à parler aux murs.

– Pas étonnant qu'il reste du sable dans les épinards, a ajouté ma mère.

Je ne prêtais pas spécialement attention à leurs propos, jusqu'au moment où ils se mirent à rire.

– Je viens de vous le dire, je ne disais rien, pas même à moi, ai-je finalement crié.

De rage, j'ai lancé par terre le bol que je tenais dans ma main avant d'ajouter à l'intention de ma mère :

– Je n'en veux plus !

Cette dernière me répondit que si je ne voulais plus manger, je n'avais qu'à sortir de table pour que mes frères et sœurs soient plus à leur aise.

Je me suis levée et j'ai quitté la pièce.

– Elle a un sacré mauvais caractère pour une si petite fille, dit l'un d'entre eux tandis que je m'éloignais.

La pièce principale se trouvait plongée dans le noir mais personne ne m'y suivit. Je sortis alors dans le froid, sans m'habiller davantage. Le réverbère à côté du portail avait été cassé par une fronde ; de ce fait, la rue était plongée dans l'obscurité. Au sommet des hauts docks de la Porte du Ciel, une enseigne au néon clignotait dans la nuit, et j'ai cru entendre des pétards de l'autre côté du fleuve. Je me suis dirigée vers les toilettes publiques, le meilleur endroit pour se protéger du froid. Elles seraient désertes en ce jour de Nouvel An. Une fois à l'intérieur, j'ai marché avec prudence pour éviter de mettre le pied dans les excréments ; j'ai finalement trouvé un coin relativement propre, derrière la porte. J'ai ralenti ma respiration à cause des odeurs nauséabondes. Je suis restée là pendant des heures, grelottante, mais déterminée.

Ils ne me découvrirent pas avant le lever du jour. Ils m'avaient cherchée toute la nuit, parcourant les rues l'une après l'autre, sans que l'idée que je puisse être cachée dans les toilettes les effleurât. C'est ma sœur aînée, impatiente de vider sa vessie, qui me découvrit.

Cette fois-ci, pensais-je, ma mère allait me dire quelque chose de gentil, contrairement à son habitude. Mais elle se contenta de lancer un bref regard à mon visage gelé et à mes lèvres violettes, enleva ses chaussures et se mit au lit sans un mot. Avec un petit rire, ma sœur aînée dit à ma mère qu'à partir de maintenant il fallait qu'elle traite le bébé de la famille avec un peu plus de respect.

– Elle a l'air innocent, ne parle pas beaucoup, elle n'en fait qu'à sa tête, mais elle aura peut-être un meilleur avenir que nous tous, et c'est peut-être elle qui prendra soin de toi quand tu seras vieille.

– Tu le penses vraiment ? lui demanda ma mère. N'essaye pas de m'amadouer. Elle ne s'occupera pas de moi. Pas plus qu'aucun d'entre vous, d'ailleurs. Quand je serai vieille, je serai seule, je le sais bien. Je remercierai le ciel si elle grandit, trouve un mari, et peut subvenir à ses besoins.

Chapitre IV

Dans la cuisine commune, une grande femme maigre, un chiffon à la main, tentait de nettoyer le noir de fumée qui recouvrait la statue du génie du foyer. La niche, qui était creusée relativement haut dans le mur, possédait un assez large rebord sur lequel on posait les bougies et les lampes à pétrole lorsque le courant était coupé. Le reste du temps, ce rebord servait de tablette pour entreposer le vinaigre et la sauce de soja.

Il s'agissait de tante Zhang, l'une de nos voisines. Elle vivait dans une pièce à l'est de la cour et possédait un balcon envié de tous. Il mesurait sept mètres carrés et tante Zhang l'avait agrémenté de cactus, d'orchidées, de tournesols et d'impatientes. Deux bacs à eau et une large jarre remplie de légumes saumurés le garnissaient, et un tuyau d'écoulement permettait à l'eau de s'évacuer quand il pleuvait. On racontait qu'un docker avait arraché tante Zhang d'un bordel à Wuhan. Une autre version disait qu'après la Libération, quand les bordels avaient été fermés et les prostituées envoyées en « rééducation », son souteneur l'avait emmenée avec lui. Elle possédait un visage ovale, une peau blanche et des yeux aguicheurs. A la différence de la plupart des autres femmes, elle attirait tous les regards.

– Je vais t'apprendre, moi, à lancer des œillades !

Son mari l'injuriait et lui donnait des coups de pied avec ses grosses bottes de travail. Pourtant, même couverte de bleus, elle ne se plaignait jamais. Elle mesurait un mètre soixante-dix, avait une magnifique silhouette avec des jambes interminables, et un long cou gracieux. Son corps, le plus beau qu'il m'ait été donné de voir, m'a laissé une telle impression qu'aujourd'hui encore je peux à peine me souvenir des traits de son visage.

Abstraction faite des bleus qui la marquaient, elle aurait valu plus que n'importe quelle somme d'argent si elle n'avait été stérile. Les gens disaient que c'était le prix qu'elle payait pour avoir vendu son corps. Je l'ai rarement entendue parler, étant donné que rares étaient ceux qui osaient avoir une conversation avec une femme dont le passé de fille de joie était connu de tous. De temps en temps, on la voyait se pencher à son balcon pour ramasser les pots de fleurs que son mari avait renversés. Quand ils étaient cassés, elle allait en acheter de nouveaux pour les remplacer.

Tante Zhang avait un fils adoptif qui possédait quantité de livres épais dont les pages avaient jauni avec le temps. Il les avait achetés durant les années chaotiques de la révolution culturelle. A l'époque, tous les livres, même ceux présentant un tant soit peu d'intérêt, étaient interdits ; on ne pouvait donc rien lire. De plus, lorsqu'un livre à peu près intéressant était vendu en librairie, qui, dans notre rue, aurait eu l'argent nécessaire pour l'acheter ? Une friandise ou une paire de chaussettes en Nylon était mille fois plus tentante que n'importe quel ouvrage. Les seuls livres que l'on trouvait chez nous, c'étaient mes manuels scolaires.

La tante Zhang me prêtait des livres de son fils à son insu. Un jour, j'ai découvert un ouvrage écrit à la main, dont la première page manquait. L'écriture était négligée mais assez claire pour qu'on puisse la déchiffrer. Il s'agissait d'un livre sur les espions du Guomindang qui avaient projeté de faire sauter la ville de Chongqing lors des premières années de la Libération. Il commençait ainsi :

> *Une nuit, un gardien entendit d'étranges bruits dans une maison déserte, couverte de toiles d'araignées, au fond d'une rue sombre et lugubre. Il entra pour voir ce qui se passait et reçut le choc de sa vie.*

A cet endroit de l'histoire, j'étais moi-même effrayée et j'avais l'impression d'entendre des bruits de pas assourdis dans la cour déserte. Je me suis forcée à continuer ma lecture ; une fois l'ouvrage fini, il me sembla que la cour était traversée de silhouettes furtives.

J'entendis parler d'un roman qui s'intitulait *Les Sentiments d'une jeune fille*, et qui circulait dans la ville. Ce petit ouvrage décrivait les relations sexuelles entre les hommes et les femmes. C'était un livre néfaste de la pire espèce ! Pour empêcher que le venin de la bourgeoisie décadente ne se répandît, la police organisa des descentes dans les écoles. Les cartables furent fouillés, et tous ceux qui possédaient un exemplaire du livre arrêtés. Puis on rechercha les mauvais éléments qui les avaient recopiés. On rechercha même celui qui l'avait écrit. J'espère seulement qu'on a consigné sur quelque pièce officielle le nombre de personnes qui sont allées en prison ou qui ont été tuées à cause de ce livre. Piquée par la curiosité, j'ai attendu que le fils de la tante Zhang l'apporte. Comme elle était illettrée, elle me donnait tous les livres que je voulais. Mais son fils avait dû cacher habilement l'ouvrage, et je pense qu'il est préférable que je ne l'aie jamais lu.

Un jour, deux policiers sont venus dans notre cour et ont arrêté le fils de la tante Zhang. Il passa de nombreuses années dans un camp de rééducation par le travail, probablement à cause de ce livre. Sa mère pleura toutes les larmes de son corps, maudissant les livres, qu'elle brûla.

Je me rappelle l'avoir vue une nuit, une lampe à pétrole à la main, marchant tout au fond de la cour pour aller ouvrir le portail à son fils en train d'embrasser une paysanne qu'il ne voulait pas laisser partir. Tante Zhang l'attendait, sans bouger. J'étais derrière la porte du grenier et je les regardais. N'osant pas les déranger et hésitant à leur demander d'entrer, elle protégeait la lanterne avec sa main afin d'empêcher la flamme de s'éteindre. J'ai pu lire à cet instant, dans la faible lumière, l'expression tourmentée de son visage.

A l'école, on trouvait des romans révolutionnaires sur les communistes qui conduisaient les pauvres citoyens sur le chemin de la révolution. Eux aussi marquèrent mon imagination, bien qu'ils se ressemblassent tous. J'aimais cet esprit de renaissance chez les gens émancipés. Moi aussi, j'allais m'émanciper et, en premier lieu, chez moi.

Ma mère possédait un vieux manteau en flanelle noire qu'elle avait successivement prêté à ma sœur aînée, à ma seconde et à ma quatrième sœur. Mais à moi, non. Elle disait qu'il m'était trop long. Ma quatrième sœur me disait qu'elle ne me le prêterait jamais, même s'il tombait en loques.

– Je vais m'émanciper, lui ai-je lancé une nuit.

– C'est ça, émancipe-toi, marmonna ma quatrième sœur dans son sommeil tandis qu'elle se rapprochait du mur pour me laisser un peu plus de place.

J'avais onze ans cette année-là et mon souhait le plus cher était d'essayer ce manteau. Aussi, un jour que j'étais seule à la maison, je l'ai raccourci avec une paire de ciseaux et ai cousu un ourlet avec du fil noir. Puis je l'ai essayé. Il était chaud et confortable. J'étais aux anges.

Quand ma seconde sœur a découvert ce que j'avais fait, elle m'a traînée au premier étage, a attrapé le banc qui était accroché à la balustrade du couloir, l'a installé entre les lits, a fermé la porte et m'a allongée dessus.

Tenant fermement les pieds du banc, je regardais le sol pendant qu'elle retirait un morceau de bois de dessous le lit. Elle a baissé mon pantalon et a commencé à me frapper sur les fesses en criant :

– Tu vas demander pardon ! Tu es vraiment trop têtue ! Pourquoi es-tu si odieuse ? Pour qui te prends-tu ?

Tout en contenant mes larmes, je me demandais où quelqu'un d'aussi petit que ma seconde sœur pouvait trouver la force de me battre si sauvagement. Je ne criai pas grâce. Ma sœur ne cessa de me battre que lorsque les échardes du bâton m'entaillèrent la chair et firent jaillir le sang.

Je n'ai jamais parlé à personne de cette violente rossée, pas même à mes parents. C'est peut-être la raison pour laquelle ma seconde sœur s'est mise à me traiter différemment. Un jour, des camarades de classe me mirent dans les cheveux des poux qu'elles avaient pris sur la tête d'une fille sale. Ma seconde sœur, voyant que je me grattais la tête, s'approcha de moi. Les poux grouillaient sur tout mon cuir chevelu. Elle aspergea alors ma tête d'essence et enveloppa fermement mes cheveux dans un morceau de tissu afin d'étouffer les insectes. Après une bonne heure durant laquelle je suffoquais à cause de l'odeur, elle enleva le tissu. J'eus la chair de poule quand je vis toutes les petites bêtes noires flotter dans la bassine d'eau.

L'essence avait tué les poux mais en même temps brûlé mon cuir chevelu et mes cheveux. A l'origine, ils étaient déjà fragiles et pas très brillants. Après cet incident, ils devinrent encore plus ternes.

Partie XI

Chapitre I

Ma sœur aînée m'appela.

– Ne va pas à l'école aujourd'hui !

Elle désirait que je l'accompagne.

– D'accord, de toute façon, je n'avais pas l'intention d'y aller.

En effet, je ne souhaitais pas voir le professeur d'histoire après ce rendez-vous manqué. Non seulement il séduisait d'innocentes jeunes filles, mais en plus il les humiliait.

Ma sœur aînée prit plusieurs chemins étroits et sinueux, puis s'arrêta devant une cour près de l'entrepôt de grains, tout en me demandant d'entrer pour lui ramener une ancienne camarade de classe. Elle semblait nerveuse depuis son retour ; on aurait dit qu'elle cherchait quelqu'un ou quelque chose qui l'aide à oublier l'échec de son dernier mariage.

– Toi qui n'as jamais froid aux yeux, lui ai-je répondu, de quoi as-tu peur ?

Elle me supplia de l'aider.

– Il s'agit en fait d'un garçon, n'est-ce pas ?

– Tu es une vraie diablesse pour quelqu'un d'aussi jeune ! me dit-elle, en essayant de me faire bouger. C'est une fille ! Vas-y, maintenant !

A l'intérieur, un escalier de pierre conduisait à une cour, bien plus petite que la nôtre, qui abritait de nombreuses familles. Je me suis dirigée vers la première maison sur la gauche ; là, une vieille femme était occupée à broyer des piments secs. J'ai dû répéter ma question plusieurs fois avant qu'elle me dise :

– Elle n'est pas chez elle.

– Quand rentrera-t-elle ? lui ai-je demandé.

– Je n'en sais rien, répondit la vieille femme, mettant ainsi un terme à notre conversation.

J'ai fait demi-tour pour redescendre les marches jusqu'au portail et j'ai rapporté l'information à ma sœur.

– Cette vieille femme est sa mère, dit-elle. Elle ne l'aurait pas appelée, même si elle se trouvait chez elle. Vieille sorcière !

Elle m'expliqua que sa camarade de classe avait été envoyée, elle aussi, à la campagne dans une commune populaire des monts Wu. Elles étaient très proches toutes les deux jusqu'à ce qu'elles se disputent pour une broutille.

Ma sœur aînée m'avoua qu'à son arrivée à la campagne en 1964, lorsqu'elle avait vu les quatre autres citadines qui vivaient là, elle avait compris que des jours difficiles se profilaient devant elle. La mère de l'une d'entre elles descendait d'une famille de propriétaires terriens ; une autre était la fille d'un contre-révolutionnaire ; le père de la troisième avait suivi les troupes de Tchang Kaï-chek à Taïwan avant la Libération, ce qui lui donnait le statut d'« enfant d'ennemis », et la quatrième s'était retrouvée orpheline à la suite de la famine. Il s'agissait uniquement de « cas » envoyés à la campagne pour devenir des héros répondant à l'appel du Parti. La nuit, de grands singes poussaient des cris, tels des fantômes errants : les jeunes instruits redoutaient de sortir seuls. Cette région autrefois richement boisée s'était peu à peu dénudée de ses arbres au moment de l'instauration des communes populaires, de la construction des « petits hauts-fourneaux », et de la grande famine qui s'ensuivit. Le village pouvait encore se vanter de posséder un banian, mais les jeunes instruits décidèrent de le couper, car ils manquaient de bois de chauffage.

Les paysans leur dirent :

– Ne faites pas ça. Si vous le faites, gare à vous.

Les instruits ne prêtèrent pas attention à ces superstitions et attirèrent le mauvais œil sur eux. A la suite de cet événement, une jeune instruite mourut en couches aux monts Wu, sa tombe se trouve toujours là-bas. Peu de temps après, une autre des jeunes instruites fut violée par un cadre du district, mais elle garda le silence et se maria à un paysan du coin. Elle perdit à son tour la vie en accouchant. La coutume locale voulait que toute femme qui mourait en accouchant devait être enterrée après minuit. Il pleuvait des cordes cette nuit-là – une nuit d'encre – et les routes étaient boueuses ; les porteurs glissèrent dans un précipice, entraînant le cercueil dans leur chute.

Deux des jeunes instruits, ne supportant plus les traitements injustes infligés par le gouvernement local, enrôlèrent une bonne vingtaine de jeunes de la commune populaire en vue d'organiser une guérilla dans la montagne. Ils préparèrent sabres et lances. Pensant que la vie serait encore pire là-bas, ma sœur aînée refusa de se joindre à eux. La bande de rebelles n'eut pas le temps de se rendre dans la montagne. Elle fut attrapée, et les deux meneurs condamnés à quinze ans de prison.

– Ont-ils été réhabilités ? ai-je demandé. A présent, les journaux parlent sans cesse de réhabilitation des victimes d'erreurs judiciaires.

– Réhabilités ? Les camps de rééducation par le travail ont vite fait de te transformer en épave.

Ma sœur aînée revint sur le cas de sa camarade de classe. En la retrouvant, elle espérait reprendre contact avec un garçon à qui elle avait plu. A l'époque, elle ne l'avait pas vraiment remarqué, mais maintenant elle le regrettait.

Le premier mari de ma sœur aînée était un petit cadre dans une des mines de charbon de la région. Ils se disputaient tout le temps. Un jour, il laissa éclater sa rancœur lors d'une réunion du Parti communiste en signalant qu'ils venaient tous les deux de classes sociales diamétralement opposées et révéla l'histoire du père naturel de ma sœur aînée. Dès le lendemain, des affiches s'attaquant à elle pour « subversion par la descendance des classes ennemies des Cinq Catégories noires » apparurent sur les murs de la mine. Durant la séance de critiques qui suivit, il resta en bas de l'estrade, témoin de son supplice.

– Assez parlé de lui ! dit-elle. Je n'aurais jamais dû épouser un homme comme lui.

– Il n'était pas si mauvais que ça. De toute façon, il était mieux que ton second mari.

– Ils étaient aussi mauvais l'un que l'autre. Quant au suivant, il ne vaudra pas plus cher que les deux autres. D'ailleurs, le but du mariage n'est pas de trouver un bon mari. – Elle secoua la tête tout en reprenant sa marche. – De plus, pour divorcer, il faut que ce soit d'abord approuvé par les divers échelons du Parti.

Un funiculaire rempli de sacs de céréales montait la colline alors qu'un autre, vide, descendait de l'autre côté. Une équipe de dockers déchargeait un bateau, tandis qu'une autre, en haut de la colline, récupérait les sacs dans les cabines du funiculaire, les transportait jusqu'à un portail en fer noir, puis les empilait dans l'entrepôt. Comparées aux maisons des environs, les maisons du quartier des entrepôts étaient les plus solides de la rive sud. Partout était écrit en gros caractères rouges : « Défense d'entrer », « Attention au feu », ainsi qu'une citation du président Mao : « Creuser des abris, constituer des réserves de céréales, ne pas prétendre à l'hégémonisme. »

Ma sœur aînée et moi-même nous trouvions sur le pont en dessous du funiculaire.

– Tu ne m'as pas encore tout raconté, lui dis-je. La dernière fois, tu m'as fait remarquer qu'il était tard et que tu continuerais une autre fois.

– Je t'en ai déjà raconté plus que je n'aurais dû, dit-elle. Ton avenir semble bien meilleur que le mien. Tu n'avais même pas six ans lorsque notre cinquième frère a été renversé par le funiculaire, tu n'étais jamais allée à l'école, mais tu as été suffisamment intelligente pour prendre le bateau jusqu'au chantier naval à la baie de Sable blanc, où tu ne t'étais jamais rendue auparavant, afin d'avertir notre mère. Aucun de nous n'aurait imaginé que tu en étais capable.

– Tu te trompes, j'ai marché tout le long du trajet. Où aurais-je trouvé l'argent pour prendre le bateau ?

– D'accord, je me trompe. Mais ce qui compte, c'est qu'une petite fille de cinq ans puisse marcher aussi loin sans se perdre. Après tout, tu as réagi comme si tu étais un membre de cette famille.

– Qu'entends-tu par là ? ai-je demandé, soudain sur mes gardes. Pourquoi as-tu dit « après tout » ?

– C'est très simple. – Son timbre de voix n'avait pas fléchi. – Ce que tu as fait pour le cinquième frère le prouve. J'avais vingt-deux ans cette année-là, je revenais juste des villages des monts Wu pour accoucher de mon premier enfant, et j'ai alors compris que tu appartenais à cette famille, pas comme moi.

– Que veux-tu dire par je ne suis pas « comme toi » dans cette famille ?

J'ai presque agrippé ses vêtements. Je ne savais pas si elle avait involontairement laissé échapper quelque chose ou si elle était juste en train de me mener en bateau.

Mon cinquième frère portait un petit panier en osier rempli de pois secs et de fèves que lui et moi avions ramassés entre les cailloux et les rails du funiculaire. Les enfants s'installaient par terre tandis que les cabines montaient et descendaient la colline ; ils glanaient les grains qui tombaient des sacs, avec toutefois moins de désespoir qu'à l'époque de la famine. Cependant, bien que celle-ci fût terminée, on manquait encore de céréales. Aussi les parents envoyaient-ils leurs enfants pour les ramasser. Le moindre petit grain comptait : plusieurs jours de « récolte » pouvaient remplir un demi-bol, parfois plus, ce qui était suffisant pour un repas.

Au début de l'été 1968, j'avais repéré des échalotes sauvages sur le banc de sable près du funiculaire. Au milieu de mon excitation, j'ai entendu la sirène d'avertissement annonçant l'arrivée d'une cabine ; alors je me suis levée pour la laisser passer, les mains pleines de boue.

Ce jour-là, les cabines qui montaient la colline étaient vides tandis que celles qui en descendaient étaient remplies de céréales destinées aux bateaux amarrés à la jetée. Quatre ou cinq enfants étaient assis dans une cabine vide, et parmi eux, à l'avant, mon cinquième frère. L'opérateur et les dockers les voyaient presque chaque jour et ils étaient habitués à leur présence. Soudain, un des garçonnets vola une poignée de haricots dans le panier de mon frère. Ce dernier, qui ne se battait jamais, fit de même dans le panier de celui qui l'avait maraudé. Cet enfant poussa alors mon frère hors de la cabine, et les roues arrière de la machine écrasèrent sa jambe gauche. L'opérateur enclencha immédiatement le frein.

J'ai assisté à toute la scène de là où je me trouvais, et ses hurlements me firent pleurer. Il était le seul de mes frères et sœurs à être gentil à mon égard ; il ne profitait jamais de moi. Il m'avait appris à lire, et m'offrait souvent de partager son repas. A cause de son bec-de-lièvre, il évitait les gens et ne se disputait jamais avec aucun membre de la famille, même si on le provoquait.

Ma seconde sœur, qui avait entendu l'accident, courut transporter notre frère sur son dos. Il saignait abondamment. Elle lui ôta alors sa ceinture et la serra fermement autour de sa cuisse ensanglantée. Une fois ressaisie, je les ai rejoints.

A cette époque, les membres les plus virulents des combats de factions avaient été arrêtés, et des deux côtés on avait abandonné les armes. Cependant, certaines personnes utilisaient encore parfois des pièces d'artillerie, des mitrailleuses, et même des tanks afin d'endommager les moyens de transport, les lignes électriques et les canalisations d'eau. Ce jour-là, le dispensaire du Pont de pierre ainsi que l'hôpital du district numéro un avaient fermé leurs portes, craignant, s'ils soignaient les blessés de l'une des parties, que l'autre ne ripostât.

Ma seconde sœur se rua sur la porte de l'hôpital, en insistant sur le fait que l'accident de son frère n'avait rien à voir avec les combats de factions. Touchés par sa ténacité, les médecins s'occupèrent de son admission. Je suis alors sortie de l'hôpital en courant, non pas pour rentrer à la maison, mais pour descendre vers le fleuve. La pluie s'abattit soudain sans prévenir, tandis que des nuages noirs s'amoncelaient dans le ciel. On eut alors l'impression que les collines les plus lointaines se rapprochaient alors que les plus proches s'éloignaient.

Je ne sais pas combien de temps j'ai marché, mais lorsque je suis arrivée au chantier naval où travaillait ma mère, la pluie s'était presque arrêtée de tomber. Une fine bruine descendait du ciel sombre. Ma mère et sa coéquipière traînaient un seau de peinture hors du bateau. Lorsqu'elle me vit, couverte de boue de la tête aux pieds, ma mère posa sa palanche par terre et se précipita vers moi.

Ma sœur aînée m'avait distancée, aussi ai-je dû courir pour la rattraper. Je n'arrivais pas à comprendre ce qu'elle venait de me dire, mais cette fois-ci, je n'allais pas la laisser filer.

– Pourquoi te montres-tu si impatiente ?

Elle ne semblait pas aussi hésitante qu'elle l'avait été précédemment.

– Je ne t'ai pas raconté quelle vie j'ai vécue dans la nouvelle société d'après la Libération, me dit-elle d'un air provocant.

Chapitre II

L'homme de la Triade fut arrêté. En 1950, le Parti avait décidé de renverser toutes les guérillas anticommunistes du Sichuan, et en peu de temps le règne de la Terreur rouge s'étendit dans les villes. Les campagnes de suppression et de liquidation des contre-révolutionnaires qui suivirent durèrent plusieurs années. Tous les chefs de la Triade et les responsables des sectes religieuses de Chongqing furent arrêtés. Chaque jour, des centaines de personnes étaient exécutées sur des terrains prévus à cet effet. Les corps, que peu osaient venir réclamer, étaient enterrés dans des fosses communes. Le terrain d'exécution de la rive sud se situait au ravin des kakis. Parmi les personnes qui furent tuées à cet endroit se trouvait le moine supérieur du temple bouddhiste local, qui pourtant n'avait jamais été mêlé à une quelconque affaire. Les hommes et les femmes âgés, pieux disciples de ce maître, le pleurèrent en silence tandis que la population du quartier continuait à remplir les maisons de thé dans une atmosphère d'excitation générale. C'est sans doute le piment qu'aiment tant manger les habitants de Chongqing qui leur donne ce caractère plein d'entrain.

– En ce qui concerne les exécutions, les communistes sont encore pires que les nationalistes, dit mon père avec un soupir.

Ma mère lui demanda de se taire. De nouveau enceinte, elle serrait sa fille contre elle.

Quelqu'un avait rapporté à ma mère que l'homme de la Triade était en prison et qu'il voulait voir sa fille. Ma mère ne savait pas quoi faire. Cette nuit-là, elle s'agita, se retourna de nombreuses fois, incapable de trouver le sommeil. Au petit matin, les yeux rouges et gonflés, elle se rendit seule auprès de son ancien mari.

On enregistra son nom dans une pièce minuscule, à l'entrée de la prison. Non seulement on lui refusa toute visite, mais en plus sa relation avec un réactionnaire fut consignée. Sur le chemin du retour, elle pouvait à peine contenir sa rage, tout en ne regrettant pas d'y être allée.

Le récit du sort de l'homme de la Triade mit plusieurs mois à lui parvenir, bien après qu'il eut trouvé la mort. C'était pendant la Grande Répression. Les prisonniers condamnés s'étaient rebellés dans le camion qui les emmenait au terrain d'exécution. Ils avaient été fauchés par les balles des mitrailleuses tandis qu'ils tentaient de s'enfuir.

Dans une cabine de bateau mal aérée, entassée, délabrée, ma mère séchait ses larmes et tentait de se calmer. Cela faisait longtemps qu'elle n'aurait plus dû pleurer pour un type comme lui. Mais ses larmes continuaient de couler. Elle avait l'impression que les vagues du fleuve déchaîné, qui venaient claquer sur le plat-bord, frappaient son corps.

Un jour, des années auparavant, ma mère et l'homme de la Triade se promenaient en pousse-pousse quand un cortège funèbre leur bloqua le passage. Les fils et petits-fils du défunt, en costume funéraire, marchaient devant le cercueil tout en proférant des lamentations. Le reste du cortège suivait, composé de personnes vêtues de blanc, soutenant des chaises à porteurs et des chevaux en papier mâché, mais aussi des robes de rituel en brocart, des robes officielles ainsi que des bannières funéraires en soie. Un orchestre jouait, des pétards explosaient, des lanternes rouges se balançaient dans l'air.

L'homme de la Triade s'était alors tourné vers ma mère, qui regardait fixement la procession, et lui dit :

– N'envie pas ces gens. Quand ta mère mourra, dans de nombreuses années, j'organiserai de grandes funérailles, avec des moines bouddhistes et des prêtres taoïstes qui enverront, en toute sécurité, son esprit dans l'autre monde. Puis je choisirai le jour propice ainsi que l'endroit idéal pour l'inhumation, ce qui apportera renommée et gloire à ses descendants.

Il avait deviné ce qu'elle pensait ; il savait qu'elle désirait accomplir les obligations familiales envers sa mère.

Ma grand-mère ne mourut pas dans son village natal, mais dans la maison de sa fille. Ses deux fils avaient taillé des bambous pour faire une civière à leur mère mourante, afin de la transporter jusqu'à Chongqing en mendiant tout le long du chemin. Après une pénible marche de quatre jours et trois nuits, ils arrivèrent enfin à Chongqing. Ma mère fondit en larmes lorsqu'elle les vit.

– Pourquoi ne m'avez-vous pas écrit pour me prévenir de votre arrivée ? Je vous aurais payé le trajet en bateau, même si j'avais dû emprunter de l'argent.

Le bandeau blanc qu'ils portaient, comme l'exigeait la coutume lors des visites à des parents, avait viré au gris sur les routes. Les voisins se plaignirent que les habits de deuil étaient de mauvais augure. Ma mère donna vingt yuans à ses deux frères pour qu'ils prennent le bateau. Ils étaient impatients de retourner chez eux.

Ils lui dirent qu'ils préféraient marcher pour économiser l'argent qui leur servirait davantage une fois rentrés chez eux.

A l'hôpital, les docteurs avertirent ma mère qu'ils ne pouvaient rien faire pour la vieille femme. Alors elle acheta des plantes médicinales chinoises et prépara des décoctions. Durant plusieurs jours, d'étranges effluves envahirent la maison. Mais la grand-mère n'eut bientôt plus que la peau sur les os. Son ventre était infesté de vers, semblables à des fils électriques multicolores dans ses excréments. Ma pauvre grand-mère passait ses journées recroquevillée dans son lit, les bras enroulés autour de la taille, ne dormant pas, incapable de se tenir droite. Elle tenta de résister durant l'hiver, mais par une froide nuit, juste avant le Nouvel An lunaire, elle poussa un cri d'agonie alors qu'elle se trouvait sur le seau d'aisances et s'effondra. Ma mère l'aida à s'allonger sur son lit ; ses derniers mots furent d'implorer sa fille de faire venir à Chongqing son plus jeune fils, qui mourait de faim à la campagne, afin de subvenir à ses besoins et de lui apprendre à lire. A peine avait-elle vu sa fille hocher la tête en signe d'acquiescement qu'elle cessa de respirer.

Ce jour de 1953, après la mort de grand-mère, ma mère lui lava le corps avec de l'eau chaude, puis posa l'une de ses mains froides sur son cœur. Elle revêtit la vieille femme d'habits funéraires qu'elle avait elle-même cousus et l'installa sur un lit en vieilles planches dans la pièce principale, à côté de la porte. Pour ses funérailles, personne ne gémit sur son passage, aucun prêtre taoïste ne fut invité à réciter les prières rituelles pour la délivrance de son âme, aucune couronne ou banderole funéraires ne fut accrochée, ni aucune salle de funérailles installée. Seule une petite lampe à huile envoyait une lumière tremblotante sur le corps de grand-mère. Elle fut enterrée dans un cimetière à l'abandon, au ravin des Trois-Pierres.

Même sur son lit de mort, grand-mère ne pouvait pas oublier que ma mère s'était sauvée de chez elle à cause d'un mariage arrangé, mais elle n'en parlait pas. Ma mère le savait et cette idée l'affligeait. Elle rêvait souvent que grand-mère venait dans son lit et qu'elles abordaient enfin toutes les deux ce sujet. Jusqu'à son dernier souffle, grand-mère ne l'évoqua jamais. Elle se plaignait simplement que ma mère l'avait abandonnée, la laissant affronter la faim, la solitude, à la merci des autres. Elle voulait aussi que ma mère recherche l'endroit où la troisième tante, sa nièce, avait été enterrée, mais, en dépit de ses efforts, ma mère ne retrouva jamais sa tombe. Quand la troisième tante mourut de faim en 1961, on l'enterra sur une butte, au sud du pont qui traverse le Yangzi. Or, à cette époque, le pont n'avait pas encore été construit ; la butte rocheuse était envahie de buissons et de mauvaises herbes. De plus, sans pierre pour marquer la tombe, autant chercher une aiguille dans une meule de foin. Le pont construit, la butte fut aplanie par les bulldozers, et les derniers ossements furent emportés.

Dix-sept ans après la mort de grand-mère, ma mère ouvrit sa tombe, enveloppa ses restes dans un tissu blanc, les disposa dans une petite boîte en bois, puis demanda à ses frères de les emporter dans son village natal pour les enterrer à côté de ceux de son mari, sur la colline, derrière la maison de leurs ancêtres. C'est alors que ses rêves cessèrent. Un villageois qui vint par la suite à Chongqing lui dit qu'un champignon noir comestible poussait devant la tombe chaque fois qu'il pleuvait ainsi que les nuits de pleine lune. Il le ramassait et le ramenait chez lui pour le manger sans avoir besoin de le laver car il n'avait jamais de terre.

Chapitre III

Avant même qu'elle fût âgée, ma mère devait s'essuyer régulièrement les yeux avec un mouchoir pour les garder propres. Si elle ne le faisait pas, un liquide verdâtre s'amassait et séchait sur les bords de ses paupières, qui la démangeaient violemment. « Voilà ce que m'ont provoqué mes grossesses, nous disait-elle. Essayez de ne pas pleurer lorsque vous serez enceintes. Ne faites pas comme moi, sinon voyez ce qui vous attend. »

En écoutant le souvenir que ma sœur aînée évoquait, je compris enfin ce à quoi ma mère faisait allusion. Il s'agissait de la fois où, enceinte, elle se rendit à la prison et pleura toutes les larmes de son corps sur le chemin du retour.

Cependant, ma sœur aînée doutait, aujourd'hui encore, que ma mère ait eu le cran d'aller à la prison, et je pense que sa suspicion avait de sérieux fondements. Comme elle était sa fille, elle ressentait tout particulièrement ce genre de choses.

– Ton père est donc mort ainsi ?

Cet homme n'avait pas grand-chose à voir avec moi, néanmoins j'étais triste et je serrais la main de ma sœur plus fort que je ne l'avais jamais fait.

Nous restâmes silencieuses un moment, puis elle laissa échapper sur un ton qui me surprit :

– Si seulement il était mort comme cela.

Elle s'assit sur une pierre, dos au fleuve, et, sans même que je pose de questions, elle continua son histoire.

C'était un dimanche. Ma mère, sans nouvelles de notre père parti sur son bateau depuis plusieurs jours, avait pris dans ses bras mon troisième frère, à l'époque âgé de trois ans, ainsi que ma sœur aînée, et traversa le fleuve afin d'aller demander des nouvelles de son mari à la société maritime. A la Porte du Ciel, sur la pente qui menait au port, les véhicules et les piétons étaient très nombreux, ce qui rendait l'endroit dangereux, même lorsqu'il faisait beau. Ma mère, absorbée dans ses pensées, ne vit pas la charrette à bras descendre la rue, droit sur eux. Ce n'est qu'au dernier moment qu'elle sauta sur le bord de la route en tenant fermement mon troisième frère, et qu'elle hurla à l'intention de ma sœur aînée, pétrifiée d'effroi : « Dépêche-toi, cours ! » Puis elle ferma les yeux. Elle se sentait incapable de supporter la vision de la collision qui allait tuer ou mutiler sa fille, en même temps que le conducteur, lorsque la charrette se retournerait. Mais, miraculeusement, le conducteur parvint à freiner à la dernière seconde. Tout le monde était tétanisé par la peur, laquelle fit rapidement place à la stupéfaction : en effet, le conducteur n'était autre que l'oncle de l'homme de la Triade. Il appela ma mère par son nom. « C'est toi ! dit-il. Si tu savais combien je vous ai cherchées toutes les deux. » Ses tempes étaient grisonnantes, il avait roulé ses manches de chemise et ses jambes de pantalon, et il portait une paire de chaussures en caoutchouc, pleines de boue.

Ce fut un moment dramatique, une coïncidence incroyable, une seconde de plus ou de moins et tout basculait. Ma mère apprit cependant que l'homme de la Triade n'avait finalement pas été tué. Sur le terrain d'exécution, alors qu'on lui tirait dessus à blanc, il avait fait sous lui et immédiatement accepté de collaborer. Il livra tous les renseignements et les noms que désiraient les communistes, et lors du procès, il en était même venu à détester les nationalistes qui l'avaient manœuvré alors que lui avait risqué sa vie pour eux. A présent qu'il avait une vision claire de son destin, celle d'un pion sacrifié, pourquoi couvrirait-il les autres ?

Il n'eut aucun cas de conscience dans sa cellule, pas même à la pensée de ceux qui avaient été arrêtés suite à ses dénonciations. Ce n'était qu'une question de temps, pensait-il, pour qu'il redevienne un homme libre. Cependant, il ne mit pas longtemps à se rendre compte qu'il avait été dupé une fois de plus, car non seulement ceux qui l'avaient capturé ne lui rendirent pas la liberté, mais ils lui demandaient toujours plus de noms.

– Je vous ai déjà dit tout ce que je savais, leur disait-il calmement.

– Non, ce n'est pas vrai. Tu dois tout confesser et ne rien cacher.

Il écouta mais ne comprit pas. Les tactiques des communistes lui échappaient complètement.

Au début, il fut détenu dans un immeuble près de la Résidence blanche qui, avec la grotte du Résidu, constituèrent les lieux de détention utilisés par les nationalistes. Le Guomindang emprisonnait là des membres des « partis démocratiques », ainsi que des communistes clandestins. Ce fut aussi le siège de l'école sino-américaine de formation des agents secrets, créée en 1943. Après la Libération, les communistes transformèrent ce lieu en musée. On pouvait y voir les crimes monstrueux commis contre le peuple chinois par les impérialistes américains. Comment ne pas reconnaître que le boucher Tchang Kaï-chek et ses sous-fifres avaient fait des camarades communistes des martyrs ! Chaque année, le 27 novembre, jour des Martyrs, les membres de l'Organisation des Pionniers, leur foulard rouge vif autour du cou, s'alignaient devant leurs tombes, le poing tendu, tout en faisant des vœux solennels de fidélité tandis que le drapeau rouge à cinq étoiles flottait au-dessus de leurs têtes.

La liste des martyrs était régulièrement révisée. Les démocrates furent les premiers à en être exclus. Puis, durant la révolution culturelle, on découvrit que plusieurs des anciens martyrs avaient été des traîtres. Mais ce jugement fut révisé par la suite, et leur titre réhabilité. Les enquêtes sur les morts rencontraient plus de difficultés que celles sur les vivants. Les auteurs du *Rocher rouge*, un roman révolutionnaire sur les prisons, furent taxés de traîtres durant la révolution culturelle. L'un d'eux fit une chute mortelle au terme de laquelle il se fracassa le crâne sur le sol. Un de ses yeux était solidement fermé tandis que l'autre, qui avait doublé de volume, sortait de son orbite. Cette photo de mort reste dans mon souvenir la plus effrayante que j'aie jamais vue.

L'homme de la Triade devait avoir compris, quand on

l'amena dans ce lieu, que l'Histoire aimait jouer des tours, et que les prisons avaient besoin de renouveler leurs stocks de détenus. Durant la journée, il creusait du charbon sous la menace d'un fusil. C'est seulement la nuit qu'il avait le temps de réfléchir aux méandres de son destin. Il ne pouvait désormais plus supporter l'idée d'avoir avoué de lui-même, trahissant ainsi les lois édictées par son milieu, et d'être allé à l'encontre de ses propres règles de conduite. Lorsque les remords le saisirent, il comprit qu'il était trop tard.

Chapitre IV

Ma mère n'eut pas l'occasion de se rendre une seconde fois en prison pour voir l'homme de la Triade, car il avait été transféré sur la rive sud, au Jardin de la famille Sun, une des deux prisons de la province pour criminels dangereux.

Le père naturel de ma sœur aînée, considéré comme un lâche, y mena une existence précaire, mais pour peu de temps. En 1960, lorsqu'il ne fut plus d'aucune utilité en tant que collaborateur, on le transféra dans un camp de rééducation par le travail, près de la maison de ses ancêtres, à Anyue. Tous ses espoirs de retrouver un jour sa liberté furent rapidement anéantis par la famine qui sévit cette année-là. Les prisonniers ne trouvaient rien à manger dans le camp. Fin octobre, il contracta une hydropisie et fut dans l'incapacité de travailler. On le laissa mourir.

Cet hiver-là fut particulièrement froid. Le sol gelait. Si on ne travaillait pas, on n'obtenait pas à manger. Quand l'homme de la Triade poussa son dernier soupir, ses doigts étaient maculés de sang séché à force d'avoir raclé la terre sur le mur rongé de sa cellule, terre dont sa bouche était pleine. Ses yeux regardaient fixement dans le vide. A moins de trente-six ans, il fut enterré dans une fosse commune car personne ne réclama son corps. Longtemps après sa mort, un homme qui avait survécu à la catastrophe et qui passait par Chongqing raconta toute l'histoire à ma mère.

Cette année-là également, il n'y avait plus rien de comestible dans la ville natale de ma mère, à Zhong, ni dans les environs. Des gens mangèrent même une statue en craie blanche appelée la déesse de la Terre pour tenter, ne serait-ce qu'un instant, d'apaiser leur faim. Mais la craie gonflait et durcissait dans l'estomac, provoquant de terribles constipations. Au village, ma grand-tante fut la première à mourir. Mon cousin, qui faisait ses études à l'école d'exploitation minière, se précipita chez lui pour remplir ses devoirs de fils aîné. En chemin, il traversa la région de Fengdu, où la famine avait fait beaucoup de victimes parmi la population. Les enfants étaient vendus, des familles entières s'enfuyaient pour tenter de sauver leur vie, et des corps jonchaient les routes sans même une natte en paille pour les recouvrir. La situation était telle que certains furent réduits à manger les corps de leurs parents décédés. Un passant lui dit :

– N'allez pas plus loin, camarade. On ne trouve plus de nourriture ici, même aux prix les plus fous.

Dès que ce jeune homme, rempli de piété filiale, retourna à l'école, il ne dit à personne que sa mère était morte de faim, ni que la disette faisait rage dans la campagne. Au contraire, il écrivit une nouvelle demande pour entrer au Parti communiste dans laquelle il félicita les dirigeants pour leur politique agricole. Il ne recherchait que l'avancement personnel, ne voulant pour rien au monde retourner dans cette campagne où les gens mouraient de faim. Sa mère était morte, et rien ne la ferait revenir. Son unique espoir désormais était de gravir les échelons politiques que le régime avait érigés. Les mensonges des cadres de tous niveaux avaient causé la famine, et c'est en continuant à mentir que l'on pouvait espérer rejoindre leurs rangs.

Chapitre V

Plus je poussais mes investigations, plus le mystère de mes liens avec cette famine s'épaississait. L'année précédant ma naissance, ma grand-mère, ma troisième tante et son mari, ma première tante ainsi que le premier mari de ma mère avaient été emportés par la disette. Mais pas moi. Comment avais-je survécu ?

Mes silences rêveurs s'achevaient toujours sur des questions sans réponse.

Dans les années 50, les gens de cette rue, comme dans toute la Chine, répondirent à l'appel du président Mao lorsqu'il encouragea les femmes à avoir le plus d'enfants possible afin de mériter le ruban rouge de « glorieuse mère ». Les talents reproducteurs de ma mère ne comptaient pas beaucoup comparativement à certaines qui faisaient un enfant par an ou à d'autres qui mettaient des jumeaux au monde. Néanmoins, en 1958, la famille s'était agrandie de trois enfants supplémentaires. Un frère avait précédé ma quatrième sœur, mais il était mort-né. Lors de l'accouchement, ma mère perdit beaucoup de sang et sombra dans un coma dont elle ne sortit qu'après de nombreux jours. Cela se passait au printemps 1954.

– Quelle mauvaise mère tu es ! Pourquoi lavais-tu encore ton linge au fleuve trois jours avant que le bébé arrive à terme ? Tu as étouffé ton propre enfant, tu l'as tué, la sermonna une infirmière alors que ma mère se trouvait encore alitée.

Cette dernière lui sourit faiblement tout en disant d'une petite voix :

– Cela fera une bouche de moins à nourrir et un gosse de moins à supporter.

L'infirmière, déconcertée, sortit. C'était sans doute la première fois qu'elle rencontrait une mère qui possédait un tel sang-froid.

Ma mère n'avait pas le choix. Son destin et celui de sa progéniture étaient déjà tracés. Si ses enfants mouraient en venant au monde, une vie de misère leur était au moins épargnée.

La frénésie reproductrice accrut de façon dramatique la population chinoise. Je n'étais pas la seule en trop dans cette famille. Mes frères et sœurs devinrent tout aussi superflus, comme la plupart des Chinois. Et lorsqu'on est de trop, il devient difficile de traiter les autres avec chaleur et compassion.

Cette discussion nous avait directement ramenées aux années de famine. Ma sœur aînée, qui possédait une forte personnalité, avait seize ans au début de cette terrible période. Au moment où elle apprit l'histoire de sa naissance, son dégoût pour notre mère ne connut pas de limites. Mais, peu de temps après, ce fut à mon tour de venir au monde. Mon cœur commença à battre très fort dans l'anticipation anxieuse de ce que ma sœur aînée allait me révéler.

Partie XII

Chapitre I

À la fin du printemps 1962, sous une pluie fine, ma sœur aînée, un chapeau de paille sur la tête, attendait notre père sur le quai de chargement à l'embarcadère du ruisseau du Chat sauvage.

Il y avait beaucoup plus de bateaux de cargaison que de bacs sur ce fleuve ; ils se déplaçaient lentement à travers la brume, tout en faisant retentir leurs sirènes. Ma sœur ne savait pas dans quel bateau il se trouvait. Alors que le crachin se transformait en averse, son impatience grandissait. Elle commença à faire les cent pas. Plus elle attendait, plus sa rage envers sa mère s'amplifiait.

Notre père n'était pas revenu à la maison depuis trois mois. Aussi, lorsqu'elle le vit enfin descendre la passerelle, son sac de marin sur le dos, elle courut à sa rencontre.

Dès qu'il franchit le seuil de la maison, il se mit à battre ma mère. En quinze ans de mariage, c'était la première fois qu'il levait la main sur elle.

La huitième grossesse de ma mère (la sixième, si l'on comptait uniquement les enfants vivants) avait commencé à se voir au quatrième mois. Elle n'essaya pas d'éviter les coups de mon père, sauf pour protéger son futur enfant.

– Non, je t'en prie, tu vas blesser le bébé.

Il s'arrêta et s'accroupit, accablé de peine. Ma mère voulut l'aider à se relever, mais il ne lui prêta pas attention. S'accrochant au rebord du lit, elle lui dit d'une voix pleine de larmes :

– Nous ferons ce que tu voudras, n'est-ce pas suffisant ?

Mon père se releva et secoua la mince porte jusqu'à la faire céder. Ma seconde sœur et mon troisième frère tremblaient de peur tandis que ma quatrième sœur et mon cinquième frère pleuraient. Mon père les poussa dehors et referma la porte.

La porte close n'empêchait pas d'entendre les cris de mes parents, ni leurs sanglots. Ma seconde sœur emmena mon cinquième frère, alors âgé de quatre ans, hors de la cour. Mon troisième frère et ma quatrième sœur se sauvèrent, ma sœur aînée ne se montra pas. Le soir, aucun des enfants n'était revenu et mon père sortit les chercher. La pluie, qui était tombée toute la journée, avait cessé. Ma sœur aînée, son chapeau à la main, entra doucement dans la maison, espérant se glisser jusqu'au grenier sans se faire remarquer. Mais ma mère la vit et la conduisit dans la pièce principale.

Au moment de la rejoindre sur le seuil de la porte, ma mère lui demanda de s'agenouiller. Ma sœur aînée se contenta d'enlever l'eau de son chapeau en faisant semblant de n'avoir rien entendu. Ma mère lui arracha le chapeau des mains tout en voulant la gifler ; ma sœur esquiva le coup et l'insulta. Le visage blême de rage, ma mère l'empoigna. Ma sœur aînée lui rendit son geste. Bien que les mouvements de notre mère parussent gauches à cause de sa grossesse, elle était quand même plus forte que ma sœur aînée. Toutes les deux s'étripaient avec force cris qui attirèrent une foule de voisins curieux. Personne ne tenta d'intervenir. A ce moment-là, mon père, trempé jusqu'aux os, les quatre enfants à sa suite, entra et attrapa ma sœur aînée.

– Comment oses-tu donc frapper ta mère ! lui demanda-t-il avec colère. Je peux le faire, mais certainement pas une de ses propres filles.

– Je voulais t'aider, papa, répondit ma sœur aînée à travers ses larmes. Pourquoi prends-tu son parti ?

Elle virevolta et courut dans la pièce commune qui était plongée dans le noir. De là, elle se fraya un chemin à travers la foule en jouant des coudes et s'enfuit.

Ma sœur aînée interrompit son histoire. C'était tout ce qu'elle voulait me dire : elle s'était battue avec notre mère lorsqu'elle était enceinte de moi.

J'ai tenté de la persuader de m'en dire plus, mais elle a fait volte-face pour sortir, me laissant là avec une grande question à résoudre. Il semblait que, tout comme elle, je devais découvrir qui j'étais réellement. Pour une famille si ordinaire, notre lot de secrets était trop important. Peut-être que chaque maison de la rive sud, elle aussi, renfermait ses propres mystères.

Ma sœur aînée ne voulait pas parler davantage, ma quatrième sœur était trop occupée par ses problèmes, et ma seconde sœur ne me dirait rien, même si elle savait quelque chose. Les gens de mon entourage gardaient bien le secret, et j'avais l'impression que la réponse à l'énigme devait être très embarrassante pour moi. Mais cela ne devait pas m'empêcher de continuer mes investigations.

Je me souvenais d'un jour, des années auparavant, où ma sœur aînée était venue à la maison après un long trajet en autobus. Elle avait des taches de sang sur sa manche. Elle nous expliqua qu'elle était une nouvelle fois tombée amoureuse, qu'elle voulait divorcer et que son mari avait essayé, en vain, de la prendre en flagrant délit d'adultère. Il l'avait alors menacée de la dénoncer au Parti communiste afin de la faire juger pour conduite immorale. Une bagarre aurait éclaté entre eux deux, et elle lui aurait lancé un bol qui l'aurait blessée en se brisant.

Ma mère lui demanda pourquoi elle ne pouvait pas rester mariée à un seul homme, pourquoi chaque divorce était pire que le précédent. Quand s'assagirait-elle enfin ? Ma sœur aînée me repoussa dans un coin et dit à ma mère :

– Tout est ta faute, tu es une mauvaise mère, tu n'as pas le droit de me demander de te rendre des comptes ! Ton sang coule dans mes veines.

Il semblait que leur dispute avait quelque chose à voir avec moi, mais dès que la conversation s'envenima, elles me firent sortir de la pièce, puis reprirent leur querelle.

Désorientée, je restais debout derrière la porte jusqu'à ce que mon père arrive et m'emmène avec lui sur un rocher, en dessous de la cour des Huit-Becs. Il s'assit à côté de moi. De là, on pouvait voir les bateaux naviguer sur le fleuve, même lorsque le ciel était couvert. Il ne les distinguait pas très clairement, ne voyant que des points noirs mouvants. Mais il savait qu'il s'agissait des bateaux qu'il aimait, qui se dirigeaient en aval du fleuve, vers son village natal qu'il ne reverrait plus.

Chapitre II

Cet après-midi-là, à la fin des cours, je rangeais mes affaires dans mon sac quand le professeur d'histoire est entré dans la classe. Nous avons quitté l'école ensemble. Il ne me parla pas du lapin qu'il m'avait posé deux jours plus tôt, comme si cet incident ne s'était pas produit. De toute évidence, il ne comptait pas s'excuser. Il me demanda comment allaient mes études. Mes blessures au cœur se ravivèrent. J'ai alors fait demi-tour et je suis partie.

– J'ai besoin de te parler, me lança-t-il.

Je me suis arrêtée, réaction que j'ai immédiatement regrettée. Je n'aurais pas dû céder si facilement. Mais maintenant je ne pouvais plus reprendre subitement ma marche.

Il s'excusa alors de m'avoir fait attendre. La police et des membres de l'administration scolaire étaient venus le voir à midi ce jour-là, m'expliqua-t-il, à propos des nombreuses réunions qui se déroulaient chez lui. La police ne croyait pas que ses visiteurs se contentaient de lire, et les suspectait d'organiser une sorte de mouvement réactionnaire visant à répandre les idées du libéralisme bourgeois. Son école redoutait particulièrement ce genre d'affaires et risquait fort de lui retirer son poste. Dès que l'interrogatoire fut terminé, il s'était précipité vers notre lieu de rendez-vous, mais j'étais déjà partie. La police avait ensuite interrogé ses amis qui, depuis, n'osaient plus venir chez lui.

Un autobus passa rapidement, soulevant un nuage de poussière autour de nous, mais nous étions trop absorbés par nos pensées pour songer à nous déplacer. Puis nous avons marché un long moment jusqu'à ce que je comprenne que nous avions atteint l'est de la rive.

– Allons manger quelque chose, dit-il.

Sans attendre ma réponse, il m'emmena dans une petite échoppe en bas d'une ruelle, loin de la rue principale. Il y avait trois tables de libres ; nous nous sommes assis sous la fenêtre. En attendant que l'on nous serve, il me demanda :

– Tu m'en veux encore ?

– Que vas-tu faire si tu es renvoyé ? ai-je demandé.

– Redevenir un ouvrier, dit-il avec un sourire. Je retrouverai mes racines.

Lorsque les deux bols de riz, les haricots verts, le plat de légumes en saumure ainsi qu'une assiette d'épinards furent servis, il commanda de la liqueur d'écorce d'acanthopanax. Il me raconta qu'autrefois, lorsqu'il était ouvrier temporaire en bâtiment, il était tombé d'un toit et s'était blessé en bas du dos. Cette blessure le faisait encore souffrir, et la seule chose qui apaisait sa douleur était l'alcool. J'hésitais quand il m'en offrit un verre, car je n'en avais jamais bu, à l'exception d'une gorgée dans le verre de mon père pour le Nouvel An, et je n'en avais pas aimé le goût. Mais pour lui faire plaisir, j'acceptai le verre. Ce n'était pas si mauvais que je le pensais, pas aussi amer que je l'imaginais, même plutôt doux.

– Tu aimes ? me demanda-t-il.

Je lui ai souri.

J'ai commencé par lui raconter comment mes parents s'étaient rencontrés en 1947, et lui dépeindre la situation quand, deux ans plus tard, les communistes s'étaient emparés de la ville. J'ai essayé de lui décrire du mieux que je pouvais les habits que les gens portaient alors, ainsi que le temps qu'il faisait. Je lui ai aussi parlé des marches de pierre et du fleuve. Il m'a écoutée attentivement sans m'interrompre, sauf pour commander un autre bol de riz.

Lorsqu'il portait son regard sur moi, je me sentais inspirée. J'aurais pu lui déverser toute la peine que j'avais sur le cœur, sans lui poser la moindre question. Je cessai de manger.

– Comment se sont passées les années de famine pour toi ? lui ai-je demandé.

– Je pense que toutes les histoires sont plus ou moins les mêmes, a-t-il dit dans un sourire. Mais quand on les raconte, elles paraissent toutes différentes. L'expérience de chacun est unique.

Il a ajouté qu'il aimerait écrire un livre sur ce sujet, expliquer ce qu'il pensait de la vie et du destin. Ma sœur aînée m'avait dit la même chose, à cela près que son objectif était de donner libre cours à ses griefs contre l'injustice de son destin. Lui, de son côté, voulait trouver un autre moyen d'exprimer ses idées. A l'époque, à Pékin, un groupe de jeunes écrivains s'y employait : ils collaient leurs écrits sur un mur au carrefour de Xidan, et publiaient des articles dans la revue *Aujourd'hui*. Ces actes étaient vigoureusement réprimés. En fait, la police de Chongqing obéissait aux autorités de Pékin, c'est pourquoi le professeur et ses amis subissaient des pressions politiques. Aussi, même s'il écrivait quelque chose, il ne pourrait pas le faire publier.

J'ai poussé mon verre au milieu de la table, mais il me l'a rendu. Je l'ai pris dans ma main. Quand il avait parlé d'écrire un livre, mes pensées s'étaient dérobées.

– Ne t'inquiète pas, tu ne seras pas saoule, dit-il en me regardant.

J'ai posé le verre devant lui.

– Bois-le, lui ai-je dit.

– Prends encore une gorgée et je le finirai.

Alors j'ai avalé une gorgée, puis une autre. J'ai senti mon visage devenir brûlant. Mon esprit me semblait particulièrement aiguisé, mes propos coulaient avec aisance. Je lui ai parlé des membres de ma famille morts de faim durant la famine, avant ma naissance. J'ai aussi évoqué les différents mariages de ma sœur aînée.

En réponse, le professeur d'histoire dit que ma sœur voulait changer de vie chaque fois qu'elle changeait d'homme. Mais même en luttant de toutes ses forces pour combattre le pouvoir de la société, elle ne pourrait pas changer son destin.

– Les riches ont formé un groupe dominant, dit-il, une nouvelle classe de privilégiés. Alors que le commun des mortels rêve d'un nouveau trou dans les toilettes publiques, les cadres possèdent leurs propres toilettes avec chasse d'eau, des salles de bains, des téléphones, des domestiques, des nurses. As-tu déjà entendu parler d'un cadre qui soit mort de faim durant la famine ? L'objectif premier de ces gens est de consolider les intérêts communs de leur classe et de les transmettre à leurs enfants. Leur seconde priorité est de grimper les échelons, sans aucun état d'âme, pour atteindre le sommet de la hiérarchie. L'inévitable choc entre ces deux priorités provoque des bouleversements politiques infinis dont les gens du peuple sont les premières victimes.

« Il y a eu deux révolutions culturelles, continua-t-il. La première a vu les cadres s'attaquer entre eux. Pour obtenir des privilèges particuliers, il leur a fallu descendre dans l'arène politique et prendre le risque d'avoir la gorge tranchée. Par conséquent, ils n'ont pas le droit de se plaindre puisque c'est le choix qu'ils ont fait. Ces personnes-là et leurs descendants, qui maintenant dénoncent avec colère les rebelles qui les ont persécutés, sont ridicules. L'autre révolution culturelle appartient au peuple. Ce dernier a profité de la lutte intestine pour le pouvoir entre le président Mao et le président de la République Liu Shaoqi pour attaquer, par esprit de revanche, les comités du Parti. Mais, dès 1969, Mao s'en est pris aux rebelles et les a persécutés durant les onze années qui suivirent. Aujourd'hui encore, les cadres réprimandent ceux qui osent les défier. »

Je regardais fixement le professeur d'histoire, sans cligner des paupières. Il parlait avec fougue en agitant les mains. Je ne l'avais jamais entendu dire tant de choses en si peu de temps. Il ne semblait pas se soucier du fait que je comprenne ou non ses paroles, pas plus qu'il ne s'intéressait à mon avis. En voyant l'expression de son visage, j'ai éprouvé une certaine pitié à son égard. Ses connaissances étaient infiniment supérieures aux miennes, mais nous souffrions tous les deux de la même incompréhension générale. En ce qui concernait nos besoins sentimentaux, nous nous trouvions à égalité.

La bouteille d'alcool était vide, et il en restait quelques gouttes dans son verre. Il ne cessait de le soulever et de le rabaisser, incapable de se décider à boire. Il rit d'un air gêné en me disant que j'étais la première femme, autre que son épouse, avec laquelle il mangeait au restaurant. La plupart du temps, il grignotait un petit quelque chose seul chez lui. Je ne saurais dire si c'était l'alcool qui avait rendu son visage rouge ou s'il avait rougi à cause de cette confidence. J'ai détourné les yeux tout en regardant le patron entrer et sortir de sa cuisine. Les deux autres tables, vides à notre arrivée, étaient maintenant occupées.

Le petit restaurant demeurait calme. Le soleil se couchait derrière les montagnes. Il devait donc être cinq ou six heures. Le patron préparait une soupe de riz. Les clients arriveraient vers sept ou huit heures.

C'était la première fois que le professeur parlait de sa femme, et encore l'avait-il simplement évoquée. J'avais surpris une conversation entre enseignants qui disaient qu'elle travaillait dans le service administratif d'une école primaire. Sa fille de sept ans étudiait dans cette école, qui apparemment ne se trouvait pas sur la rive sud mais dans une banlieue éloignée. Il voulait que je sache qu'il était d'habitude seul chez lui, et j'ai compris où il voulait en venir, bien que je n'en aie rien laissé paraître.

– Tes yeux te trahissent, dit-il un peu trop rapidement. Tu ne sais pas cacher ce que tu penses, pas même la plus légère rêverie. Ton regard me révèle tout.

J'ai vivement secoué la tête.

« Qu'est-ce que tu en sais ? lui ai-je dit en pensée : la seule chose que je cache est ma solitude parce que je ne veux pas que les autres s'en aperçoivent ; je rêve aussi de me donner à quelqu'un ; mais je ne peux pas laisser mes yeux révéler ce désir car j'aurais trop peur de dévoiler mes sentiments. Je m'efforce donc de ne pas croiser ton regard. »

Chapitre III

Le plus jeune des deux garçons était un peu plus grand que son frère, mais leurs deux visages étaient empreints de tristesse. Après la mort de leur père, ils ont été élevés par leur mère, ce qui ne fut pas simple. Ils avaient quatre ans de différence et se ressemblaient comme deux gouttes d'eau. Lorsque la révolution culturelle commença et que les factions rebelles se formèrent, ils restèrent chez eux pour apprendre par cœur les citations du président Mao qui leur servirent d'arme oratoire. Puis ils quittèrent la maison et devinrent des activistes rebelles. Quand les factions se divisèrent, ils se retrouvèrent dans les camps opposés.

Cette situation était courante dans cette ville de plusieurs millions d'habitants. Durant les premières années de la révolution culturelle, même les vieilles femmes, qui gagnaient péniblement leur vie en fabriquant des chaussures dans du tissu épais, pouvaient réciter les devises du Grand Timonier, le président Mao, ou de son bras droit, le commandant Lin Biao, et ainsi calmer leurs détracteurs avec des slogans révolutionnaires. Les familles qui étaient divisées en factions rivales se battaient comme des bêtes féroces.

Les généraux de l'armée retournèrent rapidement la situation à leur avantage et reprirent le pouvoir. La faction du « Quinze Août » fut soutenue par la 54e armée, qui était en garnison à Chongqing. Puis la 53e armée fut envoyée dans cette même ville pour soutenir la faction « Rebelles jusqu'au bout ». C'est à ce moment-là seulement que la population commença à comprendre que les factions opposées, chacune de leur côté, étaient bien décidées à faire bon usage du nombre important d'usines d'armement que la ville possédait. Chongqing devint alors le plus célèbre champ de bataille de la révolution culturelle, avec ses couvre-feux nocturnes, ses fortifications, ses barricades sur les routes principales, et ses haut-parleurs fonctionnant nuit et jour. Durant les six premiers mois de 1967, les batailles s'effectuèrent au couteau et au gourdin, mais, en juillet, les munitions firent leur apparition.

Durant ces journées, la plupart des gens des rives des deux fleuves sortirent de sous leurs lits tous les objets qui s'y trouvaient et les remplacèrent par des nattes de paille sur lesquelles ils dormirent, protégés par des couvertures matelassées et par des oreillers. C'était le seul moyen de protection contre les balles perdues ou contre l'artillerie lourde qui pouvait traverser le fleuve à chaque instant. Les abris antiaériens, construits sur les bas-côtés des collines lors de la guerre contre le Japon et certainement les plus beaux du monde, étaient encore en excellent état. Ils servaient de refuge lors des combats. Plus tard, dans les années 70, avec la menace d'une guerre nucléaire, ils furent renforcés et développés ; la ville souterraine ressembla à un véritable gruyère. Chaque jour de l'été 1967, quel que fût le degré de chaleur et d'humidité, dès que la nuit tombait, les gens verrouillaient leurs portes, éteignaient leurs lampes tout en s'armant de barres en métal, de paires de ciseaux et de couperets.

Une bataille redoutable, dans laquelle se mêlaient mitraillettes et tanks, fit rage toute une nuit à l'école de médecine. Personne ne s'attendait à une telle offensive. Les étudiants présents, pris de panique, se ruèrent tous sur le mur de l'enceinte qui s'effondra sur eux. Nombreux furent ceux qui moururent ainsi, écrasés, lors des combats.

En août, la bataille atteignit son apogée.

Les deux factions, « Quinze Août » et « Rebelles jusqu'au bout », étaient prêtes pour un affrontement décisif sur le Yangzi. Des fortifications avaient été érigées sur les rives nord et sud ainsi qu'au cœur de la ville. Les cargos et les bacs restaient à quai. Le fleuve était désert. Même l'émission de propagande de la faction « Rebelles jusqu'au bout », intitulée *Tant pis si c'est foutu*, que diffusaient les haut-parleurs depuis le sommet de la tour du monument de la Libération dans le centre-ville, avait été interrompue. Il régnait un silence de mort. La température augmentait. Sentant le danger proche, les riverains se cachèrent sous leurs lits ou dans les abris antiaériens.

Ce 8 août 1967, je faisais partie d'une bande de gamins qui se trouvaient dehors à réciter des comptines idiotes. Quand le bombardement a commencé, mon intrépide troisième frère, âgé de seize ans à l'époque, s'élança en direction de la cour des Huit-Becs, qui avait une très belle vue sur la Porte du Ciel, pour se coucher face à terre sous un rocher afin d'admirer le spectacle.

Mon père lui courut après, frôlant les murs et s'accroupissant le long du trajet pour ne pas se faire toucher. « Petit troisième ! Petit troisième ! » criait-il, transpirant d'anxiété. Agée de moins de cinq ans, piquée par la curiosité, je me tenais furtivement derrière lui.

Au point de convergence des fleuves Jialing et Yangzi, la fumée s'élevait des charpentes calcinées des bateaux. Un chaland, qui s'était échoué sur le rocher de la Tortue, coulait lentement, la proue enfoncée dans l'eau. Un autre avait échappé au même sort en descendant le fleuve à toute vitesse.

A la cour des Huit-Becs, impossible de trouver mon troisième frère. Tandis que mon père commençait à descendre les marches, en direction de la rive, il remarqua ma présence.

– Rentre à la maison ! hurla-t-il en m'indiquant la direction du doigt. Va-t'en vite d'ici !

Stoppée dans mon élan par l'angoisse contenue dans sa voix, j'ai fait demi-tour pour courir jusqu'à la maison, comme si j'avais le diable à mes trousses.

Mon troisième frère nous raconta plus tard qu'ayant vu le chaland couler, il avait dévalé les marches et plongé dans le fleuve d'où il avait rapporté un tube en plastique contenant une dizaine de volants. Cela voulait donc dire que, dans le bateau qui avait coulé, un jeune homme jouait au badminton. Bravant une pluie de balles, mon père avait ramené mon troisième frère à la maison avant de le pousser sous le lit. Ce dernier, nullement inquiet, continuait à lisser les plumes de ses volants.

Une féroce bataille sévit entre la faction « Rebelles jusqu'au bout », dont le chaland était amarré en amont de l'usine d'armement, et celle du « Quinze Août », qui avait monté le Jialing avec un aviso-torpilleur sur un petit bateau à vapeur. Les bateaux de guerre avaient été équipés de blindages en tôle, ainsi que de hublots pour les fusils et les canons. La plupart des membres de la faction du « Quinze Août » se composaient d'étudiants, et le reste de quelques ouvriers. Bien qu'ils fussent assez bien équipés, ils ne faisaient pas le poids face au chaland des « Rebelles jusqu'au bout », manœuvré essentiellement par des marins. L'aviso-torpilleur du « Quinze Août » fut touché douze fois, et une des torpilles atteignit le moteur principal. Avant même d'avoir eu le temps de comprendre ce qui se passait et de s'enfuir, leur bateau avait coulé, les entraînant tous avec lui.

Le professeur d'histoire assista à l'embrasement et au naufrage du petit bateau à vapeur.

A ce moment-là, il ne savait pas que son jeune frère se trouvait à bord. Selon les survivants du « Quinze Août » un élève aussi fragile que lui aurait dû rester à terre, mais il avait absolument voulu se joindre aux autres sur le chaland. Le professeur d'histoire ne retrouva que les lunettes épaisses aux montures transparentes de son frère, qui furent enterrées au cimetière des Martyrs des Gardes rouges, dans le parc de la Barre, au milieu d'un grand nombre de corps non identifiables. A Chongqing, où les plus violentes batailles de la révolution culturelle eurent lieu, pas moins de vingt cimetières furent réservés à ceux qui avaient donné leur vie pour défendre le Grand Timonier. Aujourd'hui, il ne reste que celui du parc de la Barre dont la majorité des tombes ne porte pas de noms. Autrefois, on apercevait un imposant monument commémoratif, sur lequel le président Mao avait lui-même écrit, de sa calligraphie énergique, des citations et des poèmes. Mais, au milieu de la révolution culturelle, les factions furent dissoutes par les militaires, et les pierres tombales renversées. Le cimetière tomba en ruine, puis les mauvaises herbes l'envahirent et plus personne ne s'en soucia.

La mère du professeur d'histoire se trouvait chez elle, en train de tricoter un pull, quand elle apprit l'horrible nouvelle. Elle se planta son aiguille à tricoter dans la paume de la main, et elle mourut subitement, sur place, sans même un dernier râle.

Le professeur d'histoire quitta les combats entre factions et rentra chez lui. Pendant son absence, la maison avait été mise sens dessus dessous par les camarades de lutte de son frère, en signe de revanche.

« Le huitième jour du huitième mois, les habitants doivent payer leur tribut au diable » devint un nouveau proverbe, chargé de mauvais augures. Treize années plus tard, le père d'un des Gardes rouges décédés, en se rendant au parc de la Barre afin d'y exhumer les restes de son enfant pour les enterrer ailleurs, reçut le choc de sa vie : « Au fantôme ! cria-t-il. Au fantôme ! » Le crâne était devenu tout vert. On lui expliqua plus tard que la balle qui avait tué le jeune homme devait avoir été en cuivre. Elle s'était ensuite oxydée dans le cerveau liquéfié et avait coloré le crâne en vert.

Il aurait fallu que je fusse aveugle pour ne pas remarquer que le calme avec lequel le professeur d'histoire relatait ces événements, tandis que nous étions assis dans le restaurant, n'était qu'une façade, et qu'il luttait pour réprimer ses sentiments profonds. Pour la première fois, je percevais quelque chose de contradictoire dans son discours. Il était clair et persuasif lorsqu'il parlait des « deux révolutions culturelles », mais son argument avait une faille. En effet, si les organisations de rebelles s'étaient engagées dans « la révolution culturelle du peuple », pourquoi s'étaient-elles ensuite entre-tuées ?

– On a toujours entendu dire que les rebelles étaient des brutes, dit-il, cependant, quand ils avaient le pouvoir, peu d'intellectuels ou de simples citoyens furent persécutés ou poussés au suicide. Or, dans les années 70, lorsque Mao laissa les militaires prendre le contrôle de la situation et qu'il lança le « mouvement de purification de classes », c'est à ce moment-là que le peuple souffrit véritablement.

Il avait raison, bien entendu. Au cours de ma deuxième année d'école, les personnes accusées d'avoir rejoint la « faction du 16 mai » se suicidaient l'une après l'autre, tandis que celles de « la lie nationaliste » ainsi que les « littéraires réactionnaires » étaient quotidiennement démasqués. Durant ces années, le spectacle de cadavres flottant à la surface du fleuve était tellement fréquent que plus personne ne se déplaçait pour les voir.

Assise face au professeur d'histoire, la tête entre mes mains, le temps s'était si rapidement écoulé que j'en avais oublié de finir mon repas. La nuit était tombée.

Je n'ai repensé au *Manuel d'anatomie*, rangé dans mon sac de classe, qu'après notre séparation. Toutes les choses profondes dont il avait parlé et la pertinence de ses opinions avaient si peu de liens avec cet ouvrage que j'avais complètement oublié de le lui rendre et de lui faire part de mes remarques à propos de son geste déplacé. Je l'ai rappelé et nous avons marché l'un vers l'autre, sous les réverbères. L'ombre des branches des arbres avoisinants effaçait ses traits, le transformant en un spectre sans visage.

– Qu'y a-t-il ? me demanda-t-il.

Je pouvais voir qu'il respirait péniblement.

– Ton livre, ai-je répondu calmement et d'un ton modéré. Je l'ai lu et je l'ai compris.

Je l'ai sorti de derrière mon dos et le lui ai tendu. Il l'a saisi, s'est retourné et il est parti. Il semblait de toute évidence effrayé et légèrement pris de panique.

Ma toute première victoire morale ! Tandis que je le voyais se hâter, j'ai soudain éprouvé, sans raison, un violent désir. Mon cœur s'est mis à battre à vive allure, mes muscles pelviens se sont contractés, et le bout de mes seins s'est durci douloureusement. J'ai dû alors m'étreindre fermement.

Chapitre IV

Sur le chemin du retour, même le vent frais ne parvenait pas à calmer mon excitation. La musique d'un orgue s'échappait de la crèche.

Chercher, toujours chercher
Et trouver un ami,
Faire un signe de tête
Et se serrer les mains.

Les enfants s'amusaient à faire des galipettes sur le sol. Pourquoi étaient-ils dehors à cette heure du soir ? Des remugles d'excréments en provenance des baquets suintants et des toilettes publiques tout proches se répandaient dans les rues. Il faisait chaud. Les arbres bruissaient et l'eau coulait, goutte à goutte, en silence, dans le caniveau.

Il y avait plus de monde que d'habitude dans la cour numéro six lorsque je suis arrivée, y compris des gens d'autres cours et ruelles. On se bousculait presque.

– C'est un garçon !

– Quelle chance a maman Shi d'avoir un petit-fils !

Ma quatrième sœur et Dehua, assis sur des tabourets dans la pièce commune, dînaient. Mon cinquième frère se trouvait là aussi et mon père bricolait son poste de radio.

J'ai posé mon sac de classe pour attraper un bol et suis allée dans la cuisine prendre un peu d'eau. Une marmite de soupe cuisait sur le fourneau de maman Shi, dégageant un fumet de viande. Des bouilloires chauffaient sur les autres fourneaux. Les visiteurs, venus pour manger les célèbres œufs rouges, avaient bruyamment dit au revoir et étaient rentrés chez eux. La maison de maman Shi, la première à l'arrière, était située à côté de la cuisine. Aussi pouvais-je entendre sa belle-fille, couchée, à travers la cloison.

– Pourquoi la soupe n'est-elle pas encore prête ? l'ai-je entendu se plaindre. Dois-je attendre la semaine des quatre jeudis pour avoir quelque chose à manger ?

– Cela n'est efficace que si tu l'avales au milieu de la nuit, lui répondit maman Shi.

Elle parlait de manger le placenta, une coutume locale. On le rapportait de la maternité, ensuite il était lavé dans le fleuve avec du sel et de la soude, et coupé en petits morceaux pour être cuit dans du bouillon de porc. Les gens pensaient que le placenta était riche en vitamines et en sels minéraux, et permettait donc à toute nouvelle mère de retrouver ses forces. Quand une soupe au placenta mijotait sur un fourneau, certaines femmes se débrouillaient pour en voler un peu. Elles se plaçaient devant leur propre cuisinière et plongeaient discrètement leur louche à long manche dans la marmite de leur voisine. Les plus audacieuses n'y allaient pas par quatre chemins et s'en remplissaient un plein bol. Puis elles soufflaient dessus pour la refroidir avant de la boire. « Je la goûtais seulement pour voir si elle était suffisamment salée », disaient-elles lorsqu'elles se faisaient prendre sur le fait.

J'avais l'impression que j'allais vomir chaque fois que quelqu'un parlait avec excitation de manger de la soupe de placenta. Je me souvins d'un jour où ma sœur aînée venait juste d'accoucher ; elle s'était disputée avec ma mère à ce sujet.

Elle refusait de manger ce qui lui était présenté, frappait sur son bol avec ses baguettes et criait :

– C'est de l'estomac de porc ! Maman, tu as jeté mon placenta, n'est-ce pas ?

Ma mère ne répondit pas.

– Cette soupe a la même couleur laiteuse et le même goût, renchérit ma sœur aînée en colère. N'essaie pas de me tromper, je sais très bien qu'il n'y a pas de placenta là-dedans !

Elle connaissait les convictions de notre mère. Cette dernière ne croyait pas à la coutume concernant le placenta et considérait le fait de le manger comme un acte de barbarie. Elle ne l'avait donc jamais cuisiné pour une seule de ses filles.

Ma mère était peut-être illettrée, mais elle avait ses principes, et ne pas manger de parties du corps humain en était un.

Chapitre V

Ma mère, en revanche, croyait en la sorcellerie et trouvait les remèdes de sorcière bien plus efficaces que la médecine occidentale. Un jour, lorsque j'avais treize ans, j'ai raté une marche alors que je portais un seau de sable. J'ai dégringolé l'escalier et me suis violemment tordu le poignet, lequel a doublé de volume. Au milieu de la nuit, la douleur étant devenue insupportable, ma mère m'a emmenée dans une rue derrière la douve d'eau et a frappé avec anxiété à une porte. La porte et les fenêtres du lieu étaient incroyablement petites. Une femme était assise à l'intérieur, dans le noir, et fumait une cigarette. A notre arrivée, elle a allumé une lanterne qui dégageait une très faible lumière. Quand elle l'a posée sur le buffet, dans l'angle de la pièce, je ne parvenais plus à distinguer ses traits ; je voyais seulement sa cigarette bouger en même temps que sa main. Elle ne la fumait pas. Mécontente que nous soyons venues la voir à l'improviste, elle a dit que nous n'avions pas les moyens de nous offrir ses services.

Ma mère lui a demandé quel était son tarif.

Elle a jeté sa cigarette et indiqué un chiffre de ses doigts.

Ma mère a acquiescé, sans dire un mot.

La femme s'est alors levée et m'a demandé de m'asseoir sur le lit. Elle a ensuite appliqué une pommade, à la senteur étrange, sur mon poignet, et marmonné une incantation tout en la faisant pénétrer. Puis elle a allumé un bâtonnet d'encens et l'a tenu près de la partie blessée. J'ai eu l'impression de recevoir alors une décharge électrique à travers le corps.

– C'est bon, vous pouvez la ramener chez vous maintenant, a dit la femme, haletante, tandis qu'elle s'asseyait à nouveau.

J'ai sauté du lit, mon poignet guéri. Ma mère lui a tendu l'argent et à sa grande surprise la femme l'a refusé.

Cette dernière lui a alors expliqué qu'elle avait aimé la façon dont ma mère avait accepté le prix, sans aucune hésitation. Elle savait que nous étions pauvres. Mais elle nous a demandé de ne le dire à personne.

– Vous n'êtes jamais venues ici, compris ? a-t-elle grommelé.

C'est au cours de cet hiver que le sang coula de mon corps pour la première fois. Je me suis cachée derrière le rideau du pot de chambre, interloquée, tandis que ma sœur aînée attendait de l'autre côté, la vessie pleine. Pendant que je me demandais ce que j'allais faire, elle entrouvrit le rideau et me vit, assise sur le pot, tremblante. Après m'avoir tendu du papier toilette, elle me dit d'en bourrer ma culotte. Depuis ce jour, lorsque mes règles avaient lieu en hiver, je perdais une quantité impressionnante de sang. Cette situation me rendait extrêmement nerveuse ; rien ne me calmait. Certaines fois, je devais revenir en courant à la maison, avant la fin des cours, car mes sous-vêtements, ma doublure en flanelle ainsi que mon pantalon étaient souillés. Honteuse et mal à l'aise, je me déshabillais et faisais sécher ma doublure en flanelle au-dessus de la cuisinière, car je n'en avais pas d'autre de rechange.

Pendant que j'attendais qu'elle fût suffisamment sèche pour pouvoir la remettre, je me demandais comment mes professeurs allaient me punir pour avoir, encore une fois, quitté leur cours.

J'avais un grain de beauté dans la paume de la main droite, ce qu'une diseuse de bonne aventure avait trouvé troublant. « Il bloque la veine à un point d'intersection de plusieurs courants d'énergie. » J'avais aussi une cicatrice au-dessus du nombril, depuis que j'étais petite, suite à l'ablation d'un furoncle. Elle ressemblait à un œil qui me regardait, et, chaque fois que je me lavais, avec mon doigt je l'entourais d'un point d'interrogation.

Partie XIII

Chapitre I

J'ai ouvert la porte du grenier et suis restée debout, pieds nus, sur le seuil. La cour commençait à se réveiller. Quelqu'un urinait dans le trou d'évacuation des eaux usées. L'urine accumulée toute la nuit faisait un bruit particulièrement sonore.

Puis les rayons du soleil s'infiltrèrent à travers le linge qui séchait dans la cour, et finirent leur course sur le petit tabouret en bambou dans le coin de la pièce commune. J'ai mis mon sac de classe sur mes épaules ; je franchissais la porte lorsque ma mère est sortie de la chambre en se peignant.

– C'est dimanche, a-t-elle dit avec impatience. Où comptes-tu donc aller ?

Voilà pourquoi je n'avais vu personne se préparer pour l'école ! Ma mère avait l'air épuisé, elle semblait n'avoir pas dormi de la nuit. Ses yeux étaient gonflés, mais son regard aussi aiguisé que d'habitude, et avivé par le sentiment qu'elle pouvait tout lire en moi. J'ai paniqué. Son visage s'est soudain adouci, comme si elle voulait me dire quelque chose, mais elle s'est contentée de tousser en retournant dans sa chambre. Notre voisin mangeait une sorte de bouillie qui sentait le rance accompagnée de haricots saumurés. Je suis descendue près du fleuve avec un livre pour réviser mes leçons. Je n'arrivais pas à me concentrer, aussi ai-je décidé de rentrer à la maison où j'ai trouvé mon père, seul, en train de faire la vaisselle.

– Où est maman ?

– Elle a dit qu'elle allait voir ta seconde sœur, m'a répondu mon père.

Après avoir réfléchi un moment, il a ajouté :

– Elle a dit aussi qu'elle irait en ville brûler de l'encens au temple du Bouddha.

C'était étrange. Était-il arrivé un malheur ? Chaque fois qu'elle se trouvait face à un problème qu'elle ne parvenait pas à résoudre, elle allait brûler de l'encens au temple du Bouddha. Parfois, elle m'emmenait. Elle m'a dit que j'y étais allée à l'âge de trois ans, mais la première visite dont je me souvienne remonte à mes quatre ou cinq ans. L'odeur des racines de lotus emplissait ce temple tranquille et désert.

Les cailloux crissaient sous nos pas tandis que nous descendions le chemin. Toutes les quatre ou cinq marches se dressaient des statues de pierre au visage grêlé et balafré comme celui des mendiants lépreux, aux traits effacés par le vent incessant.

Nous avons tourné à l'angle et sommes montées jusqu'à la porte principale. Là, ma mère m'a demandé de m'arrêter, d'arranger mes vêtements et d'attacher mes chaussures.

– Chaque statue d'un Bouddha, dit-elle, contrôle ton destin. Si tu te prosternes devant celui qui gouverne ta vie, la chance te sourira.

Elle me tapota la tête en me faisant comprendre que ce choix était désormais le mien.

– Quand tu entreras dans le temple, ajouta-t-elle, si ton pied droit franchit le seuil le premier, tu dois compter les statues sur la droite.

Cinq cents Bouddhas formaient un double carré que je devais compter selon mes huit chiffres de naissance : l'année, le mois, le jour et l'heure de ma venue au monde, sans sauter aucune statue et sans faire de choix. Celle devant laquelle j'arriverais était mon Bouddha personnel. Si, par contre, j'entrais du pied gauche, je devais commencer à compter du côté gauche.

L'entrée était si haute que j'ai dû m'aider de la main pour la gravir ; dans mon agitation, j'ai oublié de regarder quel pied était entré le premier. Soudain surgirent devant moi, dans le temple en double carré, des statues en pierre de tailles à peu près identiques, mais la similitude s'arrêtait là. En effet, certaines étaient furieuses, d'autres rieuses, d'autres encore assises solennellement, ou tenant un phénix, ou bien portant un symbole porte-bonheur, ou avec une fleur de lotus poussant derrière la tête.

– Agenouille-toi ici, Liuliu ! m'a dit ma mère avec une fermeté qui ne laissait aucune place à la contestation.

J'ai obéi, je me suis agenouillée peureusement sur la natte, sans oser lever les yeux, apeurée à l'idée que le Bouddha qui contrôlait mon destin pût avoir un gros ventre ou un visage rouge. Finalement, prenant mon courage à deux mains, j'ai levé les yeux et découvert une statue qui semblait toucher le plafond. Des traits bienveillants, une expression de miséricorde et de générosité inondaient son visage pâle. Une épée en argent dans les mains, assise sur un lion à la crinière d'or, elle différait totalement de toutes les autres. Elle me regardait fixement de ses yeux clairs. Je n'avais aucune idée de la manière dont compter mes huit chiffres et je ne voulais pas demander conseil à ma mère. Pourtant, j'avais le sentiment que je connaissais déjà ce Bouddha, que je l'avais vu quelque part auparavant.

Ma mère s'agenouilla à côté de moi, alluma trois bâtons d'encens, et me dit de me prosterner avec elle. Sa chemise en coton bleu frottait légèrement contre mon visage. Cette sensation était merveilleuse.

– C'est Manjusri ! dit-elle. Dis-lui tout ce que tu as sur le cœur. Il est ton protecteur. Demande-lui quelles richesses tu veux, mais ne le dis pas à voix haute. Contente-toi de le répéter trois fois pour toi-même.

Tout en m'inclinant sur le sol, je lui ai dit ce que je voulais au moins dix fois. Et quand j'ai tourné la tête, ma mère me regardait avec de la tendresse dans les yeux.

Depuis le jour de ma naissance, mon destin n'avait jamais été bon et il ne s'améliorerait probablement pas. Je ne me souviens pas de ce que je lui ai demandé ce jour-là. Durant la révolution culturelle, qui commença peu de temps après notre visite, les statues furent détruites et le temple fermé. Des années plus tard, il a été restauré, et j'ai effectué le voyage spécialement pour aller le revoir. Un mécène avait fait un don pour peindre d'or le visage de Bouddha ; j'ai vu le nouveau Manjusri, une réplique exacte de l'original. Cependant, je me suis sentie étrangère à tout cela, et je doutais qu'il se souvînt des vœux que j'avais personnellement oubliés.

Il y a une question que je n'ai jamais été capable de poser à ma mère : pourquoi avait-elle choisi le Bouddha Manjusri pour protéger son huitième enfant, la sixième à survivre, et non pas Samantabhadra, le dieu de la Rationalité, ou la miséricordieuse Guanyin, déesse de la Bonté, ou encore le tout-puissant et omniscient Sakyamun, le Bouddha lui-même ? Elle savait à peine lire une simple lettre ou écrire une carte de vœux, alors sans doute s'agissait-il du plus pur hasard. L'épée de Manjusri est l'épée de la connaissance, et le lion, la source de l'intelligence. Peut-être pressentait-elle que ma vie durant je serais tenaillée par un fort désir d'apprendre, que j'aurais besoin d'une réponse à chacune de mes questions, et que cette envie intense de tout comprendre m'apporterait des ennuis supplémentaires. Quelle chance de traverser la vie sans se poser de questions, de se laisser porter par le destin, d'avoir des enfants, d'éviter de compliquer les choses, puis de mourir en paix et de laisser ses cendres se répandre dans la mer !

Mais, au cours des années qui suivirent, ma mère prit une certaine distance avec les problèmes de ses enfants, y compris en ce qui concerne mon besoin de connaissances. Plus rien n'avait d'importance à ses yeux. Je n'ai jamais senti, depuis, la chaleur et la tendresse qu'elle m'avait témoignées ce jour-là dans le temple. Elle ne désirait pas que je connaisse les secrets de famille, surtout pas celui qui entourait ma naissance.

Chapitre II

J'attendais impatiemment de revoir le professeur d'histoire. J'ai vidé les cinq tiroirs du bureau à la recherche d'un petit miroir. Dans le tiroir à habits, j'ai découvert un bonnet de bébé de couleur bleue que je n'avais jamais vu. Quelque chose de dur était enveloppé à l'intérieur. Il s'agissait d'un harmonica. Le bonnet était vieux et mangé par les mites, mais j'aimais sa couleur et ses petites fleurs noires brodées, sa bordure de satin et son liseré en flanelle, si doux au toucher. Je me souvins d'avoir, une fois, entrevu l'harmonica que ma mère m'avait arraché des mains.

Je suis montée au grenier à la recherche du petit miroir de ma quatrième sœur qu'elle avait sans doute caché sous son oreiller. J'avais raison. En me regardant dans la glace, j'ai détesté mon teint jaunâtre. J'ai donc essayé de m'arranger avec de la poudre appartenant à la fille de ma sœur aînée, en tapotant mon visage avec la houppette puis en l'étalant de façon uniforme. Au second regard dans le miroir, je fus satisfaite du résultat : cette poudre faisait des merveilles. J'ai ensuite hâtivement reposé le miroir sur le lit, à l'envers : j'étais sans doute aussi superstitieuse que ma mère.

Le professeur d'histoire allait certainement me demander : « Pourquoi ton visage est-il si pâle ? Tu as peur de quelque chose ? » Je commençais à regretter de m'être mis de la poudre car j'avais la main lourde lorsque je me maquillais. J'ai toujours eu l'intuition que ma jeunesse durerait aussi peu de temps que durent les roses et qu'il fallait en profiter. En ce jour de mes dix-huit ans, ce pressentiment se renforça.

Le grand amour ne se rencontrait pas facilement, et je l'attendais sans cesse. Maintenant qu'il venait de surgir dans ma vie, je n'allais pas me dérober devant lui. J'aimais cet homme et savoir qu'il était marié ne me gênait pas. Inconsciemment, ce facteur avait même, sans doute, été déterminant. J'avais toujours été attirée par ce que je ne pouvais pas avoir : plus mes chances étaient faibles, plus mes sentiments se renforçaient. Je songeais à lui dès le réveil. Que faisait-il ? Qu'avait-il pensé de notre dernière rencontre ? Quelle attitude adopterai-je quand je le reverrai ? Tu n'as aucune chance avec lui, me disais-je en moi-même, c'est sans espoir. Avant même de laisser l'amour m'envahir, j'avais déjà épuisé une grande partie de la tendresse que partagent les amoureux.

Petit à petit, j'ai trouvé une réponse au désordre de mes pensées. Tu es trop solitaire ! Il est classique que des étudiants tombent amoureux de leur professeur. Mais comment savoir si tu ne vas pas t'enfuir dès que tu seras face à lui ? Si tu agis de la sorte, tout espoir de passion enflammée s'évanouira en fumée.

Quelque chose me dit qu'il n'était pas à l'école – bien qu'il lui arrivât parfois de passer ses dimanches seul dans son bureau. Aujourd'hui il se trouvait chez lui, je le pressentais. J'ai pris un bus place du Pont de pierre, qui roulait si lentement que j'en suis descendue pour poursuivre mon chemin à pied, le long du fleuve. Sur les bas-côtés, la boue formait de petits monticules tapissés de roseaux doux et duvetés. J'ai vu les rangées de maisons surélevées et entassées qu'il m'avait décrites. Il vivait dans une baraque aux murs en planches couverts de plâtre, sur la colline. Les assauts répétés de la pluie et du soleil ardent avaient rendu les planches presque noires.

Mon cœur cognait dans ma poitrine tandis que j'atteignais la colline. Où avais-je puisé mon courage ? Qu'allais-je lui répondre s'il me demandait la raison de ma venue ? Je pourrais lui dire que je voulais qu'il m'écrive une banderole pour le mariage de ma quatrième sœur.

Et puis non, pourquoi devrais-je mentir ? Je lui dirais simplement que j'avais envie de le voir. Les marches de pierre de la rivière des Pommiers sauvages montaient jusqu'en haut de la colline, et j'ai dû m'arrêter plusieurs fois pour reprendre mon souffle. L'idée de faire demi-tour ne m'a cependant jamais traversé l'esprit. Mon professeur avait allumé un feu dans mes veines. Mon visage décharné et mes lèvres pâles avaient pris des couleurs, mes cheveux, qui dansaient dans le vent, avaient viré d'un brun terne à un noir de jais. Ma peau de serpent était devenue lisse, mes ongles brillants. Si j'avais pu me voir, à cet instant, j'aurais alors su qu'en ce jour de mes dix-huit ans il fallait désormais que je profite de la beauté de ma jeunesse, que je l'apprécie tant qu'elle durerait.

Quand j'ai atteint sa rue, dans laquelle toutes les habitations faisaient face au fleuve, je n'ai pas eu besoin de chercher son adresse ; j'ai trouvé sa maison d'instinct.

Je ne me suis pas enfuie. Mon cœur battait normalement, un calme olympien m'habitait. J'ai levé la main pour frapper à sa porte.

Chapitre III

Il fut surpris de me voir lorsqu'il ouvrit la porte, mais il se ressaisit aussitôt. « Entre ! » me dit-il en inclinant la tête.

Comme je l'avais supposé, il était seul, sans sa femme ni sa fille. Dans mes rêves, j'avais imaginé une maison remplie de livres. Ils se trouvaient là, dans une bibliothèque qui divisait ses trente mètres carrés en deux pièces, une petite et une grande. Du linge sec pendait sur une perche en bambou dans la véranda. En face, une porte étroite conduisait à une cuisine construite dans le prolongement de la pièce. Meublé d'un lit, d'une armoire et de quelques tabourets, l'endroit ne semblait pas petit. Un tourne-disques démodé trônait sur une table, près de la bibliothèque, et un vieux vase en porcelaine décorait l'angle d'un mur.

Au lieu de me demander la raison de ma venue, il se contenta de sourire, d'un air suffisant, comme s'il avait lu dans mes pensées. Son attitude m'humilia. Je le détestais. Je me suis assise sur un tabouret près du mur, et il m'a versé un verre de thé. Puis il s'est penché au-dessus d'une pile de disques, de journaux et de livres, pour attraper un disque et mettre l'appareil en marche.

Il y avait bien une photo de sa mère sur la bibliothèque. Elle m'observait d'un air vide de toute expression. Qu'est-ce que cette femme décédée essayait donc de me dire ?

– Elle te ressemble beaucoup, lui ai-je dit.

Il a acquiescé en venant vers moi. Dans la panique, j'ai bu d'un seul trait la moitié de mon verre. Il me l'a pris des mains et l'a posé sur la bibliothèque. Puis il m'a regardée, droit dans les yeux, s'est penché et m'a embrassée légèrement sur le front.

Je me suis alors tendue vers lui en entrouvrant ma bouche, tout en retenant mon souffle.

Tandis qu'il me prenait dans ses bras, mon corps s'est collé contre le sien. J'étais tellement prise de vertige que j'ai fermé les yeux ; soudain, j'ai perdu toute notion de temps et de lieu. Je ne luttais pas, j'étais prête à me donner à lui, qu'il veuille ou non du cadeau que je lui offrais. « Prends-moi ! lui ai-je dit intérieurement. Je suis totalement à toi. » Un baiser me donna la réponse que j'attendais, puis ses lèvres palpitantes effleurèrent ma peau brûlante.

J'ai aussitôt compris que je n'avais pas changé, que j'avais toujours été ainsi. Ces inexplicables envies étaient naturelles, j'étais disposée à m'abandonner totalement à lui. A cet instant précis, j'aurais volontiers renoncé à ma vie sans la moindre pensée, ni un quelconque regret pour le passé ou l'avenir. J'ai senti qu'il me transportait nue sur le lit. Il commença à caresser les parties les plus intimes de mon corps que je n'avais moi-même jamais osé toucher. Puis ses mains et ses lèvres s'arrêtèrent brusquement ; rien ne se passa durant ce qui me sembla être une éternité. J'ai ouvert les yeux pour le regarder. Il paraissait étrangement hésitant.

Mon visage me brûlait. J'étais honteuse de mon incontrôlable désir.

– Tu es encore vierge, me dit-il.

– Et alors ? ai-je répondu.

– Plus tard, aucun homme ne voudra t'épouser, et même si l'un d'eux accepte, il te traitera comme une moins que rien toute ta vie. Aujourd'hui encore, dans notre société, peu d'hommes peuvent faire fi des coutumes.

– Je vivrai seule, j'aime vivre seule !

– Parce que tu sais que je ne pourrai pas vivre avec toi ?

– Cela ne m'a jamais traversé l'esprit, ai-je répondu résolument. Je désire simplement être à toi aujourd'hui, être avec toi maintenant.

J'ai dû l'étonner, mais en même temps mes mots le mirent à l'aise. Il m'appela par mon prénom puis me dit :

– Un jour ou l'autre, tu devras te marier.

J'aurais voulu lui dire que, depuis mon enfance, je n'avais

jamais rencontré une seule personne mariée – y compris mes voisins, mes frères et mes sœurs – qui fût vraiment heureuse. Si le mariage n'apportait rien de bon, pourquoi m'y engagerais-je ? L'amour représentait tout pour moi. C'était la seule petite chose que je désirais.

Mais je ne lui ai rien dit. J'ai seulement secoué la tête plusieurs fois.

J'étais une jeune fille transie de désir. Je savais que je l'aimais, mais je n'arrivais pas à trouver les mots. Peut-être qu'un jour je tomberais de nouveau amoureuse, mais il s'agissait « d'un jour ». Mon amour actuel, pour lui, était unique et marquerait le reste de ma vie.

Il mit d'abord mes doigts dans sa bouche puis les fit glisser entre ses jambes. Son pénis était dur et chaud. Je n'aurais pas cru qu'un sexe d'homme puisse grossir et devenir violet. Le sang, dans ses veines, battait violemment, tel un fauve en cage soudain libéré. Ma main tremblait, mais je ne l'ai pas retirée. Je n'avais jamais pensé que je serais capable de tenir un sexe d'homme. Il m'étreignit fermement, comme s'il voulait que je me fonde en lui. Le soleil qui filtrait à travers les feuilles des bambous inondait mon corps nu qui connaissait la joie du léopard en fuite. Il liait nos deux corps, tel un anneau de feu. Le puissant Yangzi coulait derrière la fenêtre, et la ville, sur la rive opposée, ressemblait à un mirage. La falaise devant sa fenêtre était une vaste terre plate et ombragée. On entendait des petites filles chanter en sautant à la corde :

Un, deux, trois, quatre, cinq, six, sept
Les fleurs d'iris lèvent la tête.

Les sirènes légères des bateaux à vapeur s'élevaient de la jetée, accompagnant les rires cristallins des fillettes. Je comprenais enfin pourquoi tous les bateaux faisaient retentir leurs sirènes. Comme si, derrière la fenêtre, elles accompagnaient la musique qui s'échappait du tourne-disques.

Dans un bonheur intense, j'ai empoigné ses mains tout en

pressant mes seins contre sa poitrine. Je pouvais sentir son cœur battre. Il m'a embrassé l'oreille.

– Ton cœur est plus fragile que celui des autres filles, a-t-il murmuré, il est si délicat que je le sens au simple toucher.

Il a ensuite écarté mes jambes, et j'ai senti quelque chose de dur pénétrer en moi, comme un adorable petit voleur qui serait entré en profitant d'un moment d'inattention.

Il m'a demandé si cela me faisait mal. Je lui ai répondu que non, pas trop.

Il a soupiré et m'a dit que lui, il souffrait beaucoup. Son bas-ventre allait exploser, tandis que son cœur battait à tout rompre. Il a ajouté que c'était bon de souffrir. La douceur, ce n'était pas l'amour : m'aimer, c'était terriblement douloureux pour lui.

Sa langue s'enroula autour de la mienne. Nos doigts s'enlacèrent. Puis son corps se pressa sur mes seins et je l'ai senti aller et venir entre mes jambes. Maintenant, j'avais mal. Une douleur que je n'avais jamais éprouvée auparavant s'était emparée de moi. J'avais l'impression que j'allais crier à chaque mouvement qu'il faisait. J'étais haletante, mais je n'ai pas crié. J'aurais eu trop honte. Je voulus voir son sexe afin de comprendre comment il pouvait me faire éprouver de telles sensations, mais j'étais incapable d'ouvrir les yeux.

J'avais le sentiment que nous ne pouvions pas être davantage soudés l'un à l'autre, et soudain mon sexe s'embrasa.

Le fleuve se retourna dans tous les sens : des bateaux naviguaient dans le ciel et les collines plongeaient dans les eaux, s'écrasant avec fracas sur sa langue, ses doigts, son regard fixe, son visage en colère, son visage extatique. J'étais dans les bras du ciel, je sentais des vagues monter et descendre en moi, avant de m'engloutir, inexorablement.

Soudain, j'ai fondu en larmes, j'étais incapable de me contrôler, je tremblais. Un somptueux reflet recouvrait ma peau, l'odeur de mon propre corps emplissait mes narines. Il sentait l'orchidée ou bien le gardénia. Mais le plus miraculeux de tout fut que mes seins enflèrent. C'est vrai, c'est à partir de ce jour-là que mes seins ont mûri pour devenir pleins et souples.

Chapitre IV

Petit à petit, nos respirations redevinrent normales. Enfermés dans une douce étreinte, aucun de nous ne disait mot. Puis il m'a embrassée et m'a demandé pourquoi je n'avais pas saigné. J'ai perçu une note de surprise dans sa voix. J'ai jeté un coup d'œil sur la natte en paille ; effectivement, il n'y avait pas de tache de sang. Au lieu de me demander si un autre homme m'avait touchée, il m'a expliqué que mon hymen avait dû se rompre alors que j'effectuais de lourdes tâches.

Tandis qu'il caressait la cicatrice au-dessus de mon nombril, j'ai fermé les yeux et écouté nos cœurs battre à l'unisson. Puis j'ai passé mes bras autour de son cou, enroulé une jambe autour de la sienne et pressé l'autre contre son corps. Je savais que chaque jeune fille détenait une attestation : son hymen. En étais-je dépourvue à ma naissance ? Peut-être n'en avais-je jamais eu besoin, peut-être étais-je née non vierge ?

– Était-ce ce que tu désirais ? m'a-t-il demandé tout en me tenant fermement. Être couchée nue avec moi ?

J'ai répondu que oui.

Il m'a dit qu'il avait souvent imaginé cette scène. Cependant, dans ses rêves, il se réveillait toujours juste après que nous avions ôté nos vêtements, à son grand regret.

Je lui ai demandé pourquoi.

Il m'a raconté que lorsqu'il me voyait assise, nue sur le lit face à lui, il y avait du sang sur mes cuisses. Il ne pouvait pas achever son rêve parce qu'il avait peur de m'avoir blessée. J'ai pressé mon visage contre le sien, profondément émue, heureuse à l'idée d'être tombée amoureuse d'un homme digne de cet amour.

Il m'a priée de m'asseoir.

Comme je lui obéissais toujours, j'ai fait ce qu'il me demandait : je me suis assise sur les talons. J'ai ensuite posé mes mains sur mes genoux, ainsi qu'il m'avait vue le faire dans ses rêves. Nu, il semblait plus grand et plus musclé que d'habitude, si ce n'est que son pénis pendait mollement. Il a ramassé une planche à dessin et s'est assis sur le tabouret le plus proche du lit. Après m'avoir dit de ne plus bouger, il a commencé à me croquer au crayon. Au bout de quelques minutes, il s'est dirigé vers le lit et m'a montré le dessin.

Mon corps nu ! Mes seins, mon nombril, ainsi que les poils de mon pubis étaient tracés avec un soin tout particulier. Il s'agissait, initialement, du visage qu'il avait esquissé dans son bureau, auquel il venait d'ajouter le corps. Ainsi j'étais cette femme, plus naturelle nue qu'habillée, sorte d'animal érotique et sauvage ; qu'il me représente ainsi me comblait. Voilà pourquoi il avait dessiné ma tête en haut de la feuille, dans l'attente de pouvoir achever son croquis ultérieurement. Il m'avait manipulée depuis toujours ! Comme c'était merveilleux de l'avoir excité sexuellement depuis le tout début !

J'ai voulu m'emparer de l'esquisse.

– Ne crains-tu pas que quelqu'un ne la voie ?

– C'est mon portrait. Pourquoi devrais-je être effrayée ? ai-je répondu. Tu peux me le signer ?

Il a signé le dessin avec énergie, l'a retiré de la planche puis l'a posé sur l'oreiller. Je n'ai pas pu m'empêcher de remarquer que, tandis qu'il regardait l'esquisse, son pénis s'était de nouveau durci. Il s'est alors tourné, gêné, pour s'habiller.

J'ai sauté du lit pour mettre mes sous-vêtements, mon chemisier et ma jupe. Pendant que j'enfilais mes sandales, il serrait sa ceinture.

Il s'est ensuite dirigé vers le tourne-disques pour arrêter la musique. Lorsqu'il s'est retourné, il avait un air étrange. Il m'a portée jusqu'au lit, m'a assise dessus et m'a prise dans ses bras. Il m'a dit que sa femme et sa fille ne seraient pas de retour avant la nuit et m'a demandé de rester un peu plus longtemps. Je n'étais ni jalouse ni abattue. Au contraire même, j'étais ravie d'avoir fait quelque chose dont je rêvais depuis si longtemps, et qui s'était révélé d'une beauté supérieure à tout ce que j'avais imaginé.

Chapitre V

Nous étions couchés sur le dos, côte à côte. Soudain, il s'appuya sur son coude et se mit à parler. Sa voix avait totalement changé, elle était pleine de lassitude :

– Oublie-moi, m'a-t-il dit. Je ne vaux pas grand-chose. Je suis comme les autres hommes, en pire. Je suis un vrai salaud.

J'ai essayé de lui répondre, mais il a posé sa main sur ma bouche.

– Ne dis rien, écoute-moi, et rappelle-toi ce que je vais te dire.

Il s'est ensuite levé. J'ai pensé qu'il allait prendre du thé mais c'est une cigarette qu'il a attrapée. Il l'a allumée avant d'en aspirer une profonde bouffée. C'était la première fois que je le voyais fumer. Il m'a alors expliqué que certains activistes de la révolution culturelle avaient reçu des avis émanant du comité du Parti du district les invitant à se présenter à des « classes d'études ». Il attendait le sien. L'école l'avait déjà prévenu qu'il était convoqué pour un entretien la semaine suivante. Il ignorait précisément ce dont on voulait lui parler, mais son instinct lui disait qu'il serait incarcéré, sous peu, dans une de ces prisons de redressement.

Je me suis assise en hochant négativement la tête.

– Tu ne me crois pas ?

– C'est impossible.

Il fit tomber sa cendre sur le sol.

– Un jour viendra où tu comprendras, m'a-t-il dit. Sans doute quand tu auras mon âge.

Si j'avais été un peu plus attentive, j'aurais senti l'atmosphère étrange qui régnait alors dans cette pièce. Mais j'étais trop occupée à le regarder.

– Le temps de régler les comptes est arrivé, a-t-il ajouté. Les gens au pouvoir ne sont pas prêts à renoncer au plaisir de prendre leur revanche contre ceux d'entre nous qui ont osé les défier.

Je me suis levée.

– Non, tu as tort, ai-je dit. Vous n'avez rien fait de mal, vous avez été des victimes de la révolution culturelle.

Mon intonation devait être particulièrement grave car il s'est arrêté pour m'écouter. Mais j'étais simplement capable de répéter la même phrase, à l'infini. Il s'est alors assis sur le tabouret près du lit.

– Je suis considéré comme un « assassin ».

– C'est totalement absurde !

– Ils m'accusent d'avoir tué mon frère en ordonnant le bombardement.

– Ce n'est pas possible !

Je pleurais presque.

– C'est la vérité, j'ai tué mon jeune frère.

Il m'a regardée calmement.

– Tu peux partir.

En dépit de ces derniers mots, il tenait ma main fermement serrée dans la sienne.

Finalement, il l'a laissée glisser, s'est dirigé vers la bibliothèque d'où il a extrait une pile de romans étrangers dont j'avais lu certains. Puis il me les a offerts.

J'ai tendu le bras pour prendre le croquis qui se trouvait sur l'oreiller, mais il a interrompu mon geste, s'est emparé du morceau de papier, l'a regardé une dernière fois avant d'en faire une boule et de l'emporter dans la cuisine.

– C'est le mien ! ai-je crié. C'est moi !

Je me suis précipitée derrière lui.

Il m'a alors dit, en me prenant la tête entre ses mains :

– Tu as la vie entière devant toi, il faut que tu la vives aussi tranquillement que possible.

Il s'est ensuite dirigé vers la cuisinière afin de brûler le dessin.

J'ai quitté sa maison, seule, munie de mon paquet de livres.

J'étais saisie de vertiges et incapable d'analyser les sentiments d'une jeune fille qui venait juste de devenir une femme. J'avais l'impression qu'il se trouvait encore en moi ; le sperme brûlant qui avait jailli de son sexe s'écoulait au rythme rapide de mes pas, lubrifiant en douceur les lèvres de ma vulve tout en mouillant l'intérieur de mes cuisses. J'ai serré les livres très fort, comme s'il s'agissait de son corps.

Puis j'ai repensé à ce qu'il m'avait dit, qu'il fallait que je m'en aille. Ses paroles, incompréhensibles, me comprimaient le cœur. Pour une raison inconnue, j'ai compris combien il m'avait fait l'amour avec détermination, passion, fougue et désespoir. Sans doute était-ce un mauvais présage, prémices de la longue nuit à venir.

Il ne m'a pas parlé d'avenir, ni exprimé son désir de me revoir.

Partie XIV

Chapitre I

J'ai posé mon paquet de livres, puis regardé en direction de la chambre, tout en écoutant si j'entendais du bruit dans le grenier.

– Est-ce que notre sœur aînée est partie ? ai-je demandé.

– Oui, m'a répondu ma quatrième sœur sans même se retourner.

C'était ma sœur aînée tout craché d'aller et venir sans prévenir.

– Qu'est-ce que tu es allée faire, Liuliu ? Chasser les fantômes ? a hurlé ma mère depuis la chambre. Je t'ai cherchée toute la journée. Es-tu consciente du travail qu'il y a à faire ici ?

Je suis entrée dans la pièce en lui disant gentiment bonjour. Elle mettait de l'ordre dans les bouteilles et les boîtes qui se trouvaient sous le lit ; elle fit semblant de ne pas m'avoir entendue. Ensuite, elle s'est redressée et m'a lancé un étrange regard glacial, comme si elle voulait me dire : « Je savais que ce n'était pas une bonne chose que cette fille revienne, qu'est-ce que vous vous êtes dit toutes les deux, vous croyez que je ne le sais pas ? »

Ignorant sa remarque silencieuse, je lui ai demandé comment allait ma seconde sœur.

Elle m'a répondu que son fils avait la diarrhée, et que, par conséquent, elle n'avait pas pu aller brûler de l'encens comme elle l'avait prévu. Je savais qu'elle mentait. Elle avait traversé le fleuve pour s'occuper d'affaires qu'elle désirait tenir secrètes.

Après avoir bu un verre d'eau, j'ai emporté mes livres au grenier. Ma sœur aînée était allongée sur le lit. Des mèches de cheveux, qu'elle venait de laver, lui collaient au visage. Elle a ri lorsqu'elle a vu la surprise s'inscrire dans mon regard.

– Tu es la personne la plus facile à duper que je connaisse.

– Eh bien, vas-y ! lui ai-je répondu sans la moindre colère tandis que je m'asseyais sur le lit.

Son humeur changea d'un coup.

– Quelle famille ! grommela-t-elle. Tu es donc déçue que je me trouve encore ici !

Elle m'a dit qu'elle partirait d'ici un jour ou deux, mais pas pour longtemps, et qu'ensuite elle reviendrait définitivement. Elle n'allait pas passer le restant de sa pauvre vie dans ce misérable coin de montagne reculé.

J'ai pensé qu'il devait être l'après-midi. Le temps avait cessé de s'écouler pour moi ce jour-là. Je n'étais même plus sûre d'exister encore. Ma tête et mon cœur étaient plongés dans une sorte d'extase haletante, sentiment que je n'avais jamais éprouvé auparavant.

En bas, quelqu'un appela ma sœur aînée. Elle descendit voir de qui il s'agissait, puis revint pour me dire qu'elle devait sortir.

– Tu nous quittes ? ai-je demandé distraitement.

– Juste un instant. Ne t'en fais pas, je ne pars pas aujourd'hui.

Elle m'a caressé la tête, comme si l'idée de son départ m'était insupportable.

Je me suis dirigée en haut de l'escalier. Ma sœur aînée sortait de la cour en compagnie d'un homme avec lequel elle parlait et riait aux éclats. Elle se donnait en spectacle à tout le monde. Son compagnon était aussi grand qu'un joueur de basket. Ma sœur est de nouveau amoureuse, ai-je pensé. Elle allait tenir sa promesse de quitter le district minier dans lequel elle vivait, afin de revenir en ville, mendiante s'il le fallait.

Ma quatrième sœur monta au grenier, manifestement énervée.

– Qu'est-ce que tu fais donc ici ? Dépêche-toi d'aller jeter les cendres de la cuisinière dans le fleuve.

De toute évidence, Dehua et elle s'étaient de nouveau disputés, aussi passait-elle ses nerfs sur moi.

– Qui est ce type ? lui ai-je demandé.

– Quel type ? Ah oui, ils se sont rencontrés lorsqu'ils étaient à la campagne.

– C'est pour lui qu'elle est rentrée à la maison, n'est-ce pas ?

– Comment le sais-tu ?

– Je l'ai tout simplement deviné, ai-je répondu tandis que je descendais l'escalier.

Je ne pouvais qu'admirer ma sœur aînée. Elle avait fini par trouver ce qu'elle cherchait.

Elle avait déjà parlé de lui. Ils étaient de vieilles relations, peut-être même un peu plus. Le jour où elle m'avait envoyée chercher sa camarade de classe, c'était pour que celle-ci l'aidât à le retrouver.

La précédente femme de ce garçon avait des origines japonaises. En 1953, le gouvernement avait contraint tous les Japonais mariés à des Chinois de quitter le territoire avec l'interdiction formelle d'emmener leurs enfants. Lorsque deux policiers apparurent sur le seuil de la porte, afin d'expulser la mère de cette femme, qui était japonaise, cette dernière refusa de les suivre et son mari bloqua le passage. Ils avaient trois filles. Elle en tenait une dans ses bras, pendant que les deux autres s'accrochaient à ses jambes. Son visage ruisselait de larmes. La rue du Lycée n'avait jamais connu de scène aussi tragique au cours de son histoire.

Une fois que la Japonaise eut été renvoyée chez elle, sa famille fut victime de tous les mouvements politiques successifs. Son mari était systématiquement convoqué à des séances au cours desquelles on lui demandait comment il était devenu un « traître ». Ses filles étaient poursuivies dans la rue et traitées de « bâtardes de Japs ». Ce grand garçon, ami de ma sœur aînée, avait épousé une des trois filles. Il avait dû, à maintes reprises, défendre son choix au moyen de ses poings. Le jour où il en vint au couteau, il fut envoyé dans un camp de rééducation par le travail. Leur couple endura cette haine raciste jusque dans les années 70, lorsque les relations sino-japonaises se normalisèrent. Leur vie s'améliora du jour au lendemain, comme celle de toutes les personnes dans le même cas. Une fois que sa femme n'eut plus à supporter la honte d'être d'origine japonaise, elle le quitta ; il ne leur resta plus qu'à signer les papiers du divorce.

Ma sœur aînée rentra tard ce soir-là.

– Vous formez un beau couple, lui ai-je dit, de vrais champions en divorce !

– Qui voudrait de moi, avec tous mes enfants ?

Ne voulant rien dire de plus sur le sujet, elle commença à fredonner une chanson du folklore sichuanais de sa voix douce et profonde. Puis elle ajouta qu'elle ne se damnerait pas pour un homme. Aucun n'en valait la peine. Il lui fallait absolument s'amuser avec plusieurs garçons à la fois. Ma sœur n'était tranquille que lorsqu'elle se trouvait enfermée dans une impasse.

Chapitre II

Cette nuit-là fut la première de ma vie où je dormis aussi profondément. Lorsque je me suis enfin réveillée, tard le lendemain matin, je me trouvais seule au grenier. Contrairement à mes habitudes, je me suis regardée dans le miroir avant de sortir du lit. Je n'étais plus la même. Quelque chose avait changé, en particulier dans mes yeux. L'éternelle expression de peur avait fait place à un regard calme et brillant. Mon image m'a plu. Ma mère et ma sœur aînée avaient remarqué la veille un changement dans ma personnalité, et elles avaient dû se demander pourquoi je paraissais si heureuse. Mon obsession des miroirs commença ce matin-là. La petite image qu'ils me renvoyaient devint mon monde, un lieu où la tristesse était interdite. J'évoluais dans ce monde-là, loin du brouillard et de la pluie, m'arrêtant de temps en temps pour contempler les images de lieux ou de personnes qui m'étaient familiers.

Un homme était en train de battre son enfant dans la rue, le long du caniveau, courant après lui et vociférant :

– Va-t'en, pars aussi loin que tu le veux ! Prends simplement garde à ce que je ne te rattrape pas, espèce de sale morveux !

Les cris rudes de l'homme se répandaient dans l'atmosphère.

Ce jeune garçon, qui avait l'habitude de fuguer en ville, avait été rattrapé. On l'avait attaché à son lit et privé de nourriture durant trois ou quatre jours, jusqu'à ce que, presque à l'agonie, il demandât grâce.

Tôt ou tard, il s'enfuirait une nouvelle fois. Je n'avais pas la moindre idée du lieu dans lequel cet étrange petit garçon allait se réfugier.

Quelque temps seulement après avoir pris la décision de se marier, Dehua commença à ne plus rentrer à la maison. Lors de ses rares apparitions, il empestait l'alcool. Le soir, il buvait et jouait au poker en compagnie de quelques collègues d'usine. Il ignorait complètement ma quatrième sœur, qui pleurait sans cependant éprouver la moindre compassion à son égard. Il lui disait qu'elle l'ennuyait et elle lui répliquait en l'accablant de sarcasmes : « La dernière chose dont ta charmante copine de classe a envie, c'est bien d'un homme marié ! » C'était la goutte d'eau qui faisait déborder le vase. Il tournait les talons et rejoignait ses collègues de travail. Il ne passait ensuite la nuit ni chez nous, ni chez ses parents.

Ma sœur aînée conseilla à notre quatrième sœur de suivre son exemple et de chercher quelqu'un d'autre. Mais elle lui répondit qu'elle n'en avait pas la force. Incapable de vivre sans cet homme, elle supplia sa sœur aînée de parler à Dehua et de lui demander de revenir.

Quand je descendis du grenier, elles étaient parties depuis longtemps. Au déjeuner, mon père nous dit de ne pas attendre notre mère qui s'était rendue en ville, tôt ce matin-là, pour prendre soin du fils malade de notre seconde sœur.

– Elle ne sera pas de retour avant la fin du dîner, dit-il. Nous ne sommes que tous les trois aujourd'hui.

Quelque chose tourmentait mon père, son dos était plus voûté que jamais. Quand il demanda à mon cinquième frère de regarder si la canne et le filet de pêche étaient réparés, celui-ci lui précisa que le troisième frère les avaient emportés. Le front de mon père se plissa d'un air désapprobateur pendant qu'il bourrait sa pipe de tabac. Puis, sans l'allumer, il sortit doucement de la cour. Il ne nous indiqua pas l'endroit où il se rendait, et je ne l'ai pas questionné. Peut-être allait-il sur la rive ? Maintenant, dans cette famille, chacun agissait à sa guise, sans prévenir les autres.

Chapitre III

Le changement radical de ma vie se produisit sur le chemin de l'école. Comme tout est écrit, ce signe du destin se serait manifesté à un moment ou à un autre, mais si je n'avais pas décidé de faire face, il aurait sans doute été remis à plus tard.

Lorsque j'ai traversé la rue, la cour de l'école était déserte, et beaucoup plus calme que d'habitude. J'ai pu alors remarquer l'homme qui me suivait sans cesse. Il se tenait à côté du mur, à une vingtaine de pas du portail. Aucun doute possible, c'était bien lui. A la seconde où il me vit, il détala à toutes jambes dans le champ voisin comme un lapin apeuré.

Je ne me souviens pas si nous avions cours ce jour-là. Une seule pensée m'obsédait : revoir le professeur d'histoire. Même le grand mystère concernant mon arrivée sur cette terre et les événements qui entouraient ma naissance avaient été relégués au second plan depuis deux jours. A cet instant, ils resurgissaient brutalement. Après la succession d'événements de ces derniers temps, depuis les histoires familiales que ma sœur aînée m'avait racontées jusqu'à mon premier rapport sexuel, je n'étais plus du tout disposée à attendre passivement ce que le destin allait me réserver.

Cette fois encore, je n'ai pas vu cet homme avec précision. Ses traits s'inscrivirent dans mon esprit en un éclair, juste assez longtemps pour le reconnaître au milieu des gens, mais trop peu pour être capable d'en dresser le portrait. Puis, d'un coup, me rappelant ce que ma sœur aînée m'avait dit, toutes les cartes s'abattirent. Je n'allais quand même pas lui courir après ! J'ai fait demi-tour pour regagner la maison.

Une couleur cramoisie, habituelle à l'aube comme au crépuscule, emplissait le ciel, offrant aux maisons et aux collines environnantes un aspect neuf et brillant. J'ai marché dans cette lumière, émerveillée et subjuguée par l'extraordinaire beauté du paysage à ce moment précis.

Je suis entrée dans la cour numéro six à grandes enjambées. Ma mère se trouvait dans la pièce commune, devant notre porte. Elle tenait un éventail, mais ne s'en servait pas. Elle était assise calmement, on aurait dit qu'elle m'attendait.

Chapitre IV

Je suis passée devant ma mère d'un air conquérant, sans la regarder. Si elle désirait me parler, libre à elle de le faire.

Un coup de tonnerre éclata dans le ciel, annonçant les éclairs et la pluie. Je me suis assise devant la table, sans allumer la lampe. Le peu de lumière qui s'infiltrait à travers la vitre dessinait un arc-en-ciel sur le mur. L'horloge, patiemment, égrenait les secondes.

Je savais que ma mère n'allait pas rester assise dans la pièce d'à côté pour le restant de ses jours. Assez sûre d'elle, elle ouvrit la porte, et s'installa à l'angle du lit.

– Tu leur as interdit de me dire la vérité, mais aujourd'hui je dois la connaître, lui ai-je dit.

Jamais ma mère ne m'avait regardée de cette façon. D'habitude, nos contacts se résumaient à des disputes. Lorsqu'elle était occupée à un quelconque travail, ou bien quand elle était couchée dans son lit, elle était tellement fatiguée qu'elle ne parvenait même pas à ouvrir les yeux. A mon âge, c'était la première fois que j'avais le privilège de lui parler sans être interrompue. Ma langue pesait des tonnes, les mots qui s'échappèrent de ma bouche sonnaient faux. J'avais la gorge desséchée, mais je n'ai pas pensé à boire de l'eau.

– L'homme m'a de nouveau suivie, ai-je dit les mâchoires serrées.

– Tu n'as rien à craindre, me répondit calmement ma mère, contrairement à la dernière fois.

– Je n'éprouve pas de la peur, mais de la haine, ai-je répondu. Je hais tout le monde, y compris toi. Je ne peux plus supporter cette situation.

Les muscles du visage de ma mère se crispèrent. Elle me rétorqua qu'elle le savait.

– Personne ne te fera du mal tant que je prendrais soin de toi. Et certainement pas lui.

– Il est un peu tard pour me dire ça, lui ai-je répondu. J'ai grandi sans mère, en fait. Pourquoi devrais-je te croire maintenant ?

Elle se leva puis se rassit.

– Écoute-moi, Liuliu.

Les gens qui ont souffert de la faim ne peuvent jamais oublier ce sentiment. Ma mère m'expliqua que j'étais la seule à ne pas m'en souvenir, car j'avais eu faim dans son ventre. A la fin des années 50 et au début des années 60, le manque de nourriture les avait presque rendus fous. Certains soirs, ils se couchaient sans avoir dîné, puis ils se levaient le lendemain matin et leur première pensée était de se demander comment ils allaient pouvoir se remplir l'estomac. Puis, un jour, le gouvernement annonça que les tickets de rationnement du Sichuan ne valaient plus rien, transformant les coupons, pour lesquels elle avait travaillé si dur, en papier à confettis. Elle en fut si choquée qu'elle s'évanouit.

Puis elle reçut un télégramme lui annonçant que son mari avait eu un accident. Affaibli par la faim, il était tombé pardessus bord et souffrait d'une blessure à la tête qui lui avait affecté la vue. Le bateau, qui l'avait emmené à trois cents kilomètres de là, le déposa dans un hôpital, à Luzhou. Ma mère embarqua sur un navire qui remontait le fleuve jusqu'à Luzhou, en compagnie de ma quatrième sœur. Quand elle vit combien son mari était affaibli, elle n'eut pas le cœur de lui dire que la troisième tante avait quitté ce monde, ni que la grand-tante, qui vivait dans la campagne du district de Zhong, était morte de faim. Elle lui cacha aussi que le troisième frère, pris dans un tourbillon, avait échappé de justesse à la mort. Heureusement pour lui, un marin, qui se trouvait à proximité, avait sauté dans le fleuve pour le sauver. Elle ne mentionna pas non plus que les enfants, affamés, seraient allés voler de la nourriture si elle ne les en avait empêchés.

Lorsque ma mère se retourna pour s'essuyer les yeux, le père demanda à ma quatrième sœur ce qu'elle aimerait manger.

– De la viande, des œufs, une pomme, un beignet et des bonbons, dit-elle.

Le père prit un peu d'argent qu'il avait mis de côté sur son salaire et demanda à ma mère d'aller acheter de la nourriture pour la quatrième sœur.

Une fois dehors, alors que ma quatrième sœur s'apprêtait à manger un morceau de galette que ma mère lui avait acheté, une vieille femme aux cheveux blancs le lui arracha furtivement de la main et le glissa sous sa veste. Puis elle enroula ses bras autour de ses épaules et baissa la tête, prête à le protéger en échange même de sa vie. Un vent froid soufflait. Elle se recroquevilla sur elle-même, lançant de temps à autre un regard furtif à ma quatrième sœur. Les plis de son visage et de son cou pendaient sur son col, comme un amas de cordes. Il paraissait évident que la nourriture n'était pas pour elle, mais pour un enfant qui devait se trouver dans sa maison. Ce n'était pas tant la férocité de l'agression que l'attitude de détermination totale de la vieille femme qui stupéfia ma sœur. Elle se mit à hurler.

Ma mère lui prit la main et s'en alla.

Contraintes de laisser le père à l'hôpital de Luzhou, elles revinrent seules à Chongqing. Avec cinq bouches affamées à nourrir, ma mère retourna travailler comme coolie. Un jour, alors qu'elle transportait du sable pour une usine de textile, elle rencontra une de nos voisines, Wang Yanjing, une grosse femme qui s'occupait de la pesée des paniers. Celle-ci venait de faire sa demande d'admission au Parti, admission qu'elle espérait obtenir en rendant la vie dure à ma mère. Elle s'assit derrière la balance en insistant sur le fait que chaque charge devait peser au minimum cent kilos. Ma mère était tellement affaiblie par la faim que ma sœur aînée et mon troisième frère l'aidèrent à porter son fardeau jusqu'à la balance. Ils déversèrent ensuite le sable dans les deux paniers. Ma mère, oscillant sous le poids de la palanche, se foula la cheville mais boitilla néanmoins jusqu'à la balance. Or celle-ci indiquait seulement quatre-vingt-dix-huit kilos.

Wang Yanjing lui précisa qu'elle ne pouvait la payer que si

le poids total atteignait cent kilos. Puis elle lui confisqua son permis de travail. Contenant sa colère, ma mère lui dit :

– Nous ne pillons ni ne volons. Nous vivons à la sueur de notre front, alors, s'il vous plaît, laissez-moi continuer à porter du sable.

Pour toute réponse, Wang Yanjing déversa le sable par terre en donnant de grands coups de pied dans les paniers de ma mère.

Un jeune comptable d'une usine de plastique voisine entendit la discussion et arriva au moment où l'on rudoyait ma mère. Il s'avança alors pour l'aider. Wang Yanjing, qui connaissait l'homme, lui cria :

– Xiao Sun, vous n'allez pas venir en aide à la femme d'un réactionnaire !

Plutôt que de discuter avec elle, il soutint ma mère dont la cheville était déjà méchamment enflée, et la raccompagna chez elle. Elle s'effondra sitôt le seuil franchi.

Il avait dix ans de moins que ma mère, qui avait trente-quatre ans à l'époque, et était célibataire. Son beau-père, le second mari de sa mère, avait possédé en ville deux ateliers de fabrication de peignes en corne de bœuf. Après la Libération, son affaire fut transformée en une entreprise mixte mi-privée mi-publique, et son maigre capital investi dans une usine de la rive sud qui confectionnait des articles ménagers en plastique. Bien que ses « profits » fussent à peine supérieurs aux salaires de ses employés, il fut tout de même qualifié de « capitaliste ». Une fois diplômé du lycée, Xiao Sun fut envoyé dans l'usine comme « stagiaire ». Or son statut social, qui n'était pas clairement défini, oscillait entre celui de descendant capitaliste et de petit fonctionnaire. Son travail consistait à préparer les programmes de travail quotidien pour les équipes de coolies, et d'en faire le compte rendu aux cadres. Il transpirait moins que les travailleurs, mais c'était un employé appliqué. Après avoir étalé de la pommade sur la cheville de ma mère, il effectua quelques travaux ménagers tout en surveillant les enfants.

Une fois sa cheville guérie, ma mère travailla comme coolie dans l'usine de plastique de Xiao Sun. Un jour qu'elle devait transporter des plaques d'amiante au-delà du fleuve, elle rata le bac et dut attendre le suivant. Xiao Sun, qui se trouvait là, l'aida à porter son fardeau.

Il lui raconta alors que son père était mort quand il avait deux ans. Sa mère, qui travaillait dans la maison Sun, épousa son patron, un jeune veuf. Ce dernier l'adopta et lui donna le nom de Sun. Sa mère eut cinq autres enfants, mais il se sentit toujours étranger dans cette famille ; une sœur aînée lui manquait.

– Si vous le désirez, lui dit ma mère, vous pouvez me considérer comme votre grande sœur.

Un jour qu'elle transportait du ciment sur la colline, ma mère, en pleine période de règles, perdit beaucoup de sang et s'évanouit. Durant les deux journées où elle resta à la maison, Xiao Sun s'occupa seul des enfants. Il leur donna même ses coupons de rationnement et, risque énorme pour lui, vola pour eux des petits pains à la vapeur à la cantine de l'usine. Eux qui souffraient de la faim depuis deux longues années eurent alors la force de résister à toutes sortes de maladies qui, autrement, les auraient affectés pour le restant de leurs jours.

Une fois où il avait acheté de la nourriture pour les travailleurs de l'usine, il préleva cinq kilos de riz pour la famille, geste qu'il n'aurait jamais accompli dans d'autres circonstances. Tant de riz fut un don du ciel, et les enfants mangèrent à leur faim pendant plus d'une semaine.

Xiao Sun se comportait plus comme un frère que les frères de sang de ma mère. Il effectuait toutes les tâches difficiles de la maison : la corvée d'eau, la coupe du bois, la réparation du toit qui fuyait et bien d'autres choses encore. Lorsqu'il jouait de l'harmonica pour les enfants, des rires s'élevaient dans la maison. Il adorait les opéras du Sichuan et comme ma mère les connaissait par cœur, elle l'accompagnait en chantant. Les sons mélodieux qui s'échappaient de sa gorge lui procuraient un certain trouble. Désormais, elle ne rentrait plus exténuée de sa journée de travail et ne perdait plus patience avec ses enfants.

– Tu aurais un autre style avec une permanente, lui dit-il un jour après avoir vu une ancienne photo d'elle.

Il ajouta qu'il possédait chez lui des produits pour permanenter les cheveux.

Sa dernière permanente était un souvenir lointain de l'époque où elle était jeune mariée et heureuse comme elle le fut rarement dans sa vie. Durant les terribles années de famine et de privation qui avaient suivi, elle avait même oublié à quoi elle ressemblait. Maintenant, il lui offrait à nouveau ce bonheur providentiel. Il était le premier homme à prendre soin de ses cheveux. Ses doigts, agiles, effectuaient un travail de professionnel. La lampe diffusait une lumière tamisée tandis que dehors une petite bruine tombait.

Son mari au loin et ne donnant pas de nouvelles, ma mère se trouvait seule depuis si longtemps qu'elle avait oublié ce que représentait un homme à la maison. Or ce « jeune frère » lui rappelait qu'elle était une femme, et de puissants désirs resurgissaient en elle. Elle ne se souvenait plus très bien comment cela s'était passé. Il se tenait derrière elle lorsque leurs corps se touchèrent. Ce bref contact les effraya et les excita à la fois. Les enfants étaient sortis, laissant la maison vide, ainsi que le lit. Inévitablement, leurs deux corps s'unirent dans la grande pièce déserte.

Ils venaient à peine de faire l'amour avec passion qu'ils entendirent du bruit derrière la porte. C'étaient les enfants qui rentraient. Tout ce qui leur arrivait semblait programmé, prédestiné.

Chapitre V

Il s'agissait de ce même lit sur lequel nous étions assises en ce moment ! Pendant que ma mère évoquait ses souvenirs, je ne parvenais pas à me l'imaginer en jeune femme de trente-quatre ans. Elle demeurait celle que j'avais l'habitude de voir : une ouvrière à la retraite, vieille avant l'âge.

Ma mère s'était donc retrouvée enceinte d'un homme qui n'était pas son mari. Moi, une enfant illégitime ! J'aurais dû me douter, lorsque j'entendais les gens prononcer des mots tels que « illégitime » ou « bâtarde », qu'ils m'étaient en fait adressés. Tous les indices s'étalaient devant moi : je n'avais pas su les déchiffrer. Une peur inconsciente sans doute.

– La famine atteignait son plus haut degré.

Lorsqu'elle parlait de cet homme, ma mère se transformait, devenait une étrangère. Sa voix n'avait plus ses accents stridents et impatients, mais des inflexions d'une grande douceur. Elle n'éleva même pas le ton lorsqu'elle se défendit avec fougue :

– Tu ne peux pas t'imaginer quel acte honteux cela représente au regard des autres. Voilà pourquoi je ne pouvais rien te dire. En 1961, je ne savais pas comment la famille allait s'en sortir. Il nous soutenait comme un messager venu du ciel. Que tu le veuilles ou non, nous devons notre survie à cet homme bon et honnête.

Ma mère lui dit qu'elle ne voulait pas de cet enfant, non seulement parce qu'il aurait été embarrassant dans cette famille, mais aussi parce qu'une bouche de plus à nourrir, en pleine famine, rendrait la vie plus difficile encore. Aussi, pour provoquer une fausse couche, effectua-t-elle les travaux les plus pénibles et transporta-t-elle de lourdes charges sur la colline. En dépit de tout, le bébé s'accrochait, comme s'il avait pris racine dans son ventre. Elle prit la décision d'avorter. Xiao Sun s'y opposa mais ma mère était catégoriquement opposée à l'idée d'avoir ce bébé. Pourquoi soumettre un « enfant de l'amour » à une vie de disgrâce et d'humiliations ? Après en avoir longuement discuté, ils choisirent finalement de se rendre au temple des Arhats pour tirer au sort, avec l'aide des divinités, le destin de l'enfant. Ils garderaient le bébé si la pointe de la tige de bambou était tournée vers le haut, mais, dans le cas contraire, il ne viendrait pas au monde.

– Et si la pointe est à l'horizontale ? lui demanda ma mère.

– La même chose que vers le haut, lui répondit-il.

– Lançons-la donc ! dit ma mère.

A leur surprise et à leur grand désespoir, elle se tourna vers le bas. Ils décidèrent de ne pas tenir compte des résultats.

– On ne peut pas sacrifier une vie comme cela, dit-il. Il s'agit de notre enfant.

Oui, comment pouvaient-ils laisser des baguettes divinatoires disposer du destin d'un bébé qui n'était pas né ? Tiré par deux personnes, le résultat ne pouvait pas représenter le désir du Bouddha, car ce dernier révélait toujours ce qu'il y avait dans le cœur d'une seule personne. Dans ce cas, qui avait fait le choix ?

La baguette divinatoire avait certainement été tirée par moi, car je n'avais aucune envie de venir au monde.

Le ventre de ma mère s'arrondissait et tous deux continuaient à reporter leur décision.

Une nuit, ma sœur aînée se leva pour se soulager d'un besoin naturel. Lorsqu'elle eut fini, elle descendit boire un verre d'eau. Elle fit doucement glisser le verrou de la porte qui reliait la chambre à l'extérieur. A moitié endormie, elle avisa une paire de chaussures d'homme à la tête du lit de sa mère ; elle pensa alors que son père était de retour. « Papa ! » dit-elle. Xiao Sun, effrayé, bondit hors du lit, enfila ses vêtements et s'enfuit dans la cour. Nos proches voisins, alertés par le bruit, allumèrent leurs lampes et se levèrent de leurs lits.

Un jour, ma sœur aînée, alors âgée de seize ans, avait été vue se promenant avec un garçon. Pour cette action, elle fut critiquée par tous, aussi bien à l'école qu'à la maison. L'heure de la revanche venait donc de sonner pour elle. Elle se disputa alors violemment avec ma mère. Pour compliquer les choses, elle lui reprocha de ne pas l'avoir emmenée voir son vrai père qui, d'après ses informations, était depuis peu mort de faim dans un camp de rééducation par le travail. Elle ne pourrait jamais le lui pardonner. A ses yeux, sa mère était responsable de tous ses malheurs. Elle la traita même de putain.

Cette insulte exaspéra tellement ma mère qu'elle demanda à sa fille de quitter la maison.

Ignorant son injonction, ma sœur aînée saisit le couteau à viande, non pas dans l'intention de tuer sa mère, mais pour l'intimider. Cette dernière tenta de le lui arracher des mains. Dans la bataille, ma sœur aînée fut blessée au bras et perdit beaucoup de sang. Les quatre autres enfants étaient terrorisés, particulièrement mon cinquième frère, alors encore bébé. Les voisins, maintenant tout à fait réveillés, menaçaient d'appeler la police pour « éduquer » ma mère. Devant la gravité de la situation, ma sœur aînée se tut. « On lavera notre linge sale en famille ; pour le moment, j'ai besoin de dormir », dit notre seconde sœur aux personnes attroupées, avant de leur claquer la porte au nez.

Depuis ce jour, ma sœur aînée se trouvait à la maison chaque fois que Xiao Sun venait. Elle lui tournait le dos et le maudissait par-dessus son épaule. Pendant quelque temps, il fit semblant de ne pas l'entendre. Ensuite, il sortait de la pièce sitôt qu'elle y entrait. Partagée entre Xiao Sun et sa fille aînée, ma mère ne savait plus que faire.

Voir le gros ventre de sa mère mettait ma sœur aînée dans une rage folle. Lorsqu'elle apprit que son père était sur le chemin du retour, elle descendit jusqu'au fleuve pour être la première à lui annoncer la nouvelle. Mon père battit ma mère cette nuit-là. Ils se disputèrent férocement avant de verser, tous deux, des larmes amères.

Pour la seconde fois, ma mère décida de mettre un terme à sa grossesse.

A son grand étonnement, son mari refusa en disant que le péché des parents ne devait pas entraîner la mort d'un bébé. Ma mère pensa alors qu'il voulait garder l'enfant comme moyen de pression, et cette idée renforça sa détermination : « D'accord, j'aurai cet enfant et nous verrons bien ce que tu feras plus tard. » Pour la deuxième fois, elle changea d'avis et renonça à se rendre à l'hôpital.

Le retour du père à la maison n'avait pas diminué l'inimitié entre la mère et sa fille. Leurs disputes s'intensifiaient. Ma sœur aînée parla même aux voisins de la situation, faisant ainsi passer sa mère pour la femme la plus abjecte du voisinage : non seulement elle avait trompé son mari, qui plus est elle se retrouvait enceinte et voulait garder ce petit bâtard.

Ces événements se produisirent au moment où le gouvernement municipal lança une campagne de « nouvelle moralité communiste ». Dès que les autorités apprirent que les idées des résidents de la rive sud étaient notoirement non communistes, notre zone misérable devint la cible principale de la campagne. Sous la pression et la contrainte du Comité de voisinage, notre père traîna Xiao Sun devant le tribunal, en l'accusant d'avoir séduit sa femme, essayé de briser sa famille, et enfreint la loi du mariage.

– Tu es née à ce moment-là, me dit ma mère. Ces espèces d'inquisiteurs ont confié ta garde à Xiao Sun. Puis ils l'ont envoyé en prison et m'ont désignée responsable de ton éducation. Nos chemins à tous deux allaient se séparer.

Partie XV

Chapitre I

Avant même que j'aie atteint l'âge d'un mois, ma mère dut retourner travailler, et son mari, presque aveugle, dut prendre soin de moi. Il aurait pu m'estropier, m'étouffer ou me faire tomber, comme tant de parents le faisaient avec leurs propres filles. Il aurait simplement rétorqué qu'il s'agissait d'un accident. Mais il ne le fit pas. Je pesais seulement deux kilos à la naissance, j'étais un sac d'os sous une peau fripée avec deux gros yeux ronds. Avec une famille de sept personnes à surveiller, le père devait souvent me laisser seule dans mon lit. Ma sœur aînée en profitait pour me pincer et me faire pleurer. Je criais d'une voix aiguë, mais pas particulièrement forte, et versais sans discontinuer des larmes que j'essuyais de mes poings. Mon cinquième frère, qui n'avait que quatre ans à l'époque, ignorant le ressentiment des adultes, jouait avec moi lorsque mes frères et sœurs ne se trouvaient pas à la maison.

Alors que je portais encore des langes, ma mère m'emmena au tribunal, où elle me passa des bras de son mari à ceux de mon père naturel. Nos voisins, cancaniers, en firent toute une histoire. Toujours enclins à bâtir une montagne d'un rien, on pouvait compter sur eux pour ajouter de l'huile sur le feu dès qu'il se produisait un scandale. J'étais la victime de cette farce sinistre, un misérable pion que l'on pouvait déplacer à sa guise.

– En d'autres termes, après ma naissance, la seule question que chacun se posait était de savoir comment vous alliez vous débarrasser de moi, n'est-ce pas ?

Ce fut mon unique interrogation, qui relevait d'ailleurs plus de la surprise que de la colère.

– Ne dis pas ça, me répondit ma mère. Ton père est un être

généreux, un homme au grand cœur. Avant même que la cour ait rendu son verdict, il avait décidé de te garder en dépit de tout. Xiao Sun, qui te voulait lui aussi, fut contraint d'accepter la décision.

Après avoir aidé le père à écrire sa plainte, ma sœur aînée fut son témoin officiel lors du procès durant lequel, d'ailleurs, il commença à réviser son jugement. Ma mère nia le fait que Xiao Sun l'eût séduite, et endossa toutes les responsabilités en affirmant qu'elle seule devait être jugée coupable.

Xiao Sun s'excusa auprès de mon père, un homme qu'il n'avait jamais rencontré, et dit à la cour qu'il paierait les frais d'éducation de l'enfant, que ma mère demandât le divorce ou non. Le père, qui n'avait tout d'abord pas voulu se rendre au procès, retira sa plainte. Voyant que l'affaire n'irait pas plus loin, la cour ne prononça pas de condamnation.

De retour à la maison, le père dit qu'il n'aurait jamais dû écouter tous ces gens qui l'avaient poussé à porter plainte, et enjoignit ma mère de prendre seule une décision. Il la laissait partir avec Xiao Sun si elle le désirait, et elle pouvait même emmener leur fille. Lui resterait à la maison avec les autres enfants. Peut-être tentait-il simplement de l'impressionner en faisant preuve de tant de générosité. De toute façon, ma mère ne savait plus que faire. Elle souhaitait partir, mais n'arrivait pas à mettre son geste à exécution. Abandonner ses cinq enfants représentait un supplice pour elle. De plus, le père, qui perdait la vue, devait désormais cesser de travailler. Sa famille avait besoin d'elle. Or, si elle demeurait auprès d'eux, ce choix signifiait de renoncer définitivement à Xiao Sun et de lui interdire de revoir leur enfant, deux conditions qui la déchiraient.

Ma mère était désespérée, Xiao Sun inconsolable. Mais quel autre choix avaient-ils ?

La pièce était plongée dans l'obscurité ; même si je ne parvenais pas à distinguer le visage de ma mère, je savais qu'elle était en train de pleurer ; ses sanglots rendaient la discussion impossible. Que pouvais-je y faire ? Son récit des circonstances honteuses entourant ma venue au monde avait fait naître en moi un sentiment de rage et de dégoût, et j'étais déterminée à ne pas me laisser envahir par son émotion.

Ma mère et moi gardions le silence depuis un moment lorsque la cheminée de la manufacture de cigarettes dégagea un excédent de vapeur dans un bruit si étrange et si puissant que nous avions l'impression que les maisons de la cour allaient s'effondrer. Cela se produisait plusieurs fois de jour comme de nuit. Nous y étions habitués et n'y prêtions plus guère attention. Or, aujourd'hui, on aurait dit que ce bruit surgissait intentionnellement, afin de faire obstacle aux souvenirs de ma mère.

Dans ce contexte, la seule chose que mes parents pouvaient faire était de me trouver une famille qui voudrait bien se charger de m'élever. En premier lieu, ils m'envoyèrent chez une collègue de travail de l'usine de textile de ma mère.

– Ils avaient deux fils, m'expliqua ma mère, mais pas de fille. Ils s'occupaient bien mieux de toi que nous ne pouvions le faire. Nous savions que tu mangerais à ta faim, et comme personne là-bas ne saurait que tu étais une enfant illégitime, nul ne s'en prendrait à toi. D'autre part, tu ne serais plus confrontée à tes frères et sœurs aînés qui t'en voulaient de leur ôter le pain de la bouche. Enfin, sans ta présence à mes côtés, ils me traiteraient avec plus de considération, seraient plus obéissants et me répondraient moins.

Il me sembla me souvenir d'une femme qui changeait mes couches la nuit – je mouillais alors mon lit – qui me manifestait plus de tendresse que ma propre mère.

– Non, cet événement s'est produit plus tard. Au départ, cette femme t'avait emmenée chez elle pour quelques jours seulement et tu lui as manqué dès qu'elle t'a ramenée à la maison, poursuivit ma mère. Tu avais six mois lorsque tu es réellement partie vivre chez elle. Peu de temps après, son mari fut arrêté pour détournement de fonds. Durant les années de famine, la population faisait n'importe quoi pour se procurer de la nourriture. Par la suite, les autorités ont pris toutes les mesures nécessaires pour attraper les coupables. Si les gens pouvaient fuir, ils fuyaient, sinon, lorsque la seule solution pour sauver leur peau était de dénoncer quelqu'un d'autre, même à tort, ils le faisaient.

Quelle qu'en soit la raison, le mari de sa collègue avait été dénoncé et condamné à trois ans de camp de rééducation par le travail. Sa femme ne pouvait donc plus me garder, et ma mère a dû me ramener à la maison.

Elle n'a sans doute jamais songé à m'abandonner au bord d'une route, mais elle m'a confiée à plusieurs familles, peut-être même à un orphelinat. Or il se produisait toujours un événement qui me contraignait à revenir dans cette maison, pour une durée plus ou moins longue, ce qui n'était pas du goût de tous.

Je me souviens vaguement d'une histoire qui s'est déroulée alors que j'étais encore très jeune. Ma mère me manquait et j'avais décidé, pour son jour de congé, de me rendre rue du Lycée afin de l'attendre. Or je me suis perdue en chemin. J'ai donc décidé de m'asseoir sur une marche en pierre afin qu'une connaissance finisse par me voir. Je n'osais pas pleurer, de peur d'être prise pour une enfant perdue et qu'on ne me kidnappe. J'ai attendu là jusqu'à ce que, finalement, mon troisième frère m'aperçoive, me ramène à la maison et se plaigne à ma mère. Celle-ci avait, ce jour-là, emprunté un autre chemin pour rentrer. Elle me récompensa de deux ou trois claques dont l'écho bourdonna dans mes oreilles toute la nuit. Le choc remplaça la peur d'avoir perdu mon chemin, mais je fus incapable de prononcer le moindre mot pour ma défense. D'ailleurs, même si j'avais fait une tentative, j'aurais sans doute été rabrouée. J'étais à la maison, j'avais un toit au-dessus de ma tête, c'était tout ce qui comptait.

Enfant, je craignais systématiquement les étrangers. Le simple fait d'être à côté d'un inconnu me rendait nerveuse. Ce réflexe ne s'était pas atténué en grandissant. Je pense, maintenant, que cette réaction devait être liée à la peur enfantine de perdre ma maison.

Une fois de plus, la réponse à l'énigme se trouvait sous mes yeux, depuis toujours, claire comme de l'eau de roche, dans l'attente que je la découvre. J'en déduisis que j'étais trop stupide pour regarder dans la bonne direction.

J'ai rompu le silence :

– Je veux le voir.

Ma mère, qui attendait que je prononce ces mots, se leva en silence.

Je me suis blottie contre le mur, redoutant sa réaction. Elle s'est dirigée jusqu'à la porte afin de vérifier que personne n'écoutait, puis elle s'est retournée et m'a annoncé d'une voix étouffée :

– Tout est déjà arrangé. Je t'emmène en ville, pour voir ton père naturel, demain après-midi.

Ainsi, ces derniers jours, alors qu'elle prétextait rendre visite à ma seconde sœur, en réalité elle planifiait notre rencontre. D'après mes calculs, au moins dix-sept ou dix-huit ans s'étaient écoulés sans qu'elle ait revu mon père naturel. Sa main tremblait si fort quand elle essaya d'ouvrir la porte, qu'elle dut s'y reprendre à trois fois avant de parvenir à tirer le verrou. Elle laissa ensuite sa main posée dessus, comme si elle manquait de force pour achever son geste.

Pour moi, ma mère allait rencontrer à nouveau cet homme auquel elle devait beaucoup penser, mais qu'elle s'était interdit de revoir.

Chapitre II

Ce doit être après que mon « attribution » eut été définie qu'ils décidèrent de se revoir une dernière fois. Mon père naturel vivait sur la rive opposée, rue du Nouveau Peuple, dans la chambre supérieure d'une maison à deux étages. Là, ils s'étaient fermement étreints, incapables de se séparer. Derrière la fenêtre, la rue s'étendait, si animée et si bruyante que cela donnait l'impression que la moitié de la ville était de sortie. Un cortège funéraire passa, et les lamentations s'élevèrent au milieu des explosions de pétards. Des gongs et des tambours accompagnaient une procession d'officiels, munis de « lettres de félicitations », lesquelles étaient destinées aux habitants de la ville qui avaient « volontairement » répondu à l'appel du gouvernement de repeupler les campagnes qui manquaient de paysans, à cause de la famine. Or le couple n'entendait plus rien. Haletants, ils mêlaient leurs corps nus couverts de sueur, pour la dernière fois.

Je me demande dans quel coin de la pièce ma mère m'avait déposée.

Ils se donnèrent corps et âme l'un à l'autre ; pourtant ils ne parvinrent pas à atteindre l'orgasme. Pour la première fois, ils n'avaient pas à s'inquiéter de la brusque irruption ou du réveil au milieu de la nuit d'un des enfants. Pour la première fois aussi, ils n'avaient pas à se déplacer furtivement, et cependant ils n'auraient jamais imaginé que ce serait si dur. Lorsqu'il s'abattit sur elle, elle le regarda, et il lut dans ses yeux que tout était fini entre eux.

De nombreuses fois, déjà, ils avaient décidé de ne plus se revoir, mais en vain. Toutefois, cette rencontre avait été un véritable désastre, en dépit de leurs précautions pour se retrouver seuls. Depuis la décision officielle du tribunal, la blessure en lui était profonde et le romantisme de leur histoire s'était évanoui. Cet après-midi-là passa plus rapidement que tous les autres.

Une fois dehors, ils marchèrent l'un derrière l'autre, comme à leur habitude, afin que personne ne pût se douter qu'ils étaient ensemble. Ils écrasèrent les pétards éclatés qui jonchaient le sol, se faufilèrent à travers le marché encore ouvert et continuèrent jusqu'à un restaurant de nouilles sichuanais situé au bas des quelques marches d'une petite ruelle.

Lorsqu'on leur servit leurs nouilles à la vapeur, ils regardèrent fixement leur bol et mangèrent, tous deux perdus dans leurs pensées. La lampe, reliée par un fil à une des maisons de la ruelle, ne fournissait pas plus de lumière que les lointains réverbères, mais les éclairait suffisamment pour projeter leurs ombres sur la table. Avant qu'elle ait fini d'avaler la moitié de ses nouilles, les larmes de ma mère coulèrent dans son bol.

– Ne pleure pas, dit-il. Je suis désespéré lorsque je te vois dans cet état.

– Ce n'est rien, répondit-elle. J'irai mieux dans une minute.

– Tu gardes la petite ! reprit-il. Et qui sait, peut-être est-ce elle qui prendra soin de toi lorsque tu seras vieille. Moi, je n'ai aucun espoir, le tribunal ne me laissera pas la voir avant qu'elle soit adulte. Tu vois, tu es encore la plus chanceuse des deux. Au moins, tu t'en iras avec l'enfant. Mais moi ? Je n'ai rien, ni personne. Seulement des rêves brisés.

Il pensait la consoler, il réussit seulement à la culpabiliser.

– Je ne pleure pas à cause de toi, dit-elle. Ne pense pas que je ne puisse pas vivre sans toi.

Elle se forçait à contenir ses larmes.

– Toi aussi tu peux vivre sans moi. En ce qui concerne la petite, c'est le destin qui décidera de sa survie. Je serai bientôt vieille, mais tu es encore jeune. Trouve-toi quelqu'un et installe-toi.

N'obtenant aucune réponse de sa part, elle continua :

– Donne-moi ta parole que tu prendras soin de toi.

Il ne voulait pas pleurer, car les hommes ne pleurent pas en public, cependant il ne put s'en empêcher.

Ma mère, pourtant presque illettrée, savait que l'idéogramme signifiant « endurer » se composait d'un couteau au-dessus d'un cœur. Afin de faciliter leur rupture définitive, elle abandonna son travail dans l'usine de produits en plastique, et demanda aux membres du Comité de voisinage de l'aider à obtenir un emploi de coolie dans une usine de l'autre côté de la montagne. Ce lieu était si éloigné qu'elle ne pouvait revenir à la maison que les week-ends.

Après leur séparation, Xiao Sun fut à son tour transféré dans une usine de plastique à côté du crématorium, à l'autre bout de la ville. On le rétrograda et il passa de la fonction de petit cadre à celle d'ouvrier. Son travail consistait à découper de l'amiante.

Je voulus savoir si c'était la dernière fois qu'ils s'étaient vus.

Un jour qu'elle transportait des pierres, ma mère tomba devant les autres ouvriers et se mit à pleurer toutes les larmes de son corps.

– Ce n'est pas un travail pour toi, si tu es trop faible.

– Fais une pause et la fatigue s'en ira.

Ils auraient aussi bien pu économiser leur salive, car elle n'entendit pas un seul mot de ce qu'ils disaient. Elle était trempée de sueur. Souvent, elle racontait qu'elle ne se souvenait pas de la dernière fois où elle avait porté des vêtements secs. Elle ne mangeait que deux portions de nourriture par jour et son estomac gargouillait. Des piqûres d'insectes marquaient son visage. Elle devait résister à cette voix lointaine, sa voix à lui, qu'elle entendait parfois dans le vent : il lui disait qu'elle lui manquait, qu'il voulait la voir, qu'il avait besoin d'elle, et qu'il savait qu'elle aussi avait besoin de lui. Si elle avait été de plus faible constitution et moins déterminée, si elle ne s'était pas forcée à demeurer sourde au son de cette voix, elle aurait posé sa palanche, dévalé la colline et traversé le fleuve pour lui dire qu'elle l'aimait.

Ma mère aurait été capable d'agir de la sorte, mais elle savait aussi qu'elle n'en avait pas le droit, que ses enfants passaient avant tout. Ses cheveux commencèrent à tomber, sa taille s'épaissit, son dos se voûta chaque jour davantage, les bosses de ses épaules continuèrent de grossir. Elle était choquée par la rapidité avec laquelle elle vieillissait, devenait laide. Elle se transforma, bientôt, en cette mère que j'ai toujours connue.

Ce n'est que bien des années plus tard, après avoir traversé de nombreuses épreuves, que j'ai été capable de me représenter cette image que ma mère avait déchirée avec une froide raison. A l'époque, j'étais trop occupée à la critiquer pour prendre le temps et le recul nécessaires afin d'essayer de la comprendre. Tout ce qu'elle me disait entrait par une oreille et sortait par l'autre. Ce mur de glace entre nous pouvait à la rigueur se fissurer, mais certainement pas tomber. Je ne pouvais rien y faire.

Chapitre III

Les rues de cette ville, parsemées de fondrières, rendent difficile l'accès aux vélos et aux charrettes à bras. Les voitures ne peuvent pas circuler dans la plupart des petites rues et ruelles. Des groupes de travailleurs, connus sous le nom de « gros bras », munis de leurs palanches et de leurs cordes, attendent patiemment aux croisements importants, aux gares et aux jetées que l'on veuille bien louer leurs services pour des travaux pénibles.

Si l'on excepte aussi les coolies, qui suent comme des forgerons, la ville contient une armée d'inactifs, et un nombre impressionnant de maisons de thé répondant à leurs besoins. Chaque quartier en possède au moins une, et dans les grandes rues on peut dénombrer une bonne dizaine d'anciens établissements réputés. Les clients ne sont pas tous des messieurs âgés, on y trouve aussi des jeunes. Une fois entré à l'intérieur, on est envahi par la chaleur provenant des théières fumantes. Les clients croquent des graines de pastèque, des cacahuètes, et surtout des piments secs. Ils discutent avec des amis, et, quand ils se sont suffisamment attardés, se lèvent, s'étirent, sortent leur pipe de leur poche et partent lentement. En dépit de leur nombre, les pauvres de Chongqing trouvent toujours un moyen de se procurer quelques piments forts qu'ils mangent jusqu'à ce que leur bouche et leur visage soient rouges et bouffis. Cette sorte de plaisir masochiste dénote, sans doute, un désir de résistance face au destin, ou plutôt une certaine complaisance à le défier.

Ma mère et moi nous sommes assises à une petite table dans une maison de thé située en bord de route, en haut de la ville.

Deux minutes plus tard, avant même que le thé soit servi, un homme maigre, d'âge moyen, est entré, le visage rayonnant. Il est trapu et quelque peu voûté. Il se dirige droit vers notre table et s'assied sur une chaise, entre ma mère et moi. Je le regarde avec méfiance. Mon cœur bat si fort que je vois des étoiles. Il vient juste de se raser et porte un tee-shirt propre sous une veste délavée à col montant. Ces vêtements ne parviennent pas, cependant, à cacher son air défait. Il n'y a aucun doute, c'est bien l'homme qui m'a suivie en secret toute ma vie.

Son visage était illuminé d'un sourire plein d'espoir. Sans doute désirait-il m'entendre l'appeler « papa », mais j'étais incapable de prononcer ce mot. D'ailleurs, je ne savais pas quoi dire. Je sentais que je rougissais. Ma mère ne me regardait pas. Elle se contentait de fixer des yeux le serveur qui versait, avec des gestes d'expert, l'eau bouillante contenue dans une théière au long bec dans nos tasses. Elle les recouvrit toutes les trois de leurs couvercles afin de permettre aux feuilles de thé d'infuser.

Personne ne disait mot. Il observa ma mère qui lui rendit son regard quelques instants, avant de se lever et de déclarer qu'elle devait s'en aller. Il dévorait des yeux cette femme vieille et laide avec une expression de tendresse et de chaleur que je n'avais jamais vue sur le visage de personne auparavant. Mon père ne l'avait jamais contemplée de cette façon. L'homme parut se détendre après son départ. Il n'était plus guindé et aussi peu naturel, face à moi, qu'à son arrivée. En fait, le départ de ma mère rétablit la vie sur son visage.

Quelqu'un alluma un poste de radio, et la musique d'un opéra sichuanais emplit la pièce. Il me sembla reconnaître la mélodie de *Fleuve d'automne*, un opéra dans lequel une fille de l'ancienne époque traverse le fleuve, en bac, à la recherche de son amour perdu. Juste à ce moment-là, un jeune dandy en pantalon à pattes d'éléphant et aux cheveux permanentés passa devant la maison de thé. Il transportait un poste de radio duquel s'échappait, à plein tube, une chanson populaire de Hong-Kong, qui s'harmonisait mal avec l'aria déchirante et aiguë de l'opéra local. Quatre clients, assis près de la porte, jouaient aux cartes.

Lorsque j'ai regardé une seconde fois en direction de la porte, il m'a dit :

– Ta mère ne reviendra pas.

Je l'ai ignoré et mon regard est resté figé sur l'entrée.

Puis nous avons décidé de quitter la maison de thé sans avoir bu notre boisson. Nous avons traversé la rue ainsi que l'avenue, et il m'a conduite au rayon des tissus dans un grand magasin. Il devait avoir lu dans mes pensées et compris que je ne lui dirais pas ce qui me ferait plaisir, même s'il me le demandait. Il choisit alors un tissu en polyester bleu, couleur favorite de ma mère, me le posa dans les mains et me dit d'en faire un chemisier car le mien était vieux et usé. J'étais vêtue d'un vêtement lourd et sans forme, qui appartenait à ma quatrième sœur, dont il était difficile de préciser s'il s'agissait d'un chemisier ou d'une veste. Ce qu'il portait, lui, n'était guère mieux. Je ne l'ai même pas remercié. Lorsque je lui ai lancé un coup d'œil, son sourire a fait place, pour je ne sais quelle étrange raison, à un froncement de sourcils nerveux.

Chapitre IV

Il était un peu plus de quatre heures de l'après-midi, et la plupart des restaurants du quartier n'avaient pas encore ouvert pour le dîner. Nous nous sommes heurtés à plusieurs portes closes avant de trouver un restaurant, plutôt chic, qui servait à manger. Il hésita un long moment devant sa façade tapageuse. Une fois à l'intérieur, nous avons suivi le serveur au premier étage.

Je me suis assise en face de lui, je l'ai écouté passer la commande : du poisson avec une sauce épicée aux haricots, une soupe de soja caillé et du bœuf frit, en lamelles, accompagné de céleri.

Une fois la nourriture sur la table, il y toucha à peine, se contentant de remplir mon bol. Je portai le riz à ma bouche : il était dur, pas assez cuit ; je décidai donc de le faire passer avec la soupe de soja. Malheureusement, je l'ai bue trop vite et j'ai commencé à m'étouffer. Il a alors tendu le bras pour me taper dans le dos. Dès que ma toux a cessé, j'ai posé mes baguettes.

J'avais beau détailler les traits de son visage, je ne constatais aucune ressemblance entre nous. Il demeurait un étranger. Lui, en revanche, était entièrement concentré sur moi. Ainsi, quelqu'un sur cette planète attachait vraiment de l'importance à ma personne, voulait que je sois heureuse, désirait me connaître, me parler, remplissait mon bol de viande et de poisson. Pour une fois, aucun être n'essayait de m'enlever la nourriture, ne me reprochait de trop manger ni ne me faisait la tête. Or je n'avais pas d'appétit, et n'éprouvais aucun bonheur. Mes sentiments oscillaient entre l'étonnement et l'indignation, et toutes sortes d'étranges pensées, que je ne maîtrisais pas, s'agitaient en moi. L'une d'entre elles cependant les résumait toutes : « Il n'y a aucune chance que je te reconnaisse officiellement comme mon père ! »

Il commanda un verre d'eau-de-vie de sorgho. Peut-être était-ce pour se donner du courage ? Nous tremblions tous les deux de l'intérieur. Finalement, il était possible que son sang coule dans mes veines. Puis il saisit son verre et me dit :

– Aujourd'hui, c'est ton anniversaire.

– Mon anniversaire ? ai-je répété d'un ton sarcastique. Tu es en retard, mon anniversaire était le 21 septembre.

– Le vingt-troisième jour du huitième mois de cette année-là, je t'ai vue naître à l'hôpital, dit-il.

De toute évidence, je comptais en référence au calendrier occidental, tandis que ma mère et lui s'en tenaient au calendrier traditionnel. Il m'expliqua que, dix-huit ans auparavant, ces deux dates coïncidaient, mais que cette année la date lunaire avait lieu quelques jours plus tard.

C'était donc ça ! J'avais appris le secret de ma naissance non pas grâce à mes recherches acharnées, mais parce qu'on avait décidé de me dire toute la vérité le jour de mon dix-huitième anniversaire. Alors c'était ça, c'était pour ça, pour ce jour-là que cet homme avait attendu toutes ces années !

Oui, il avait patienté pendant dix-huit ans. Comme on lui avait dit qu'il ne pourrait pas me voir avant que je sois adulte, il avait langui jusqu'à ce jour-là. Peut-être ma mère avait-elle voulu, dans un premier temps, garder le secret, mais elle avait cédé, une fois convaincue de ne pouvoir me le cacher davantage. Je dois admettre que je me sentais nerveuse et désorientée.

Il avait pris un verre d'alcool, pas moi. Après l'avoir bu, ses pensées parurent s'éclaircir et, comme je m'y attendais, il commença à me parler.

Chapitre V

J'allais très rarement au centre-ville et je me demandais toujours pourquoi il y avait tant de monde dans les rues. On avait l'impression que tous les gens avaient déserté leurs maisons. Le son des klaxons s'élevait sans cesse dans les airs, tandis que les voitures tentaient de se faufiler à travers les rues défoncées. Des drapeaux colorés et des bannières s'agitaient dans le vent. Des ballons aux vives couleurs flottaient gaiement au-dessus des grands buildings. Les rues semblaient presque trop propres et certaines maisons, récemment blanchies à la chaux, affichaient encore les banderoles rouges du Nouvel An sur leurs portes. Des rubans scintillants offraient à cette scène un sentiment d'irréalité. Chacun paraissait mis sur son trente et un. On se serait cru en période de fête.

Cet après-midi et ce soir-là, mon père naturel fit de son mieux pour répondre à mes besoins et faire en sorte que je sois bien disposée à son égard. Or je ne lui en fus pas le moins du monde reconnaissante. Son prétendu amour paternel arrivait un peu tard. Je n'en avais plus besoin. Mais je n'ai pas, non plus, essayé de l'empêcher de me faire plaisir.

– Tu veux aller au cinéma ? me demanda-t-il à la fin du repas. Ta mère m'a dit que tu aimais les livres, les films et la bonne nourriture.

J'acquiesçai sans hésiter.

Le cinéma projetait deux films. Nous sommes arrivés à la moitié du premier. Il s'agissait d'un documentaire chinois sur la guerre contre les nationalistes. Sur l'écran, les bombardements de l'artillerie faisaient rage tandis que le son des clairons emplissait la salle. Après le feu des mitrailleuses, nous pouvions voir un terrain jonché de soldats ennemis. Par contre, la mort du plus simple héros révolutionnaire était suivie de plusieurs minutes de musique à vous fendre l'âme, accompagnée des gémissements et des cris de revanche des compagnons d'armes. La seconde projection, un film étranger, racontait l'histoire d'un paquebot qui heurtait un iceberg et coulait dans l'eau glacée. Mon père naturel me quitta à peine des yeux pendant la projection. Finalement, je lui dis que j'en avais assez et que je désirais rentrer… chez moi. Il a examiné sa montre avant de me répondre qu'il était encore tôt. Puis il a ajouté de ne pas m'inquiéter, qu'il m'accompagnerait à l'arrêt de bus, puis au bac, et de là jusqu'à la maison. N'obtenant aucune réponse de ma part, il a enchéri :

– N'est-ce pas toi qui voulais me voir ?

– Maintenant, je t'ai vu. Maman m'attend probablement à la maison.

– Tu es une adulte aujourd'hui, le tribunal ne peut plus m'empêcher de te voir.

Son ton de voix ressemblait davantage à celui d'un grand frère qu'à celui d'un père. Maintenant que nous avions regardé le film, il insistait pour m'emmener au parc de la Bibasse, point culminant de la ville.

Alors que nous nous tenions côte à côte dans le pavillon de l'Étoile rouge, j'ai constaté qu'il avait fait un bon choix. Il n'y avait pas autant de monde ici que dans les magasins en contrebas, et cette ville montagneuse paraissait très différente, vue sous cet angle. Les maisons s'élevaient de part et d'autre de la ville, et les voitures roulaient à travers les rues. D'ici, on ne distinguait que leurs phares, semblables à des lucioles, illuminant les collines et la ville. Sur le pont qui enjambait le Yangzi, deux rangées parallèles de lumières traversaient la nuit jusqu'à la rive sud. Les éclairages des bateaux se reflétaient dans les eaux calmes et scintillantes qui ondulaient sous la caresse du vent.

Chapitre VI

Mon père naturel me raconta des choses importantes ce soir-là. Tout en gardant mes distances, je l'écoutais, cramponnée au morceau de tissu. Quant à lui, il tentait l'impossible pour réduire les barrières et développer une certaine intimité entre nous. Il n'a cependant pas essayé de me prendre dans ses bras. Alors que nous étions assis sur un banc de pierre dans un coin calme, j'ai continué à me tenir à l'écart. Voyant que ses tentatives de rapprochement s'avéraient vaines, il renonça rapidement à cette idée. L'odeur d'alcool de son haleine n'était pas très forte et je parvenais même à sentir celle de son savon au soufre. Pour être honnête, j'aimais cette odeur : c'était une odeur de propreté. Il s'était coupé les ongles pour notre rencontre. Ses doigts étaient longs et fins, comme les miens, mais le dos de ses mains était strié de nombreuses cicatrices. Le peu de cheveux qui lui restaient étaient poivre et sel. Comment pouvait-il paraître si vieux à seulement quarante-trois ans ? Sa voix, en revanche, s'élevait, forte et claire, et quand je regardais au loin et me laissais simplement guider par son intonation, il me semblait plus jeune.

Après sa séparation d'avec ma mère, il rencontra une paysanne d'un village voisin qui désirait fonder une famille. Avant son mariage, il se rendit une dernière fois sur le lieu de travail de ma mère. Cette dernière refusa de le voir. Ils se parlèrent donc à travers une porte fermée. Il lui fixa un rendez-vous, lui indiqua qu'il voulait voir sa fille avant de quitter la ville pour devenir le gendre d'un paysan. Il laissa une moustiquaire propre et un sac de nourriture devant la porte.

Ma mère mit sa fille âgée de deux ans sur son dos et grimpa le long escalier de pierre qui dominait la jetée. Elle le vit, debout, à côté du funiculaire vide au-dessus du pont du Ciel. Là, il lui précisa qu'il avait rencontré une paysanne qui n'avait rien de particulier, mais qui était honnête et convenable. Le message était clair : si ma mère éprouvait encore quelque sentiment pour lui, un seul mot de sa part suffirait à faire annuler le mariage. Mais elle lui répondit :

– Voilà une bonne nouvelle. Je suis heureuse que tu refasses ta vie.

Puis, après l'avoir remercié pour la moustiquaire et la nourriture, elle s'apprêta à partir. Il lui prit alors la main et lui demanda de l'accompagner une dernière fois chez lui, rue du Nouveau Peuple.

Ma mère répondit négativement tandis qu'elle dénouait la sangle qui retenait le bébé.

– Tu m'as dit que tu voulais voir ta fille. Eh bien ! la voilà, tu peux la regarder aussi longtemps que tu le désires. En fait, tu devrais même l'emmener chez toi, comme ça, tu n'auras plus à me demander de te l'amener.

Elle lui tendit l'enfant, fit demi-tour et partit sans jeter le moindre regard en arrière.

Mais la fillette commença à hurler dès qu'il la mit dans la cabine du funiculaire. Ses cris stridents et apeurés s'élevèrent dans les airs. « Maman ! » appelait-elle tout en rampant vers sa mère. Il resta là à contempler sa fille, sans un geste. Au milieu du brouhaha de la foule et des sirènes de bateaux, ma mère n'entendit que les cris de sa fille et se précipita vers elle.

Il sourit lorsque ma mère attrapa sa fille avec colère.

– Tu vois, elle ne veut pas de moi. Elle réclame sa mère et non son père. Je ne pourrais pas la garder, même si je le désirais, dit-il d'un ton railleur.

Il hissa l'enfant sur le dos de sa mère, enroula de nouveau la sangle autour d'elle, et enfonça sur sa petite tête un bonnet tout neuf, en brocart bleu, doublé de feutre.

– Prends bien soin d'elle. Elle va attraper froid avec ce vent qui souffle en rafales, dit-il

– Ne t'inquiète pas, lui répondit ma mère. Aucun vent ne peut l'atteindre. Son destin est trop rude pour qu'elle meure.

Ce fut leur ultime rencontre. Mes cris de désespoir avaient

définitivement scellé mon avenir. Une fois de plus, ma mère avait renoncé à toute initiative personnelle, bien qu'en vérité elle sût que le destin ne lui accordait pas le choix. Avec moi sur le dos, elle descendit les marches jusqu'à l'embarcadère. Comme c'était la saison sèche, le fleuve n'était pas très large. Les rives rocheuses et sableuses s'étendaient à l'horizon. Ses pieds traçaient des marques profondes dans le sable qui s'incrustait dans ses chaussures. Il lui était difficile d'avancer. Elle serra donc davantage la sangle, se pencha en avant, et marcha dans le vent qui lui envoyait du sable dans la figure et les cheveux. De mémoire collective, ce fut un hiver plus rigoureux, plus froid que durant les trois années de famine meurtrière, et pour elle un hiver plus douloureux encore que celui qui suivit la mort de son premier mari.

Pendant tout ce temps, mon père naturel était resté debout, en haut des marches, son corps maigre soumis à la force du vent glacial. Mais, comme de plus en plus de personnes se pressaient autour de lui pour attraper un bus ou se rendre à l'embarcadère, il disparut bientôt de l'horizon. C'était un jeune homme qui avait manqué d'affection dans sa vie jusqu'à ce qu'il eût rencontré ma mère, et celle-ci lui avait été reconnaissante d'avoir sauvé ses enfants de la faim. Auparavant, il ne s'était presque jamais senti important ou utile. Et puis, il avait succombé à l'amour auquel il n'avait pas pu se soustraire.

Pourquoi aimer ou haïr ? L'amour est un sentiment trop personnel pour être compris des autres. Prenons mon exemple : ne suis-je pas tombée secrètement et inexplicablement amoureuse d'un homme ? Cet amour, illicite, paraîtrait sale et honteux aux yeux de beaucoup.

Pourtant, même moi qui n'avais jamais suivi les règles, je ne parvenais pas à comprendre la relation adultère de mes parents. Quand nous trois, ma mère, mon père naturel et moi, étions assis ensemble dans la maison de thé, nous avions l'air gêné, embarrassé. En m'entraînant dans ce monde, ils m'avaient donné une vie de souffrance dont aucun d'eux ne voulait prendre la responsabilité.

Tandis que nous quittions le parc de la Bibasse et descendions l'escalier de pierre, un feu d'artifice illumina le ciel noir, transformant les arbres et les immeubles alentour en silhouettes clignotantes. Une pluie d'étoiles filantes, de toutes les couleurs, s'abattit sur la ville et au-dessus de nous, semblables à d'étranges fleurs venues du paradis. Le ciel était encore éclairé quand nous parvînmes au funiculaire. Les explosions du feu d'artifice étaient assourdissantes.

– Je ne veux plus jamais que tu me suives, lui ai-je dit. Je ne veux plus jamais te revoir.

Il n'avait jamais imaginé entendre ça et son visage se figea. Je pouvais voir la douleur dans ses yeux, pareille à celle des passagers du film étranger lorsqu'ils prirent conscience qu'ils étaient condamnés à couler avec le bateau.

Mais je m'en moquais. Je voulais qu'il me donne sa parole.

Il acquiesça d'un hochement de tête, sans me regarder.

Devant le guichet, il m'a dit qu'il allait m'accompagner. Je lui ai répondu négativement car je désirais effectuer le trajet seule. Il savait qu'il était inutile d'insister. J'ai rejoint la foule des passagers qui embarquaient, et me suis assise sur un siège à l'arrière, tout en m'agrippant à mon tissu bleu comme si ma vie en dépendait. Les sièges de la cabine étaient dirigés vers le haut. Je pouvais le voir debout derrière la rampe, près de la baraque du collecteur de billets. Lorsque le funiculaire a glissé tout doucement sur la colline, il m'a dit au revoir de la main. J'ai voulu lui rendre son geste, mais je ne l'ai pas fait. Puis, afin de ne plus le voir, ni lui permettre de regarder mon visage, je me suis tournée pour observer les bicoques entassées sur le flanc de la colline. Les lumières des habitations vacillaient, comme prêtes à s'éteindre. La cabine arriva en bas en peu de temps. La sortie se trouvait exactement à l'opposé de l'entrée principale de la gare où une masse humaine s'agitait dans tous les sens.

Ma mère était encore éveillée et m'attendait. Dès qu'elle ouvrit la porte, elle poussa un soupir de soulagement et retourna se coucher. Les chaussures de mon père étaient glissées sous le lit. Il était tourné face au mur, et je fus tenté d'aller vers lui. Je pensais à toutes ces épreuves que nous avions partagées, lui et moi, et un violent désir de l'étreindre dans mes bras et de sentir les siens m'enserrer s'empara de moi. Il fallait que je garde une image précise de lui. Or je ne parvenais pas à me rappeler avoir jamais étudié son visage comme une fille doit le faire.

Le lit craqua lorsque ma mère se retourna. Mon père avait dû facilement s'endormir. Je suis allée dans la pièce commune pour me laver tranquillement, et quand je suis revenue après avoir déversé l'eau dans la cour, ma mère était assise dans son lit.

– Va te coucher maintenant, me dit-elle doucement.

Je suis sortie de leur chambre pour traverser la pièce commune, et je suis montée au grenier.

Partie XVI

Chapitre I

Depuis longtemps déjà, je tenais un journal et couchais sur le papier des histoires qui ne m'intéressaient plus le lendemain. A mes yeux, écrire mon journal permettait d'exprimer ma tristesse et offrait une compensation à ma solitude. Chaque fois que je décidais de l'interrompre, je ne résistais pas longtemps à son appel et je le reprenais à l'endroit où je l'avais abandonné.

En haut, dans mon grenier, j'ai noté les faits marquants de mon entrevue avec mon père naturel en deux lignes : maison de thé, restaurant, cinéma, parc de la Bibasse, funiculaire, bac, maison, lit.

J'avais l'habitude de m'exprimer au moyen de cette écriture quasi codée, plutôt naturelle chez moi, non parce que de nombreuses personnes avaient souffert, et étaient même mortes, pour avoir tenu des journaux « réactionnaires », mais parce que je ne souhaitais pas que ma famille fût au courant de quoi que ce soit, en particulier de cette rencontre. Notre promiscuité permanente empêchait toute intimité. Qu'est-ce que mon père en aurait pensé s'il l'avait lu ? Et mes frères et sœurs ? Et ma mère, comment aurait-elle réagi si elle avait appris la façon dont j'avais traité mon père naturel ?

Mieux valait éviter le sujet. De surcroît, les détails s'étaient tout de suite envolés de ma mémoire.

Lorsque je vis mon père le lendemain matin, je n'éprouvai pas le moindre sentiment et ne lui parlai même pas. Ma fugace impulsion de la nuit précédente s'était enfuie comme par enchantement. Le sommeil est un processus étrange, oscillant entre la vie et la mort, filtrant peine et souffrance et asséchant toute forme de désir ou d'émotion. Je descendis le tissu bleu, le tendis à ma mère, puis je vaquai à mes occupations.

Avec tous mes frères et sœurs à la maison, nous nous marchions dessus. Et comme les familles de la cour recevaient souvent des parents, l'endroit était fort bruyant. Chaque fois que je croisais ma mère, je constatais qu'elle était à bout de nerfs. Quand enfin nous nous sommes trouvées toutes les deux seules dans la chambre, elle m'a dit :

– Je t'emmènerai sur la place du Pont de pierre, dès que j'aurai un moment, pour te faire faire un chemisier avec ce tissu bleu.

– Il l'a acheté pour toi.

– Cesse de me raconter n'importe quoi.

J'ignorai sa remarque et me concentrai sur l'ail que j'étais en train d'éplucher.

– A-t-il été gentil avec toi ?

Lorsqu'elle parlait de mon père naturel, ma mère employait invariablement les termes « il » ou « lui ». Elle savait pertinemment la manière dont il m'avait traitée mais désirait simplement que je le reconnusse désormais comme mon père. Après tout ce temps, elle avait désormais quelqu'un avec qui elle pouvait discuter de l'homme qu'elle avait aimé. Elle me regarda avec fébrilité, dans l'attente de ma réponse.

– Ça va ! répliquai-je avec une nonchalance qui rejetait toute polémique.

Entre un homme qui avait donné son sperme et l'autre qui m'avait élevée, mon choix se trouvait vite fait.

Ma mère essaya de paraître occupée l'espace d'un instant. Puis elle m'annonça que finalement elle ne m'emmènerait pas chez un couturier, car cela lui reviendrait cher et le travail ne serait pas parfait. Elle alluma la lampe d'un geste sec, dégagea le dessus de la table, déploya le tissu et le vaporisa d'eau. Après s'être procuré une paire de ciseaux, un mètre et de la craie, elle déclara que la table était trop petite puis étendit le tissu sur le lit.

Cela fait, elle prit mes mesures tout en me demandant si je préférais un chemisier ou un gilet pour porter sous ma veste matelassée. L'été venait de toucher à sa fin et, avant que j'aie eu le temps de donner ma réponse, elle décida de me confectionner un gilet pour l'hiver prochain. Elle était redevenue l'autre femme, la mère pour laquelle mon avis ne comptait pas.

Tout en dessinant à la craie le modèle du vêtement sur le tissu, elle me dit :

– Tu ne sais sans doute pas qu'il s'est engagé, devant la cour, à te verser une pension alimentaire de dix-huit yuans par mois. Il s'est régulièrement acquitté de cette promesse jusqu'à ton dix-huitième anniversaire. Lorsque ta seconde sœur a commencé à enseigner, c'est à elle qu'il a envoyé l'argent. Mais comme les collègues de celle-ci étaient aussi curieux que nos voisins, ils voulurent savoir d'où venait ces fonds. Aussi, afin d'éviter les ennuis, il a envoyé la pension à sa mère – ta grand-mère paternelle. Il me suffisait de traverser le fleuve pour la récupérer. C'était une bonne, une honnête femme. Chaque fois que j'allais chercher l'argent, elle me retenait à manger. Elle disait que son fils était né sous une mauvaise étoile. Quelle citadine aurait voulu épouser un homme aussi pauvre que lui ? C'est la raison pour laquelle il était entré dans une famille de paysans.

Ma mère ne l'avait pas revu une seule fois au cours de toutes ces années, mais elle avait appris certains événements qui le concernaient grâce à ma grand-mère. L'idée de vivre si près de lui et d'être contrainte d'agir comme s'il n'existait pas devait l'avoir rendue presque folle.

– Il n'a jamais demandé à te voir, car il savait qu'une enfant illégitime ne représentait guère mieux qu'un monstre au regard de la plupart des gens, me dit ma mère. Cette société hypocrite dans laquelle nous vivons ne t'aurait pas laissé un instant de répit et tu aurais pleuré toutes les larmes de ton corps.

Comme je ne répondais pas, elle reprit :

– Liuliu, tu n'as pas idée de la vie misérable qu'il a menée. De plus, non seulement ces dix-huit yuans mensuels t'ont gardée en vie, mais ils ont apporté une aide considérable au reste de la famille.

Chapitre II

Dans ce cas, mes frais de scolarité ne pourraient-ils pas être prélevés dessus ? Cette pensée m'a traversé l'esprit, mais je n'ai pas osé lui en parler.

Les paroles de ma mère ne me touchèrent pas. En tant que père naturel, son rôle était de m'élever. « Tu as utilisé l'argent qu'il te donnait sans même m'en parler, pensais-je intérieurement. J'ai peut-être vécu dans cette maison avec toi, jour et nuit, durant toutes ces années, mais ce n'est pas ma famille. Je ne fais pas partie de ce clan et jamais plus je ne croirai en toi. »

Ma mère me raconta beaucoup de choses à propos de mon père naturel : sa vie de paysan, ses deux enfants – mes demi-frères que je n'avais jamais rencontrés –, ma grand-mère, etc. La pensée de toutes ces personnes, qui, brusquement, faisaient irruption dans ma vie déjà peu stable, me dérangeait.

Il avait vécu toutes ces années dans le dortoir des ouvriers de l'usine, rentrant chez lui une fois par semaine ou par quinzaine. Il était un bon père et un bon mari.

Non seulement il menait une existence frugale, mais en plus il ramenait chez lui les restes de la cantine de l'usine pour les donner aux cochons. Il les mettait d'abord dans des sacs en plastique, afin d'éviter qu'ils coulent, puis dans des seaux en bois. Il tentait ensuite de rentrer chez lui en faisant de l'auto-stop. Parfois, il attendait des heures avant qu'un camionneur au bon cœur acceptât de le prendre. D'autres fois, il n'obtenait que des insultes en réponse à la peine qu'il se donnait : « Va au diable, connard, avec tes saloperies ! » Ces jours-là, il parcourait à pied la dizaine de kilomètres qui le séparaient de chez lui.

Il faisait tout le travail des champs : il labourait, semait, fertilisait. Ses fils s'occupaient de fourrager l'herbe à cochons, tandis que sa femme et lui la coupaient en morceaux pour la mélanger avec les déchets qu'il rapportait. Les porcs engloutissaient rapidement leur pâtée et grossissaient lentement. A la fin de l'année, lorsqu'ils étaient assez gras pour être emmenés à l'abattoir, l'argent obtenu sur leur vente permettait à la famille de vivre pendant un an et même de payer non seulement les frais de scolarité, mais encore les vêtements des deux garçons. Tard dans la nuit, on le voyait souvent près du bassin en train de nettoyer les légumes qu'il vendrait au marché le lendemain matin afin de gagner quelques sous supplémentaires.

C'est seulement il y a deux ans que ma mère apprit combien sa vie avait été difficile. Elle cessa alors d'aller chercher l'argent de la pension alimentaire chez ma grand-mère.

– Autrefois, lorsqu'il portait quelque chose de correct, il paradait fièrement et me demandait s'il ressemblait à un jeune caïd. Cette fausse vanité me faisait rire et je lui rappelais que l'âge d'or des grands caïds était depuis longtemps révolu, raconta tristement ma mère. Mais, bien que les choses soient difficiles, il n'a jamais laissé passer un seul mois sans envoyer les dix-huit yuans, ce qui représentait presque la moitié de ses revenus !

– Je ne te crois pas ! me suis-je écriée. Je ne crois plus personne.

Ce que je voulais dire était que, peu importait combien cet homme avait pu être bon, elle n'avait pas le droit de se sentir tellement concernée par le mari et le père d'une autre famille. Elle ne devait pas tant exiger de ma part. Il n'y avait de place dans mon cœur que pour le père que j'avais connu durant toutes ces années, le seul qui me traitait mieux que ma mère ou que tout autre membre de cette maison. A ce stade de ma réflexion, j'ai dit brusquement :

– Tu devrais le rayer de tes pensées. Cet homme n'a rien à voir avec notre famille.

Ma remarque prit ma mère au dépourvu, et elle mit un moment avant de pouvoir répondre :

– Ainsi tu le détestes lui aussi, Liuliu. Je pensais que j'étais la seule que tu haïssais.

Elle baissa le bras avec lequel elle avait coupé le tissu et s'assit brusquement sur le lit, en secouant la tête de désespoir.

Chapitre III

J'ai accompagné ma sœur aînée à l'embarcadère où nous avons attendu le bac, assises sur le rebord de pierre.

– Je voudrais te poser une question, me dit-elle, et tu dois me répondre. Est-ce que maman t'a emmenée voir Sun ?

J'ai été prise de court.

– Je m'en doutais. Vous avez quitté la maison ensemble, puis tu es revenue avec un nouveau tissu très joli. Ça ne pouvait être que ça. Durant toutes ces années, elle s'est arrangée pour se tenir éloignée de lui, mais, en fait, elle n'a jamais pu l'oublier.

Ma sœur a ri d'un air suffisant :

– Eh bien ! Comment va-t-il ?

– C'est moi qui désirais le voir, ai-je dit d'un air indifférent. Il est marié et a deux enfants.

– Il doit encore m'en vouloir pour ce qui s'est passé.

– Il n'a pas parlé de toi.

Ma sœur aînée avait un panier rempli d'affaires accroché dans son dos. Elle arrivait toujours à la maison les mains vides, et repartait avec autant d'objets qu'elle pouvait en transporter. C'était un miracle qu'il restât encore quelque chose dans la maison après ses visites. Elle ajusta les sangles sur ses épaules et me regarda droit dans les yeux.

– Tu n'as pas besoin de parler en sa faveur. N'oublie jamais que tu as grandi dans cette famille. Sans nous, tu ne serais plus de ce monde depuis belle lurette. Quand tu avais deux ans, tu as eu un grave ulcère à l'estomac. Si tu n'es pas morte, c'est uniquement parce que papa et notre seconde sœur ont pris soin de toi.

La fille aînée de ma sœur avait seulement six ans de moins

que moi, et elle était trop lourde pour que je puisse la porter. Un jour pourtant, j'ai essayé de la prendre dans mes bras afin de faire plaisir à ma sœur aînée. Mais la fillette s'est sauvée, s'imaginant sans doute que j'avais de mauvaises intentions à son égard. En dépit de son très jeune âge, ma nièce avait parfaitement compris quelle place j'occupais dans cette maison. Chaque fois qu'elle faisait tomber un balai ou qu'elle cassait quelque chose, elle m'accusait. Ses grands-parents la croyaient systématiquement, et c'était moi qui étais punie.

– Ne me dis pas ça ! Même ta fille savait qu'elle pouvait me marcher dessus ! ai-je dit sans chercher à la ménager. N'oublie pas que maman a vendu son propre sang pour acheter des poulets, afin de te nourrir après ton accouchement.

– C'est le rôle des parents. Les vieux élèvent les jeunes, puis les jeunes prennent soin des vieux. Tu ne le savais pas ?

Elle avait élevé la voix, mais lorsqu'elle vit l'expression maussade inscrite sur mon visage, elle cessa. Je n'étais jamais celle qui déclenchait les hostilités. Quand on s'en prenait à moi, je me contentais, en règle générale, de me taire. Il fallait vraiment dépasser les limites pour que je m'exprime.

Le bac partait de la rive opposée. Le niveau d'eau avait un peu baissé, mais uniquement de quelques marches de pierre supplémentaires. Les berges étaient encore sous les eaux.

Elle me demanda de l'accompagner jusqu'à l'endroit précis où les passagers débarquaient. Je pourrais partir dès qu'elle serait à bord, me dit-elle. Puis elle parla d'elle-même, comme à son habitude. Dès qu'elle serait chez elle, elle exigerait sa part des biens à son ex-mari, que ce soit une casserole ou même un bol de riz. Cette fois-ci, elle était prête à déclencher les hostilités.

J'en avais assez d'entendre parler des « combats » de ma sœur aînée et souhaitais qu'elle change de sujet. Or elle ne m'en donnait jamais l'occasion. Elle me dit qu'elle allait devenir une citadine illégale.

– Ne t'inquiète pas, reprit-elle en saisissant ma main. Toi et moi sommes dans la même galère au sein de cette famille. Nous devons nous serrer les coudes. Je ne divulguerai tes secrets à personne, et tu agiras de même. D'accord ?

Chapitre IV

Sur le chemin du retour, je réfléchissais à ce que ma sœur aînée m'avait raconté. Bien qu'il y eût des similitudes entre nos deux cas, ces derniers se révélaient, en réalité, fort différents. Cependant, avant même que j'aie pu analyser clairement la situation, je fus appelée ce soir-là par ma quatrième sœur, qui m'emmena dans un endroit en plein air, près de la cour numéro six. Lorsque nous arrivâmes, je fus surprise de trouver tous mes frères et sœurs accompagnés de leurs conjoints. Il ne manquait que mes parents et ma sœur aînée. Leurs traits étaient flous dans la lumière obscure des réverbères, mais je pouvais voir qu'ils étaient de mauvaise humeur.

Tandis que je m'asseyais sur le tabouret bas, j'avais l'impression d'accomplir un retour en arrière dans le temps et de me retrouver, comme à l'école, la cible des attaques de la classe. J'étais semblable au pauvre mécréant qui, lors des séances de critiques durant la révolution culturelle, subissait les cris et les attaques de la foule en délire. J'étais encerclée par ma famille. Qu'avais-je fait ?

Mon troisième frère, le fils aîné, prit la parole en premier. Aucun doute possible : avant son départ, ma sœur aînée m'avait vendue. Elle leur avait tout raconté, les questions que j'avais posées concernant la famille, ainsi que sa propre version des événements. Ce qu'elle m'avait dit, avant d'embarquer, ne représentait pas son seul point de vue, mais celui de toute la famille. J'aurais dû me douter qu'elle faisait partie de ces gens qui n'étaient pas heureux tant qu'ils ne semaient pas la zizanie. Elle aimait sentir le chaos au sein de son propre pays, de sa vie, et de sa famille.

– Fais ton choix. Quelle famille veux-tu ?

– Tu as mangé notre nourriture et porté nos habits, tu nous as même ôté le pain de la bouche. Tu peux partir si tu le souhaites, mais, dans ce cas-là, nous voulons que tu nous rembourses toutes les années passées dans notre maison, à savoir le loyer, les soins médicaux et les frais de scolarité.

– Nous n'avons jamais rien fait qui puisse te blesser et tu as encore le culot d'aller voir cet homme. Tu ne sais pas combien nous avons souffert à cause de toi, nous avons subi le poids de la honte durant tout ce temps. Nous t'avons élevée, et maintenant que tu es assez grande pour voler de tes propres ailes, tu penses que tu peux t'en aller comme ça, n'est-ce pas ?

Ma seconde sœur, qui n'avait rien dit jusqu'à présent, prit la parole :

– Écoutons ce qu'elle va nous dire.

Qu'étais-je censée dire ? J'ai fait semblant de ne pas comprendre ce qui se passait, car c'est ainsi que je m'en sortais toujours lors des séances de critiques à l'école. Aujourd'hui, mon cerveau ne fonctionnait pas. En dépit du manque de fondement de leurs remarques, je me trouvais dans l'incapacité de leur répondre.

– Souhaite-t-il que tu quittes notre maison pour partir avec lui ?

– Réponds quelque chose !

J'ai essayé de me lever, mon troisième frère m'a rassise de force sur le tabouret. Ils ne me laisseraient pas m'éloigner tant que la situation ne serait pas clarifiée. J'ai regardé des enfants traverser la rue avec un ballon.

Je n'aimais pas cette famille, mais je n'en aimais aucune autre non plus. J'étais une fille sans racines familiales. Je me moquais de qui appartenait à qui, je voulais simplement qu'on me laisse tranquille. Je me suis alors tournée vers eux.

– Je ne vais pas quitter cette maison, ai-je dit d'un ton sans équivoque. Et ne croyez pas que vous pouvez me chasser. Vous êtes ma seule famille.

Ma remarque les a abasourdis. Ils ne savaient plus quoi dire. Ils avaient pensé que je gémirais à propos de mon appartenance aux deux familles, mais ils ne s'étaient pas imaginé, un quart de seconde, que je n'avais aucune intention de couper les ponts avec eux. Je n'ai pas parlé de tout ce que mon père naturel avait, financièrement, fait pour la famille, eux qui tenaient tant à leur argent. Les gens sont extraordinaires : ils ne peuvent pas oublier le mal dont ils ont souffert, mais ils sont incapables de se rappeler le bien qu'ils ont reçu. Je voulais bien accepter qu'ils me fassent des reproches concernant certaines de leurs souffrances : ils avaient eu le ventre creux durant la famine par ma faute, puisqu'il ne leur avait pas été possible de demander de l'aide chez les voisins étant donné qu'ils abritaient une petite bâtarde chez eux. Ils avaient dû se déplacer en cachette, comme des chiens, la queue entre les jambes. Je préférais donc reconnaître que je devais une dette émotionnelle à ma famille que je serais dans l'incapacité de rembourser.

– D'accord.

Mon troisième frère rompit finalement la glace.

– Tu ne parleras pas à maman de ce qui s'est passé ce soir, et tu ne laisseras pas deviner à papa que tu sais tout sur tes origines. Est-ce bien clair ?

– Très clair, répondis-je en hochant la tête. Pourquoi voudrais-je faire de la peine à papa ?

Je me sentais assommée, ruminant ma colère, en songeant à la façon barbare dont ils m'avaient traitée. Mais je n'ai rien ajouté. Je suis restée assise à les regarder partir en marmonnant des menaces. J'avais toujours autant redouté mes frères et sœurs que mes professeurs. Je ne leur adresserais plus jamais la parole. Je les laisserais poursuivre leur chemin en essayant de ne pas les rencontrer, préférant me cacher dans un coin où ils ne pourraient pas me voir.

Après qu'ils furent partis en emportant chacun leur tabouret, je suis restée assise, seule. Ma tête tournait et un bourdonnement, semblable à des barres de métal frappées l'une contre l'autre, emplissait mes oreilles.

Finalement, je me suis levée, j'ai attrapé mon siège, et je suis lentement descendue vers la maison. Soudain, j'ai lâché mon tabouret et me suis mise à foncer, comme une petite fille, vers la rue du Lycée, puis vers l'aire de jeu envahie de mauvaises herbes. J'ai couru et me suis retrouvée au sommet de la colline, plus sombre et plus déserte que n'importe quel autre lieu. Finalement, incapable de faire un pas de plus, je me suis arrêtée et me suis appuyée contre un arbre pour ne pas m'effondrer. J'ai regardé l'ouverture béante et sinistre d'un abri antiaérien. Tout le monde racontait que les nationalistes avaient enfoui des explosifs partout dans ce secteur. Cela voulait donc dire que la ville tout entière était une immense bombe à retardement. Pourquoi n'explosait-elle pas à ce moment précis ? Pourquoi la ville n'était-elle pas rayée de la carte ?

Partie XVII

Chapitre I

Les jours qui suivirent mon passage sur le gril par mes frères et sœurs, je fus trop faible pour me rendre en cours. J'avais mal à la tête, j'avais de la fièvre, et, par-dessus tout, j'étais extrêmement lasse. Ma mère était gentille avec moi comme jamais auparavant. Mais je n'étais pas d'humeur à coopérer avec qui que ce soit dans cette famille. Leurs visages ressemblaient aux maisons de notre rue : ils étaient laids et tortueux. Nos voisins continuaient à s'esclaffer au moindre commentaire salace, à se battre pour un rien, à se poursuivre à travers les ruelles. Je me sentais totalement étrangère à leur vie. Leurs joies et leurs peines ne signifiaient désormais plus rien pour moi. J'effectuais encore les tâches quotidiennes à la maison, sous le commandement des uns et des autres, mais dès que j'avais un moment de libre, je le passais enfermée dans le grenier, ne voulant voir personne, ni être vue de quiconque.

Ce jour-là, je transportais un panier rempli de déchets que j'allais déverser sur la pente. Sur le chemin du retour, j'ai rencontré une de mes camarades de classe.

– Es-tu malade ? m'a-t-elle demandé. Comment se fait-il que tu ne viennes plus en cours ?

– Venir en cours ?

Ma voix s'élevait, rauque et rude.

– Oui, en cours.

D'habitude, elle ne m'aurait même pas dit quel jour nous étions, et elle dut penser que j'étais vraiment malade pour me parler de la sorte.

– Ne vas-tu pas présenter le concours d'entrée à l'université ?

Je l'ai regardée d'un air déconcerté. J'avais complètement

oublié l'examen. Elle sourit, découvrant une rangée de dents mal plantées. Puis, soudain, comme si une idée lui traversait l'esprit, son sourire s'effaça et elle me dit :

– Tu dois donc ignorer que le professeur d'histoire est mort.

– Qu'est-ce que tu viens de dire ? ai-je presque hurlé.

Effrayée par ma réaction, elle m'a répondu :

– Qu'est-ce qui te prend ? Il s'est suicidé.

Chapitre II

J'ai posé mon panier et me suis élancée vers l'école.

Je vivais les jours les plus étranges de ma vie. Tellement de choses s'étaient produites, à une vitesse vertigineuse, que j'avais l'impression d'évoluer dans un brouillard quasi permanent, incapable d'analyser les différentes situations. Le professeur d'histoire n'apparaissait déjà qu'en demi-teinte dans mon esprit, bien que notre dernière rencontre datât de quelques jours seulement. Ma passion pour lui, pourtant récente, ne me semblait plus qu'un rêve lascif. A ce moment-là, l'image du professeur d'histoire mettant fin à sa vie se matérialisa dans mon esprit. Immédiatement, ma mélancolie et mon apitoiement sur moi-même disparurent, me jetant dans la confusion la plus totale.

A l'école, je n'obtins pas de confirmation de la nouvelle. Je savais cependant que les propos de ma camarade de classe étaient vrais. Tandis que je me remémorais tout ce que le professeur d'histoire m'avait dit, je compris que j'aurais dû deviner qu'il agirait tôt ou tard de la sorte. Voilà longtemps qu'il voulait s'approprier son destin.

Il avait pris une corde dans la cuisine. Il ne voulait surtout pas que sa fille l'aperçoive lorsqu'elle se réveillerait de sa sieste, car un corps de pendu est effrayant à voir : la langue pend, la bouche est tordue, les yeux sont exorbités, le pénis est en érection, le contenu de la vessie et des intestins se vide. Il ne voulait pas que son cœur d'enfant fût effrayé par l'horreur d'un tel spectacle. Il avait fermé la porte de la cuisine, enroulé calmement la corde fatale autour d'une poutre, était monté sur un tabouret, et avait fait un nœud coulant à la corde. Puis il l'avait tendue, avait passé sa tête à travers le nœud et donné un coup de pied dans le tabouret. Après une secousse brusque, il s'était balancé dans les airs.

A ce moment-là, son corps s'était violemment contracté et ses jambes s'étaient mises à s'agiter avec force dans le vide. Ses doigts s'étaient enfoncés dans son nez, dans un mouvement involontaire. La corde oscillait sous son poids, la poutre craqua légèrement, et ses mains retombèrent brutalement. Il se balançait, immobile et mou, pour l'éternité.

J'avais tout vu, tu étais donc désormais sans vie. Tu n'avais pas laissé de mot d'explication. Je ne parle pas pour moi, bien évidemment, puisque j'avais si peu compté pour toi. Dans un monde qui ne t'avait apporté que souffrance, je n'étais qu'une simple étudiante qui avait brièvement traversé ta vie.

Tu n'avais même pas cherché à me revoir une dernière fois. De toute façon, si tu l'avais fait, je me trouvais alors dans un tel état de confusion, depuis le choc de la découverte soudaine du secret de ma naissance, que je ne t'aurais été d'aucune aide. Je voulais tout d'abord digérer cette nouvelle, sachant que je te reverrais bientôt, au moins en cours.

En me souvenant du temps que nous avions passé ensemble, j'aurais dû enfouir au plus profond de moi cet instant où nos regards s'étaient croisés et où nos esprits avaient fusionné, ce moment où, enfin, j'avais réussi à établir un vrai lien entre nous. Si j'en avais été capable, je me serais sentie plus calme que je ne l'étais alors.

Je l'admets, j'ai moi aussi de nombreux torts. Si seulement j'avais davantage pensé à toi, j'aurais peut-être pu te sauver. Au moins, je t'aurais apporté un peu de réconfort avant ta mort. Mais je n'avais pas de temps à te consacrer.

D'un autre côté, quel intérêt y aurait-il eu que nous nous rencontrions de nouveau ? Ce que j'attendais de toi, c'était de la compassion, de l'apaisement, tandis que toi, tu attendais de moi une stimulation physique pour apaiser ta souffrance. Tu n'avais pas besoin d'amour, du moins pas de l'amour que je t'offrais. Tu disais toi-même que tu étais un salaud. Tu m'avais manipulée depuis le début, m'amenant par ruse à faire l'amour avec toi, car tout ce que tu désirais était un plaisir charnel, facilement obtenu de la part de ton étudiante.

Qu'étions-nous, toi et moi, sinon deux égoïstes qui ne s'étaient jamais aimés ? Nous avions appliqué la même devise que dans ma famille, celle du chacun pour soi.

Je me suis arrêtée à la porte de ce bâtiment familier. Les bureaux étaient encombrés de journaux et de cahiers d'exercices. Il aurait dû y avoir des professeurs dans cette salle, à cette heure-ci, ainsi que des surveillants qui, d'habitude, rangeaient les livres de cours. Mais la pièce était vide, tout comme les couloirs et l'escalier qui craquait de temps à autre.

Je suis montée dans le bureau du professeur d'histoire. Même sans tasse à thé, cahiers d'exercices, livres de cours, boîtes de craies et autres objets, il s'agissait bien du même bureau. Sa chaise était aussi propre qu'elle l'avait été de son vivant. Je me suis assise dessus.

Le tiroir de sa table de travail était ouvert. Il ne renfermait rien, excepté quelques feuilles blanches. Pas de crayons ni de cahiers, juste quelques papiers proprement empilés. Je les ai feuilletés. Ils ne contenaient aucun de ses poèmes, et encore moins de lettre pour moi. Quel homme était-il pour avoir quitté ce monde sans laisser un mot pour qui que ce soit ? De toute évidence, il avait pris la précaution de vider son tiroir.

Je me suis souvenue de ce qu'il avait dit un jour, alors qu'il justifiait son intérêt pour la politique : « Les journaux sont des ponts vers mes pensées intimes. » Donc, si je voulais comprendre le pourquoi de son suicide, les journaux m'offriraient peut-être la clé de l'énigme. Plus tard, je me suis rendue à la bibliothèque. Les quotidiens des quelques jours précédant son suicide relataient les grandes campagnes de répression dans les villes, telles que Suzhou et Shanghai, contre les « individus impliqués dans des combats et ayant commis des actes de violence, ainsi que des vols, durant la révolution culturelle ». Les chefs des combats armés avaient été condamnés à mort. Le *Quotidien du peuple*, daté du 5 septembre, rapportait un discours du chef de la Cour suprême de justice. Ce dernier appelait à une condamnation sans appel des meurtriers, incendiaires, violeurs et voleurs de la révolution culturelle. Puis, début octobre, des journaux de la région publiaient des articles et des éditoriaux expliquant que les « quatre modernisations » ne pourraient s'effectuer que dans un contexte de démocratie socialiste, fondé sur un système sain et légal. Nous étions dans une nation gouvernée par les lois.

Le but était de gouverner, bien entendu, et n'importe quelle loi faisait l'affaire.

Face à ce flot de propagande, je comprenais sa décision de se pendre. Était-ce la peur de la prison ou la mauvaise conscience qui lui avait permis d'accomplir ce geste ? Était-ce la désillusion qui s'était emparée de lui ou un sentiment plus profond encore ? Je ne le savais pas, et je ne le saurais jamais. Lui, d'un autre côté, n'avait plus désormais à s'inquiéter de rien.

Je le méprisais. Il m'avait dupée, trompée. Pourquoi s'affliger du sort d'un homme égoïste qui pensait avoir compris la société, la vie, l'histoire, puis avait, ensuite, choisi la solution de facilité pour résister à leurs pressions ? Ses connaissances et son expérience m'avaient aidée à analyser les problèmes que je rencontrais, mais elles ne lui avaient pas fourni la force nécessaire pour endurer les siens.

Peut-être étais-je injuste. En effet, sa famille et lui avaient été les cibles privilégiées du Parti communiste durant tant d'années qu'ils osaient à peine respirer. Peut-être, après tout, que seules ses activités de rebelle, pendant la révolution culturelle, lui avaient offert une opportunité de contrôler son propre destin. Pourtant, ces mêmes activités avaient eu dans sa vie des conséquences désastreuses et l'avaient plongé dans le plus grand désespoir. La mort de son jeune frère et celle de sa mère étaient un coup du destin dont il ne pouvait se relever.

J'ai repensé au jour où nous avions parlé de Yu Luoke, le jeune homme qui avait été exécuté parce qu'il avait osé dire la vérité. Il m'avait alors brusquement interrompue au milieu de mon discours. Ses yeux brillants reflétaient une certaine peur. A l'époque, j'avais trouvé sa réaction à mon égard injustifiée et je lui en voulais.

Il était d'un pessimisme morbide quant à son destin. Or cette sorte de morbidité m'attirait. A partir de là, il suffisait d'un rien pour que je croie que la commisération d'un compagnon pessimiste était de l'amour et que ce sentiment, créateur d'une émotion pure et enrichissante, me permettrait de me délivrer du désespoir ordinaire de mon environnement des quartiers pauvres. Durant quelques précieux jours, j'ai pensé que j'y étais parvenue, mais maintenant je savais que j'avais misérablement échoué.

J'avais l'impression de m'être dédoublée et de me trouver assise des deux côtés du bureau. Je parlais et j'écoutais, ajoutant même un commentaire de temps à autre pour encourager mon second moi à continuer de s'exprimer. La pièce devenait effrayante au milieu du silence. A ce moment, j'eus la sensation que le crépuscule s'était abattu sur ce monde solitaire.

Sa bouteille isotherme était posée sur le sol, dans son coin habituel, à côté de sa table de travail. La clameur des élèves, quittant les classes, filtrait à travers la fenêtre pendant qu'une partie de basket animée se jouait dehors. Les joueurs couraient inlassablement après la balle. La vie se déroulait, identique à elle-même, une journée chassant l'autre ; personne ne semblait avoir remarqué qu'un homme s'en était allé. Du reste, un autre professeur d'histoire avait déjà repris ses classes. J'avais le sentiment d'être la seule à éprouver un manque, même si le ciel était toujours bleu, et les arbres aussi verts que d'habitude.

Il voulait partir, et il avait délibérément choisi la manière de s'en aller. C'était ainsi. N'avait-il pas la liberté de décider de son ultime destin ? J'acquiesçais intérieurement et, à cet instant, une musique s'éleva lentement de mon cœur. Il s'agissait de la mélodie que nous avions écoutée chez lui le jour où nous avions fait l'amour.

Au-dehors, par-delà la fenêtre, le fleuve coulait. Des rayons de lumière colorés s'abattaient sur mon corps nu. Son visage pressé contre mon sein, il suçait mon téton, le mordillant doucement et je gémissais davantage. Mes yeux étaient remplis de désir et de honte. J'avais l'impression de lui demander, en même temps, de s'arrêter et de continuer. Il posa sa main entre mes cuisses et, une nouvelle fois, ses doigts brûlants caressèrent ce point mouillé, chaud et affamé. En quelques secondes, mon vagin s'était ouvert pour lui.

Nos deux corps ne formèrent plus qu'un et, même si nous avions été entourés d'une centaine de regards réprobateurs, je n'aurais pas voulu qu'il se retire de moi. J'avais oublié le nom du morceau de musique, mais sa beauté mélancolique me permit de saisir la joie et le désespoir, ces deux pics qui s'élevaient au-dessus du désert de ce monde.

Soudain, j'ai compris qu'il n'avait pas laissé de mot non seulement pour ne pas m'attirer d'ennuis ou nuire à ma réputation, mais surtout parce qu'il savait qu'il n'avait pas plus d'importance pour moi que moi pour lui, et, bien que je me sois follement donnée à lui une fois, qu'il était de son devoir de me quitter en silence.

Ce soir-là, je me suis rendue seule sur la rive. Puis j'ai déchiré tous mes journaux intimes dans lesquels son nom était mentionné, pour les lancer dans le fleuve qui les a engloutis avant de les emporter au loin.

La croyance populaire locale raconte que les esprits des pendus deviennent des fantômes diaboliques. Ces fantômes affamés sont des réincarnations de personnes auxquelles on a refusé l'entrée au paradis. Elle dit aussi que tous les cours d'eau mènent à un monde souterrain. De plus, quiconque a souffert dans sa vie continue de souffrir dans l'au-delà. Si, en vérité, le fleuve coule jusqu'au monde souterrain, peut-être emportera-t-il ces pages qu'il n'avait jamais lues, et alors me dira-t-il encore : « Un jour viendra où tu comprendras » ?

Chapitre III

En moins de deux semaines, un homme qui avait abandonné ma vie très longtemps auparavant avait soudain réapparu, tandis qu'un autre, après une brève apparition, était mort. J'avais l'impression que ma destinée représentait, pour eux, un terrain qu'ils traversaient à leur gré.

C'est à ce moment-là que l'idée de partir de chez moi a germé dans mon esprit.

Je savais que ma maladie, caractéristique des êtres faibles, consistait à fuir la réalité. Cependant, alors que je contemplais les cours et les maisons entassées sur le flanc de la colline, et leurs lumières qui commençaient à s'allumer, j'ai compris que seul mon départ me permettrait de trouver la paix.

Le bac était amarré sur la rive opposée, et il n'avait pas l'air prêt à traverser le fleuve. Je me suis blottie dans un coin, tandis que la foule des passagers, en attente du bac, grossissait. J'ignorais ma destination finale, de même que la façon dont j'allais y parvenir. Je ne savais d'ailleurs pas ce que je recherchais. Mon unique but était de partir.

Je portais un sac à dos qui contenait des livres et quelques vêtements de rechange. Je continuais à me dire qu'il fallait que je me concentre sur la façon dont j'allais traverser le fleuve, et cette pensée me produisait un effet apaisant. J'ai alors surpris la conversation d'un couple non loin de moi.

– Tu as entendu ? Deux détenus d'un camp de rééducation par le travail ont tenté de s'échapper.

– Ce n'est pas la première fois que ça se produit. Mais ils n'ont pas pu aller très loin, ils ont été poursuivis dans les quartiers des cadres du centre de rééducation et ont menacé les membres de leurs familles avec une hache pour faciliter leur fuite.

– Mais non, cela ne s'est pas passé ainsi. Ils sont allés là-bas pour tuer le gardien, ils ont même menacé ses enfants.

– On les a rattrapés ? a demandé un curieux.

– A votre avis ? Ils ont eu le crâne fracassé avant même qu'ils ne comprennent ce qui se passait.

– Peut-être que, désormais, les gardiens vont traiter un peu mieux les détenus.

– Ils ne peuvent plus faire machine arrière maintenant. Ils vont au contraire resserrer les vis.

« Traiter les ennemis avec indulgence signifie cruauté envers le peuple. » Ce slogan politique sortit naturellement de la bouche de l'homme.

Un marin amarra un cordage autour d'une bitte en fer, et souffla dans son sifflet. Dès que les passagers, en provenance de la rive opposée, eurent débarqué du bac, ceux qui attendaient embarquèrent à leur tour. Le couple se précipita sur un banc sans interrompre sa conversation, mais à présent leurs voix étaient noyées dans le bruit du moteur qui venait de se mettre en marche.

Soudain, des vagues énormes, provoquées par un bateau à vapeur qui passait à proximité, nous secouèrent comme des pruniers. Les passagers poussèrent des cris perçants tandis que de l'eau s'écrasait sur le pont. Je suis cependant restée près de la rampe, car la cabine était déjà noire de monde. Après cet incident, tout le monde s'entassa à l'intérieur. Nous nous trouvions en saison de basses eaux, mais le fleuve était gonflé, engloutissant les rives ensablées jusqu'au pied des montagnes. L'eau envahissait les premières marches de l'escalier de pierre que j'avais descendu jusqu'à l'embarcadère et le fleuve ne semblait pas prêt à décroître. Les gens disaient qu'ils ne l'avaient jamais vu aussi agité à cette époque de l'année. Les pieux supportant les maisons sur pilotis le long de la rive étaient en partie submergés.

L'ancre était levée. Le marin donna un nouveau coup de sifflet, juste avant de larguer les amarres.

Une fois le bac dégagé du ponton, il tourna à 180 degrés pour se diriger vers la rive opposée. Ses lumières scintillaient à la surface de l'eau qu'il fendait, laissant dans son sillage une écume blanche.

Le fleuve, au-delà du cercle de lumière, ondulait dans l'obscurité.

Chapitre IV

Ma mère m'a toujours dit que le chiffre trois était mon chiffre porte-bonheur. En dialecte sichuanais, les mots « trois » et « colline » se prononcent de la même façon. Je suis née l'année du tigre, donc vivre à côté des montagnes me porte chance. Mais dès que le tigre se trouve dans la plaine, il est à la merci de ses ennemis. Ma mère m'a aussi raconté que les voyants étaient unanimes pour dire que mes « huit chiffres de naissance » étaient incompatibles avec l'élément Yin, et que j'allais souffrir si je quittais les collines. Peut-être essayait-elle simplement de m'effrayer, qui sait ?

J'ai toujours aimé le chiffre trois et ses multiples. Je suis convaincue qu'il y a une analogie entre ce chiffre et moi. Trois fois six font dix-huit. Je venais d'avoir dix-huit ans, ce qui était un code évident, que j'avais pourtant été incapable de déchiffrer.

Cette constatation me ramenait toujours à la même question : pourquoi, lorsque j'avais trois ans, ma mère avait-elle choisi le Bouddha Manjusri pour être mon gardien ? Avait-elle déjà conscience que je souffrirais d'un besoin insatiable de connaissances, mais aussi que je serais incapable de me détacher de ce que j'avais appris ?

Ma mère, qui me connaissait mieux que n'importe qui sur cette terre, en avait peut-être été affligée.

Cette même nuit, j'ai dormi sur un banc de ce bateau noir de monde, en attendant d'atteindre le pont du Ciel. Autour de moi évoluaient les passagers croulant sous leurs bagages. Je me suis roulée en boule, mon sac à dos me servant d'oreiller, avant de plonger dans un sommeil profond. Les rêves ont débuté dès que j'ai fermé les yeux. Le fleuve était totalement gelé, aussi ai-je commencé à le traverser à pied. Lorsque je suis arrivée à mi-chemin de la rive opposée, la glace a craqué et a rompu bruyamment. Il n'y avait pas âme qui vive dans cet océan blanc. Puis, des corps de chiens et de chats noyés sont apparus à la surface de l'eau. J'ai rapidement ouvert les yeux afin de m'extraire de ce cauchemar. Ce n'était pas la vue des cadavres qui m'effrayait, mais simplement l'idée que ma famille me poursuive.

Il était déjà très tard. S'ils n'avaient pas remarqué mon absence aujourd'hui, ils la découvriraient sûrement demain ou après-demain. Comment la prendraient-ils ? Ma mère me maudirait et m'injurierait. Sa déception serait plus grande que celle de tout autre. Mon père, qui montrait rarement ses sentiments, penserait que j'avais blessé la famille d'une manière impardonnable, et qu'il m'avait élevée pour rien. Ma quatrième sœur et Dehua se réjouiraient du malheur de mes parents en leur disant qu'ils avaient nourri une petite ingrate. De plus, ils n'auraient plus à partager le grenier et pourraient enfin vivre comme un mari et une femme. Qui sait, peut-être que ma fuite redonnerait un second départ à leur couple, puisque je leur laissais l'espace dont ils avaient tant besoin. Mon troisième frère, le fils aîné qui s'était autoproclamé chef de famille, tempêterait en m'accusant de trahir les miens, puis il jetterait dans le fleuve toutes mes affaires. Il irait peut-être même trouver mon père naturel pour lui demander de me faire revenir chez lui. Or ce père naturel, cette personne qui partageait la responsabilité de ma naissance, je n'avais aucune intention de le revoir un jour. J'avais déjà meurtri sa fibre paternelle en lui faisant promettre de ne plus me suivre, et maintenant il ne pouvait plus le faire, même s'il le voulait.

Vous pouvez tempêter autant que vous le désirez, je m'en moque complètement.

Peut-être que mes a priori les concernant m'empêchaient d'apprécier leurs bons côtés. Mais qu'ils se réjouissent ou s'affligent de mon départ, sous peu, ils s'habitueraient à ne plus me voir.

Ça suffit, me suis-je dit à moi-même. Arrête de t'inquiéter à leur sujet. Il est temps de commencer à te chercher un toit. A la tombée de la nuit, tandis que je me rendais à l'embarcadère du ruisseau du Chat sauvage, je suis passée devant la station de recyclage. J'ai aperçu la nymphomane sur le Pont de pierre. Même dans l'obscurité, j'ai pu voir qu'elle était nue jusqu'à la taille, montrant sans complexes ses seins aux personnes qui l'entouraient. Son visage était aussi crasseux que ses mains et ses bras, mais ses yeux n'étaient pas troubles comme ceux de la plupart des fous. Des bourrasques de vent, en provenance du fleuve, faisaient ondoyer son pantalon trop ample. N'avait-elle pas froid ? Sous l'effet d'une impulsion, je me suis approchée d'elle pour lui parler. Elle riait, découvrant toute sa dentition.

Je n'ai pas ri en retour. Je n'étais pas d'humeur à rire.

Incapable de dormir plus longtemps sur ce banc, je me suis levée tout en regardant autour de moi.

Le sol était jonché de papiers et de gros crachats. Les bancs et les autres endroits utilisables étaient occupés par des réfugiés en provenance des campagnes, qui mendiaient dans les rues la journée et dormaient ici la nuit. Un malheureux dont la barbe grise, tachée de morve et couverte de bave, était aussi longue que ses cheveux emmêlés, se tenait debout devant la porte. « Aidez un pauvre homme, s'il vous plaît », implorait-il. Bien qu'il eût probablement la quarantaine, il appelait tous les hommes « oncles » et toutes les femmes « tantes » ; il n'hésitait pas à se prosterner devant eux et à ramper à leurs pieds.

La vue de ce miséreux me donna le frisson. Était-ce l'image de mon propre futur que j'étais en train de voir ? J'ai soudain eu peur. Ce sentiment s'évanouit rapidement. Je m'en sortirai, me suis-je dit pour me rassurer. J'irai avec tous les gens, hommes ou femmes, qui voudront bien de moi, car j'aurai appris l'art de la séduction. Ce n'était peut-être pas quelque chose dont on pouvait être fier, mais je dois admettre que cela demandait un certain courage.

Si lui, ou elle, me traitait bien, je serais heureuse. Sinon, eh bien, ce ne serait pas de chance. Ce n'était pas comme si je n'avais pas encore connu le malheur. Le plus important était d'avoir quitté ma maison sur la colline de la rive sud et coupé les liens avec mon passé. J'exécrais tellement ce passé qu'aucun prix n'était trop cher payé pour une nouvelle vie.

J'avais l'impression que ma tête avait explosé sous la pression d'une telle gymnastique mentale, l'envoyant voltiger au-dessus de mes épaules. Je me suis alors concentrée sur une mouche qui tourbillonnait autour de moi, et, en peu de temps, mon esprit se vida.

Un instant plus tard, je me suis lourdement affaissée sur le banc pour m'endormir aussitôt.

Partie XVIII

Chapitre I

A mesure que l'automne avançait, le froid s'intensifiait, et ma santé se dégradait. Habituée depuis longtemps à mal dormir, j'étais désormais en proie à un manque d'appétit et à de fréquentes nausées. La moindre odeur de graisse s'échappant des étals des marchands ambulants me donnait le vertige et me barbouillait l'estomac. Je n'avais jamais envie de manger, même lorsque la faim me tenaillait car je ne parvenais que très difficilement à garder la nourriture. Le seul aliment que j'arrivais à peu près à digérer était un demi-petit pain à la vapeur accompagné d'eau. Au bout de deux mois, je n'avais plus que la peau sur les os.

Sachant que j'avais besoin d'aide si je voulais m'en sortir, je suis allée consulter un médecin. Le vieil homme me prit le pouls, m'écouta le cœur et me demanda la date de mes dernières règles. Sa blouse blanche m'éblouissait. Je me suis contentée de secouer la tête.

– Depuis combien de temps ?

Son visage s'était soudain transformé et le mépris se lisait désormais dans son regard. Il tendit sa tête chenue tellement loin en arrière que je crus un instant qu'elle allait se briser.

J'ai baissé la mienne tout en effectuant un rapide calcul. Plus d'un mois. Non, c'était faux, cela faisait plus de deux mois.

– A peu près deux mois, ai-je bredouillé.

Je n'y avais pas prêté attention. Je me sentais à la fois énervée et effrayée. Mon front se couvrit de sueur.

– Vous avez seulement dix-huit ans ? m'interrogea-t-il tandis qu'il lisait ma fiche et secouait la tête.

Il écrivait quelque chose lorsqu'une autre idée lui traversa l'esprit. Il posa alors son stylo et prononça le mot fatal.

Je ne me souviens plus de quelle manière je suis sortie de la salle de consultation. Après avoir marché jusqu'au portail et descendu quelques marches, je suis restée, immobile, sur le bord de la route. « Fille mère ! » J'avais appris à l'école, alors que j'étais encore une petite fille, que c'était le plus honteux de tous les péchés, un péché plus effrayant encore que la mort. A cet instant précis, j'ai sérieusement songé à me jeter sous les roues d'un autocar qui arrivait. Le bus s'est arrêté devant le dispensaire, un patient est descendu et je n'ai pas bougé. Je ne me reconnaissais plus dans le reflet de la vitre. Je me suis approchée afin d'obtenir une meilleure image de moi. Mon visage avait viré au gris pâle, mes cheveux, beaucoup plus fins qu'auparavant, étaient ébouriffés, et mes yeux creusés paraissaient trop grands pour ma physionomie. Je ne sais pas s'il s'agissait ou non d'un symptôme de grossesse, mais j'avais des taches sur les joues comme seules en possèdent les personnes âgées. Je n'ai pas pu supporter mon visage plus longtemps et j'ai fait demi-tour.

Non, je ne pouvais pas mourir. Je devais vivre. Je n'avais pas le droit de mettre fin à mes jours, pas après avoir survécu à tout ce que j'avais subi. De plus, je venais juste de commencer une nouvelle vie.

Je n'avais fait l'amour qu'une seule fois avec le professeur d'histoire. Une seule fois et je me retrouvais avec un enfant !

Ma mère avait dû être confrontée à la même situation. Être enceinte après un seul rapport sexuel. C'est ce qui s'était sans doute passé avec l'homme de la Triade et avec mon père. Apparemment, j'avais hérité de sa surprenante fertilité. Mais s'agissait-il réellement d'une question de génétique ou était-ce le lot commun des femmes pauvres de cette planète, une compensation naturelle à leur vie de misère ? Les femmes affamées étaient-elles dotées d'utérus affamés ? La première pensée de ma mère avait été l'avortement, sans toutefois la mettre à exécution.

Qu'allais-je faire ? Est-ce que je désirais cet enfant ?

Le simple fait de formuler cette idée avec des mots m'effraya.

Il s'agissait de son enfant, peut-être un fils. J'espérais qu'il lui ressemblerait, qu'il serait doté d'une apparence ordinaire, sans rien de particulier. Je ne voulais pas qu'il possède le tempérament névrosé des artistes, ni qu'il soit intéressé par la poésie ou la peinture. La dernière chose au monde que je souhaitais pour lui était qu'il soit contaminé par le karma de son père. Plus il grandirait comme un homme ordinaire, plus il se fondrait dans la masse, plus il aurait des chances de connaître une vie heureuse et épanouissante.

Et moi ? J'étais une jeune femme qui parvenait tout juste à survivre, sans parler des notions de sécurité et de bonheur dont j'étais dépourvue. Comment pourrais-je garantir la santé et le bien-être de l'enfant que je portais dans mon ventre ?

Qu'est-ce que je m'imaginais ? Si je désirais briser l'engrenage de la pauvreté à laquelle j'étais réduite, je devais, avec obstination, contourner chaque obstacle qui pourrait entraver ma route. Si je décidais de garder l'enfant, il faudrait alors que je lui trouve un père convenable, que je me dépêche de fonder une famille et que je me débrouille pour l'élever. Dans ce cas, tous mes projets de liberté et toutes les épreuves que j'avais traversées avant de l'atteindre n'auraient servi à rien. Ma vie serait ruinée simplement par la présence de cet enfant.

Mais il n'y avait pas que cela. Ce serait un autre enfant sans père, et tout l'amour du monde ne le remplacerait pas. La société se montrerait aussi cruelle avec lui qu'elle l'avait été avec moi. Je pouvais lui prédire son avenir par un simple regard porté sur ma propre vie. Et puis, viendrait le jour où je devrais lui dire la vérité concernant son père. Il faudrait que je lui parle de notre relation, que je réponde à ses questions. Lorsque ce jour arriverait, il détesterait cette terre et ses habitants, tout comme je l'avais fait. Cet enfant méritait-il une vie de souffrance, déjà si difficile à supporter pour moi ?

Au terme de cette réflexion, j'ai soudain compris que j'avais considéré le professeur d'histoire non pas comme un amant, ni comme un mari, mais comme le père que je n'avais pas eu. Un père aussi proche qu'un amant, assez âgé pour me réconforter, me consoler, suffisamment intelligent pour m'aider à m'orienter, et assez attentionné pour partager mes émotions les plus intimes, pour me chérir, et parfois prendre pitié de moi. Voilà pourquoi notre différence d'âge n'avait jamais constitué un problème entre nous. Les garçons de mon âge ne m'intéressaient pas, tout simplement.

Les trois hommes de ma vie ne m'avaient apporté que désillusions. Mon père naturel avait chèrement payé le fait de me rencontrer. D'ailleurs, il ne m'avait rien donné d'autre que de la honte. Le père qui m'avait élevée l'avait accompli avec soin et détermination, en dépit de l'humiliation dont il souffrait. Cependant, il n'avait jamais essayé d'être proche de moi. Et le professeur d'histoire, submergé par ses problèmes, m'avait tout simplement quittée, comme si notre relation n'avait pas compté.

Ce monde, qui ne m'avait pas offert de véritable père, ne me fournissait pas la moindre bonne raison de garder cet enfant. Il était beaucoup plus humain de le protéger de tous les malheurs qui se présenteraient à lui, avant même qu'il ait poussé son premier cri.

Chapitre II

Je me suis levée tôt le lendemain matin, pour prendre un rendez-vous au service gynécologique de l'hôpital municipal. La route pavée de la rue principale, à peine plus large qu'une ruelle, descendait en pente raide jusqu'à l'hôpital. Elle était bordée de part et d'autre d'étals de nourriture et de fruits. Son étroitesse contraignait les motocyclettes et les civières à rivaliser avec les piétons pour avancer.

Une pluie fine commença à tomber. Lorsqu'elle se transforma en averse, certains se couvrirent la tête avec leurs mouchoirs ou des journaux, tandis que d'autres coururent se mettre à l'abri. Ceux que la pluie ne dérangeait pas poursuivirent leur marche comme si de rien n'était. Bousculée par la file de femmes qui se trouvaient derrière moi, j'ai pris une fiche d'enregistrement tout en regardant fixement par-delà le portail. Les nuages avaient jeté une ombre triste et sombre sur la chaussée. Les propriétaires d'étals de nourriture avaient allumé des bougies dont les flammes vacillaient. La chaleur qui s'élevait des fourneaux brouillait le visage des gens.

J'ai marché jusqu'au bureau, au fond du couloir, puis j'ai commencé à remplir ma fiche d'enregistrement avec un stylo à bille retenu par une ficelle. J'ai inscrit mon nom et, bien évidemment, j'ai menti à propos de mon âge. Lorsqu'une jeune fille de dix-huit ans demandait un avortement, la famille ou le responsable du quartier était immédiatement averti, et l'homme coupable de la grossesse envoyé en prison pour détournement de mineure. Non, je devais dire que j'avais vingt-cinq ans. De toute façon, ils n'y verraient rien, car mon visage blême ressemblait à celui d'un fantôme, et tout signe de jeunesse s'était depuis longtemps évanoui de mon regard. Je pouvais donc très bien passer pour une fille en âge d'être mariée. Mon adresse ainsi que celle de l'unité de travail étaient toutes les deux fausses. En fait, ma fiche entière était un tissu de mensonges. Seuls le fœtus qui se trouvait à l'intérieur de mon ventre et moi-même étions vrais.

Après m'être assise sur un banc, à l'extérieur de la salle de consultation, j'ai pu constater combien mes précautions, pour remplir le formulaire, s'étaient avérées utiles. Heureusement que j'étais allée voir ce vieux médecin en médecine chinoise. J'avais tiré une leçon de cette expérience humiliante qui, à présent, me servait beaucoup.

Un rideau, qui un jour avait dû être blanc mais avait viré au gris sale, était accroché devant la porte ouverte de la salle de consultation. Des femmes le traversait régulièrement, pendant que leurs compagnons les attendaient, assis sur des bancs, ou arpentant le hall en fumant cigarette sur cigarette. Chaque fois que le rideau s'entrouvrait, les personnes assises dans la salle d'attente pouvaient, à leur gré, profiter du « spectacle » qui se déroulait dans la salle voisine. Des femmes, nues à partir de la taille, reposaient couchées sur le dos, les jambes écartées, sur une des trois tables d'examen. Aucun paravent ne nous cachait cette vue, sans doute parce qu'il aurait gêné le passage.

Je suis devenue rouge écarlate et me suis forcée à regarder mes genoux. Je ne tenais plus en place sur mon siège.

Il était presque onze heures lorsque vint enfin mon tour. Une femme médecin, qui semblait avoir une quarantaine d'années, ôta ses gants chirurgicaux et les jeta dans la poubelle placée près d'une des tables. Elle me questionna sur l'objet de ma visite. Je lui répondis prosaïquement que je n'avais pas eu mes règles depuis plus de deux mois et qu'il se pouvait que je sois enceinte. Elle m'enjoignit d'enlever mon pantalon. Après un rapide examen, elle me confirma la forte probabilité de grossesse, mais ajouta qu'elle n'en serait vraiment sûre que lorsqu'elle aurait vu mes analyses d'urine.

– Est-ce que ces analyses peuvent être effectuées aujourd'hui ? lui ai-je demandé.

– Bien sûr.

Elle écrivit quelques mots sur ma fiche et m'ordonna avec impatience :

– Revenez une fois que vous en aurez fini avec le laboratoire.

Je savais que si je lui posais une autre question, elle m'enverrait au diable.

Après ma visite au laboratoire, je suis retournée en salle de consultation. Là, j'ai payé les frais d'analyses et reçu le résultat de mes examens : positif. On me donna ensuite, à mon grand soulagement, l'accord pour une interruption de grossesse à pratiquer l'après-midi même. J'étais à peine installée dans la salle d'attente qu'une jeune femme aux cheveux permanentés sauta de son banc et s'approcha de moi :

– Vous ont-ils réclamé un certificat ? me questionna-t-elle.

– Non.

– Ah, vous êtes une veinarde ! Vous avez l'air plutôt innocente et cette vache de docteur devait être de bonne humeur.

Je remarquais que ses sourcils avaient été tracés au crayon. Les jolies filles comme elle, qui se maquillaient, étaient très mal considérées ici. Elle poursuivit en m'expliquant qu'elle devait présenter toutes les fois une « autorisation spéciale » délivrée par son unité de travail, ou un certificat de mariage. Elle rencontrait de plus en plus de difficultés à trouver une unité de travail qui voulût bien lui fournir les papiers nécessaires. Elle m'apprit que son copain refusait de mettre des préservatifs et qu'elle avait déjà subi trois avortements.

Une fois cette volubile jeune femme partie, je suis restée debout à côté du mur, faisant mine d'attendre quelqu'un, en fait pour regarder les affiches du planning familial concernant le contrôle des naissances et les maladies sexuellement transmissibles. Je n'étais plus, désormais, cette petite fille qui feuilletait en rougissant le livre d'anatomie.

La pluie avait cessé de tomber mais le ciel était encore noir et menaçant. Lorsque je suis arrivée dans le service de chirurgie, situé à l'écart dans un immeuble à deux étages, trois couples attendaient déjà. Les femmes étaient accompagnées de leurs conjoints. Un panneau de bois, à l'entrée du couloir, spécifiait « Interdit aux hommes », mais cette règle était apparemment plus théorique qu'empirique. Je me suis assise sur le siège le plus éloigné des autres. Cependant, je pouvais sentir leurs regards posés sur moi, comme si j'étais une sorte de monstre. Je n'aurais jamais pensé que la présence d'un homme se révélait si importante en ces instants. Deux ou trois minutes plus tard, une jeune fille aux cheveux courts, le visage rond, entra, accompagnée d'une autre fille légèrement plus âgée, qui tendit la fiche d'admission à l'infirmière de service, une stagiaire mal dégrossie, âgée de dix-huit ou dix-neuf ans maximum. Lorsque la fille au visage rond lui demanda combien de temps elle devait attendre, l'infirmière plissa ses yeux et beugla :

– Va t'asseoir là-bas ! C'est bien le moment d'être anxieuse. Tu ne t'inquiétais pas quand tu te faisais engrosser !

La compassion entre femmes n'existait pas dans ce lieu.

Et moi ? Que répondrais-je si elle me demandait pourquoi mon ami ne m'avait pas accompagnée ? Les autres femmes pouvaient solliciter des parents masculins pour les escorter, mais pas moi. Je décidai de dire que mon mari se trouvait en formation et qu'il ne lui était pas possible de se déplacer. En réalité, personne ne se souciait de savoir si l'on désirait garder l'enfant ou pas. Dans l'optique nationale du contrôle des naissances, chaque avortement représentait une victoire. Cependant, dans le même temps, les autorités se devaient de conserver une certaine morale, ce qui fait que le sexe, hors mariage, était publiquement réprimé. C'est ainsi qu'on vous accusait de profiter de la politique de limitation des naissances du gouvernement et de salir la moralité communiste chinoise.

Un cri aigu, semblable à celui d'un cochon qu'on égorge, emplit la pièce. On aurait dit qu'ils torturaient des gens, et je fus si effrayée que je mouillai presque mon pantalon. C'est tout ce que j'ai pu faire pour m'empêcher de m'enfuir.

– Il y a d'abord le plaisir et ensuite la douleur, alors arrête de hurler !

Il s'agissait là du commentaire de compassion communément exprimé.

– Si tu veux pleurer, fais-le sur l'épaule de ton ami. Les traînées dans ton genre me donnent la nausée !

Voilà les paroles de réconfort du médecin tandis qu'elle enlevait le fœtus de l'utérus sans aucune anesthésie.

Les hommes qui attendaient dehors étaient sur des charbons ardents. Toute la poésie de l'amour s'envolait. Lorsque la femme, le visage en pleurs, sortit en vacillant de la salle d'opération, son ami accourut pour la soutenir. Ce simple geste contenait toute la tendresse qu'un homme peut offrir à une femme. Les autres patientes, en larmes, étaient assises sur les bancs dans les bras de leurs conjoints.

Mes mains étaient moites. Je commençais à me dire que la mort serait sans doute plus douce. A ce moment précis, une infirmière s'approcha de la porte et appela :

– Yang Ling.

Personne ne répondit. Elle réitéra sa demande, et cette fois-ci je me rendis compte qu'il s'agissait du nom que j'avais donné le matin même. Je me suis levée d'un bond.

– Es-tu sourde ? Viens par ici, m'ordonna-t-elle.

Je la suivis dans l'autre pièce où elle m'ordonna d'enlever mes chaussures et d'enfiler de vieilles sandales d'une propreté douteuse, jetées derrière la porte. J'ai marqué un temps d'arrêt avant de mettre son ordre à exécution.

Sur un banc, le long du mur gauche, une patiente, nue de la taille jusqu'aux pieds, était allongée sur le ventre. Elle venait de quitter la table d'opération. Deux femmes, des médecins ou des infirmières – impossible à définir –, étaient assises à un bureau et remplissaient un fichier médical. Elles enregistraient les sommes reçues pour les serviettes hygiéniques de l'hôpital, qui, affirmaient-elles, étaient plus propres et plus sûres que celles vendues à l'extérieur.

– Enlève ton pantalon et allonge-toi sur cette table ! me dit, d'une voix aiguë, celle qui comptait l'argent.

Je tremblais en me déshabillant. Au moment d'ôter mes dessous, mes doigts se paralysèrent et je ne parvins plus à accomplir le moindre geste.

– Dépêche-toi, tu ne vas pas jouer les pudiques, quand même !

J'enlevai enfin ma culotte puis regardai la femme. Cette dernière ne daigna pas jeter un coup d'œil dans ma direction.

Après m'être allongée sur la table d'opération, j'ai pu constater l'immensité de la pièce. La peinture s'écaillait sur le plafond et sur les murs. Ils n'avaient pas été repeints depuis une éternité. Trois fenêtres, semblables à celles de l'école, étaient fendillées. Aucun rideau ne masquait la vue sur les jardins, dépourvus d'arbres, de l'hôpital. Je n'arrivais pas à apercevoir la moindre parcelle de ciel, le plus petit nuage noir. Un néon suspendu au centre du plafond lançait une lumière crue, fluorescente, qui me faisait mal aux yeux. Deux autres tables d'opération, dont l'une était vide à ce moment-là, se trouvaient dans la pièce. Leur peinture s'était, elle aussi, écaillée et des taches de rouille apparaissaient par endroits. L'hôpital avait été construit dans les années 30, durant la guerre avec le Japon, aussi devait-il avoir servi à plusieurs générations de femmes.

– T'es-tu déjà fait avorter ? me demanda un médecin muni d'un masque chirurgical, tout en s'asseyant sur un siège et en posant sur mon ventre ses instruments enveloppés d'un tissu gris sale.

Cette couleur s'accordait parfaitement avec celle du drap étendu sous mon corps.

– Non ! ai-je répondu.

– Écarte tes jambes autant que tu le peux.

Chacun de ses ordres impérieux augmentait mon anxiété et ma peur. Je me trouvais installée là, à contempler le plafond tout en me cramponnant aux rebords froids de la table. Elle déploya le paquet en tissu. J'entendis alors le bruit métallique des instruments qui s'entrechoquaient. Je n'avais pas le courage de regarder ces forceps, scalpels et ciseaux chirurgicaux. L'idée me traversa soudain l'esprit qu'il n'était pas trop tard pour sauter de l'endroit où je me trouvais. Je pouvais encore garder cet enfant, peu importaient les conséquences à venir. Je voulais ce bébé comme j'avais voulu son père ce jour-là. A cet instant précis, j'aurais donné ma vie pour lui, tout comme je m'étais donnée corps et âme à son père. Mes larmes coulèrent sur mes cheveux et mes tempes. Le médecin changea de position. Je pouvais désormais voir, dans une casserole peu profonde en émail blanc, plusieurs morceaux de chair sanguinolents ressemblant à des reins de porc. Voilà l'endroit où aboutirait mon enfant. C'était maintenant ou jamais qu'il fallait que je me sauve pour m'enfuir de cette pièce. Garder cet enfant reviendrait à ramener son père à la vie. Mais au moment où mes jambes bougèrent, quelque chose de froid et tranchant pénétra dans mon vagin, suivi d'une horrible douleur qui déchira tout mon corps. Mes cheveux étaient trempés. Puis la souffrance s'est légèrement atténuée. J'ai alors serré les mâchoires et me suis agrippée de toutes mes forces à la table.

Ma mère m'avait raconté un jour que, lorsqu'elle était sur le point de s'effondrer sous le poids des cailloux qu'elle transportait, elle récitait des citations du président Mao : « Être résolu et ne craindre aucun sacrifice, franchir les obstacles et parvenir ainsi à la victoire finale. » Si cela ne marchait pas, elle implorait la protection de Bouddha. D'une façon ou d'une autre, elle réussissait toujours. Or je n'avais pas pour habitude d'invoquer le président Mao ou Bouddha, et la seule chose que je pouvais faire était de serrer les mâchoires et les poings de toute mon énergie. Le médecin, qui n'avait aucune infirmière pour la seconder, jeta l'instrument souillé dans un panier avant d'en extraire un autre du paquet en tissu, et de me l'enfoncer dans l'utérus. Le mélange de douleur, d'inflammation et de paralysie me donna l'impression que les organes de mon corps avaient été arrachés, coupés en menus morceaux, puis réintroduits en moi. Le hurlement le plus terrible, ni même le plus perçant des cris, ne serait pas parvenu à atténuer la souffrance intolérable de ma chair mutilée.

Une fois que le mal se fut légèrement estompé, je cessai de crier intérieurement. Mes dents semblaient soudées les unes aux autres. Plus rien ne s'échappait de moi. La lampe fluorescente se mit à rétrécir jusqu'à ne devenir qu'un minuscule point tourbillonnant, boule blanche et chaude, qui vint s'abattre sur moi. Subitement, la salle s'enfonça dans l'obscurité la plus totale.

Lorsque je rouvris les yeux, le médecin se tenait face à moi. Elle avait enlevé son masque chirurgical, et je pus constater qu'elle était plutôt jolie. Un grain de beauté ornait son menton et elle n'avait vraisemblablement pas plus de trente ans. Quand elle ôta sa blouse, je songeai qu'elle était sans doute une femme et une mère aimante. Elle ne me dit rien, et je ne pus déceler ce qu'elle pensait. J'étais trempée de sueur de la tête aux pieds, et je m'étais mordu les lèvres. Je n'agrippais plus la table, mais je tenais mes poings serrés. J'étais glacée dans cette pièce froide envahie par les courants d'air.

Je suis descendue de la table et j'ai enfilé les sandales. Je n'ai pas pu regarder cet être que l'on venait tout juste d'arracher à la vie. J'ai alors brusquement pressenti que je n'aurais jamais d'enfants, même si je le désirais. Aucun autre bébé ne pourrait remplacer celui qui venait de vivre plus de deux mois dans mon ventre. Un enfant, né de moi, souffrirait encore plus que sa mère et devrait affronter une vie remplie de dures épreuves.

J'ai atteint le banc, en marchant tout doucement, sans l'aide de personne. Je m'y suis assise en cachant mon sexe de mes mains.

Une infirmière est arrivée à la porte pour appeler la patiente suivante, en ajoutant pour le compte de toutes les femmes qui attendaient :

– Celle-là n'a ni crié ni hurlé. Prenez-en un peu de la graine.

– Une folle, sans doute, répliqua une vieille infirmière assise au bureau. Va lui dire de se dépêcher et de s'habiller. Si elle veut faire la morte, qu'elle aille la faire dehors.

– Laisse-la couchée jusqu'à ce que j'aie fini de remplir les formalités, ensuite elle partira.

Après un court instant, deux ou trois minutes peut-être, j'ai senti que l'on me glissait un bout de papier dans la main. J'ai alors rassemblé toutes mes forces pour m'asseoir sur le banc et pour le lire : « Profondeur de l'utérus : 10. Chorion : positif. Pertes de sang : abondantes. Fœtus : positif. » Je l'ai déchiré avant même de poursuivre ma lecture. Puis je me suis levée, j'ai regardé droit devant moi, laissant les morceaux de papier s'éparpiller sur le sol. Je n'ai pas dit un mot tandis que j'enfilais mon pantalon, mes chaussettes, et mettais mes chaussures en toile. Sans attendre de voir comment ils réagissaient à mon comportement, j'ai quitté lentement la salle d'opération en me tenant au mur.

Chapitre III

J'ai laissé l'eau chaude couler sur mon corps, puis je me suis savonnée, tout en contrôlant de temps en temps l'indicateur de niveau d'eau. Aux bains publics, chaque femme possédait une cabine protégée par une porte à mi-hauteur au-dessus de laquelle un casier en ciment permettait de garder les vêtements au sec.

Après leur accouchement, les femmes chinoises, peut-être du fait de leur constitution particulière, ont besoin d'un mois de repos pour récupérer. Elles passent pratiquement toute cette période au lit, et on leur sert un régime hautement nutritif. Pour une fausse couche, naturelle ou provoquée, elles bénéficient à peu près du même traitement. La femme doit envelopper sa tête d'un fichu ou porter un chapeau durant un mois, pour éviter d'avoir des migraines. Durant cette période, elle se brosse les dents et se rince la bouche avec de l'eau chaude. Elle ne doit rien manger de cru ou de froid afin d'éviter les problèmes dentaires et gingivaux. Si elle déplace des objets lourds, elle risque de souffrir de maux de reins et de membres douloureux. De surcroît, elle ne doit surtout pas se laver.

Mais je n'avais pas la possibilité de mettre en pratique ces coutumes ancestrales, et quelques jours après ma sortie de l'hôpital je me trouvais dans la rue, en direction des bains publics.

C'était la première fois de ma vie que je dépensais de l'argent pour prendre une douche, et j'éprouvais autant de réconfort que si un être aimé m'avait servi une nourriture riche et variée pendant un mois. Je ne parvenais pas à trouver les mots pour décrire cette paix intérieure qui m'envahissait tandis que l'eau m'inondait. Mon corps me paraissait beau, bien que je n'eusse que la peau sur les os. Je n'avais pas touché mon corps depuis longtemps. Mon ventre n'aurait, désormais, jamais la chance de s'arrondir, et maintenant qu'il n'y avait plus rien à l'intérieur, j'étais envahie par une sensation de vide.

J'avais entendu dire que les hommes se lavaient dans un grand bassin commun. Les vingt cabines de douche étaient exclusivement réservées aux femmes. La surveillante, une grosse femme en tee-shirt, short et claquettes, arpentait de son pas lourd le couloir glissant et embué. Si elle remarquait que quelqu'un restait trop longtemps, elle lui ordonnait de s'habiller et de sortir, car il y avait toujours une longue file de femmes qui attendaient leur tour. Les clientes n'avaient pas le droit de régler la température de l'eau. Il s'agissait de son travail à elle. Leurs jambes, certaines belles, d'autres moins, dépassaient sous les portes en bois.

Durant cette période, je me précipitais aux bains publics chaque fois que je possédais l'argent nécessaire. Je me plaçais dans la file d'attente, munie de mes vêtements de rechange. Il me semblait que l'eau qui ruisselait sur mon corps me nettoyait de tous mes mauvais souvenirs et les emportait dans les égouts jusqu'au Yangzi.

Chapitre IV

L'été suivant, sur un coup de tête, je décidai de passer l'examen d'entrée à l'université. Je n'avais rien préparé, mais qu'importe. Bien évidemment, je fus incapable de répondre à la moitié des questions, en particulier celles des deux dernières épreuves. J'étais désespérée. Ma modeste origine sociale m'empêcherait sans doute, ma vie durant, d'accéder à l'université.

A la suite de cet échec, j'ai tout de même été acceptée dans une école professionnelle pour suivre une formation d'aide-comptable en deux ans. Ce métier, en Chine, offrait un salaire à peine plus élevé que celui d'un ouvrier. L'école se trouvait dans une commune du nord du fleuve Jialing. J'hésitais à m'engager à suivre cette formation : maintenant que j'avais goûté à la liberté, je ne supportais pas l'idée d'un engagement délibéré sur le long terme. Cependant, après ces deux années d'études, j'aurais un travail, un salaire mensuel de trente yuans, et, pour un certain temps au moins, une relative sécurité.

J'ai finalement décidé d'accepter et je me suis inscrite deux semaines après la reprise des cours.

Ces deux années s'écoulèrent très rapidement. Un jour, juste avant le Nouvel An chinois, j'ai reçu une lettre provenant de ma famille. Elle contenait une petite somme d'argent pour les fêtes, ainsi qu'un mot écrit par ma mère ; le premier de sa vie : « Liulin, rentre à la maison pour le Nouvel An. » Le message était bref, l'écriture horrible et l'idéogramme « maison » mal calligraphié. J'ai gardé l'argent, mais je n'y suis pas allée ; je n'ai pas, non plus, répondu à sa lettre.

Une fois diplômée, j'ai obtenu mon affectation de travail. Je partageais, avec deux autres filles, une chambre dans laquelle je couchais sur un lit de camp étroit. Je passais le moins de temps possible au bureau, acceptant toutes les missions temporaires et les diverses courses à effectuer. Finalement, j'ai carrément demandé un congé de maladie afin de retourner chez moi pour me refaire une santé. En réalité, j'ai erré à travers le pays, voyageant seule très loin, jusqu'au nord, dans les villes de Shenyang et de Dandong, près de la frontière coréenne. Ensuite, je suis repartie vers le sud où j'ai visité l'île de Hainan, puis le Guangxi en longeant la frontière avec le Vietnam. J'ai alors suivi le Yangzi à l'est, m'arrêtant dans chaque ville qui se trouvait sur mon chemin. Mon mode de vie consistait à errer là où mes pas me guidaient.

Ma seconde sœur et moi correspondions de façon très irrégulière. Dans une de ses lettres, elle m'apprit que Dehua était mort. Après être resté éveillé toute une nuit en proie à d'intenses douleurs abdominales et à une forte fièvre, il avait été transporté à l'hôpital de la rive sud où on l'opéra immédiatement de l'appendicite. Les médecins s'aperçurent à ce moment-là qu'il souffrait d'une péritonite aiguë, et l'opération lui fut fatale. Il mourut au terme d'une terrible agonie.

Je redoutais les lettres de ma seconde sœur car elles ne comportaient que de mauvaises nouvelles. Elle m'informa aussi que ma sœur aînée avait finalement regagné la ville. Elle vivait désormais avec le grand camarade que j'avais vu. Avant son départ de la campagne, elle et son mari avaient eu une terrible dispute qui s'était achevée au couteau. Leur fille, affolée, avait tenté de s'interposer entre eux pour les calmer. Son intervention se solda par un coup de couteau en pleine figure. Ma sœur aînée, accablée de remords, pleura des jours durant et fit une crise de nerfs. Puis son mari porta plainte et l'accusa, devant le tribunal, d'être l'unique responsable de la bagarre où leur fille avait été défigurée. Ma sœur fut mise en état d'arrestation et passa deux mois dans un centre de détention. Quand elle en sortit, elle avait retrouvé son ancienne personnalité. Mon troisième frère avait eu une petite fille et mon cinquième frère s'était marié avec une fille de la campagne.

« Tante Zhang est morte il y a deux jours, suite aux brutalités de son mari, continuait ma seconde sœur. Tu te souviens d'elle, n'est-ce pas ? Il s'agit de l'ancienne prostituée. » Bien sûr que je me souvenais d'elle. Ma seconde sœur ne me demandait jamais ce que je faisais et ne mentionnait que rarement mon père ou ma mère. Ce n'était d'ailleurs pas nécessaire. Le jour, je me refusais de penser à eux, mais, la nuit, dans mes rêves, je revenais toujours cour numéro six, dans cette maison au bout de cette ruelle étroite, au ruisseau du Chat sauvage.

Le sol reliant la pièce commune à la cour s'était délabré. Cette dernière était parsemée de mousse et de tiges en bambou qui servaient à faire sécher le linge sous l'avant-toit. Le ciel sombre était toujours visible de la cour, mais le toit protégeant la grande cuisine s'était effondré, laissant deux trous béants au-dessus des fourneaux, et emportant la niche noircie par la fumée qui, autrefois, hébergeait le génie du foyer de cette pièce. Tous les fourneaux, désormais recouverts d'une couche de tuiles cassées, de briques et de ciment, étaient devenus inutilisables. La seule bonne nouvelle était que la cour possédait l'eau courante ; plus personne donc n'avait besoin d'aller en chercher avec ces seaux. Presque tous les voisins avaient changé. Ceux qui en possédaient les moyens avaient déménagé, et ceux qui ne le pouvaient pas restaient ici, à regarder leurs enfants grandir, arriver à l'âge adulte, se marier et avoir à leur tour des enfants. Entre les habitants de toujours et ces pauvres âmes à qui on n'avait pas attribué de meilleur logement, la cour comptait treize familles.

Ma famille s'était mise à cuisiner sur un brasero dans la pièce commune. Cheng le Chauve, qui vivait juste en face de chez nous, arrosait, assis, la terre de ses pots remplis de gousses d'ail tout en scandant des incantations pour leur transmettre son « souffle vital ». Il expliquait à mon père que les fleurs s'épanouiraient sur l'ail, ce qui lui procurerait longévité.

Le grenier possédait encore deux lits, mais on avait enlevé le rideau de séparation. Un des deux couchages était recouvert d'une natte en paille et personne ne s'en servait. Un drap propre était étalé sur l'autre lit, où mon père avait posé ses flacons de médicaments et son petit poste de radio. Il préférait la paix au remue-ménage incessant et bruyant de la cour. Il avait donc tout naturellement emménagé au grenier. La petite table, sur laquelle se trouvait une tasse à thé, avait été placée à côté du lit. Toute trace de feuilles de tabac avait disparu. Mon père avait-il donc cessé de fumer après toutes ces années ?

Ma quatrième sœur s'était remariée et était partie vivre chez ses beaux-parents. Son nouveau mari était, lui aussi, un ouvrier en bâtiment.

Les portes des maisons longeant les ruelles du ruisseau du Chat sauvage demeuraient ouvertes durant la journée et, lorsque quelqu'un recevait des invités, les voisins s'amassaient à loisir afin de profiter du spectacle qui les changeait de leur quotidien. Les gens fermaient portes et fenêtres lorsqu'ils voulaient déguster quelque bon plat à l'abri des curieux. Une fois le festin englouti, l'entrée était de nouveau ouverte.

Les jours de pluie, on sortait les bacs en bois et les seaux dans la cour afin que l'eau de pluie, qui servirait ensuite à la lessive, à la vaisselle, au nettoyage des chaussures sales et des sandales en caoutchouc, les remplît. En effet, l'eau courante coûtait encore cher.

Le fleuve était pareil à lui-même, tout comme les bateaux, les collines ondulantes et les gens, dont les visages pâles semblaient attaqués par la moisissure. Une nouvelle génération de travailleurs avait remplacé l'ancienne, et la vie ne changeait pas d'un iota.

Une voix intérieure me disait de faire une croix sur cette période. Je passais mes journées le nez plongé dans toutes sortes de livres, ou bien à écrire des poèmes et des histoires. J'envoyais les plus corrects d'entre eux à des maisons d'édition. Je m'assumais grâce au peu d'argent qu'ils me rapportaient. Par contre, je cachais les « indécents » à l'abri des regards indiscrets. La plupart de mes écrits ne valaient rien et je les détruisais.

Pendant un moment, je me suis abandonnée aux cigarettes bon marché et à l'alcool de mauvaise qualité. Au milieu des années 80, les poètes et écrivains « underground » ont commencé à apparaître dans toutes les villes du Sud. Ils vivaient dans un endroit un certain temps avant de changer de lieu. J'ai traîné avec eux, essayant tout ce qui était nouveau, des styles d'écriture aux styles de vie. J'avais des préservatifs dans mon porte-monnaie ou dans la poche de mon pantalon. Même si je ne les utilisais pas, les avoir avec moi me permettait de sentir la présence du sexe où que j'aille. A mes yeux, l'amour n'était rien d'autre qu'un mirage, le mariage et l'éducation des enfants, une blague. J'étais déterminée à ne pas suivre le même chemin que la majorité des femmes. Je buvais de l'alcool comme du petit-lait. J'étais rarement ivre et pourtant je faisais souvent semblant d'être saoule. J'en profitais alors pour faire boire les autres, parfois même des tablées entières d'hommes, jusqu'à ce qu'ils s'écroulent, terrassés par l'alcool.

Je rencontrais la plupart de mes amies dans des soirées. Nous nous coupions mutuellement les cheveux de manière outrageuse, ce qui était interdit chez les coiffeurs ou les barbiers. Nous nous habillions simplement, comme les garçons et, en été, nous portions des jupes sans rien dessous. Nous nous rendions d'une soirée à une autre, aussi bien chez des amis que chez des inconnus. Nous fermions la porte à clé, tirions les rideaux, et allumions des lumières tamisées afin de nous garantir une certaine sécurité. J'ai eu la chance de ne jamais me faire arrêter. La police débarquait de temps en temps mais seules quelques personnes étaient appréhendées. Nous nous enfuyions par les fenêtres ou par les portes de service. De toute façon, peu de temps après, nous nous retrouvions par hasard dans une autre ville.

La pop music occidentale faisait fureur sur les scènes avant-gardistes de la Chine underground des années 80. Nous choisissions un partenaire de danse, enroulions nos bras autour de lui, et nous nous balancions au rythme d'une musique country. Nous perdions alors toute notion de temps, et, pendant un instant, nous échappions à nos soucis et aux pressions extérieures. Durant ces moments-là, je parvenais même à m'imaginer que le bonheur se trouvait à ma portée.

Puis arriva la mode du disco. Désormais, je me contorsionnais et me tortillais seule, en musique, avec une telle violence que je trouais presque le sol avec les talons de mes chaussures. J'avais l'impression que danser avec frénésie, jusqu'à épuisement, me permettrait ensuite de poursuivre ma vie d'errante. Mon visage perdit rapidement les couleurs et l'éclat de la jeunesse. Mes plaisirs fugaces me faisaient parfois rire, mais j'étais incapable de verser la moindre larme pour qui que ce soit, pas même pour moi.

Une nuit, je bus comme jamais jusqu'alors. L'alcool me brûlait de l'intérieur. Je me suis soudain sentie oppressée dans cette petite pièce noire de monde. Si la musique me plaisait, l'air enfumé m'importunait. Je me suis alors frayé un passage à travers les nombreux danseurs pour sortir, suivie par une de mes amies, qui s'inquiétait pour moi.

Sous la chiche lumière, la rue déserte ressemblait à une véritable poubelle. Je désirais être seule. Les gens me dégoûtaient. Je m'écœurais moi-même. Je me suis mise à courir afin de semer mon amie.

Tandis que je dévalais une ruelle, une charrette de vidange passa à proximité, escortée par l'avertisseur strident du camion de nettoyage. Je venais de descendre deux ou trois marches, en m'appuyant contre le mur, lorsque j'ai soudain ressenti de violentes nausées. J'ai vomi l'alcool, auquel se mélangeaient des morceaux de nourriture acides. Quand les vomissements ont cessé, et que j'ai pu enfin reprendre mon souffle, j'ai sorti de ma poche un morceau de papier, afin d'essuyer ma bouche. J'ai alors remarqué qu'il s'agissait de la photocopie d'un poème extrait d'une revue underground.

Avant que le désastre ne frappe, nous étions tous des enfants,
Par la suite, à peine avons-nous appris à parler
Que les cris ont empli notre gorge puis nous ont étranglés comme des arêtes de poisson.

Nos martèlements retentissants font trembler les heurtoirs,
Nous cherchons, au milieu des ruines, cette écoute disparue,
Nous hurlons notre reconnaissance, sans plus personne pour l'entendre.

Ce n'est qu'une fois le désastre passé que nous avons connu la terreur,
Les cris de nos blessures qui n'ont pas saigné se sont envolés
Sous les éclairs et ont fui vers un nouvel exil.

Si nous savions comment survivre dans ce bas monde,
Quelle merveilleuse chance ce serait, nous cesserions de crier, et retournerions
De bon cœur à ce moment où le désastre a frappé.

Je me sentais beaucoup mieux en dépit des haut-le-cœur qui me saisissaient par moments. Ce poème semblait avoir été écrit spécialement pour moi, en mémoire à tous les coups du sort que j'avais endurés lors de ma triste vie. Je me suis souvenue que le poète s'appelait Zhao. Je me suis dit que le destin me permettrait éventuellement, un jour, de le rencontrer, lui ou quelqu'un qui, comme cet écrivain, comprendrait le fond de mon âme. Je pourrais devenir sa meilleure amie et, qui sait, tomber amoureuse de lui. L'amour enflammerait alors mon cœur pour la seconde fois. A ce moment-là, peut-être ma propre écriture me permettrait-elle enfin d'assouvir cette faim qui me tenaillait, au plus profond de moi, depuis le jour de ma naissance.

Partie XIX

Chapitre I

Des années après avoir quitté ma famille, voyagé à travers toute la Chine, j'ai décidé de rendre visite à mes parents. Nous étions au début de l'année 1989.

Une fois arrivée au portail de la cour numéro six, j'ai commencé à me sentir inquiète.

Comment allaient-ils me recevoir ? Mon père était assis sur un petit tabouret dans la pièce commune. Plusieurs vestes l'emmitouflaient et il conservait ses mains au chaud, à l'intérieur de ses manches. Il faisait face à la porte d'entrée et, en dépit de sa cécité totale, il sentit ma présence.

– Papa ! lui ai-je dit.

Il m'a souri.

Ma mère sortit de l'autre pièce. Son dos était plus voûté que jamais, et elle avait considérablement vieilli depuis la dernière fois que je l'avais vue.

– Pourquoi es-tu revenue ? Je suis étonnée que tu te souviennes de notre existence.

Ses paroles m'écorchèrent les oreilles, mais son visage exprimait à la fois la surprise et la joie de me revoir.

J'ai posé ma valise en toile pour faire un tour. Tout correspondait exactement à ce que j'avais imaginé, de même que mes parents, seulement un peu plus vieux et plus décrépits. Rien de nouveau ou d'inhabituel, toujours aussi peu de chaleur humaine. J'étais rentrée à la maison dans la seule intention de mettre un point final au plus long chapitre de ma vie. Jusqu'à quel point cette démarche incluait-elle mes parents, je l'ignorais.

Je comptais simplement rester un jour ou deux.

A la fin du dîner, il faisait une nuit d'encre à l'extérieur. J'ai regardé par la fenêtre. En dépit de mes efforts, je ne parvins pas à distinguer ne serait-ce que le contour du banian dénudé. Lorsque je me suis déshabillée pour me coucher, ma mère se prosternait, avec déférence, devant un Bouddha posé sur le bureau à cinq tiroirs. Elle psalmodiait doucement des incantations. La statue en porcelaine, de la taille d'un verre d'eau, faisait face à un petit brûloir à encens. Plus croyante et dévote que jamais, ma mère avait invité le Bouddha dans la maison.

Puis, elle s'est assise sur mon lit et s'est étendue si près de moi que je me suis instinctivement éloignée. Elle s'est ensuite recouverte d'une couverture matelassée. Contre le mur, à une certaine hauteur, était fixée une planche de bois. Y étaient entassés une pile d'habits d'été, ainsi que des vêtements enveloppés dans des paquets en papier. Comme cette planche se trouvait juste au-dessus du lit, on se cognait facilement la tête si l'on n'y prenait pas garde.

– Les boîtes sous le lit et le bureau ne suffisent-ils pas pour ranger toutes ces affaires ? ai-je simplement demandé.

– Tu ne comprends rien, a-t-elle répondu. J'ai enveloppé ces vêtements sur cette planche afin de pouvoir sortir rapidement d'ici.

Avant que j'aie eu le temps de lui demander pourquoi elle devrait sortir rapidement, elle m'expliqua qu'elle serait prête dans le cas où un incendie se déclarerait. Elle conduirait d'abord mon père dehors, puis reviendrait prendre les paquets.

Elle a seulement soixante-deux ans, me suis-je dit tandis que je l'entendais respirer avec difficulté, mais elle est bien plus vieille d'esprit.

J'avais les paupières lourdes. Curieusement, moi qui d'habitude n'arrivais jamais à m'endormir sans somnifères, je me sentais engourdie par le sommeil.

Ma mère éteignit la lumière. Elle m'expliqua qu'elle n'avait pas perçu sa retraite ce mois-ci. Un grand nombre de chantiers navals se trouvaient dans l'incapacité de payer leurs employés, et les retraités pouvaient s'estimer heureux s'ils encaissaient la moitié de leur pension. Elle s'était rendue là-bas plusieurs fois, en dépit du froid mordant, mais elle était revenue les mains vides. A l'entrée du chantier naval, plusieurs centaines de retraités faisaient une grève assise. Cependant, la rigueur de l'hiver était telle qu'elle avait eu peur d'affaiblir son cœur fragile. Voilà pourquoi elle ne s'était pas jointe à eux. Les grévistes demandaient l'obtention de leurs retraites, sinon ils menaçaient d'organiser un sit-in à la jetée du pont du Ciel lui-même.

– Ce sont toutes des personnes âgées. Elles se trouveront rapidement aux portes de la mort avec ce froid. – Ma mère semblait marmonner pour elle-même dans le noir. – Le simple fait de faire mon marché au Pont de pierre m'épuise ces derniers temps.

Je savais exactement où elle voulait en venir.

– J'ai sommeil, lui ai-je dit. Je te donnerai de l'argent demain.

J'ai eu l'impression que ma mère avait encore des choses à ajouter, mais elle se retint. J'avais compris que son discours signifiait, à mots couverts, que je devais désormais prendre soin de ma famille. Elle ne m'avait posé aucune question sur mes activités, pas un mot concernant ma vie. Comme à son habitude, mon sort ne l'intéressait pas. D'un autre côté, que lui aurais-je répondu si elle m'avait interrogée ? Non seulement elle n'aurait jamais pu imaginer que sa plus jeune fille gagnait sa vie en écrivant des poèmes et des romans, mais surtout elle m'en aurait crue incapable. J'approchais de mes vingt-sept ans. Pourtant, elle ne me demanda pas si j'avais un homme dans ma vie, et encore moins si j'étais mariée. Elle savait sans doute qu'il valait mieux ne pas poser de questions à une fille si particulière.

Chapitre II

Je me réveillai le lendemain matin, les narines envahies par une odeur tenace d'encens bon marché. Je me suis levée. Une fumée blanche s'échappait du brûloir à encens. Mon père, un lève-tôt, marcha à tâtons avant de s'arrêter en face de moi. Il était essoufflé et tenait dans ses mains un bol contenant un médicament de couleur noire. Il ne pouvait pas me voir mais sentait ma présence dans l'entrée.

Ma mère, qui revenait du marché, sortit de son panier des navets, du porc et une botte d'échalotes avant de les étendre sur la table en bambou près de la porte. Je l'ai aidée à peler les échalotes, puis je lui ai tendu un peu d'argent. Elle le compta avec soin avant de me rendre deux billets que je saisis sans mot dire. J'ai ensuite ajouté que je lui enverrais plus d'argent dès que je le pourrais.

– Il y a quand même un de mes enfants qui a la reconnaissance du ventre, me dit-elle. J'ai toujours su que tu étais la seule à posséder le sens de la piété filiale dans cette famille.

– Je pars tôt demain matin, lui ai-je annoncé en la prenant de court.

Son sourire disparut.

– Si au moins tu m'avais prévenue hier au soir, j'aurais acheté davantage de nourriture pour aujourd'hui, répondit-elle. Pourquoi ne me l'as-tu pas dit plus tôt ?

Mon père ramassa l'éventail derrière le fourneau et attisa le feu. Ma mère se dirigea vers lui et le lui arracha des mains.

– Ce feu va très bien, qu'est-ce que tu es en train de faire ? Avoir un vieux fou aveugle à mes côtés ne fait que me compliquer la vie !

Elle était furieuse contre moi, mais elle s'en prenait à mon père. Quelle satisfaction d'avoir grandi, ne serait-ce que pour ne plus avoir à subir les réprimandes de ma mère !

L'atmosphère familiale fut particulièrement oppressante tout l'après-midi et en début de soirée. Mon cinquième frère arriva à l'heure du dîner. Il avait perdu beaucoup de poids et semblait peser deux fois moins qu'autrefois. Ses seules paroles, lorsqu'il me vit, furent : « Ah ! tu es revenue. » Même lui, désormais, ne représentait plus qu'un étranger à mes yeux, alors cela ne pouvait qu'être pire avec mes autres frères et sœurs. Ma décision de partir le lendemain se confirma. Il m'était impossible de demeurer un jour de plus dans cette maison.

L'horloge murale indiquait minuit. Toute la cour était endormie. Ma mère s'était lavé les pieds, mais ne venait pas se coucher. Elle cherchait quelque chose dans les coffres et le bureau sans parvenir à le trouver, et j'ai pensé qu'elle perdait la mémoire.

Alors que je m'allongeais sous la couverture, j'ai remarqué l'expression de grande contrariété qui s'affichait sur son visage et lui ai dit :

– Peut-être que ce que tu cherches se trouve dans un des paquets au-dessus de ma tête.

Elle se frappa le front d'un geste exaspéré, grimpa sur le lit et attrapa un sac de vêtements.

Trop fatiguée pour la regarder, j'ai fermé les yeux.

Mais je les ai rouverts lorsqu'elle m'a appelée. J'ai alors remarqué qu'elle tenait un harmonica dans un bonnet de bébé bleu. Je les avais déjà vus auparavant. Elle me les tendit.

– Tu ne le reverras jamais plus.

Sa voix contenait une indéfinissable mélancolie lorsqu'elle prononça ces mots. Mon sang se glaça.

– Que veux-tu dire ?

Je savais très bien de qui elle voulait parler.

– Il est mort d'un cancer des poumons. Il a souhaité nous voir toutes les deux avant de mourir ; alors sa mère, pourtant sénile, s'est rendue chez ta seconde sœur. Mais cette dernière ne m'a pas prévenue. De toute façon, même si elle l'avait fait, tu n'étais pas là.

Ma mère semblait très sûre d'elle.

– Et même si tu avais été là, tu n'y serais pas allée.

– Je n'étais pas là, ai-je marmonné.

Trois ans plus tôt, le 20 avril 1986, lorsque mon père naturel a rendu son dernier soupir, où me trouvais-je, moi, sa fille de vingt-quatre ans ? Probablement dehors, en compagnie d'amis, à boire, rire ou dans les bras d'un quelconque garçon qui pensait être amoureux de moi, comment le savoir ? Je ne pouvais pas m'en souvenir. Quelque chose semblait s'être brisé en moi. Je me suis assise pour dire d'une voix rauque :

– J'y serais allée si j'avais su qu'il était mourant.

Je ne parvenais pas à voir les traits de son visage, bien qu'ils fussent très proches, mais j'avais le sentiment qu'elle ricanait. Puis sa main s'est levée pour toucher son visage. Elle n'était pas en train de pleurer, n'est-ce pas ?

Ma seconde sœur n'avait mentionné cet événement dans aucune de ses lettres, et je savais pertinemment qu'elle ne me l'aurait jamais écrit. La mère de mon père naturel, ma grand-mère, répondant au désir de son fils qui aspirait à me voir avant de mourir, s'était rendue chez ma seconde sœur. Cette dernière lui avait dit : « Je ne veux pas de vous dans ma maison, et n'essayez pas d'aller chercher ma petite sœur. Elle ne veut rien avoir à faire avec vous. »

Ma seconde sœur aurait gardé ce secret de la même façon qu'elle avait gardé le premier : chaque mois, durant toutes ces années, les dix-huit yuans de pension alimentaire lui avaient été envoyés.

Plus tard, après que ma mère eut appris la mort de mon père, elle n'avait adressé aucun reproche à ma seconde sœur, car elle se sentait toujours coupable et adoptait une attitude humble face à ses enfants, conservant le chagrin et la douleur en elle.

Elle me raconta qu'elle avait vécu une étrange expérience : durant plusieurs nuits consécutives, elle avait rêvé de mon père naturel pleurant comme un bébé et qui lui reprochait de ne pas être venue le voir. Il ne lui était jamais apparu de la sorte dans ses rêves auparavant ; elle sut alors qu'il avait quitté ce monde.

Aucun hôpital ne voulait l'accueillir, car son cancer des poumons était en phase terminale. De plus, les usines de plastique dans lesquelles il avait travaillé n'avaient pas les moyens de lui payer ses frais médicaux. Sa famille l'avait transporté sur un brancard d'un hôpital à un autre, jusqu'à ce que, enfin, un petit dispensaire de campagne, possédant quelques lits, ait la bonté de l'accepter pour le peu de temps qu'il lui restait à vivre. Sa femme demeura un moment à ses côtés, mais cette situation était au-dessus de ses forces. Elle ne l'accompagna même pas au crématorium, sans doute parce qu'elle connaissait, avec précision, la place qu'elle occupait dans le cœur de son mari.

– Il est mort en prononçant nos deux noms, et il a supplié sa mère de venir nous voir.

Ma mère interrompit son récit un instant, puis elle ajouta que cet homme s'était sacrifié. Il s'était toujours privé d'une nourriture équilibrée, refusant même le plus petit œuf. Cette situation avait joué un rôle déterminant dans sa maladie car il était de frêle constitution, et il avait été intoxiqué par l'amiante. Ma grand-mère avait saisi la main de ma mère en pleurant. « Il n'avait que quarante-neuf ans lorsqu'il est mort, lui avait-elle précisé, tandis qu'une vieille femme aux cheveux blancs, comme moi, continue de vivre. Où se trouve donc la justice dans ce bas monde ? »

Chapitre III

Est-ce à partir de ce moment-là que ma mère a invité le Bouddha dans sa maison ? Elle et mon père ont commencé à faire chambre à part. Il est d'ailleurs fort probable qu'elle se soit réveillée toutes les nuits pour pleurer. Cependant, ma mère prenait grand soin de mon père âgé, de dix ans son aîné. Chaque matin, elle commençait sa journée en lui préparant une tasse de thé, qu'elle lui apportait ensuite au grenier, avant de lui nettoyer son pot de chambre. Elle lui avait caché sa pipe afin qu'il s'arrête de fumer, à cause de ses nombreuses bronchites. Lorsqu'il était souffrant, elle lui montait également ses repas et le faisait manger, puis dormait à ses côtés afin de pouvoir intervenir s'il se sentait mal. Elle espérait quitter ce monde après lui, même si elle savait que personne ne prendrait soin d'elle. En effet, si elle mourait la première, comment survivrait un homme seul et aveugle ?

Elle n'aimait pas mon père, mais elle prenait soin de lui comme elle n'avait jamais pris soin de mon père naturel. Elle ne connaissait personne avec qui épancher ses angoisses, vider ce qu'elle avait sur le cœur, personne excepté Bouddha. Elle se trouvait dans une extrême solitude. Même maintenant elle parlait d'une voix si basse que je parvenais à peine à l'entendre. Mon père était peut-être aveugle, mais son ouïe demeurait suffisamment aiguisée pour que quelques planches ne l'empêchent pas d'entendre ce que ma mère me racontait. Elle estimait qu'elle l'avait déjà suffisamment fait souffrir dans sa vie.

J'ai frissonné lorsque le métal froid de l'harmonica a effleuré ma peau, puis il s'est réchauffé sous la couverture matelassée. Je ne réagissais pas au récit de ma mère. Étais-je insensible, dotée d'un trop grand sang-froid ? J'ai tendu le bras pour saisir le petit bonnet bleu avec sa bordure de satin, puis j'ai caressé la doublure. Les souris ou les mites l'avaient en partie rongé. Ensuite, j'ai fermé les yeux afin de tenter d'imaginer la scène du jour où mon père naturel avait sorti ce bonnet de sa poche pour me le poser sur la tête. « Elle va attraper froid avec ce vent qui souffle en rafales », avait-il déclaré à ma mère. Nous nous étions rencontrés, pour la seule et unique fois, alors que j'avais dix-huit ans. Ses marques d'attention, ainsi que ses efforts désespérés pour obtenir mes bonnes grâces, me revinrent subitement en mémoire.

A l'époque, je n'avais pas fait grand cas de ce qu'il me racontait alors que nous nous trouvions au parc de la Bibasse, point culminant de la ville. Or, maintenant, je me souvenais avec précision de chacun des mots qu'il avait prononcés.

Il m'avait dit :

– Ne révèle jamais ton passé à personne, surtout pas à l'homme que tu épouseras. Ses parents et lui-même te mépriseraient et tu deviendrais alors leur souffre-douleur.

Il avait ajouté que, lorsqu'il me suivait, il avait remarqué que des gens m'humiliaient, mais qu'il ne pouvait pas intervenir en ma faveur.

– Essaie de me pardonner de ne pas avoir rempli mes obligations paternelles, avait-il continué. Pardonne-nous, à ta mère et moi. Tu devrais lui témoigner davantage de respect, au moins pour la souffrance qu'elle a endurée à cause de toi.

Maintenant que j'y repensais, cette nuit était magnifique avec ces feux d'artifice qui explosaient tout autour de nous. A l'époque, je me suis demandé ce que célébrait cette ville. D'après mes calculs, je devinais à présent qu'il devait s'agir de la Fête nationale. Qu'avait-il bien pu se produire dans ma vie, à cette époque, pour que j'oublie un tel événement ? Afin d'en avoir le cœur net, je me suis rendue à la bibliothèque. Cette année-là, le vingt-troisième jour du huitième mois du calendrier lunaire, date que ma mère et mon père naturel considéraient comme celle de ma naissance, se trouvait effectivement être le 1er octobre, date anniversaire de la trente et unième année de la fondation de la République populaire de Chine. Ce soir-là, au palais de l'Assemblée du peuple, les dirigeants chinois offraient un grand banquet en l'honneur de dignitaires étrangers, alors en visite dans la capitale, avec, parmi eux, le prince du Cambodge Norodom Sihanouk, accompagné de sa femme, et le camarade Hoang Van Hoan, chef en exil de la faction prochinoise du Parti communiste vietnamien. Cette fête ressemblait à celle de la cour impériale lorsqu'elle recevait les hommages de ses états vassaux.

Puis j'ai feuilleté les journaux des années antérieures. Le papier, jauni par le temps, avait tendance à se désintégrer sous mes doigts tremblants, à mesure que je m'approchais de la date du 21 septembre 1962, jour de ma naissance. C'était un vendredi, le vingt-troisième jour du huitième mois lunaire de l'année du tigre. Les gros titres évoquaient les manifestations nationales qui s'étaient déroulées, afin de condamner l'agression des Américains impérialistes. Ils parlaient également de la fête consécutive à la destruction d'un avion ennemi US U-2, appartenant aux forces taïwanaises de Tchang Kaï-chek. Le président Mao avait reçu, en personne, ces héros chinois de l'armée de l'air. On trouvait aussi d'autres panégyriques : dans le Yunnan, une variété de tabac venait d'être améliorée ; la province du Jiangxi rendait compte d'une récolte exceptionnelle de tabac ; ma propre province du Sichuan offrait plus de vingt-cinq mille pièces de bœuf aux régions les plus démunies ; dans le Guangxi, la récolte de riz de la mi-saison avait dépassé toutes les prévisions, etc. En fait, plus on se rapprochait des années de famine, plus on pouvait lire dans les journaux de bonnes nouvelles concernant aussi bien les récoltes que la qualité de vie des Chinois. Des quotidiens comme ceux-ci étaient précieux. Le meilleur moyen de comprendre son propre pays et son histoire est de lire ses journaux.

Le jour se levait. L'usine de cigarettes exhalait un jet bruyant de vapeur. Je ne pouvais plus dormir ; aussi me suis-je levée. Ma mère a extrait un gilet bleu, plié avec soin, d'un des paquets d'habits. « Essaie-le ! » m'a-t-elle dit. Il s'agissait du tissu que mon père naturel m'avait acheté neuf ans auparavant. Ma mère l'avait transformé en gilet à porter sous un manteau matelassé.

Je suis restée près du lit pour l'essayer en le boutonnant

soigneusement. Ma mère suivait tous mes mouvements. A cet instant précis, si elle m'avait demandé : « Liuliu, reste quelques jours supplémentaires », j'aurais modifié mes plans. Elle s'est tue, et j'étais plus déterminée que jamais à partir ce matin même.

J'ai proposé à ma mère de retourner se coucher. Puis je me suis allongée, tout habillée, à côté d'elle, et j'ai éteint la lumière.

Ses yeux étaient fermés, sa respiration profonde et régulière, mais je savais qu'elle ne dormait pas.

Au chant du coq, les sirènes des bateaux qui naviguaient sur le fleuve s'élevèrent jusqu'aux maisons situées au milieu de la colline. Leur chant semblait répéter la même et éternelle complainte. Je me suis levée pour enfiler mes chaussures.

– Liuliu ! me dit doucement ma mère, j'ai toujours su que tu avais des ambitions différentes, que tu ne nous ressemblais pas. Pars, si tu le souhaites. Je ne tenterai pas de t'en empêcher, je respecte tes désirs. Je reposerai en paix, si un jour tu cesses de m'en vouloir.

Elle sortit quelque chose de dessous son oreiller et me le tendit.

C'était une liasse de billets enveloppés dans un mouchoir, des coupures de petite valeur, neuves, froissées ou salies.

– Il y a cinq cents yuans qu'il a secrètement économisés pour toi au fil des ans. Juste avant de mourir, il a fait jurer à ta grand-mère de te les remettre pour ta dot.

Elle me vit froncer les sourcils.

– Prends-les, dit-elle avec force.

Elle ne désirait apparemment pas m'entendre lui expliquer la raison pour laquelle je ne voulais pas me marier. De toute façon, même si j'avais essayé, elle ne m'aurait pas écoutée.

Le brouillard du matin enrobait les maisons juchées sur la colline de Chongqing.

Ma valise à la main, je suis descendue jusqu'au bord du fleuve. Le brouillard s'est soudain levé, comme pour me permettre d'embarquer sur le bac qui me mènerait de l'autre côté de la rive. Là, je grimperais les marches de pierre jusqu'à la jetée de la Porte du Ciel, pour avoir la même vision de cette ville que ma mère, quarante-six ans plus tôt, alors qu'elle venait de fuir son village natal. Maintenant, le fleuve s'écoulait, silencieux, comme assourdi.

Ainsi, alors que j'avais atteint l'âge adulte et qu'il n'était plus nécessaire d'envoyer les dix-huit yuans mensuels de pension alimentaire, bien qu'il ait constaté mon refus de sa présence dans ma vie, il avait continué à mettre de l'argent de côté pour moi, chaque mois. Privé de l'opportunité de pouvoir me suivre, il avait dû se sentir incroyablement seul. J'avais représenté son plus grand amour jusqu'au jour de sa mort. Et moi ? Je ne parvenais même pas à l'appeler « papa ». J'avais méprisé ses sentiments avant de le repousser sans ménagement, sans lui offrir une seconde chance, incapable même de me retourner pour lui lancer un dernier regard.

Soudain, mes yeux se sont remplis de larmes. J'ai essayé de me contenir, mais elles coulaient, intarissables. La douleur et la peine qui me tenaillaient étaient telles que j'ai dû m'appuyer contre le mur avant de m'affaisser sur les marches de pierre.

Chapitre IV

En février 1989, j'ai pris un train pour Pékin afin d'aller suivre à l'institut Lu Xun des cours de littérature destinés aux écrivains. En mars, de nombreuses réunions, de plus ou moins grande importance, ont commencé à se tenir dans les campus de la capitale. Les étudiants s'interrogeaient à propos de la direction que la Chine devait désormais prendre. En effet, chacun savait que le « socialisme » chinois était appliqué de façon arbitraire et avec une hypocrisie intolérable. En avril, les étudiants de Pékin sont descendus dans la rue, afin de protester contre la corruption des responsables nationaux et de leurs enfants. Ils ont aussi réclamé la démocratie ainsi que la liberté d'expression. Les slogans, les chansons, les banderoles et les pancartes ont fleuri partout, et la foule, excitée, a envahi les rues.

J'ai rejoint les manifestants tandis qu'ils déposaient une gerbe en l'honneur du responsable des réformes du Parti communiste, décédé depuis peu.

J'ai soudain pensé au moment où j'avais quitté Chongqing. Je m'étais spécialement rendue sur la tombe de mon père naturel, située sur une colline lointaine recouverte de mauvaises herbes. Ses cendres étaient enterrées sous un monticule de pierres. Il n'y avait aucune inscription, simplement ce tertre minuscule perdu au milieu de nulle part, parmi les plants de potirons, à côté d'un petit ravin dans lequel poussaient des pommes de terre et du sorgho.

Selon toutes les apparences, sa femme et ses enfants désiraient l'oublier. Ils ne lui avaient probablement pas pardonné ces longues années au cours desquelles il avait prélevé dix-huit yuans mensuels pour une fille illégitime. D'ailleurs, qui aurait donné de bonne grâce une telle somme d'argent ? Son cœur n'avait jamais appartenu à cette famille, bien qu'il ait travaillé dur pour remplir ses obligations de mari et de père.

Mes deux demi-frères s'inquiéteraient-ils jamais de leur grande sœur ? Il était fort plausible que nous ne nous rencontrerions jamais.

Une foule innombrable envahissait la large artère et les trottoirs. Même les arbres et le haut des murs étaient pris d'assaut. La manifestation traversa la passerelle surélevée pour poursuivre sa route le long de l'avenue Chang'an. A cet endroit, des professeurs d'université, des journalistes et des éditeurs nous rejoignirent. On pouvait lire sur l'une des bannières : « Nous ne devons plus mentir. » Il s'agissait, pour moi, du slogan le plus significatif de tous.

Un beau ciel bleu pur recouvrait la capitale chinoise. La foule, scandant des slogans à l'unisson, se dirigeait vers la place Tian'anmen, lieu sacré dont je rêvais depuis ma tendre enfance. Des millions de personnes se démenaient avec ferveur pour obtenir la liberté d'expression, le respect de l'être humain. Elles réclamaient un changement qui viendrait enfin modifier le cours de leur destin, et briser la spirale infernale des souffrances endurées génération après génération. Les manifestants arrivèrent place Tian'anmen. Mon cœur battit la chamade lorsque les émouvants accords de l'*Internationale* emplirent l'air, et je me sentis pleine d'énergie.

J'ai revu une petite fille s'élancer aussi vite qu'elle le pouvait à travers la pluie sombre, le long du fleuve Yangzi, dans une ville de montagne du sud de la Chine. C'était moi, à cinq ans. Tandis que je courais, je pensais que bien que je ne sache pas avec précision où j'étais, du moment que je continuais à suivre le fleuve en aval, je trouverais tôt ou tard le chantier naval sur lequel ma mère travaillait comme coolie. Je lui dirais que mon cinquième frère avait été écrasé par une cabine du funiculaire, et je la prierais de se dépêcher de rentrer à la maison pour le soigner. La pluie tombait de plus en plus fort, rendant le fleuve boueux. J'ai fait un faux pas et j'ai glissé dans la boue. Je me suis immédiatement redressée avant de reprendre ma course.

A ce moment-là, le son d'un harmonica, à la fois étranger et familier, s'éleva dans les airs au-dessus du fleuve déchaîné. Son chant était aussi pur que la première fois que je l'avais entendu, dans le ventre de ma mère.

Un sourire illumina alors mon visage trempé d'eau.

RÉALISATION : I.G.S. CHARENTE-PHOTOGRAVURE À L'ISLE-D'ESPAGNAC
IMPRESSION : S. N. FIRMIN-DIDOT AU MESNIL-SUR-L'ESTRÉE
DÉPÔT LÉGAL : OCTOBRE 2000. N° 33598 (52388).